花を見つめる詩人たち

マーヴェルの庭とワーズワスの庭

吉中孝志
Yoshinaka Takashi

研究社

'Still, still my eye will gaze long fixed on thee'

—Jones Very, 'The Columbine'

花を見つめる詩人たち——目次

目次

はしがき

この本は、文学テクストという想像力の産物が、現実世界との交渉によって編み上げられていることを実証的に示す事例研究です。取り扱う文学テクストは、イギリス文学。ジャンルは詩。中心になる詩人は、イギリス初期近代のいわゆる形而上派で、その流派に属する詩人としては自然に拘った数少ない詩人のひとりアンドリュー・マーヴェル（一六二一―一六七八年）、そして、詩とは自然を詠うこと、という考え方を定着させたロマン派の代表的詩人ウィリアム・ワーズワス（一七七〇―一八五〇年）、そしてその二人の生きた時代を思想的に繋ぐ詩人としてヘンリー・ヴォーン（一六二一―一六九五年）を考察対象としました。彼らはみな「花を見つめる詩人たち」でした。彼らは共通して、植物に対しての何らかの強い思い入れを持っていました。もちろん、マーヴェルとワーズワスはそれぞれが生きていた時代が大きく異なります。彼らが紡いだ文学テクストも、真空状態の中で突如として発生したわけではなく、それを取り巻く世界、時代、文化の中で生成されました。ですから本書は、イギリス一七世紀、一八世紀の歴史や思想を文献によって調査して得た知見と、詩人たちが生きた時代の自然や植物――具体的には復元された、もしくは変わり果ててはいても残存している、当時の庭――についてイタリアやイギリスでの実地調査によって得た成果に基づいて書かれています。

まず序章では、庭園史の観点から整形式庭園と風景式庭園とに分けられる大きな変化が、文学史の流れの中にもあって、それがルネサンス期とロマン派の時代の表現様式の違いに示されているという仮定の下で、花を見る目、庭に対する考え方において、マーヴェルとワーズワスとが、水際立った違いを見せていることを論じています。第一章では、イタリアの庭の影響を色濃く受けた一七世紀の庭が、「庭」と題された詩を代表作の一つとするマーヴェルの思索と詩作にどのように関わっているかを、特に一七世紀のメロン栽培に拘りつつ、考察しています。第二章では、当時の本草誌の記述にあるメロンの薬効、すなわち性欲を減退させる効果に関する議論を展開させて、マーヴェルのセクシュアリティーの問題に切り込んでいます。そして第三章では、マーヴェルの、いわゆる「女嫌いの庭」の原因を、同時代の女性嫌悪の言説、さらにマーヴェルのパトロンであったフェアファックス家の歴史的かつ私的な状況の中に見出しています。インタールードでは、再び初期近代の詩人とロマン派詩人とでは花を見つめる目的が違うことを指摘しながら、ワーズワスとヴォーンが、コールリッジを経由して、ヘルメス思想で繋がっているという新たな知見を提示しています。第四章では、ワーズワスの植物や庭が、彼の家族を記憶によって集合させる場所であり、生きるためのエネルギーと喜びを再生させる場所であることを特徴としていることを明らかにしました。第五章では、ワーズワスの庭が私的な愛情関係と分かちがたく結びついているがゆえに、それを失う不安を宿していること、また、その不安は、当時の土地所有形態の変化とも連動するものであったことを考察しています。

本書の各章は、ゆるやかに繋がってはいるものの、個別の主題を扱っています。ただ、私の批評姿勢に一つの有機的な方向性が見出せるとすれば、それは詩人たちが自らのテクストを永遠化しようとした痕跡を明らかにする試みだと言えます。現代詩人のウェンディ・コープ（一九四五年生まれ）は、「花」と題された心に沁みる詩の中で愛する人からの花束を永遠化しました。花束を自分のために買って来てくれようなど思いもしない男たちもいるなかで、あなたはそう思ってくれた、と詩人は彼をいとおしく思います。彼が結局のところ買わなかった、もしくは買えなかった理由を優しい気持ちで詮索しながら、現実世界で渡されなかった花束に感謝しています。それが枯れない花束となったゆえに。「でも、ほら、あなたがもう少しで持って来てくれようとした花は、／今までずっと咲き続けてるわ」(‘But, look, the flowers you nearly brought / Have lasted all this while.’ *The New Penguin Book of Love Poetry*, ed. Jon Stallworthy [London, 2003], p. 56) と告げる詩人の心の中には、永遠に散ることのない花が微笑み続け、精神的な愛、愛のイデアの感覚を味わわせてくれます。マーヴェルやワーズワスが自然界で見ていたものも、当然ながら枯れてゆくはずの花ややがては荒れ果て消え去る運命にある庭でした。しかし彼らはそれらを自らの詩の中にいわば移植して、コープと同じように観念化することで、永遠の花へと、エデンの園へと変えようとしました。文学テクストの性質上、彼らの庭に咲く花や果実は、彼らが生きていた時代の思想や文化、歴史、経済状況を養分として吸い上げ、保存してくれています。そして何よりも詩人たちの当時の想いを私たちに伝えてくれます。この本は、彼らの比喩的な意味での花や庭である文学テクストの成分分析をしてみようという試みなのです。

序　章

文学テクストはしばしば人を植物に喩えてきた。両方とも生長し、栄え、衰えてゆくからである。そして、特に花を見つめる初期近代の詩人たちは、それをはかなさの表象として捉えてきた。例えば、英国一七世紀の最も偉大な宗教詩人と言っていいジョージ・ハーバート（一五九三―一六三三年）は、「悔い改め」と題された詩の中で、人を花に喩え、神に向かって「ああ、あなたの短命の花を、あなたのはかない花を／優しく扱ってください」（'Oh! gently treat / With thy quick flow'r, thy momentanie bloom', 二―三行）と懇願している。『旧約聖書』の「ヨブ記」にあるように、人とは、「花のように咲き出て枯れる」（'He cometh up and is cut down like a flower', 「ヨブ記」、一四章二節）、はかない存在だからである。さらに詩人は、「花」の中で、「私たちは、いつの間にか消え去る花だ」（'we are but flowers that glide', 四四行）と悟ることが大切で、それさえできれば、神は私たちのために「一輪の花も枯れることのない神の楽園」（'thy Paradise, where no flower can wither', 二三行）を用意してくださっていると説いている。[*1]

また、はかなさの表象としての花は、そのはかなさに対する読者の同情を喚起することで時には政治的な役割を担うこともあった。例えば、ヘンリー・ヴォーンは、内乱の結果、議会派によって処刑された国王チャールズ一世の娘のために書いた墓碑銘の中で、彼女を雪の中に咲き出た薔薇の蕾に喩えた。

Thou seem'st a *rose-bud* born in *snow*,
A flower of purpose sprung to bow
To headless tempests, and the rage
Of an incensed, stormy age.

（「故国王陛下の次女エリザベス嬢への墓碑銘」[*2]、一五—一八行）

あなたは、雪の中で生まれた薔薇の蕾のよう。
愚かな嵐、そして、激怒した、
嵐の時代の猛威に対して
頭を垂れるために、わざわざ芽生えた一輪の花。

父を殺した清教徒たちにカリズブルック城で幽閉されたまま、失意のまま一四歳で亡くなった娘エリザベスの人生は、冷たい雪の中に咲き出て、暴風雨に折られてしまった薔薇の蕾の運命のようだと言うのである。ヴォーンと同じ王党派の読者が感じるに違いない悲しさは、同時に、断頭台の露と消えた「聖なる薔薇」（'the sacred rose'）である国王のことも想起させただろう。「頭の無い嵐」（'headless tempests'）という奇妙な表現が、国家の頭を欠いた議会派のクーデターと国王の頭を切り落とした革命の嵐を連想させるだけではなく、エリザベスが「頭を垂れる」（'bow'）様子は、彼女の父親、国王が断頭台に頭を垂れた様子をも思い出させたに違いないからである。[*3] 花のイメージは、一方で悲しみを緩和させるために、その本来のはかない運命を受け入れる努力を読者に促す。しかし、父を殺された少女の死に対する哀れみは、国王を奪われた王党派の人々の怒りへと、そして理不尽な清教徒たちに対する復讐心へと変わる可能性をも秘めている。現在の戦場でも空爆や化学兵器の犠牲者たちが、他国に支援を求めると同時に加害者への憎悪を掻き立てるために、あえて自らの子どもたちの死体が映像化されることを望むことがある。詩人ははかない花のイメージを使うことによって同じような効果を狙っていたのかもしれない。

さて、詩の中で、花がはかなさの表象としての働きを、おそらく最も頻繁に示したのは、世俗的な恋愛詩において女性を口説く役割を担わされた時であろう。「今を楽しめ」(carpe diem) の主題である。エドマンド・ウォラー(一六〇六―一六八七年)は、「行け、美しい薔薇よ!/彼女の時間と私を無駄にしている彼女に告げよ」('Go lovely Rose! / Tell her that wastes her time and me,'「行け、美しい薔薇よ!」、一―二行)と花に語りかけ、恋人と花を重ねた上で、最終的に次のように命ずるのである。

Then die! That she
The common fate of all things rare
May read in thee;
How small a part of time they share
That are so wondrous sweet and fair!

(一六―二〇行*4)

それから死ね! 彼女が、
あらゆるすばらしいものの共通の運命を

おまえの中に読み取るように。
実にすばらしく甘美なものたちは、いかに時間の
小さな部分だけを割り当てられているか、ということを。

同様にロバート・ヘリック（一五九一―一六七四年）は、「時を最大限に利用するよう、乙女たちに」と題された詩で、「出来る間に、薔薇の蕾を集めよ／……今日微笑むこの同じ花は／明日には死んでゆく」（'Gather ye Rose-buds while ye may / ... And this same flower that smiles to day, / To morrow will be dying,' 一、三―四行）と言って「命短し恋せよ乙女」の主題を変奏している。[*5] 花のはかなさは、女性の美しさを、そして女性自身を表していることは言うまでもない。花を見つめる詩人たちは、恋人を花に重ねてきた。スコットランドの国民詩人ロバート・バーンズ（一七五九―一七九六年）の「私の恋人は赤い、赤い薔薇のよう」（'My Luve is like a red, red rose'）はあまりにも有名なフレーズである。[*6]

「今を楽しめ」を主題とする詩の中でしばしば花を摘むことが処女性を奪うことを暗示したように、花のイメージ、そして果実のイメージは、祖型的なレベルでセクシュアリティーの問題と関わってくる。アンドリュー・マーヴェルの「はにかむ恋人へ」も「今を楽しめ」の変奏である。ところが、意外なことに、そこには明らかな形では花のイメージは見出せない。まず詩人は伝統を逆手に取って、花のはかない命ではなく、植物のゆっくりとした生長のスピードに注目し、自らの愛を「植物的な愛」と表現している。

My vegetable love should grow
Vaster than empires, and more slow.

僕の植物的愛は、生長するだろう、
帝国よりも巨大に、そしてもっとゆっくりと。

（一一―一二行）[7]

もちろん、話者のこの主張は、もしも時間がたっぷりあるのなら、という反実仮想に基づくものであり、結局のところ恋人たちに残された時間の少なさを強調して女性を口説くための戦略として機能することになっている。この戦略に基づいて、「はにかむ恋人へ」の中では、花のイメージは、花を蝕む「虫」のイメージを媒介として間接的に暗示されている。僕を拒み続けた挙句、葬られた墓の中での君の肉体の成れの果てを想像せよ、と詩人は訴えるのである。

then worms shall try
That long preserved virginity

その時には、蛆虫が、あの長い間
大切に取って置かれた純潔を味わうだろう。

（二七―二八行）

興味深いことに、恋人の死体を蝕む蛆虫のイメージは、花を蝕む害虫のイメージという伝統的な脈絡の中で考えると、その祖型的なセクシュアリティーの側面を増幅させる。つまり、花が女性器を表すならば、虫は男性器を表すのである。そしてさらには、「はにかむ恋人へ」の文脈の中では、長い間拒まれ続け、老齢になった詩人の、弱々しい男性器、不能症をさえ暗示する。[*8] マーヴェルが潜在的に持っているように思われる性的不能の意識はどこから来るのか。この疑問とともに考慮しなければならないのは、「はにかむ恋人」が女性であるとは詩の中には必ずしも明示されていないということである。マーヴェルの 'His Mistress' が、シェイクスピア（一五六四―一六一六年）の『ソネット集』（一六〇九年）で描かれた 'the master mistress of my passion'（『ソネット集』、二〇番、二行）と同じように男性であるという可能性も排除できないということは、我々が、特に第二章でマーヴェルの詩を彼のセクシュアリティーの問題と絡めて分析して行く際に忘れてはならないことであろう。[*9]

恋愛感情の比喩表現として植物を使うという点では、シェイクスピアが、『ハムレット』（一六〇〇年）の中でより伝統的な使い方、すなわち、可変性の比喩としての花のイメージを使っている。主人公ハムレットのオフィーリアに対する恋心の性質を表すためにレアティーズは妹に次のような詩的な台詞を言う。

A violet in the youth of primy nature,
Forward, not permanent, sweet, not lasting,
The perfume and suppliance of a minute,
No more.

（一幕三場七―一〇行[*10]）

青春真っ盛りのすみれ、
早咲きではあるが不変ではなく、甘美ではあるが続かない。
束の間の芳しき匂いと慰み、
それだけだ。

ハムレットの愛が永続しない感情であることを示すために使われた「すみれ」は、四幕五場では、気の狂ったオフィーリアが「それはすべて枯れてしまった」と言う花、そして五幕一場では、墓に横たえられた「彼女の美しく穢れない死体から芽生えるかもしれぬ」とレアティーズが言う花（'from her fair and unpolluted flesh / May violets spring', 二三二―二三三行）でもある。「すみれ」がオフィーリア自身の命のはかなさをも表すとすれば、一幕でのこのレアティーズの台詞は一種の劇的アイロニーと言えるかもしれない。シェイクスピアはすみれのイメージをことさら好んで使ったが、マッツ・ライデンによれば、その中で最も頻繁に言及されているのはその匂いである。[*11] 初期近代の人々にとって、香草や花の匂いなどの植物の匂いは、薬用や消臭効果を含めて生活の一部であった。だから、当時、庭空間がもたらす効果の最たるものは、視覚的なものよりもはるかに嗅覚的な要素が強かったと思われる。庭は、その芳しい空気によってそれを吸う人に精神の平安と身体の健康をもたらし、それらを維持させる役割を担っていたことを忘れてはならない。マーヴェルの「庭を攻撃する草刈人」が、庭を作る人間は「最初に四角い庭の中に／死んで淀んだ空気溜まりを囲い込んだ」（'He first enclosed within the gardens square / A dead and standing pool of air', 五―六行）と言う時、それは庭空間の効能への明らかな皮肉を表していたのである。

ハーバートは、神の楽園で永遠に咲く花のことを詠ったが、興味深いことに、花とその芳香は、はかなさを表すだけではなく、霊的な存在をも表象することがある。例えばジョン・ミルトン（一六〇八—一六七四年）は、『失楽園』（一六六七年）の中で、各々が「神の近くに位置を占めれば占めるほど、あるいは神の近くへと志向すればするほど、いっそう浄化され、霊化、そして純化されて」（'more refined, more spirituous, and pure, / As nearer to him placed or nearer tending'、五巻、四七五—四七六行）いくという教義を植物の生長と重ねて、次のように天使ラファエルに語らせている。

So from the root
Springs lighter the green stalk, from thence the leaves
More airy, last the bright consummate flower
Spirits odorous breaths[.]

（五巻、四七九—四八二行）*12

そのように根からは、
軽やかに緑の茎が芽を出し、茎からはさらに軽快な
葉が生じ、そして最後には輝かしい完璧な花が
馥郁たる香気を発する。

ここでは、軽く透明で、上昇を志向し、霊的な状態を表す 'airy' という形容詞は、薄く可憐な花びらから発せられる芳しい匂いを表す 'Spirits' という名詞とも響き合っている。

ミルトンと同様に、花を見つめながら、その霊的側面、神聖さを感じていた詩人の一人にロマン派のウィリアム・ワーズワスがいる。もちろん、ワーズワスも女性を花に喩え、そこにはかなさやかよわさを重ねていたことは確かである。そしてその、いわば無常の比喩は、私たちが第五章で見て行くように、彼の描く庭においても用いられる。かつて多くの美しい花が咲き、果物が実っていた場所は、思い出と絡み合った植物さえも今は引き抜かれ掘り返され、雑草が蔓延っていたり、もしくは別の建物が立っていたりして同じ場所ではなくなってしまうのである。しかしこの、可変性を表す花という共通項に加えて、ワーズワスの場合、花を見つめる初期近代の多くの詩人たちとは大きく異なる点がある。それは花の喚起する感情、そして感情と分かちがたく結びついた神聖な思想である。詩人は、「幼年時代を追想して不死を知るオード」の中で自らにのみ訪れてくる「悲しみの思い」('a thought of grief', 二二行)を打ち消す圧倒的な喜びの思いを森羅万象の中に感じ、花を見つめながら、此の世的な悲しみとは異なる、感傷的で、自己本位な涙を超えたところにある永遠の世界に馳せる思いを詠って詩を閉じる。

To me the meanest flower that blows can give
Thoughts that do often lie too deep for tears.

(二〇三—二〇四行)[*13]

私に、咲いている最も粗末な花でさえ与えてくれることができるのだ、
しばしば、涙にはあまりに深いところにある思いを。

また、「早春に書かれた詩行」でも「人間が人間をどのようなものにしたか」('What man has made of man', 八行)を思って悲しむ詩人に、美しい自然の啓示は彼に一種の信仰心を与えている。

Through primrose tufts, in that green bower,
The periwinkle trailed its wreaths;
And 'tis my faith that every flower
Enjoys the air it breathes.

(九―一二行)

あの緑の木陰で、サクラソウの茂みに
ニチニチソウのつるが、からんでいた。
そして僕は信じる、あらゆる花は
呼吸する空気を楽しんでいるのだと。

そのように詩人が信じるのは、花の感じる喜びの気持ちが、それを見つめる詩人の心に共鳴現象を引き起こしているからに違いない。花に対する一七世紀の詩人とロマン派詩人との顕著な違いは、「ラッパ水仙に」と題されたヘリックの詩とワーズワスが同じ花を詠ったよく知られた詩との違いに明らかである。前者は「美しいラッパ水仙」(一行)を見て涙を流し、はかなさを嘆く。

We have short time to stay, as you,
We have as short a Spring;
As quick a growth to meet Decay,
As you, or any thing.
We die,
As your hours doe, and drie
Away,
Like to the Summers raine;
Or as the pearles of Mornings dew
Ne'r to be found againe.

私たちは、おまえと同じように、短い時間しか留まれない。
同じ短い、ひと春しかないのだ。
すぐに生長して、滅びに出会う、
おまえと、否、あらゆるものと、同じように。
私たちは死ぬ、
おまえの時が終わるように。そして干からびて
逝ってしまう、

（一一—二〇行）

夏の雨のように、
もしくは、二度と見つけられない
朝露の真珠のように。

ヘリックの詩は、読みようによっては、宿根植物であるラッパ水仙の特性を想起させて、「ひと春」が終わって肉体は滅びても魂は、夕立のように、露のように、別の場所へ移動するだけで、再び芽生え、復活することを暗示しなくもない。しかし、「おまえと」の直後に、「否、あらゆるものと、同じように」と付け足さねばならない詩人が、個別の花ではなく普遍的な無常観を伝えようとしているのは確かである。それに対して「黄金のラッパ水仙の群生、大群」('a crowd, / A host, of golden daffodils', 三―四行)に遭遇したワーズワスは、まるで天使の群れ (heavenly host) にでも出会ったかのようで、湖水地方のアルズウォーター湖畔の微風の中で波の輝きと花の踊りに共鳴する詩人自身の喜びを伝えようとしている。

The waves beside them danced; but they
Out-did the sparkling waves in glee:
A poet could not but be gay,
In such a jocund company[.]

(「ラッパ水仙」、一三―一六行)

ラッパ水仙のそばで波が踊っていた。しかし彼らは喜びにおいて輝く波を凌駕していた。
詩人だったら、そんなにも楽しげな仲間たちといて
陽気にならざるをえないだろう。

ここでワーズワスが行っていることは、既にロマン主義作家たちの批評に現れて久しい理論の実践である。特に、M・H・エイブラムズが、名著『鏡とランプ』の中で引用しているドイツ初期ロマン派の作家ルートヴィヒ・ティーク（一七七三―一八五三年）の言葉が適切であると思われる。彼は、「私が模写したいのは、これらの植物、これらの山並みではなく、まさにこの瞬間に私を支配している私の精神、私の気質である」（'Not these plants, not these mountains, do I wish to copy, but my spirit, my mood, which governs me just at this moment'）と述べた。[*14] 花を見つめるワーズワスにとっての詩とは、花が詩人の心の中に喚起する喜びの感情の表出であったのである。

花は、預言者としての初期近代の詩人たちに真理や教訓を伝えたが、一九世紀の詩人たちにとってそれは、彼らの感情を喚起する契機となった。そして思い出もまた一種の感情であるとすれば、一九世紀初めに出版された『花言葉』（一八三四年）の序文で引用された、次のような叙述は驚くに値しない。

Numerous examples might be adduced to prove that, in the power of exciting past recollections, the sight of a flower has often a more magic effect than even the favourite melodies of our youth. I myself know a young lady who, though entirely free from nervous weakness, could never look at a carnation without bursting into tears, because she was plucking a flower of that kind at the moment when she was informed of her mother's death. The sight of the periwinkle always produced pleasingly painful feelings in Rousseau's mind; and Bougainville's South Sea Islander, on being taken to the Botanic Garden in Paris, knelt before an Otaheitean plant, and kissed it as fondly as he would have kissed the lips of a beloved mistress.[*15]

過去の回想を呼び起こす力において、花の光景はしばしば、私たちの若かりし頃のまさにお気に入りの旋律よりももっと魔術的な効力を持っているということを証明するのに非常に多くの例が提示されるだろう。カーネーションを見るたびに、神経の弱さなどまったくないのだけれども、どっと泣き出さずにはいられない若いご令嬢を私自身が知っている。母親の死を知らされた時、彼女はちょうどその種類の花を摘んでいたからである。ツルニチニチソウの光景は、いつも心地よい痛みの感情をルソーの心の中に生み出した。南の海のブーゲンヴィル島民は、パリの植物園に連れて来られた時、タヒチ植物の前で跪き、愛する恋人の唇に口づけしただろうのと同じくらい優しくそれに口づけした。

我々が第四章でワーズワスの庭について考察する時、このように極めて私的な、人間関係と密接に結びついた植物を見ることになるであろう。

　ワーズワスが言及する花は、彼の日常の散策を含めた生活空間の中に自然に生えている花、ありふれた（common）花である。[*16] 日常の言葉で詩を書こう、平凡の中に神秘を見ようとした詩人の態度は、大雑把な言い方ではあるが彼の生きた時代が民衆（common people）の時代であったことと呼応しているのかもしれない。一八、一九世紀が中産階級の人々の時代だったとすれば、一六、一七世紀は貴族の時代だった。その時代の詩人たちは、そして園芸家たちは、もっぱら植物の価値をその稀少さに置いていた。初期近代においては、単色よりも多彩な色をした花が、そして一重よりも八重咲きの花が高い価値を持ち、値段も高かった。植物の階層性を社会構造の中で考えるならば、少数の貴族たちに呼応するレアで高貴な品種が求められたのである。しかし、レベッカ・ブッシュネルによれば、稀少植物の収集や珍しい植物を作り出すために品種改良を行っていた上流階級の人々は、既に王政復古と王立協会の設立の時までには、自然の摂理に対しての相矛盾する価値観に囚われていたように思われる。すなわち、植物に特別な関心を持つ新たな人々は、どのような新しい現象、新しい驚異が植物において観察されるか、また作り出されるのかを実験するために自然と戯れることを喜んだ一方で、ジョン・パーキンソン（一五六七—一六五〇年）に代表されるような園芸作家たちや植物学者たちは、人間が自然を変えること、もしくは新たな品種の植物を作り出して神の計画を廃棄することなどできないということを訴えていたのである。思想史的な観点からは、後者の人々は、いわゆる中世以来の「存在の偉大な鎖」（great chain of being）の概念に基づく社会階層を維持しようとする保守的な貴族階級に属する人々であった。さらにブッシュネルは、前者の人々にとって、「好奇心／珍奇の文化」（'the culture of curiosity'）が、王政復古までは「自然の本」を探求することでそこに道徳的教訓を読み取り、神の偉大さを証するためのものであったが、急速に変化する社会の中でその意味を変えて、私的な喜びと名声を得るための手段、立身出世のための材料を与える消費者文化の一形態に変化したことを他の知見を引用するかたちで主張している。[*17]

我々が以下の章で特別な関心を払って読んでいくマーヴェルは、代表作の一つである「庭」の中で「おいしい／めずらしい桃」（'curious peach', 三七行）に言及している。それが品種改良の成果である可能性は高い。だとすれば、詩人はそれにどのような価値を与えているのだろうか。純粋にそのめずらしさを愛でる気持ちなのか、それとも「庭を攻撃する草刈人」の話者のように、自然の摂理に対する冒瀆を責める気持ちなのか。「庭」での詩人の立ち位置に関しては、結局のところ、この詩人に典型的なアンビヴァレンスの概念を持ち出すしか説明のしようがないように思われる。議論され始めて久しいこの詩の制作年代に関しても、それが王政復古後であると断定できるほどの確実な証拠はない。*[18] 第五連に列挙されている珍奇な果物に対して「庭」の話者が完全に否定的な気持ちを抱いていて、それが、ブッシュネルが議論しているような王政復古後に支配的であった品種改良への批判的立場、社会秩序への保守的見解と呼応する、と主張できるほどの明白な表現や強いトーンも詩の中に見出せない。

　庭を愛でているように思われる「庭」の一人称の話者を必ずしも詩人マーヴェルの声と重ねる必要はないとしても「庭を攻撃する草刈人」の話者は、明らかに草刈人である。彼は庭師を「淫らな男」('Luxurious man,' 一行）と呼んで、品種改良を非難する。

The pink grew then as double as his mind;
　The nutriment did change the kind.
With strange perfumes he did the roses taint,
　And flowers themselves were taught to paint.
The tulip, white, did for complexion seek;
　And learned to interline its cheek[.]

（九—一四行）

それでナデシコは、彼のふた心と同じくふた重になった。
　養分が種《しゅ》の性質を変えたのだ。
異国の香りで彼は薔薇を汚染した。
　そして花たちは自分自身を塗りたくることを教えられたのだ。
チューリップは、白かったのに、化粧を求めた。
　そしてその頬に様々な色の縦じまを入れることを学んだのだ。

「草刈人」の知識は、フランシス・ベイコン（一五六一―一六二六年）のそれに近似している。彼は、地中の養分（'Nourishment in the Earth'）が花の色や形状を変える要因であると考えており、それゆえに再三再四、別の土地に植え替えることによって品種改良ができると論じていた。[*19] ここでは、「草刈人」が品種改良に反対しているという点で彼の保守性が現れているのではなく、むしろ逆に人為によって「種《しゅ》の性質を変え」ること自体が可能であると信じることができるという点で、彼は社会秩序の変革が可能であると信じることのできる急進派であるということだ。花が自然のままであること、いわばありふれている（common である）ことを奨励している点で、「草刈人」の立場は、反貴族社会の側にあると言えるだろう。さらに、彼が批判的に言及する稀少植物の一つ「ペルーの驚異」（'*Marvel of Peru*,' 一八行）には、マーヴェル自身の名前が否応なく想起され、詩人と珍奇な花とが重ねられて、あたかも詩人の立場は稀少植物の収集、さらには品種改良を擁護する側にあるかのようにも解釈できる。[*20]

　湖水地方のありふれた花を植えたワーズワスの庭は、レアな花を探して世界中を航海したり、チューリップ狂（tulipomania）を作り出したようなマーヴェルの時代の庭とは、形の上でも大きく違っていた。幾何学的な整形式庭園から自然を模した風景式庭園へという大きな庭園史上の趣味の変化とその原因をここで解説する余裕も能力もないが、一六、一七世紀のソネットを初めとする定型詩と形式美を重んじた時代と一八世紀末から一九世紀初頭の感情の発露としての自由詩と因習を打ち壊す自由思想を特徴とした時代との違いに内在する美意識の差異という観点からも、庭と詩との間に有機的な親和関係があるのではないかということだけを指摘しておきたい。実際、詩人たちはしばしば詩を庭に喩えてきた。例えば、マーヴェルとの影響関係が無視できないエイブラハム・カウリー（一六一八―一六六七年）は、日記作家、園芸家であったジョン・イーヴリン（一六二〇―一七〇六年）に宛てて「庭」と題された詩を書いたが、その中で、

In Books and Gardens thou hast plac'd aright
　(Things which thou well dost understand;
And both dost make with thy laborious Hand)
　Thy noble, innocent Delight[.]

（五―八行*21）

書物と庭の中に、あなたは正しく置いたのだ、
　（あなたがよく理解し、
あなたの刻苦精励の労力を使って作る両者の中に）
　あなたの高貴で無邪気な喜びを。

とイーヴリンを称えつつ、間接的に書物と庭とを重ねている。さらに、神が地と水を分け、植物を生じさ

せた天地創造の第三日目を神の書いた『自然の本』の第三巻に喩えつつ、庭が神の書いた詩であることを暗示している。

Where does the Wisdom, and the Pow'r Divine
In a more bright and sweet Reflection shine?
Where do we finer Stroaks and Colours see
Of the Creator's real Poetry,
　Than when we with Attention look
Upon the third Day's Volume of the Book?

（一六七—一七二行）

どこに、神の知恵と神聖な力は、
より輝かしく甘美な反射光として輝いているか？
どこに、我々は、創造主のまことの詩の
より繊細な筆致と色彩を見るか？
　我々が注意深く、神の書物の
第三日目の巻を観察する時ほどに。

また、ジョゼフ・アディソン（一六七二—一七一九年）は、庭について語りながら、堕落する前に始祖が住んでいた場所であるがゆえに庭は人間の生活において最も無垢の喜びを与えてくれる場所であること、「心を静けさと落ち着きで満たし、あらゆる荒れ狂う熱情を静めるのに本来、適している」（'It is naturally apt to fill the Mind with Calmness and Tranquillity, and to lay its turbulent Passions at Rest'）こと、神の計画や知恵についての偉大な洞察を得るための瞑想の場所であることを述べている。[*22] アディソンが取り上げている庭の特徴は、マーヴェルが、「我々が情熱の競争を走り終えたとき／愛の神はここを最上の隠れ家とする」（'When we have run our passions' heat, / Love hither makes his best retreat', 二五―二六行）と詠った項目を含め、すべて彼の「庭」の中で触れられている、庭を愛でる際の伝統的な表現である。しかし、庭と詩を重ねる比喩に関してアディソンはとりわけ詳しく、そこには独創性が見られる。

> I think there are as many Kinds of Gardening as of Poetry: Your Makers of Parterres and Flower-Gardens, are Epigrammatists and Sonneteers in this Art, Contrivers of Bowers and Grottos, Treillages and Cascades, are Romance Writers. ［Henry］ *Wise* and ［George］ *London* are our heroic Poets; and if, as a Critick, I may single out any Passage of their Works to commend, I shall take Notice of that Part in the upper Garden at *Kensington*, which was at first nothing but a Gravel-Pit. ... my Compositions in Gardening are altogether after the *Pindarick* Manner, and run into the beautiful Wilderness of Nature, without affecting the nicer Elegancies of Art.[*23]

詩の種類の数だけ庭の種類があると私は考えている。いろいろな形、大きさの花壇を装飾的に配置した庭や花園の作り手は、この芸術においての警句詩人やソネット詩人であり、あずまや、岩屋、組格子、人工滝の設計者は、ロマンス詩人である。ワイズやロンドンは、我らが英雄詩を書く詩人である。そしてもし批評家として私が推奨するために彼らの作品のどこか一節を一つ選び出すとすれば、私は、最初はただの砂利採取場でしかなかった、ケンジントンの上部の庭のあの部分に注目するだろう。……庭作りにおける私の作詩は、まったくピンダロス風の手法にならったもので、人為のより精密な優雅さを気取ることなく、自然の中の美しく荒廃にまかせた場所に至るものである。

吉川朗子は、このアディソンの随想がジョージ・ボーモント卿（一七五三―一八二七年）の所領で砂利採取場に過ぎなかった場所にワーズワスがウィンターガーデンを作る際に示唆を与えた可能性を示すとともに、作詩と作庭との相似関係に関してワーズワスにとってはそれが西洋ヒイラギ（the holly）の扱いに象徴的に現れていることを指摘している。[24] さらに付け足すならば、その理論的な表現として、ワーズワスがボーモント卿に宛てた手紙の中で、庭作りは詩や絵画と同じリベラル・アートであり、その目的は感情を動かす際に自然に助力することだと言っている箇所（'Laying out grounds, as it is called, may be considered as a liberal art, in some sort like Poetry and Painting; and its object, like that of all the liberal arts, is, or ought to be, … to assist Nature in moving the affections.'）が挙げられるだろう。[25] また、詩の中では、例えば、「アーテガルとエリドゥア」の第八連、霊感を求める祈りで、伝説の国王たちの兄弟愛の物語をこれまで歴史の野原で人知れず咲いていた花に喩えて、それを詩という庭に移植して名声を残そうとする決意を「さあ、優しい詩神たちよ、君たちの助けを与えたまえ、／私が詩で満たされた庭へ／この花を移植するあいだ」（'Now, gentle Muses, your assistance grant, / While I this flower transplant / Into a garden stored with Poesy', 六一―六三行）と詠って自らの詩と庭とを比喩的に重ねている。「さらば、ライダルの月桂樹よ！」で始まるソネットでは、ワーズワスが「四季を通して緑の木陰をたびたび訪れて、／自然に生えた……地面の花を／編むことをつつましく喜ぶ」（'haunting your green shade / All seasons through, is humbly pleased to braid / Ground-flowers, . . . self-sown', 六―八行）と言って、ライダル・マウントの庭に咲く花を自らの詩の言葉と重ねている。さらに解釈を広げていけば、「果樹園の小道」では、「この小さな場所には、君の名前が付けられるだろう!」（'This little lot shall bear Thy Name!', 六行）と詩人が言うとき、「この小さな場所」とは、庭の一部である果樹園の小道であり、「果樹園の小道」という題名を与えられた、この詩そのものを意味していると考えることもできるだろう。*[26] 詩の言葉は花であり、詩は庭なのである。

第一章

マーヴェルの「庭」と一七世紀の庭

ドメニコ・ザンピエーリ『ダフネを追いかけるアポロ』（ロンドン、ナショナル・ギャラリー）

柳田理科雄は、『空想科学「日本昔話」読本』(二〇〇六年)の中で昔話を現代の科学で説明しようとした。その一つ、「桃太郎はなぜ桃と一緒に切られなかったか」の章では、まず桃太郎がそこから生まれたとされる桃の大きさを問題にしている。「おばあさんが川で洗濯をしていると、川の上から大きな桃が、どんぶらこ、どんぶらこと流れてきました。おばあさんはそれを拾い上げ、家へもって帰りました」。絵本の挿絵作家は、桃の直径を様々に、例えば目測ほぼ、六〇センチ、八〇センチ、一メートルで描いていることを指摘し、「同じ形の物体の体積は長さの三乗に比例するため、直径がわずかでも違えば、重量の差は大変なものになる。買ってきた桃をもとに計算すると、直径六〇センチなら八四キログラム、八〇センチなら二〇〇キログラム、一メートルなら三九〇キログラムにも及ぶ」と柳田は言う。さらに、桃を切れば通常は種が出てくるところを代わりに赤ん坊が出てきたことから、「種と桃太郎は、それぞれの桃に対して、大きさの比率が同じだった」と考える。通常の桃の種は約四センチで新生児が膝を抱えて丸まった姿勢では、頭から尻まで四〇センチぐらいだとして、「桃太郎は種の10倍のサイズがあったことになる。ならば桃の直径も10倍で、80cm」と推計する。そして、赤ん坊が入っているような巨大な桃を拾い上げたおばあさんは、「200kgというバイクなみの重量物を持ち上げたことになる。なんという怪力バーサンであるか!」と賛嘆する。「そんな腕力があるなら、鬼退治にはおばあさんが行ってほしかった」という柳田の、そしてこの

『空想科学「日本昔話」読本』全体の目論見は、人間の想像力が生み出した世界を現代科学で説明することから生じるおかしみであることは言うまでもない。[*1]

文学という想像力の産物を実証主義の名の下に歴史的事実と考えられる情報で分析することは、実はかなり愚かなことかもしれない。しかしその試みが、新たな想像力を刺激し、さらなる産物を生み出すのだとすれば、我々文学者は自らの目的を果たしていると主張すべきだと思う。この章では、まずマーヴェルの代表的作品の一つ「庭」を構成する三つの要素、すなわち、『変身譚』、鳥、果実のそれぞれの詩的イメージについて、一七世紀に存在した庭空間と比べながら詩人の主張する想像力の意義を再確認したい。

『変身譚』、彫像、そして装飾刈り込み《トピアリー》

一七世紀英国の庭は、英国式自然景観庭園の対極である古典主義整形庭園であった。また、マーヴェルのような文芸復興期の作家たちは、ギリシア・ローマの古典文学や神話の風景描写から、理想的な庭園のモデルやモチーフを吸収していた。ウェルギリウスの『アエネーイス』から受け継がれた悦楽境（locus amoenus）を描く常套表現などはその典型的な一例である。特に、マーヴェルの詩の中で描かれる庭空間に大きな影響を与えているのは、文芸復興期の作家や画家たちによって彼らの作品にしばしば取り込まれた、ローマの詩人オウィディウスの『変身譚』であった。この作品は、一七世紀の庭にも影響を与えた。しばしば『変身譚』自体、その登場人物たちが配された自然の中で彼らがどのように変身したかを物語ったし、第一四巻の果樹の女神ポモナ（Pomona）と四季、庭園の神ウェルトゥムヌス（Vertumnus）の話のように庭自体がその背景となる場合もあった。ジョン・ディクソン・ハントによれば、逆に一七世紀の庭は、訪問者たちにオウィディウスの物語を思い出すように促したという。例えばジョン・イーヴリンは、一六四五年

にティヴォリ（Tivoli）のヴィッラ・デステ（Villa d'Este）を訪れた際のことを、「長く広い歩道、たくさんの噴水、そこでは、見事に中浮き彫りで彫られたオウィディウスの変身譚がすべて表されている」（'a long & spacious Walk, full of Fountaines, under which is historiz'd the whole *Ovidian* Metamorphosis in *mezzo Relievo* rarely sculptur'd'）と記録している。[*2]

また、古代ローマへの関心は、一七世紀英国の庭園様式をイタリア式庭園のそれへと向かわせた。マーヴェルの周りに存在した庭は、ロイ・ストロングの用語では、後期ルネサンスのマニエリスムの庭であり、噴水、小洞窟、トピアリー、四角い形状をその特徴としていた。イタリアでは、ヴィッラ・デステやプラトリーノ（Pratolino）、イギリスでは、トゥイッカナム・パーク（Twickenham Park）やパックウッド・ハウス（Packwood House）がその例である。[*3] マーヴェル自身は、一六四五年から四六年の間の時間を、正確にどれほどの長さの滞在かは分からないが、確かにローマで過ごしている。ナイジェル・スミスは、ローマのヴィッラ・ボルゲーゼ（Villa Borghese）とその庭や、ローマの南東数マイルにあるフラスカーティ（Frascati）のヴィッラ・アルドブランディーニ（Villa Aldobrandini）にあった彫像や植物で出来た日時計がマーヴェルの「庭」に反映されていると言う。[*4]

整形庭園は、幾何学的な形の領域と歩道などが作り出す軸の組み合わせがその空間を構成する。そして通常、軸の交点には、噴水や彫像が置かれる。マーヴェルの詩「子鹿の死を悲しむニンフの歌」の彫像／噴水も一七世紀の庭に見出される中心的構成要素の一つであると考えられる。「自分自身の庭」（'a garden of my own'，七一行）で悲嘆の涙にかきくれるニンフは、死ぬ前に自分と子鹿の墓とするべく、彫像を発注することを忘れなかった。

First my unhappy statue shall
Be cut in marble; and withal,
Let it be weeping too: but there
Th'engraver sure his art may spare;
For I so truly thee bemoan,
That I shall weep though I be stone:
Until my tears, still dropping, wear
My breast, themselves engraving there.
There at my feet shalt thou be laid,
Of purest alabaster made:
For I would have thine image be
White as I can, though not thee.

（一一一―一二二行）

まず不幸な私の彫像を
大理石で彫らせましょう。それに
涙も流させましょうね。でも、それには
彫刻師はきっと彼の技術を使わなくてもいいかもね。
子鹿さん、あなたのことを本当に悲しく思って私、石になっても泣くだろうから。
私の涙は、ずっと滴り落ちて、私の胸を
すりへらして、涙が涙自身を彫り付けるわ。
私の像の足もとに置かせようね、
いちばん純粋な雪花石膏であなたの像を作って。
だって、本物でなくってもあなたの像は、
できるだけ真っ白な像にしたいから。

オウィディウスの『変身譚』の韻文英訳者であり、マーヴェルの作品に影響を与えた、ジョージ・サンズ(一五七八―一六四四年)がイタリアを旅行した際、彼はナポリのトレド公爵の果樹園を見て、「多くのすばらしい彫像が、そしていたるところにニンフとサテュロス〔ローマ名 faun〕で飾られたさわやかな水の噴水がある、並外れた喜びの場所」('a place of surpassing delight; in which are many excellent Statues ... and everywhere fountains of fresh water adorned with Nymphs & Satyres')と感じた。[*5] また、彫像と化したニンフと子鹿(fawn)のように、マーヴェルの詩「庭を攻撃する草刈人」では、整形庭園を意味する「四角い庭」('the gardens square', 五行)の中に「妖精」(fairies, 三五行)と「牧神」(faun, 三五行)が立っている。詩人の作り出したイメージの材料が、当時の装飾された庭園に見られた彫像に由来するのは明らかだ。さらに、同じ詩の「ある古代の彫刻家の手によって磨かれた牧神と妖精の彫像が、/庭を飾るために立っているかもしれない」('Their statues polished by some ancient hand, / May to adorn the gardens stand', 三七―三八行)という表現は、ナイジェル・スミスが注を付けているように、発掘された古代の彫刻が、あらためて庭に設置されたことを暗示する(一三四頁)。例えば、イタリアでは、一六四六年と一六四七年にイタリアを旅行したジョン・レイモンドが、フラスカーティの邸宅を「人よりも神々が住むのにふさわしい」('fitter for the Gods to inhabit than men')と褒め称えたが、実際その庭には、ギリシア・ローマの神々や神話の生き物が彫像の形で住んでいた。[*6] マーヴェルの「庭を攻撃する草刈人」の話者が、庭の外に広がる自然を擁護して、彫像ではなく「神々自身が我々と一緒に住んでいる」('The gods themselves with us do dwell', 四〇行)と言うとき、草刈人の攻撃はレイモンドのようなイタリア式庭園の賛美者に対するものだった。また、イギリスでは、アランデル伯爵のトマス・ハワード(一五八五?—一六四六年)が、一六一五年に、建築家で仮面劇作家のイニゴー・ジョーンズ(一五七三—一六五二年)とともに、イタリアからイギリスに彫刻を持ち帰り、テムズ河畔のアランデル・ハウス(Arundel House)に造営した庭園にそれを展示した。一六二七年頃に描かれた、作者不明のアランデル伯爵の肖像画には、彫像の並べられた美術品陳列室が庭に向かって開かれ、ダニエル・マイテンス(一五九〇頃—一六四二年)による肖像画の背景には、彫像の配置された庭が存在している。[*7] また、チャールズ一世も、お抱えの彫刻家をローマに派遣し、セントジェイムズ宮殿(St. James's Palace)に飾る彫像の鋳型を入手させている。古代ギリシア・ローマの人文学的教養の誇示であることは言うまでもない。[*8]

「子鹿の死を悲しむニンフの歌」のニンフの悲しみが、想像の世界で自分自身を石像に、しかも涙を流し続ける石像に変えてしまうことを考えると、マーヴェルの詩の中に設置された彫像は、古典文学の畑から掘り出されたものでもあると言えるだろう。マーヴェルが下敷きにしているのは、オウィディウスの『変身譚』第六巻(特に二八六—三一二行)のニオベ(Niobe)の話である。アポロとダイアナにわが子たちを殺されて、ニオベはほとんど食事もせず悲しみのあまり死んでしまう。彼女を憐れんだ神々は、まるで涙のように水を流し出す大理石の塊に彼女を変えたという話である。ローマ近郊のティヴォリやフラスカーティに存在した庭、そしてフィレンツェのボーボリ庭園（Giardino di Boboli）の小洞窟などでは、ハントが指摘しているように、オウィディウス的な響きが、彫像によって増幅されたと考えられる。『変身譚』の登場人物が、石に変えられた場合は、庭の訪問者は彫像を見て、なおさらその彫像の来歴をオウィディウスの物語に重ねたであろう。[*9] また、一七世紀のイタリアへのイギリス人旅行者リチャード・ラッセルズが、ローマのヴィッラ・ボルゲーゼで「そのような神話の世界」（'a world of such like fables'）と呼んだ庭空間には、フェニキアの王女エウロペの陵辱を彫ったものが含まれていたようであるが、[*10]『変身譚』に横行する激しい性的衝動の主題は、マーヴェルの「庭」の第四連でもマーヴェルらしい視点の転換をともなって、樹木性愛へと置き換えられる形で扱われている。

When we have run our passions' heat,
Love hither makes his best retreat.
The gods, that mortal beauty chase,
Still in a tree did end their race:
Apollo hunted Daphne so,
Only that she might laurel grow;
And Pan did after Syrinx speed,
Not as a nymph, but for a reed.

（二五—三二行）

我々が情熱の競争を走り終えたとき
愛の神はここを最上の隠れ家とする。
神々は、人間の美女たちを追うが、
いつも彼らの競争は、一本の木で終わった。
アポロがダフネを追ったのも
彼女を月桂樹に変身させるため。
パンがシュリンクスのあとを追ったのも
ニンフではなく、一本の葦を得るためだった。

もちろん、『変身譚』では、河神の娘ダフネは、アポロに捕まりそうになったとき、父なる河神に必死に救いを求めた結果、月桂樹に変身して、アポロは彼女をあきらめざるを得なくなったのだし、情欲を抱いた牧神パンがアルカディアのニンフ、シュリンクスを追ったとき、彼女は処女を守るため、ラドン川のニンフたちの助けで葦に変身したのであった。アポロがダフネを、彼女が月桂樹に変わるようにと追いかけたとか、パンが一本の葦を求めてシュリンクスを追ったと言うとき、詩人は、木々への、そして庭への偏愛を語るべくアポロやパンの意図を故意に歪曲したのである。女性と木、熱狂の対象は異なる。しかし、その偏った気持ちと偏った物の見方は同じである。一六三〇年代にオランダから広まったチューリップ狂（tulipomania）に代表されるような庭狂い、庭中心主義への穏やかな嘲笑が含まれているという解釈も成り立つだろう。

ともかくも、これらの神々や神話の世界の生き物たちがマーヴェルの時代の庭にも彫像として生息していた可能性は高い。ある研究者は、水力仕掛けで動く海神ネプチューンが海の精ガラテイアを追いかける彫像の例をあげて、シュリンクスを追うパン、ダフネを追うアポロの、同様の彫像があったかのような記述をしている。[*11] マーヴェル自身は、イタリアの彫刻家ベルニーニ（一五九八―一六八〇年）の彫刻「アポロとダフネ」（一六二二―一六二五年）を、それが庭に配置されていないまでも、彼がローマを訪れた際に見ることができたはずである。マーヴェルのほぼ一年前にイーヴリンは、ローマのヴィッラ・ボルゲーゼを訪れ、「あらゆる種類の非常に美味な果物、外来種の薬草、様々な工夫を凝らした噴水、小洞窟、そして小川で充満した」庭（'This Garden abounded with all sorts of the most delicious fruit, and Exotique simples: Fountaines of sundry inventions, Groves, & small Rivulets of Water'）を楽しんだ後で、このベルニーニの新作（'The new Piece of Daphny'）を見ている。[*12] また、ヴィッラ・デステの「ダイアナの小洞窟」には、月桂樹に変えられるダフネが浅浮き彫りで描かれていたし、ヴィッラ・アルドブランディーニの庭の小洞窟には、ドメニコ・ザンピエーリ（一五八一―一六四一年）による、現在はロンドンのナショナル・ギャラリー所蔵の、アポロと月桂樹に変身するダフネの絵画が存在していた。[*13] 特に後者の画面左や背景に描かれた、絡み合うような樹木は、マーヴェルの「庭」に樹木性愛のインスピレーションを与えた可能性を充分示唆している（第一章扉絵参照）。[*14] しかし、庭空間とのかかわりでこのマーヴェルの変身譚を読み直す際、これまで指摘されず、私が最も想起すべきと考えるのは、装飾刈り込み《トピアリー》（topiary）での表現である。

古代イタリア、トスカーナ荘の庭を伝える小プリニウス（六一？―一一三年頃）の手紙にトピアリストの業になる「動物の形」（'figures of animals'）や「様々な形に刈り込まれたツゲの木や灌木」（'box and shrubs cut into different shapes'）のことが書かれている。そして、プリニウスに従ったアルベルティ（一四〇四―一四七二年）の進言で、例えばフィレンツェの貴族ルチェラーイ家の庭（The Rucellai gardens）には、「球体、柱廊玄関、神殿、花瓶、つぼ、猿、驢馬、牛、熊、巨人、男、女、兵士、怪物ハルピュイア、哲学者、教皇、枢機卿」（'spheres, porticoes, temples, vases, urns, apes, donkeys, oxen, a bear, giants, men, women, warriors, a harpy, philosophers, Popes, Cardinals'）の形に刈り込まれた木々があったこと、メディチ家の庭には、「象、猪、帆船、雄羊、耳を立てた野うさぎ、犬から逃げる狼、枝角を生やした鹿」（'elephants, a wild boar, a ship with sails, a ram, a hare with its ears up, a wolf fleeing from dogs, and antlered deer'）の形をしたトピアリーがあったことが分かっている。[*15]こうしたイタリアの影響を直接受けたのが、イギリスにおいてはハンプトン・コート（Hampton Court）の庭であった。エリザベス女王崩御四年前の内庭（Privy Garden）をスイス人旅行者トマス・プラター（一五七四頃—一六二六年）が次のように描写している。

あらゆる種類の形があった。男、女、半人半馬［すなわちケンタウウロス］、セイレン、籠を持って給仕する女中、フランスユリ、乾いた小枝を結び合わせて、既に述べた常緑生垣の灌木で作った、あるいは、すべてローズマリーでできた、繊細な銃眼つき胸壁、みなまったくの本物のようで、二つとないほど巧妙に、そして面白く編み合わされ、交じり合わされ、一緒に生やされて、絵のように刈り込まれ、整えられている。[*16]

このようなアルス・トピアリア（ars topiaria）は、マーヴェルの時代にも魅力的な庭の一部であり、[*17]イングランド北部ヨークシャーの果樹園と庭園の経営者ウィリアム・ローソン（一五五三／五四—一六三五年）の、一六一八年、一六四八年、一六五三年にも再版された、『新しい果樹園と庭園』（一六一八年）の「装飾」を扱った第一七章にも見出される。

Your Gardner can frame your lesser wood to the shape of men armed in the field, ready to give battell: or swift running Greyhounds: or of well sented and true running Hounds to chase the Deere, or hunt the Hare. This kind of hunting shall not wast your corne, nor much your coyne.*18

あなたの庭師が、たけの短い木を戦場で突撃する準備をした兵士の形、もしくは、すばやく走るグレーハウンドの形、鹿を追いかける、野うさぎを狩る、嗅覚のよい本物の、走る猟犬の形に縁取ることができる。この種類の狩はあなたの小麦を傷めもしないし、たくさんのお金もかからない。

ある程度複雑で動きのある対象を装飾的に刈り込むことができるならば、マーヴェルの「庭」の中で、ニンフを追いかけるアポロやパンを木々で形作るのも不可能ではないだろうし、何よりもトピアリーが表現する対象が最終的に植物に変身して、緑の彫刻と化する場合には、まさしくオウィディウスの『変身譚』と通じ合うことになる。マーヴェルの詩「子鹿の死を悲しむニンフの歌」で石化したニンフが噴水／彫像の形でマーヴェルの詩の中の庭に存在するように、マーヴェルの詩「庭」の中では、月桂樹や葦に変身したニンフたちはトピアリーの形で想起されるべきなのかもしれない。

鳥と噴水

マーヴェルは「庭」の第七連で、噴水（'the fountain', 四九行）に言及している。これが自然の「泉」ではなく「十中八九、噴射口を持った機械仕掛け」（'Most probably a mechanical device with a water jet', 一五八頁）だろうというスミスの注を正しいとしよう。ルネサンス後期、マニエリスムの庭のもう一つの特徴は、水力を利用した機械仕掛けの噴水だったからである。例えば、『イタリアの旅』を書いたラッセルズは、フラスカーティのヴィッラ・アルドブランディーニにあった様々な機械仕掛けの噴水を描写しているが、その中の「旋律的に葦笛を奏でる牧神パン」（'Pan [who] playes on his mouthorgan tuneably'）や、フィレンツェ、プラトリーノの庭園にあった「彼の上に現れた恋人の姿を見て、葦笛で美しい調べを奏でる牧神パンの仕掛け」（'that of Pan striking up a melodious tune upon his Mouth-Organ at the sight of his *Mistriss*, appearing over against him'）のように、動き、音さえ発する仕掛けなのである。そしてこれらの発明品は、水の力であたかも独りでに動くかのように稼動した（'all this done by water, which sets these little inventions awork, and makes them move as it were of themselves'）。[*19] このような仕掛けを得意としたのは、フランス人、サロマン（一五七六―一六二六年）とアイザック（一五九〇―一六四八年）のドゥ・コー兄弟であった。サロマンは一五九五年から九八年にかけてイタリアの庭園を手がけ、一六〇七年から一六一三年までイギリスに滞在し、サマセット・ハウス（Somerset House）、グリニッジ・パレス（Greenwich Palace）、リッチモンド・パレス（Richmond Palace）などで庭園を管理し、改造する仕事に従事していた。その結果として、趣向を凝らした泉、小洞窟、機械仕掛けの噴水装置などを配置したマニエリスム的な庭園がイギリスに出現するのを助けたのである。[*20]

これまでマーヴェルの「庭」の、同じ第七連に住む「鳥」は、あくまで詩人の魂の表象としか見られて来なかった。常套的な詩のイメジャリとして鳥は魂を表すし、「庭」は瞑想の場でもある。まして「肉体の衣を脱ぎ捨てたあと／私の魂は枝へと滑りゆく」（'Casting the body's vest aside, / My soul into the boughs does glide'、五一―五二行）と書いてあるのだからなおさらである。「愛の定義」の中の「弱々しい希望」（'feeble Hope'、七行）の鳥が「金ぴかの羽」（'its tinsel wing'、八行）を羽ばたかせている場合ほどはっきりと分かる人工的な描かれ方ではない。[*21] しかしあえて、この鳥がマニエリスムの「庭」に住んでいるとすると、マーヴェルの、その「銀の翼」を'whets', すなわち「羽繕いする／磨ぐ」金属的な鳥のイメージが見えて来ないだろうか。

There like a bird it sits, and sings,
Then whets, and combs its silver wings,
And, till prepared for longer flight,
Waves in its plumes the various light.

(五三―五六行)

そこでそれは鳥のようにとまり、歌い、
銀の翼をみがき、くしけずり、
そして、さらに長い旅の準備ができるまで、
その羽に様々な光を波立たせる。

ローマ、ヴァティカン宮殿（Palazzi Vaticani）の教皇の庭には、ラッセルズが見たように、装飾品として、「真鍮でめっきしたパイナップル」（'the Pineapple of brass guilt'）だけではなく「真鍮でめっきした二羽の大きなクジャク」（'the two great Peacocks of brass guilt'）が配置されていた。そして、さらに注目すべきは、こうした人工の鳥は水力によって鳴き、動いたのである。ラッセルズは、プラトリーノの噴水仕掛けに「木々の中でさえずる鳥たち」（'*Birds* chirping in trees'）があることや、ヴィッラ・デステには、「にせものの鳥たちが、

おのおのそれぞれの本当の性質にしたがって、本物の木々の上で囀っている。そして、にせもののフクロウが現れ、木にとまって、ほーっと鳴くのを見ると鳥たちは一斉にけたたましく鳴く」（'Here false birds chirping upon true trees, every one according to his true nature; and all of them chattering at once at the sight of a false owl appearing and howling in a tree.'）仕掛けがあることを記録している。そして同じような仕掛けを一六四五年の五月七日にイーヴリンが見ている。[*22] マーヴェルがローマに到着したと考えられるのはその数ヵ月後であった。

一六五九年に英訳が出版された、アイザック・ドゥ・コーの『泉よりも高く水を上げる最も簡単な方法を示した、新しく稀なる水力機械仕掛けの発明。その発明によって不断の動きが提示され、多くの苦しい労働が果たされ、様々な運動と音が作り出される』には、仕掛けの仕組みが図入りで説明されている。図の説明では、「水と空気によって小鳥の声を模造するために」（'To counterfeit the Voice of small Birds by means of Water and Air'）オルガン職人が作るような「小さな笛」（'a smal Whistle'）が嵌め込まれ、「自然のものと同じように彩色された、木製、もしくは金属製の鳥」（'some Birds of Wood or Metal, painted like as the natural'）を木の枝に置くように指示されている（図版1参照）。

　もう一つの図では、「フクロウが自分たちのほうに向かって来るとき、様々にさえずり、再び引き返したときにさえずるのを止める、様々な鳥たちを表すため」（'To represent

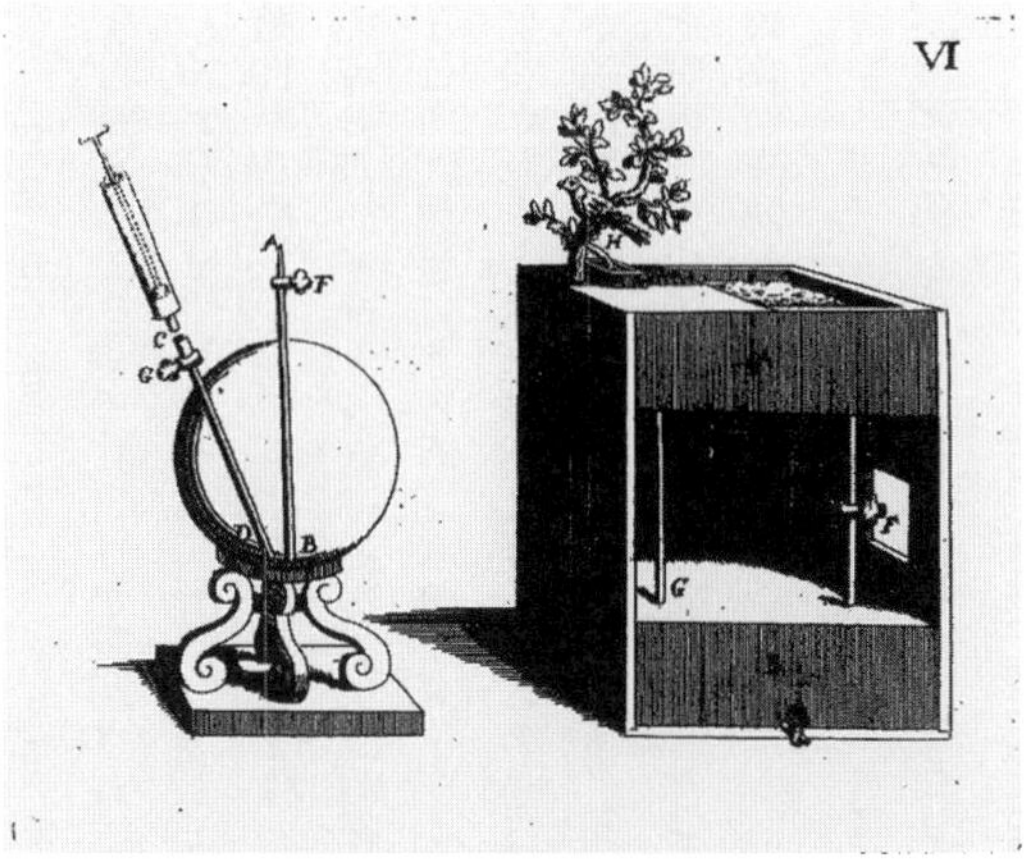

図版1　水力機械仕掛けの鳥

divers Birds which shall Sing diversly when an owl turns towards them: and when the said owl turns back again, they shall cease their Singing'）の仕掛けが説明されている（図版2参照）。[*23]

ロバート・フック（一六三五―一七〇三年）は、『ミクログラフィア』（一六六五年）の中で、光の運動が、「振動性」（'vibrative'）で、水面に波紋を作って広がる「波」（'waves'）と同じ運動であると述べた。[*24] マーヴェルの魂の鳥のイメージは、その翼の「銀色」が人工的な響きを持つと同時に、反射した光を「波立たせる」ことで、銀色にきらめく水のイメージをも内包させている。もしも「庭」のこの部分が王政復古よりも前に書かれたとすれば、よけいにこの鳥は、比喩ではない、実際の水で光を反射させているように思えないか。作者不明の、一六一〇年頃のイタリア旅行記、『イタリア中で何が最も見る価値があるかの真実の描写と案内』の中の、ローマ近郊、ティヴォリの庭では、重なってはいないまでも、この人工の鳥と水のきらめきが隣同士で記録されている。

> Not far from thence is an artificial water-work, which being let go, the birds do sing, sitting upon twigs, so naturally, as one would verily think they were all quick and living birds, which is occasioned by the water; and, when they are in the midst of their best singing, then comes an owl flying, and the birds suddenly, all at once, are still. Then go a little further, and you shall see twenty-fours quare［sic］stones, like chests, having on each side spouts, spirting water one against another; and, when the sun doth shine thereinto, the spouts and water do give natural rainbow, notwithstanding the weather be clear; which is a very great wonder, and, whoso doth see it, would swear it were a natural rainbow indeed.[*25]

図版２　水力機械仕掛けの鳥たちとフクロウ

そこから遠くないところに人工の水力仕掛けがある。それを稼動させると、鳥たちが、本当にそれがみな生身の生きている鳥だと思ってしまうほど、とても自然に、小枝にとまり、囀る。それが水で動くのだ。そして、鳥たちが最もうまく歌っている最中に、フクロウが飛んで来る。そうすると鳥たちは突然、一斉に鳴き止む。それからもう少し先へ行くと、二四個の、箱のような四角い石がある。それぞれの面に噴出口がついていて、お互いに向かって水を噴出するのだ。そこに太陽が照れば、その噴水のほとばしりは、雨も降っていないのに自然の虹をかける。それは大きな驚きで、それを見る者は誰でも本当にそれは自然の虹に違いないと断言するだろう。

マーヴェルの「庭」に書かれた鳥のイメージは、もちろん自然の鳥が、魂の飛翔と重ねられたものであってかまわない。しかし、ともかくも一七世紀の「庭」には、噴水の水を利用した機械仕掛けの鳥も生息していたのである。そしてこのことは、私が別の所で論じたような、マーヴェルの「庭」の日時計が、機械仕掛けの時計と対照的に使われているのではないかということと同じレベルで考えられるのかもしれない。[*26]

さて、これまで我々は、一七世紀の庭を知るために主に旅行記に頼ってきたが、以下、我々の知識は、同時代の草本誌や園芸書に頼ることになる。[*27]

果実

一七世紀には「庭」という言葉と「果樹園」という言葉はしばしばそれらが同意語であるかのように用いられていた。多くの園芸家たちが、「楽園とは庭、つまり果樹園である」というような言葉使いをしていた。[*28] だから当然ながらマーヴェルの「庭」の第五連で様々な種類の果物が描かれる。そしてそれらは、エデンの園のような豊穣さを表すために、他の「花々」や「芝生」を含めて、相互にかなり隣接した空間に植えられ、同時に果実を実らせている印象を与えている。

What wondrous life is this I lead!
Ripe apples drop about my head;
The luscious clusters of the vine
Upon my mouth do crush their wine;
The nectarene, and curious peach,
Into my hands themselves do reach;
Stumbling on melons, as I pass,
Insnared with flow'rs, I fall on grass.

（三三―四〇行）

私が過ごすこれは、なんというすばらしい生活か！
熟した林檎は顔のまわりに落ち
甘美な葡萄の房は私の口で
みずからを押しつぶし酒を滴らす。
ネクタリン、そして珍種の桃は
みずから伸びて私の手の中へ届く。

通りすがりに、メロンにつまずき
花々のわなにかかり、私は草の上に倒れる。

マーヴェルの「庭」の話者が、「私が過ごすこれは、なんというすばらしい生活か！」と嘆息する官能的な喜びは、先に引用した『新しい果樹園と庭園』を書いたローソンの「どんなに喜びで包まれるだろうか？」('How will you be wrapt with delight?')、「これはなんという喜びか？」という果樹園での耽溺と共通する。

> View now with delight the works of your owne hands, your fruit-trees of all sorts, loaden with sweet blossomes, and fruit of all tasts, operations, and colours: your trees standing in comely order which way soever you look. / Your borders on every side hanging and drooping with Feberries, Raspberries, Barberries, Currents, and the roots of your trees powdred with Strawberries, red, white and green, what a pleasure is this?[*29]

自らの手で行った仕事、甘美な花をいっぱいつけた、あらゆる種類の果樹、あらゆる味、効用、そして色をした果物、どちらを見ても美しく秩序だって立っている木々を喜んで眺めよ。どの側の境もグースベリ、ラズベリ、メギの実、フサスグリの実がしだれ、垂れ下がり、木々の根元には、赤、白、緑色のイチゴがちりばめられている。これはなんという喜びか？

ローソンの住むヨークシャーでは、ベリー類を栽培するには「幾ばくかの太陽の反射やその他の同様の手段」（'some reflex of Sunne, or other like meanes'）で助けてやる必要があったが、少なくともマーヴェルの果実と比べてみれば、ローソンの果実は、上記の引用と同じ頁で列挙されている「ケンティシュチェリー、ダムソン、プラム」（'Kentish Cherries, damsons, Plummes'）を含めて、極めて現実的な、実際にローソンの目の前に存在する果実であったろうということが伝わってくる。ヨークシャーのような「北の国々で最も普通の、最も適した果樹は、林檎、西洋梨、チェリー、セイヨウハシバミ、赤プラム、白プラム、ダムソンやインシチアスモモである」（'Fruit-trees most common, and meetest for our Northerne Countries [are] Apples, Peares, Cheries, Filberds, red and white Plummes, Damsons, and Bullis'）とローソンは述べている。*30

マーヴェルの「庭」で描かれている果物が、林檎以外、イギリスの自然環境の中では栽培に極めて手のかかる果物であったことは、当時の園芸書を読めば明らかである。葡萄園に関しては、ヘンリー八世による修道院の解散後、ほとんど「その整え方を知る者が絶えてしまった」というのが通説であるし、イギリス産ワインは、フランスのガスコーニュ地方から輸入されるワインに対して競争力を持ち得なかったようである。*31 もちろん葡萄園がなかったわけではないものの、例えば、ハットフィールド・ハウス（Hatfield House）で初代ソールズベリー伯爵によって作られた葡萄園を一六四三年に見たジョン・イーヴリンは、そのすばらしさを'the most considerable rarity'という言葉を使って表している。*32 つまり、レアなのだ。一七世紀後半になって、ウィリアム・ヒューズが『完全なる葡萄園』（一六六五年）、セントジェイムズ宮殿の国王専属庭師ジョン・ローズ（一六一九―一六七七年）が『イギリス葡萄園擁護論』（一六六六年）を出版し、イギリスでの葡萄栽培とワイン産業の奨励をねらったが、期待された効果はあがらなかった。彼らはイギリスで葡萄栽培が盛んにならないのは国民の怠惰に原因があると考えていた。*33 葡萄栽培に人の手助けが必須であることは、例えば、エイブラハム・カウリーが詩人キャサリン・フィリップス（一六三一―一六六四年）

の死によせた追悼詩の中で、彼女の活気に溢れた詩的想像力が美徳に支えられていたことを表すために、次のような園芸的な比喩を使ったのを読めば分かるだろう。

… Wit's like a Luxuriant Vine;
　Unless to Virtue's Prop it joyn,
　Firm and Erect towards Heaven bound;
Tho' it with beauteous Leaves and pleasant Fruit be crown'd,
It lies deform'd, and rotting on the Ground.*34

……活気に溢れた想像力は、繁茂した葡萄のよう。
　天に向かってしっかりと直立した
　美徳の支柱に結びつけられなければ、
美しい葉と美味なる果実で栄冠を与えられようとも
地面の上で、形が損なわれ腐って横たわるだけ。

また、ネクタリンは外果皮が無毛、桃は有毛なだけで、両者は同属、原産はペルシアである。マーヴェルの詩にネクタリンが出てくるのは、詩的文脈からするとその名前が、ギリシア神話の神々の酒（nectar）に由来するからだと考えるのが説明しやすいが、それだけではないだろう。ジョージ・エサリッジ（一六三五?―一六九一年）の『当世風の男』（一六七六年）には、当時、桃もネクタリンもロンドンの朝市で売られていたことが窺える台詞が出てくる。[*35] 商業園芸は、一七世紀の最初の一〇年間にイギリスの幾つかの場所、ほとんどは南部の大きな町の近辺に広がり、一六四〇年代以降になって市場向け農園（market gardens）の本格的な進展が始まる。[*36] だから一七世紀初頭においては、富裕層が口にする野菜の多くは市場からではなく、自らの館の庭からであった。例えばベン・ジョンソン（一五七二―一六三七年）が描いた田舎屋敷の庭では、「金を出さなくてよい食物」（'un-bought provision'）が栽培されていたし、トマス・カルー（一五九五?―一六三九?年）が描いたサクスム屋敷には、「その土地本来のうまきもの」（'native sweets'）が満ち溢れていた。[*37] しかし一七世紀中葉以降に書かれたマーヴェルの「庭」の果物は、もはやそのような自己充足的イメージを喚起しない。マーヴェルの果物は、既に貨幣経済、市場経済との関わりを喚起する。そして、それらは高価な果物なのだ。[*38] イギリスでの桃の栽培は、ジョン・ラウドン（一七八三―一八四三年）が一九世紀になって出版した『ガーデニング百科事典』（一八二二年）の中でも「イングランドにおいて、通常の季節で露地栽培では、そこそこ完璧に実る桃は、わずかな品種しかない」（'In England, there are but few sorts of peaches that come to tolerable perfection in the open air, in ordinary seasons'）と言っていることは重要である。なぜならマーヴェルのネクタリンや桃も、もしこれらが一七世紀のイギリスの庭から採って来たものだとすると何らかの人為的な温度管理が必要だった可能性が極めて高いからである。[*39]

ラウドンのまとめでは、桃の品種は一五七三年に二種類、一六二九年に二一種類、一七五〇年に三一種類（'*There are many fine varieties of the peach*: Tusser, in 1573, mentions peaches, white and red; Parkinson, in 1629, enumerates twenty-one; and Miller, in 1750, thirty-one varieties.'）だったから、マーヴェルの時代にも急速に新しい品種が開発されていたのは事実であろう。[*40] また、「庭」の中の「桃」に付けられた'curious'という形容詞が示すように、マーヴェルの植物はしばしば、当時 Cabinet of Curiosities と呼ばれた、珍奇な物の収集品箱に収められるようなレア物のニュアンスが強い。例えば、「庭を攻撃する草刈人」の中には、「ペルーの驚異」（'*Marvel of Peru*', 一八行）というエキゾティックな花への言及があるし、クロムウェルの庭では、イタリアのベルガモに由来する果実「ベルガモット」が栽培されていたかのように（'his private gardens, where / He lived reserved and austere, / As if his highest plot / To plant the bergamot', 「クロムウェルのアイルランドからの帰還によせるホラチウス風オード」、二九―三二行）、[*41] また、ローソンの庭と同じようにヨークシャーにあったフェアファックス卿の庭では、ブラジル原産の「おじぎ草」（sensitive plant）が比喩表現の中で想起されている（'Conscience, that heaven-nursèd plant ... / A prickling leaf it bears, and such / As that which shrinks at every touch', 「アップルトン屋敷によせて」、三五五、三五七―三五八行）。当時、海外各地で植物採集を行い、ロンドンのランベス地区に「箱舟」（The Ark）と呼ばれた博物館兼植物園を開設したジョン・トラデスカント親子（［父］一五七〇―一六三八年、［子］一六〇二―一六六二年）の庭をマーヴェルが訪れていた可能性も高い。この文脈で言えば、マーヴェルの「庭」の「林檎」も他の珍しい果物に合わせて、パイナップル（pineapple）のことだという注釈も成り立つかもしれない。ジョン・トラデスカント・ジュニアがチャールズ一世のためにオートランズ宮殿（Oatlands Palace）の庭でパイナップルを育てていたという説もあるし、トラデスカント親子の博物館には、乾燥したパイナップルの見本が展示されていたという。[*42] そしてともかくも、「庭」の中で話者がつまずく「メロン」は、マーヴェルの別の詩「バミューダ諸島」では、「オレンジ」、「ザクロ」、「イチジク」（'the orange', 'the pom'granates', 'the figs', 一七、一九、二一行）と一緒にエキゾティックな果物として並べられている（'[He] throws the melons at our feet', 二三行）のである。[*43]

　マーヴェルの「庭」の四〇行目「花々のわなにかかり、私は草の上に倒れる」は、「イザヤ書」第四〇章第六、七節「人はみな草だ。その麗しさは、すべて野の花のようだ。主の息がその上に吹けば、草は枯れ、花はしぼむ。たしかに人は草だ」を反響させて、人間の死すべき運命を、そして三四行目の「林檎」と合わせて、エデンの園での人の堕落した状態を想起させる。「メロン」がギリシア語の語源では「林檎」を表すと指摘したのはエンプソンであった。[*44] 一七世紀オランダ絵画の静物画に描かれた花々や果実は、トロンプ・ルイユ（trompe l'oeil）として実在する植物を写実的に描きつつも、すべては衰え、死んでいく、だから奢りや高慢を避けよ、というメッセージをも排除しない。マーヴェルの列挙した果物はみな、すぐに悪くなる、柔らかい実の果物ばかりである。第九連の日時計を、ヴァニタス静物画（Vanitas still life paintings）に典型的に描かれる砂時計や懐中時計の変形として考えることもできるだろう。[*45] そのように、一七世紀の現実の庭から、より観念的な庭への身振りを、マーヴェルの「庭」は忘れない。しかし我々は、あえて桃太郎の生まれた桃を現実の桃と同じレベルで考える柳田理科雄のように、マーヴェルの果物、特にメロンを実証主義的にとらえる考え方をもう少し続けてみようと思う。

先に述べたように、マーヴェルの果物は、高価で珍奇な品種であると考えるのが妥当であるように思われる。ヴォン・マルツァーンは、一六二九年に出版されたジョン・パーキンソン（一五六七―一六五〇年）の『日のあたる楽園、地上の楽園』から都合のいい箇所を引用して、メロンは「『この国では近年まで適切に栽培する技術がなかった』ので『その果実が美味なだけでなく珍しいゆえに以前は偉人たちのみによって食されていた』」（"'They haue beene formerly only eaten by great personages, because the fruit was not only delicate but rare,' since 'This Countrey hath not had vntill of late yeares the skill to nourse them vp kindly'"）と言う。[*46] ところが実際、パーキンソンはこれに続けて「しかし今は、［メロン栽培に］よく経験を積み、彼らの土地をよく準備して、ほどよい時期に多くの実りを毎年、収穫する者が多い」（'but now there are many that are so well experienced therein, and haue their ground so well prepared, as that they will not misse any yeare, … to haue many ripe ones in a reasonable time'）

ことや、「しかし今は、技術を持ち、［自分たちの主人たちを喜ばせるためではなく］自分のために土地を整える様々な他の人々が、メロンを植え、さらにそれらを一般的なものにしている」（'but now diuers others that haue skill and conuenience of ground for them, do plant them and make them more common'）と述べて、既に一七世紀初期の段階で、メロン栽培がかなり普及しているという現状を強調している。[*47] 一七世紀後半、パーキンソンの本に改訂が必要であると感じたジョン・リーアは、「そこに記された多く［の品種］が時間の経過によって陳腐なものになり、その価値のなさゆえにあらゆる良い庭から追い出されている」（'a multitude of those there set out, [are] by Time grown stale, and for Unworthiness turned out of every good Garden'）と書き、さらにジョン・ウォーリッジは、「今は庶民の食べ物となっている我々の農作物の多くが、つい最近まで、珍しいものとして尊ばれていた」（'many of our now vulgar dishes of Tillage … were but lately esteem'd as rarities'）と書いている。これらの所見が示唆する一七世紀における急速な農業の発展はメロン栽培にも少なからず反映されているに違いない。[*48]

しかし厄介なのは、園芸の素人にとってのみならず、当時の専門的園芸書でさえも分類に関して厳密とは思えないということである。メロンは、キュウリ（cucumber）と同属であるし、カボチャ（pompion）もメロンと呼ばれることがあるからだ。皆、ウリ科の植物であることは共通している。別の言い方をすれば、ウリ科植物の総称である **squashes** は、**pumpkins** や **gourds** から **cucumbers** や **muskmelons** まで含み、名称としては交換可能な使われ方をしていた。ジョン・ジェラードの『本草誌』、及びそのトマス・ジョンソン版（John Gerarde, *The Herball or Generall Historie of Plantes*, 1597, enlarged by Thomas Johnson, 1636）でも **'Muske-Melon, or Million'** のすぐ後に **'Melons, or Pompions'** の説明が続いており、パーキンソンもまた「カボチャまたは大メロン（または、そう呼ぶ人たちもいるように、メロン）」（'The Pompion or great Melon (or as some call

図版 3　ジョン・パーキンソン、『日のあたる楽園、地上の楽園』(1629 年) は、1. 普通のキュウリ、2. 長い黄色いスペイン・キュウリ、3. 普通のメロン、4. 最も大きいマスク・メロン、5. カボチャを同じ頁で示している。

it Milion’）と記している（図版3参照）[*49]。このことは、当時の苗床が植物の種類別に分類されており、メロンもその同属と一緒に植えられていたらしいことと関係しているのかもしれない[*50]。もちろんキュウリやカボチャのイギリスでの栽培は、メロンに比べればより容易で一般的であったことは想像に難くない。

　ともかく、いわゆるキッチン・ガーデンでのメロンらしきものの栽培もまた一七世紀が進むにつれて広まっていたのではないかと考えられる。ジャーヴェス・マーカムの『田舎の農園』（一六一六年）では、野菜スープを作るための豆類に続いてキュウリと共にメロンが列挙されている。また、先に触れた庭師ウィリアム・ローソンが書いた『田舎の主婦の庭』（一六一八年）にもカボチャとメロンが植えられていたような記述が見受けられるし、一五七七年初版のトマス・ヒル、『庭師の迷路、もしくはガーデニングの新しい技術』のキッチン・ガーデンにもマスク・メロンが植わっていたようである（‘Chap. XXVII Here followeth the ordering of the Kitchin Garden, for Plants, Hearbs, Roots, &c. And first for Cucumbers, Pumpions, Musk-millions, Cabbadges, and Gilly-flowers’）[*51]。重要なのは、キッチン・ガーデンに植えられていたメロンは、高級な果物というよりはむしろ一般民衆の食する野菜の一種だったということである。ウィリアム・ハリソン（一五三四―一五九三年）は、一五八七年にウリ科の植物が他の野菜と共に貧しい庶民によって栽培されていたことを記録している（‘… in my time their use is not onelie resumed among the poore commons, I meane of melons, pompions, gourds, cucumbers, radishes, skirets, parsnips, carrets, cabbages, nauewes, turneps, and all kinds of salad herbs ….’）[*52]。さらに、一七世紀後半のものと思われる、種苗商エドワード・フラー（一六八〇―一七二〇年頃活躍）の広告には、Sallad-Seeds の項目にキュウリ、カボチャと共に‘*English* Melon. *French* Melon. *Spanish* Melon.’の種が、極めて普通に並べられている[*53]。

　メロンは、稀にしか口にできない高級品なのか、それとも庶民の野菜なのか、その曖昧さを伝えている例が、ナサニエル・ベイコン（一五八五—一六二七年）によって描かれた野菜と果物の静物画（*Cookmaid with Still Life of Vegetables and Fruits*, 一六二〇頃—一六二五年）である（次頁の図版4参照）。そこでは、豊穣の女神ケレスやそれに見立てられた身分の高い女性ではなく、また、おそらくはそのメロンの生産者であるベイコン自身でもなく、料理女中が構図の中心に置かれ、画面の左には切られたマスク・メロンが他の果物と共に並べられ、画面の右側にはキャベツやカボチャなどの野菜が描かれている。[*54] いわば専門家によるレア物としてのメロン栽培の普及とともに、庶民的野菜としてのメロン栽培が一般的になっていく中で、無視できないことは、そして皮肉なのは、もしもヴォン・マルツァーンが主張するように、マーヴェルの「庭」が王政復古後に書かれたものだとすると、メロンが珍しくない時代に、少なくともメロンという言葉の珍しさと高級感が、急速になくなりつつあった時に書かれたことになってしまうということである。換言すれば、マーヴェルの果実をできるだけ高価な、めずらしい品種と受け取るためには、できるだけマーヴェルの「庭」は早く書かれたものと考えるほうが一七世紀の庭の実情にあっているのではないだろうか。

ジョン・ローズがセントジェイムズ宮殿の庭に温室を建てたという一六六一年の言及がある。しかし、亜熱帯性および熱帯性植物栽培のために温室がある程度完全なものになるのは一七世紀の終わりまで待たねばならなかった。[*55] それでもメロン栽培が一般化した要因は、何よりもその栽培技術の普及にあったことは疑いない。エドワード・フラーの広告の一番下に、他の庭仕事の道具と一緒に 'Melon-Glasses' が売られていることに注目しよう。[*56] これとともに、次に述べる発芽生長を促す温度管理の工夫こそが、Melon-Masters を増やすことにつながったのである。そしてもう一つヴォン・マルツァーンの主張と関連して重要なのは、一七世紀の園芸技術をもってすれば、「メロンは南の地方でのみ育てることができただろう」（'... they could only be grown in the south'）という推測や、それに基づいた主張、すなわち、メロン栽培可

図版4　サー・ナサニエル・ベイコン、『野菜と果物の静物と料理女中』（1620–1625年頃）

同上、部分

能なマーヴェルの「庭」は、ヨークシャーのフェアファックス卿の庭ではなく、王政復古後にマーヴェルが訪れた南のウォートン卿の庭だという主張が、決定的な説得力を持たないということである。[57]

確かにメロン栽培がイギリスの南部でより容易だったことは疑いない。ジェラードは既に一六世紀末に、

They delight in hot regions, notwithstanding I haue seen at the Queenes house at Saint Iames very many of the first sort [i.e. Muske-Melons] ripe, through the diligent and curious nourishing of them by a skilfull Gentleman the keeper of the said house, called Mr. *Fowle*, and in other places neere vnto the right Honorable the Lord of *Sussex* house, of Bermondsey by London, where from yeere to yeere there is very great plenty, especially if the weather be any thing temperate.[58]

私はセントジェイムズの女王の館で、その館の管理人、熟練した紳士であるファウル氏と呼ばれる人物によって、勤勉かつ凝った栽培方法で、最初の品種〔つまりマスクメロン〕がとてもたくさん実っているのを見たことがあるけれども、そしてロンドンの近く、バーモンジーのサセックス男爵閣下の館に近い他の場所で、そこでは年々、特に天候がいくらか温暖であるならば、非常に多くのメロンができるのだけれども、メロンは暑い地方を好む。

と書いている。また、ジョン・トラデスカント・シニアは、一六一五年にカンタベリーへ移ったのち数年で、セントオーガスティンズ（St Augustine's）にあるウォットン卿の庭をメロン栽培で有名にしている。しかし注目すべきは、トラデスカントが一六一四年に購入した記録が残っている「メロンを覆う二ダースの

大きなガラス」（'two Doussin great glasses to cover Muske mellon plants'）が示唆するように、いくら南部の温暖な気候とは言っても、勤勉で巧みな庭師が、人為的な工夫をしなければメロンは発芽もせず、実りもしないということである。[*59] 一九世紀になってもラウドンが説明しているように、温度管理は欠かせない。

The fruit, to be grown to perfection, requires the aid of artificial heat, and glass, throughout every stage of its culture. Its minimum temperature may be estimated at 65°, in which it will germinate and grow; but it requires a heat of from 75° to 80° to ripen its fruit[.][*60]

その果実は、完全に生育させるには、人工的な熱、そしてガラスの助けがその栽培のすべての段階を通して必要である。それが芽を出し、育つ最低温度は華氏六五度（摂氏一八度）と推定されるかもしれない。しかしその果実を実らせるには、華氏七五度から八〇度（摂氏二四度から二七度）の熱が必要である。

そして、ヴォン・マルツァーンが示唆する、マーヴェルの庭はイギリスの南部にあったという説を疑うのに重要なのは、基本的にメロン栽培の人為的工夫が、南であっても北であっても必要であることに変わりがないということである。逆に言えば、イギリスの一七世紀の庭において、それが北にあろうが南にあろうが、メロン栽培は可能であるということだ。ヨークシャーのはるか北、エディンバラにあった庭で、少なくとも一六八三年に'common Melons'が栽培されていたのはこの一つの証拠である。[*61] 興味深いのは、人為的な温度管理をした場合、多くの園芸家が、温度が低くなるのを避けることと同時に温度が高すぎてしまうことに注意を払っていることだ。つまり、イギリスの北部で栽培する際も、寒すぎて出来ないということはないのだと考えられる。

まず、メロン栽培にとって庭の囲いは不可欠である。囲いは、トラデスカントが言うように、「メロンを非常に好む猫」のような害獣の侵入を少しでも防ぐだろうし、[*62] 何よりも冷たい北風を避け、南に面した壁などの陽だまりが温度を上げる。ジョン・イーヴリンが翻訳した『フランスの庭師』（一六五八年）には、メロン畑の挿絵付で次のような説明がある（次頁の図版5参照）。

> To begin then your *Meloniere*, or Melon Plot, you shall choose a place in your *garden* the most secured from pernicious *winds*, which you shall close in with a *Reede-hedge* handsomely bound in *Pannells*, which you shall set up with sufficient stakes or posts fixed in the ground, and sustained, lest the windes overturne them: To this Enclosure you must make a door, which you shall keep under lock and key, that none molest your *Plantation*; and particularly to keep out *Women-kinde* at certain times, for reasons you may imagine.[*63]

それからメロン畑、すなわちメロンの区画を作るために、庭の中で有害な風から最も安全な場所を選びなさい。そしてそこを、風が倒してしまわないように、地面に固定され支えられた充分な杭と支柱で立てた横木にきちんと結びつけた、アシの垣根で囲い込むのです。この囲い地に、誰も栽培場を荒らさないように、特にある特定の時期に、あなたが想像できる理由のために、女性を立ち入らせないようにするべく、錠前と鍵で管理した扉を付けなければなりません。

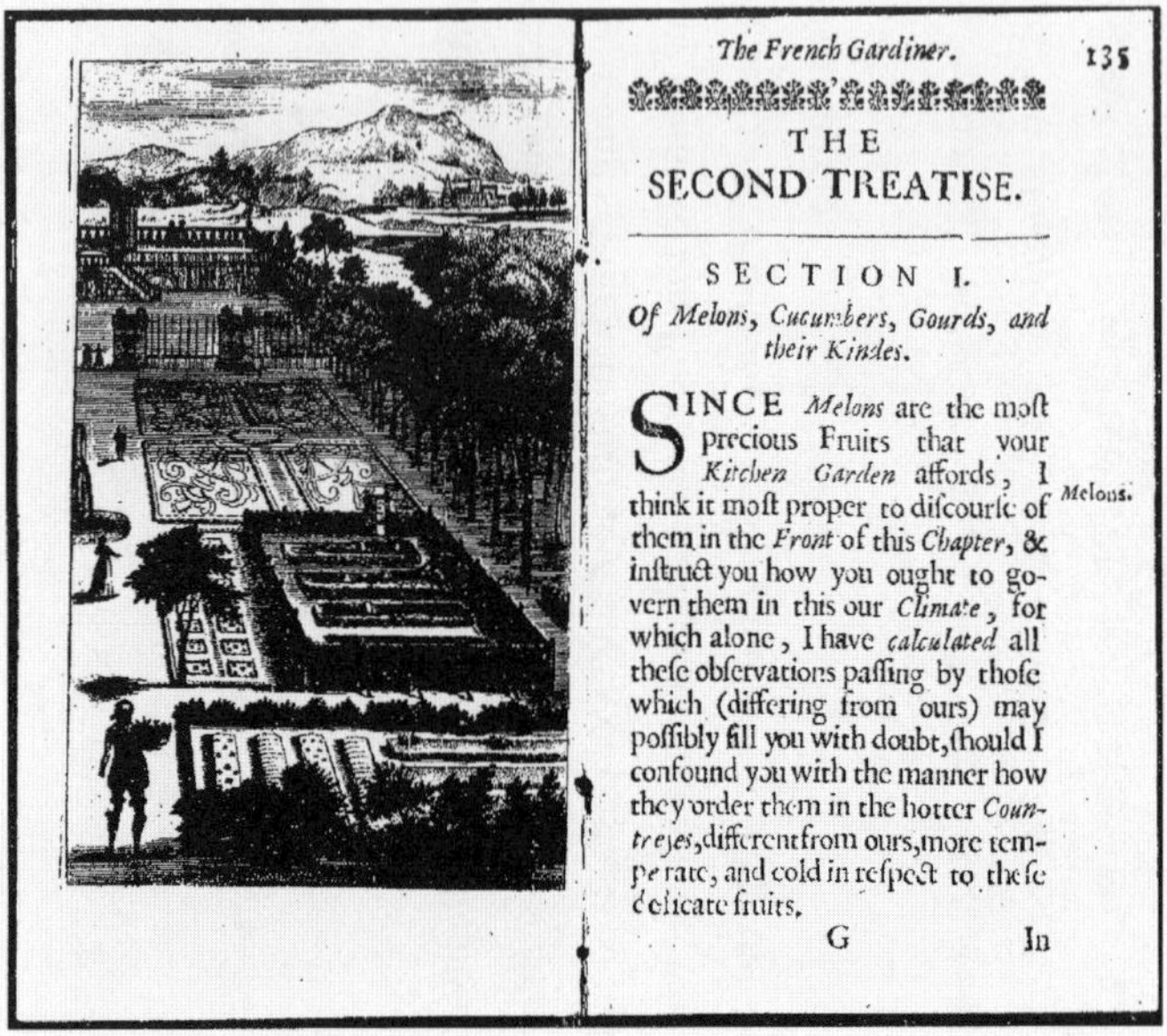

The French Gardiner. 135

THE
SECOND TREATISE.

SECTION I.
Of Melons, Cucumbers, Gourds, and their Kindes.

SINCE *Melons* are the moſt precious Fruits that your *Kitchen Garden* affords, I think it moſt proper to diſcourſe of them in the *Front* of this *Chapter*, & inſtruct you how you ought to govern them in this our *Climate*, for which alone, I have *calculated* all theſe obſervations paſſing by thoſe which (differing from ours) may poſſibly fill you with doubt, ſhould I confound you with the manner how they order them in the hotter *Countreyes*, different from ours, more temperate, and cold in reſpect to theſe delicate fruits. Melons.

G In

図版５　囲われたメロン栽培区画（ジョン・イーヴリン訳、『フランスの庭師』［1658年］より）

温度を下げてしまう風を遮断するのみならず、囲まれた庭の中の一角をさらに囲ったメロン畑から女性が排除されているのは、マーヴェルの「庭」の読者には、メロンの実った庭を歩く話者が、エバが創造される以前「男が伴侶なしで歩んでいたときには、／あの楽園はこのように幸せな状態だった」（'Such was that happy garden-state, / While man there walked without a mate'; 五七―五八行）と嘆息している姿を想起させて興味深い。園芸書で暗示されているのは、女性の生理がその不浄な影響力で果物を傷めてしまうということであろう。[*64] また、同じ一六五八年にアドルファス・スピード（一六四七―一六五九年活躍）は園芸書『エデンを出たアダム』の中でメロンを囲いの傍で栽培すること、地面に覆いをすることを奨めている。

> Plant them under a Wall, Pale, or Hedge, on the Sunny side, with very good mould, purposely prepared, and underneath the Mold, lay a quantity of fresh Barly straw, and by this easie meanes, using the seasonable Covertures, and necessary furtherance, you may attain to your uttermost desire, without any further trouble; but if you do discern the straw to make the earth too hot, thrust in a stake through the mould to the straw, that the vapour and heat evaporate, and passe forth[.][*65]

メロンを日のあたる側の壁、柵、もしくは垣根の下に、そのために準備された極めて良い沃土と一緒に植えなさい。そしてその沃土の下にたくさんの新鮮な大麦の藁を敷きなさい。季節相応の覆いと必要な促進方法を使いながら、この容易な方法によって、何らこれ以上の苦労なしに最も満足のいく結果を得ることができます。しかし、藁が地面をあまりに熱くしすぎていることが分かったら、蒸気と熱が蒸発し、出て行くように、沃土を通してその藁に杭を刺し込みなさい。

スピードは、ロンドンの庭を念頭に置いているが、驚くべきは、出版が一六八三年とはいえ、ジョン・リードの『スコットランド人の庭師』は、「他の多くの園芸書が他の地方や気候のためのものであるので」('because the many Books on Gard'nery are for other Countries and Climates') この本は「スコットランドの工夫の才に富むすべての栽培者に」('To all the Ingenious Planters in Scotland') 向けて書かれていると表明し、「壁の南面にはアプリコット、桃、ネクタリン、ブドウ等などを植える」('On the south side of the Wall plant Apricocks, Peaches, Nectarines, Vine, &c') ように指示していることだ。そしてさらに、スコットランドでのメロン栽培を可能にするために、「早い時期にはそれらを温床で育てなければならない」('You must raise them on the early Hot-bed[.]') と指示している。[*66]

リードが北の地方で使った方法は、一六世紀の終わり頃から、イギリス全土でメロンを発芽生育させるための常套手段、すなわち、家畜の糞尿で作る温床(hotbed)とガラス(Melon-Glasses)によって個々のメロンを温室の中で育てるのと同じような状態にしてやることであった。[*67] 一五七七年のトマス・ヒルの『庭師の迷路』にも既に「庭師は、牛馬の糞と苗床の熱によって、果実[すなわちメロン]の生長を促進させてやるべきである」('the Gardener ought to hasten the fruites forward by dung, and heate of the beds[.]') と書かれているし、先のトラデスカントのメロン栽培の秘訣は、ヤギや牛の糞は養分が強すぎるという理由で、羊の糞(sheep's 'doung') を使うことだった。[*68] 特に北の地方での栽培を念頭において書かれたローソンの『新しい果樹園と庭園』(一六四八年)では、ヨークシャーの土が家畜によって肥えたものになっていることが述べられている('The goodnesse of the soil in *Howle* or *Hollowdernes* in *York*-shire, is well known to all that know the River *Humber*, and the huge bulks of their Cattle there')。[*69] サー・ヒュー・プラット(一五五二—一六〇八年)が一六〇八年に出した『フローラの楽園』の中で書いた指示は、改題された一六五三年の再版本『エデンの園』でも踏襲されている。

Get a load or two of fresh horse dung, such as is not above eight or ten dayes old, or not exceeding fourteene: lay it on a heape, till it have gotten a great heat, and then make a bed thereof an ell long, and halfe a yard broad, and eighteene inches high, in some sunny place, treading every Lay downe very hard as you lay it; then lay thereon three inches thick of fine black sifted mold; prick in at every three or foure inches distance a Muske-mellon seed, which hath first been steeped 24 houres in milke[.][*70]

八日か一〇日以上経っていない、もしくは一四日を越えないような新鮮な馬の糞を一、二荷分入手せよ。強い熱を持つまでそれを山と積んでおき、それからその肥で四五インチの長さ、半ヤードの幅、一八インチの高さの畑をどこか日当たりのいい場所に、それを敷きながらあらゆる部分を強く踏み固めて作れ。それからその上に三インチの厚さのきめが細かく黒い、ふるいにかけた沃土を敷け。三、四インチごとに離して突いて穴をあけて、前もって牛乳に二四時間浸しておいたマスク・メロンの種を入れよ。

また、一六七〇年には、レオナード・ミーガー（一六二四頃―一七〇四年頃）の『イギリスの庭師』が出版されているが、そこでは、家畜の糞に石炭灰を混ぜることが紹介され、より強い熱をより長い間保つ工夫が示されている（'… also some mix their dung with Sea-coal ashes, undoubtedly it doth cause it to have the greater heat, and it may be to hold it the longer'）。そして覆いとしては、藁のみならず帆布やしゅろむしろも利用している（'…

then, cover your bed either with old Sail-cloth, or Bass-mats, and straw upon that[.]」[*71]。

一七世紀の後半になるとメロン周辺の温度を上げて保つために、市販の専用メロン・グラスが使われるようになった。例えば、イーヴリンのセイズコート（Sayes Court）の庭には一六八六年に五〇のメロン・グラスがあったことが分かっている。[*72] 当初は、そして引き続き、通常のグラスを用いる庭師も多くいただろう。『フランスの庭師』では、

> When your *plants* begin to peep you shall cover them with pretty large *Drinking-Glasses*, leaving a little passage for the *Ayr* 'twixt the *Glasse* and the *Earth*, least otherwise, they suffocate and *tarnish*.[*73]
>
> 植物が顔を出し始めたら、かなり大きなグラスで覆う。ただ、窒息して駄目にならないようにグラスと土の間を空気が少し通る隙間を開けておく。

という指示がある。北国のリードの場合はさらに保温に気を使っている。温床を使いつつ、マットをグラスと併用している。

> … setting drinking Glasses on them at first and cover on the matts over the whole carefully, to preserve from Snow, Rains and Winds; taking off the matts in temperate dayes but keep on the Glasses, except in a warme space; that you acquaint them a little with the Air, by raising the edg of the Glasses, with a little Straw on the laun side, closing it at night again.[*74]

まず、メロンの上にグラスを置いて、そして雪、雨、風から保護するために全体をマットで注意深く覆う。温暖な日にはマットを剝がすが、暖かい季節以外はグラスをそのままにしておく。芝生の側で小さな藁を使ってグラスの縁を持ち上げ、植物を少し空気に慣れさせ、夜は再び閉じること。

リードが次のページで指示しているように、メロンが生長して、より大きなグラスが必要になってくるとベル・グラスが用いられる（'as they grow larger, cover with the Bell-Glasses'）。*OED* の初例は一八八二年で、のちにクローシュ（cloche）という言葉も用いられるようになるが、園芸植物の、取っ手の付いた促成用釣鐘形のガラスの覆いのことである。一六二九年までには使われ始めており、厚い緑色のガラスで製造され、あまり光を通さず動かすのにも重かったようである。[*75] ミーガーは、『イギリスの庭師』の中で、板ガラスの使用も奨めている。

… for their bed, do use a frame of Glass, as it were divers panes, so handsomely fitted, that they may take up all or some as occasion requires, without any trouble; also a frame Arched over, to set on and take off as occasion serves, for the more easie and convenient opening, and taking off their Glasses[.][*76]

メロン畑のために、ガラスの枠形器具を使え。何の苦労もなく、その時々に必要なように全体を、もしくは部分を持ち上げられるように、非常にうまくはめ込まれているいわば、様々な板ガラスである。もっと容易に、便利にガラスを開いたりはずしたりするために、機会がありしだい、つけたりはずしたりするアーチ型に覆いかぶさる枠形の器具もある。

いわゆる冷床（cold frame）を作ろうとしているのだと考えてよいだろう。ミーガーはその労を容易なものと言っているが、こういったガラスやグラスは、空気を入れるためや適温に保つために、傾けたり、取り外したりする必要があり、庭師は、密閉空間の地面に指を当てて温度をみたり、水蒸気の曇りに注意を払ったりする必要があった。

さらに、膨らんできたメロンの実は、タイルの上に置かれた。

You must place a *Tyle* under every *Melon*, the better to fashion them, and advance their *maturity* by the reflection of the *Sun* from it[.][*77]

より良い形にするために、そして日光の反射によって熟成を促進するために、一つひとつのメロンの下にタイルを敷かなければならない。

北であれ南であれ、温度管理のために壁の近くに植えられたり、覆いを被せられたり、グラスやガラスに覆われて栽培されていたメロンのことを考えると、立ち入ることを制限されたはずのメロン畑でその匍匐茎につまずくことは逆に難しかったに違いない。実際にマーヴェルの「庭」の話者が「つまずく」としてもメロンを載せたタイルにつまずく、というほうが現実の一七世紀の庭での描写に近かったかもしれない。ましてやトマス・アンドリュー・ナイトがイギリスのメロン栽培に関して一九世紀初めに発表した論考に記されているように、「メロンの広がった枝は、特にガラスの下では、細くて弱い」（'… the extended branches of the Melon plant, particularly under glass, are slender and feeble'）のだとすれば[*78]、マーヴェルの「庭」の話者は、自分がつまずいて転ぶよりは、メロンの枝を容易にぶち切ってしまった可能性のほうが現実味を帯びていると言えるだろう。

林檎、葡萄、ネクタリン、そして桃は、自発的豊饒性《スポンテ・スア》（sponte sua）の修辞技巧に沿って、自らが動き、話者を官能的に誘惑するように描かれている。[*79] メロンもまた、果物のイメージが祖型的に喚起するエロティシズムを伝えようとしているのだろうか。[*80] しかし、さらに他の果物とは違って、メロンだけはひとりでに動くことなく、話者が自分からつまずいている。結局のところマーヴェルの「庭」の話者が「メロンにつまずく」のも観念的に考えたほうが、説明がつきやすい。例えば、ウリ科植物の典型的な効能は熱を冷ますことで、トマス・ヒルは、cucumbers を敷いた寝床が子どもの高熱を吸い取ってくれると書いているが、[*81] その冷却作用は肉体的な熱のみならず精神的な熱にも作用すると考えられていたようである。ウィリアム・ランガムは、ウリ科植物の薬としての使用例として「取り除かれるべき情欲」（'Lust to void'）への効能を指摘し、「ウリは、性欲を駆逐し、血を薄める」（'Gourds drive away Venus, and ingender thinne blood'）と教えている。[*82] ジェラードの『本草誌』は、メロンの薬効の項で「病気に効くその他の効果よりもむしろ情欲の猛威を抑えるために、ふつうイタリア人やスペイン人によって食されている」（'a Melon: which is vsually eaten of the Italians and Spaniards rather to represse the rage of lust, than for any other Physicall virtue.'）と記し、[*83] ヒルは、国民性に限定されることなく、メロンに関して

The greater number of Physitians writes, that those eater, doth mitigate the venereal act, and do abate the genital seed.[*84]

メロンを食べる者は、性行為を減じ、実際、精子を弱める、と多くの医者たちが書いている。

と述べている。（当時、第五代ベッドフォード伯爵家で雇われていた家庭教師が持っていたのと同じ程度の薬草に関する知識を同時代のフェアファックス家の家庭教師であったマーヴェルが持っていなかったとしても、）[*85] 一六五一年に再版されたヒルの『庭師の迷路』やジェラードの広めたメロンの薬効に関する一般知識をマーヴェルが利用した可能性は充分に考えられる。少なくともマーヴェルの「草刈人デイモン」は、ジェラードの『本草誌』に記されている挿話の草刈人と同じように、止血効果を持った草（'clown's-all-heal', 八三行）のことを知っていた。[*86]「庭」の場合、メロンの持つ治癒効果は、「我々が情熱の競争を走り終えたとき／愛の神はここを最上の隠れ家とする」（'When we have run our passions' heat, / Love hither makes his best retreat', 二五―二六行）という話者の主張とも整合性を持ってくる。「庭」は、「神々」でさえ「彼らの種族を終わらせた」（'The gods ... / ... did end their race', 二七―二八行）、すなわち繁殖を絶たせた場所ですらあることを暗示している。そして、まさにその場所で、アポロやパン、そして「自分たちの［激情の］炎と同じように残酷な、愚かな恋人たち」（'Fond lovers, cruel as their flame', 一九行）を茶化したはずの話者が、一種の樹木性愛に捕らわれているさまを、女性への情欲を癒すはずのメロンに、逆につまずいて転んでしまうという表現が暗示しているというふうに考えることもできるのではないだろうか。

かつて川崎寿彦は、マーヴェルの「庭」の中では、「庭が『囲われて』いるという特別の表現は見つからない」ことを指摘し、「その一つの理由は、この庭のなかでは人工の原理が意識されていない……からであろう」と書いた。[*87] このことは、今まで我々が、マーヴェルの「庭」をことさら一七世紀の庭と比べながら考察しようとしてきた過程からも明らかである。不思議なことに、マーヴェルの「庭」の「巧みな庭師」

（'skilful gard'ner,' 六五行）は、特にメロン畑のように囲いが必要な場合でさえも、「庭を攻撃する草刈人」が言うように、「まず四角い庭の中に／死んで澱んだ空気の溜りを囲い込んだ」（'He first enclosed within the gardens square / A dead and standing pool of air,' 五―六行）わけではなさそうなのである。さらに「庭」には、同じ草刈人が言うような「吐き気を催させる土」（'a . . . luscious [= sickly, cloying, *OED* a. 2] earth,' 七行）、つまり堆肥で作られた温床を暗示する表現などどこにもない。この 'skilful' は、*OED* のその意味での用例は一五世紀半ばで終わっているが、「理性的な」（'rational'）という意味なのだろうか。それとも「庭」の話者は、自分を「巧みな庭師」と区別しようとしているのか。つまりは自分が庭師ではないから庭の中の人工の原理を意識しないでいられるということなのか。トピアリーのような緑の彫刻も、水力仕掛けの鳥も、「庭」の話者は意識しない。ローマの近郊フラスカーティのヴィッラ・アルドブランディーニでマーヴェル自身が見たかもしれないような（スミス、一五九頁）、「巧みな庭師」が作った「花と香草で作った、この新しい日時計」（'Of flow'rs and herbs this dial new,' 六六行）でさえも、詩的な解釈をすれば、時間ごとに、季節ごとに咲き、香る、秩序だった庭全体の比喩表現であり、必ずしも人為や人工は必要ない。先に我々がスミスの注に従って「噴水」と解釈した四九行目の 'fountain' も自然に湧き出す「泉」でいい。そのときには「巧みな庭師」とは万物の創造主である神の比喩ともなるのだ。そしてその場合には、マーヴェルの「庭」の中にトピアリーも鳥の噴水もなかったように、日時計も、庭師の存在でさえも自然の中に消えていく。[*88]

マーヴェルの「庭」の話者が、自分を「巧みな庭師」と峻別していることは、前者に労働の原理が意識されていないことでも示されていると言えるかもしれない。『新しい果樹園と庭園』の中でローソンが次のように言うとき、彼は、マーヴェルの「庭」の話者と同じような、庭師の労働の成果を享受するだけの人々について語っているようである。

... whither do they withdraw themselves from the troublesome affairs of their estate, being tired with the hearing and judging of litigious Controversies? choked (as it were) with the close ayres of their sumptuous buildings, their stomacks cloyed with variety of Banquets, their ears filled and overburthened with tedidious [sic] discoursings? whither? but into their Orchards?

彼らは、訴訟上の紛争を聞いたり裁定したりすることで疲れ果て、彼らの財産に関わる厄介な業務から離れてどこへ身を退けるだろうか？　彼らの豪勢な建物のむっとする空気で（いわば）窒息して、お腹は、様々なごちそうで堪能し、耳は、退屈な議論で一杯、過剰負担状態のときに、どこへ？　彼らの果樹園しかないのでは？

しかしローソンは、このような「癒しのための」庭園思想だけでなく、そういった庭が存在するための労働原理を忘れていない。彼は同書の冒頭で、はっきりと「庭師が、怠惰な、もしくは無精な不器用者であったことはない」（'The Gardner had not need be an idle, or lazie Lubber[.]'）こと、「庭師の仕事は終わりがない」（'his labours ... are endless[.]'）ことを主張し、「絶えずなすべきことがあり、夏の収穫の時期が来れば、その果実を摘むにも自分の手で行わなければならない」（'There will ever be some thing to doe. ... Now begin Summer Fruits to ripe, and crave your hand to pull them'）と言っている。[*89] ここで思い出さなければならないことは、先に比較したマーヴェルの「私が過ごすこれは、なんというすばらしい生活か！」とローソンの「これはなんという喜びか？」との間には、果樹園での耽溺という共通点はあっても、後者のそれは、すべての実りが「自らの手で行った仕事」の結果であるという決定的な差異が存在することである。マーヴェルの「庭」では、果実たちが自ら、何もしない話者に近づき、その美味な果汁を話者の口に注ぎ込んでいた。そのいわば無為の状態とは違って、スピードもまた『エデンを出たアダム』の冒頭で、読者に宛てて、

God *himself, … chose out that employment* [i.e. *the art of* Husbandry] *for the best of the Creatures,* Man, *whom he placed in* Eden, *not only to* enjoy, *but to* labour, *without both which no place can be a* Paradise.*90

神御自身が、被創造物の中で最も良いものである人のために、その仕事［すなわち、耕作の技］を選び出された。人を神は、ただ楽しむためだけではなく労働するためにエデンに置かれた。その両方がなければ、どの場所も楽園にはなりえないからである。

と書いた。このいわば清教徒的な労働意識は、予測できる通り、ジョン・ミルトンの『失楽園』でも表されている。*91 その楽園では、神御自身が「至高の耕作者」（'the sovereign planter'、四巻、六九一行）である。*92 また、聖書では、神は人をエデンの園に置き、「これを耕させ、これを守らせられた」（「創世記」、二章一五節）のであるが、ミルトンのアダムとエバは、土地を耕作するのではなく、天使からその道具までもらって庭仕事をするかのように描かれている。アダムは次のように言う。

While other animals unactive range,
And of their doings God takes no account.

To morrow ere fresh morning streak the east
With first approach of light, we must be risen,
And at our pleasant labour, to reform
Yon flowery arbours, yonder alleys green,
Our walk at noon, with branches overgrown,
That mock our scant manuring, and require
More hands than ours to lop their wanton growth:
Those blossoms also, and those dropping gums,
That lie bestrewn unsightly and unsmooth,
Ask riddance, if we mean to tread with ease[.]

（『失楽園』、四巻、六二一―六三二行）

他の動物たちは怠けてただうろついているだけで、
その行動に関して神は少しも気にかけておられない。
明日は、すがすがしい朝が最初に近づいてきた光で
東の空を幾条にも染める前に僕たちは起きなければならない。
僕たちの楽しい労働で、花の咲く、あそこのあずまやや、
かなたの緑の小道、僕たちの真昼時の散歩道を
改善したい。あの散歩道には枝葉がうっそうと生い茂り

手入れ不足を嘲笑っている。奔放に生長する枝を刈り込むには
僕たち二人よりももっと多くの人手が必要だ。
あの花々も、あの滴る樹液も、
見苦しく乱雑に散らばっていて、
気持ちよく歩こうと思うなら、除去して欲しいと請うている。

ミルトンは、エデンの園に咲く花々を「花壇や凝った飾り結び式装飾での見事な園芸技術ではなく、恵み深い自然が／丘や谷や平原におびただしく注ぎだした、／まさに楽園にふさわしい花々」（'Flowers worthy of Paradise which not nice art / In beds and curious knots, but nature boon / Poured forth profuse on hill and dale and plain', 四巻、二四一—二四三行）と描いているから、庭園史の観点からは、王党派に好まれてきた飾り結び式花壇（knot garden）に代表されるような整形式庭園が、一七世紀後半になって自然風庭園の方向に向かい、一八世紀に盛んになるイギリス式風景庭園を先取りしているという解釈も成り立つだろう。[*93] しかし、それよりもさらに重要と思われることは、ミルトンが、彼の庭の描写において、おそらく自らの政治意識を反映して、トマス・ホッブズ（一五八八—一六七九年）のように自然状態を嫌い、「剪定／改革」（'reform'）しようとしていることだ。[*94]

ミルトンのエデンの園が、あくまで人手を、剪定を必要としているということは、そこでは自然が他者として客体化され、統御の対象となっているということである。[*95] それに引き換え、マーヴェルの「庭」の話者は、自然を他者と見なしているようには思えない。むしろそこでは自己と他者が交わり同化している。[*96]
詩人の精神が神と同じように創造の業をなす時、たとえそれが、客体である世界の外側にあって働きかけ

る主体であるとしても、それが造られたすべてのものを滅却する、つまり精神が自発的に無の境地に達した時には、主体である自己の身体も、そしてほとんど自己の精神も消滅させてしまっているように思える。かくて、残存するのは「緑の想い」だけ。

[The mind creates]
Far other worlds, and other seas;
Annihilating all that's made
To a green thought in a green shade.

（四六―四八行）

精神は遥かな別世界、
そして別の海を創造し、
つくられたあらゆるものを緑の木陰で
緑の想いへと消滅させる。

マーヴェルの時代の庭は、社会経済史的なレベルで考えると、パラドクシカルではあるが、一七世紀英国の急速な、特にクロムウェル政権下では「西方政策」（Western Design）のような、帝国主義的海外拡張主義と表裏一体の側面を持っていた。エドマンド・ウォラー（一六〇六―一六八七年）がクロムウェルに捧げた詩の中で描いたように、イギリスは、果物を含めた「稀なるものはすべて、海から貢物として」受け取り

（'［Our little world has］all that's rare, as tribute from the waves'）、「我が国の土や空が与えてくれないものは／我らの常に忠実な友である海が供給してくれる」（'what our earth, and what our heaven, denies, / Our ever constant friend, the sea, supplies'）ことを願った時代であった。[*97] その「遥かな別世界、そして別の海」への拡大志向は、マーヴェルの「庭」では、皮肉にも詩人が庭という小世界の中へ、さらに精神世界へと退行することによって表現されている。「庭」の構成要素である、メロンに代表されるエキゾティックな果物は、別の海を越えて貿易によってもたらされたものでも別の世界から移植されたものでもなく、むしろ精神の作り出した別世界の産物なのだ。当然ながら、マーヴェルの言う「つくられたあらゆるもの」の中には、我々が一七世紀の庭の中で見てきた彫像も、トピアリーも、噴水も、水力仕掛けの鳥も、温床とメロン・グラスで栽培されたメロンもすべてが含まれるだろう。詩人の想像力が創り上げた「庭」の中で、その話者の意識は、たとえ実際に存在していたものでさえも消滅させてしまう。ならば、桃太郎の生まれ出た桃の大きさを測定しようとする試みと同じように、想像力の世界において実証主義は無力にならざるを得ない。そしてこのことを我々は初めから分かっていたはずなのだ。

第二章

庭のセクシュアリティー

―マーヴェルは、なぜ耕さないのか？―

庭で耕す男たち、トマス・ヒル、『庭師の迷路』（1577年）、25頁より。

エデンの園のセックス事情

禁欲主義的なキリスト教にとって、エデンの園は神殿と同じ聖域であったから、そこでの性行為は不浄なもの、罪であった。その観点からすれば、アダムとエバの性的結合が堕落後のことであると論じられるのは、当然と言える。『旧約聖書』「創世記」では、神が人をエデンの園から追い出した後の第四章第一節に、「人はその妻エバを知った。彼女はみごもり、カインを産んだ」とある。[*1] この聖句を証拠にキリスト教の伝統的な考え方の一つは、アダムとエバがエデンの園で性的関係を持ったことを一切否定する。聖クリュソストモスの主張が代表的なもので、彼は、性行為が行われたのは堕落後で、それまでは彼らは楽園で天使のように暮らしており、情欲に動かされることもその他の感情に悩まされることもなかった、と言う。[*2] ニッサの聖グレゴリウスによれば、堕落以前の世界で人は、人の堕落を予見した神の御心で既に男女の性差を持っていたが、天使と同じように性行為なしに増えることができた、という。[*3] こういった考え方では時にアダムとエバは、性行為に及ぶにはあまりに幼すぎる子どものように表され、自分たちの裸の身体を恥ずかしいとも思わなかった。[*4]

しかし、「創世記」第一章での、男と女が創造された後の神の言葉、「生めよ、ふえよ、地に満ちよ」や、第二章でのアダムとエバの結婚の件、「妻と結び合い、一体となる」という聖句を考えたとき、堕落以前の性交渉はエデンの園で既に行われていたという解釈も可能であるように思える。キリスト教の流れの中での新しい伝統的な考え方は、聖アウグスティヌスから始まった。[*5] 聖アウグスティヌスは、『神の国』において堕落以前の性行為について独創的かつ率直で最大限の議論を展開した。彼の理論は、もしもアダムとエバが堕落しなかったならば、性的関係は、楽園の中で情欲なしに、愛欲なしに行われた、というものである。彼によれば、「性的器官は」今では「情欲によって刺激され」て、意志によらないで性的興奮状態に至るようになってしまったが、本来は手や足のように、また口や顔面のようにその部分の筋肉によって動かすことができた。生殖器は、「意志によって促されて、必要なとき必要なだけ、男は子孫の種を蒔き、女はそれを胎に宿したことであろう」と言う。性行為は、聖アウグスティヌスの、このような説明では、完全に理性的な、そして意志に基づいた行為、ということになる。アダムは、感情に動かされることなく冷静に、そして意識的に自らの精子をエバに植え付ける。聖アウグスティススは、現在の我々にはこのような性行為、単に意志の力のみによって性的興奮状態に至るアダムを想像するのは難しいだろうと認めているが、それでもこれがまったくあり得ないことではない、と論じている。なぜなら現在でも人々の中には、身体の思いがけない部分を意志の力で動かすことのできる人もいる。「ある人々は」、と聖アウグスティヌスは言う。「耳を動かす……片方の耳だけの場合もあれば、両方の耳を同時に動かす場合もある。ある人々は、頭そのものは動かさないで髪の生えている部分の頭髪全体を額の前方へ下げたり、あるいは、意のままに下げた頭髪をもとへもどすのである」。

しかしながら、この説得力ある理論にもかかわらず、聖アウグスティヌスは、アダムとエバの性的交渉が堕落以前に実際に行われたとは信じなかった。「かれらはそれをじっさいに経験したわけではなかった」と彼は考えていた。「かれらはまずはじめに罪を犯したのであって、そのため、かれらが静穏な自由意志により子供を設けるという仕事のために一つに結ばれる以前に、既に楽園からの追放を将来してしまったからである」。[*6]

エデンの園に関する後の幾つかの説明、特にプロテスタントの説明は、聖アウグスティヌスの、意志に基づく、情欲をまったく排除した堕落以前の性行為という理論を踏襲した。そしてさらに理論上だけでなく実際もそれが行われたと主張した。ミルトンの『失楽園』がこの伝統を下敷きにして書かれていることは明らかである。[*7] 一つには、カトリックが主張する、聖母マリアに代表される処女性の強調や聖職者の独身主義（celibacy）に対抗する立場からは、当然ながら婚姻関係内での愛情や生殖行為の自然さを訴えることになるだろうし、性行為自体が堕落の所産だと認めるわけにはいかないだろう。[*8] 例えば、ルターは、「罪ゆえに、我々の身体の中で最もすばらしく効果的な器官が、最も恥ずべき卑しいものとなってしまった」、堕落以前には「子どもを作るべく献身することを望んだときはいつでも、［アダムとエバ］は、今は我々の、らい病にかかったような肉体を支配している、あの情欲で乱心することなく、神の定めに賛嘆しつつ、一緒になっただろう」と論じた。[*9] 一七世紀末の著作の中でウィリアム・ウィストン（一六六七―一七五二年）も、楽園では理性が感情を制御していたと言い、「人類が増えるために供されたあの本性は、蓋し、非常に規則正しく、そして完全に理性の支配下にあったので、あの部分を隠すために前垂れさえ必要とは思われなかった」と説いている。[*10] 同様に、一七世紀の中ごろの長老派マシュー・プール（一六二四―一六七九年）は、アダムとエバが堕落後に自分たちの裸体に気づいたのは、「今や彼らの中で働き始めた、あの罪深い情欲」のせいである、と言う。[*11] また、一六三五年の『神秘の結婚』の中で述べられているように、清教徒のフランシス・ラウス（一五七九―一六五九年）にとっては、情欲とセクシュアリティーは分かちがたく、情欲が「肉体と魂の主たる頭」になってしまっているので、楽園へ戻る道はセクシュアリティーの排除を通してしか見出されない。「情欲なしでいることが真の楽園である。なぜなら人は、最初に楽園に置かれたときこの情欲を持っていなかった。楽園もまた、この情欲が人の中に置かれたとき、人に耐えることができなかったのだ」[*12]。

そして楽園追放後、この情欲ゆえに、子作りは唾棄されるべきものと見なされる。ルターは、「もしも神が自分に相談してくれていたなら、アダムがそうやって作られたように、人類は皆、続けて土で形作るように忠言していたはずだ」と主張した[*13]。一七世紀初めに出版された著書の中でサミュエル・パーチャス（一五七七?—一六二六年）は、アダムが神御自身の御手によって作られたのに対して、続く人類は、情欲によって発生することを甚く残念なことと考え、また、胎児もおぞましい位置に身籠られることを指摘した。それは、「親の排泄物の溜まり場と通路を一方に、尿を他方に、その間の位置に」閉じ込められて身籠られるというのだ[*14]。

興味深いのは、人類の情欲が、堕落直後急激にではなく、堕落後徐々に増加していったと見なされていたことだ。例えば、ヘンリー・モア（一六一四—一六八七年）は、植物の薬効を示す印（signatures）について説明しながら、生殖器に非常に似た形を持つゆえに、性欲亢進作用を持つことを明白に示していると考えられた植物に関して次のように述べている。

> … to helpe on the small beginnings of the world by quickening and actuating their phlegmatick Natures to more frequent and effectuall Venery（for their long lives shew they were not very fiery）I say it was sufficient that herbs of this kind were so legibly *sign'd* with *Characters* that so plainly bewrai'd their usefull vertues, as in manifest in your *Satyrions*, *Ophtoglossum*, and the like.[*15]

……冷淡な粘液質の性質を燃え上がらせ、もっと頻繁で有効な性交へと駆り立てることによって（というのも彼らがあまり性的に激しくなかったということは彼らの長寿が示しているからだが）世界の少人数での始まりに足しになるように、この種の薬草が、サティリオン、オフトグロッサム、そしてその同種の草において明白であるように、その役立つ効能を実にはっきりと明かす記号で実に読み取りやすく印を付けられていたということは充分なことであったと私は言う。

ジョン・ダン（一五七二―一六三一年）は、一回の性交が一日分の寿命を縮めると書いたが、[*16] アダムが九三〇歳、彼の子セツが九一二歳、その子エノスが九〇五歳まで生きた時代のことを考えると、モアの論理では、彼らがあまり情熱的ではなく性交に熱心ではなかったことを示すのであり、その冷たい粘液質の性質に火を点けて少ない人口を増やすには、それとすぐに分かる催淫作用を持つ薬草が必要だったというのである。

異性を知らない植物たち

植物の薬効に性欲亢進作用があっても、そして植物の形状がきわどく猥褻気味の印を帯びていたとしても、我々にとって重要なのは、マーヴェルの生きていた時代、植物は、性差を持たないものと考えられていた、ということである。例えば、トマス・ヴォーン（一六二一―一六六六年）は、「全能の神は動物の王国のみを除いて特定の体において性差をお作りにならなかった。植物においては……そのようなものはない」（'God Almighty hath in particular bodies made no difference of sexes, but only in the animal kingdom; ... in vegetables ... there is no such thing.'）と述べ、さらに「真実を言えば、それらはすべて男性で、神はそれらが女性であることをお許しにならなかった」（'the truth is they are all males, and God hath allowed them no female'）とまで言っていたのである。[17]当然ながら植物は、植物学的には無性生殖で増えると信じられていた。ニーヘマイア・グルー（一六四一―一七一二年）が、一六七六年に王立協会に提出し、一六八二年に『植物解剖学』で公表するまで、そしてドイツの植物学者ルドルフ・ヤーコブ・カメラリウス（一六六五―一七二一年）が植物における雄性器官と雌性器官の区別と花粉の役割を『植物の性についての書簡』（一六九四年）で明らかにするまで、植物の生殖器官に関する知見は一般には知られていなかったし、一八世紀後半になってスウェーデンの植物学者リンネ（一七〇七―一七七八年）が植物を分類する際の基本とした、花とは「植物の生殖器官にすぎない」（'Flowers ... are nothing else but the genitals of plants'）という見解は英訳本の中で依然新鮮な響きを帯びていた。[18]だから、一七世紀前半、トマス・ブラウン（一六〇五―一六八二年）が、「誰もまだ、花の真の役割を明確にしていない」と言って、花を未だ生物学上の神秘と見なしていたのも驚くには値しない。[19]フランシス・ベイコン（一五六一―一六二六年）は、植物と他の生物との類似点と相違点とについて説明しながら、両者の根本的な違いの一つとして、「植物の生命液に比べて他の生物のそれはより多くの炎を持っている」（'the Spirits of *Living Creatures* hold more of *Flame*, than the *Spirits of Plants* doe'）と述べた。逆に言えば、生命液が冷たいことを特徴とする植物という生物は、異なった生殖の特質を持たざるを得ないことになる。そして、「性交による生殖は、（確かに）植物には適用されない」（'*Generation* by *Copulation* (certainly) extendeth not to *Plants*.'）[20]と断言された植物の無性生殖性は、エイブラハム・カウリーのような園芸好きの詩人によって、次のように詠われたのだ。

You [=Venus] only know the fruitfulness of Lust,
And therefore here your Judgment is unjust,

Your skill in other off-springs we may trust.
With those Chast Tribes that no distinction know
Of Sex, your Province nothing has to do.[*21]

愛の神ウェヌスよ、あなたは性欲の実り豊かさのみをご存知だ。
それゆえ、ここではあなたの裁きは公平ではない。
あなたの力を他の所産においては信頼いたしましょう。
性の区別を知らぬ、あの純潔の種族に関しては、
まったくあなたの管理領域ではないのです。

植物は、サー・トマス・ブラウンによれば、「性の区別がない」のだから、「自分たちの中で繁殖する」に違いない。そして「個別の植物の中に含まれた種《しゅ》の力によって、お互いが交じり合うことなしに、生み出し繁殖する」[*22]。カウリーが植物に与えた呼称「純潔の種族」（'Chast Tribes'）は、楽園を失って、情欲にまみれた生殖行為によってしか子孫を残せなくなった人類におぞましさを感じていたブラウンのような人々にとっては、理想的な増殖手段を持っている種族であることを表していたのである。ブラウンは言う。

I could be content that we might procreate like trees, without conjunction, or that there were any way to perpetuate the world without this trivial and vulgar way of coition. It is the foolishest act a wise man commits in all his life, nor is there anything that will more deject his cooled imagination when he shall consider what an odd and unworthy piece of folly he hath committed.[*23]

結合しないで、木々のように生殖しても、もしくは性交というこのつまらない卑猥な方法を使わず世界を永続させる何がしかの方法があるものならば、それで私は満足できるだろう。性交は、賢明な人間が人生すべての中で犯す最も愚かな行為であり、何という奇態で卑しむべき愚行の一端を犯してしまったことかと考えるとき、これ以上に人間の冷静な想像力を落胆させてしまうだろうものは他にないのだ。

ブラウンのセックス嫌悪感の表明は、後に結婚して一一人もの子どもを作ったことを考えると、あまり説得力を持たないかもしれないが、ともかくも、人が植物に囲まれて庭にいるということは、動物的情欲のない世界に参入するということ、少なくとも無垢の世界へ参入する努力を意味した。植物が、無性生殖の自然秩序を具現化するゆえに、初期近代の庭作りは、情欲を排した、純潔の、エデンの園を再創造する営みとして評価され得たのである。ジョン・エドワーズ（一六三七―一七一六年）は、庭の中では「人は、あたかも楽園に再び移植されたようなもので、無垢と害のない喜びに囲まれる」と言った。[*24] ジョン・イーヴリンもまた、庭とは、「あらゆる地上の楽しみの中で最も天国に似た場所、そして我々の失われた至福を最もよく表すもの」であると定義した。[*25]

「庭」のセクシュアリティー

マーヴェルが「庭」の中で、

Fair Quiet, have I found thee here,
And Innocence thy sister dear!
. . .
Your sacred plants, if here below,
Only among the plants will grow.

美しい静香ちゃん、僕は君をここで見つけたよ。
愛しい、君の妹の純子ちゃんもだ。
……
君たちの神聖な植物は、もしもこの地上にあるものならば、
植物に囲まれてのみ生長するだろう。

（九―一〇、一三―一四行）[*26]

と言うとき、つまり、ほとんど堕落以前の楽園の中に詩人が位置するとき、聖アウグスティヌスが考えていた堕落以前の性行為、すなわち「夫は、激しい情動がもっているあの誘惑的な刺激をもたず、精神と身体の静けさのうちに、純潔が汚されることのないまま妻の内奥へ種子を注ぎ入れ」るための状況は整っていたとも言えるだろう。[*27] しかし、「庭」において、マーヴェルの目指すところは、情欲を排して、女性と植物的に交わることではなかった。マーヴェルの「庭」は、カウリーの「庭」と違って、婚姻生活を称えることも、「妻の見場に最も美しい庭」（'The fairest Garden in her Looks'）を見ることもない。[*28] 彼の地上の楽園は、

あくまで女嫌いの庭であって、詩の話者は、エバの代わりに「神聖な植物」を伴侶として選び、アダム一人の庭を夢想している。情欲を排した植物的セクシュアリティーを持つことこそが堕落以前の世界の復権である、という思想は、オーストラリア原住民の堕落以前のような世界を報告した一七世紀後半の書物にも見出せる。「果実はそこでは非常に美味で栄養価に富んでいるので住人たちはその他の食べ物を求めなかった」。彼らは「衣服の使い方も知らない」。そして驚くべきことに「子どもたちは、木々になる果物のように彼らの中で育った」[*29]。また、無性生殖が女性蔑視と結びついているという点で、よりマーヴェルの「庭」に近いのは、一七世紀末に書かれた、リチャード・エームス（一六九三年没）の『愛の愚かさ、または女性に対する諷刺』の一節である。その夢想された島の中でエームスは、ブラウン卿のように、「木々のように生殖する」ことを望んでいる。

Oh! Were there but some *Island* vast and wide,
Where *Nature's Drest* in all her *choicest Pride*;
The Air Serene, as Thoughts of *Angels* be,
Fertile the Ground, Spontaneous and Free;
Producing all things which we useful call,
As *Edens-Garden* did before the *Fall*;
Of *Choicest Vines* an inexhausted store,
With *Swelling Clusters* ready to run o're,
With their own plenty of the *Godlike Juice*.

Which seems in *Man* a second Soul t'infuse;
There with a Score of *Choice Selected Friends*,
Who know no private Interests nor Ends,
We'd Live, and could we Procreate like Trees,
And without *Womans Aid* —
Promote and Propagate our *Species*;
The Day in Sports and innocent Delight
We'd spend, and in soft *Slumber* waft the Night[.][*30]

　ああ！　どこかに、大きな広い島がありさえしたら、
そこでは自然が選りすぐりの壮麗さで装われ、
空気は、天使の心のように、澄みわたり、
大地は肥沃で、何もしないでもふんだんに、
堕落以前のエデンの園がそうだったように、
我々が有益だと呼ぶすべてのものを産み出してくれる、
無尽蔵の選りすぐりのブドウもそう、
沢山の、神にふさわしい果汁で、
膨れるその房は、今にもはじけて流れ出そう。
それは人の中に第二の魂を注ぎ込みそう。

そこでは、私利私欲のない
沢山の選りすぐりのすばらしい友人たちがいて、
僕たちは生き、木々のように生殖することができる。
女たちの助けなしに——
僕たちの種《しゅ》を繁殖させ繁栄させることができる。
気晴らしと無邪気な娯楽で日中を
過ごし、穏やかな眠りでふわりと夜を漂うのだ。

エームスの楽園がマーヴェルの「庭」と異なるように思える点は、一つには前者が明らかに複数の男性たちだけで成り立っている、ということ。もう一つは、両者に共通する自発的豊饒性《スポンテ・スア》の修辞技法で表された植物たちの描写の質的な違いである。総じて言えば、マーヴェルの植物たちは、そのエロティシズムと官能性の度合いが極端に高い。系譜的には、例えばフランスのリベルタン詩人、サン=タマン（一五九四—一六六一年）の詩の中で描かれた植物と同じである。そのエロティックな挑発性は、そこで絡み合う恋人たちに逢引の場所を提供しつつ、次のように、トマス・スタンリー（一六二五—一六七八年）によって翻訳されている。

Now in some place where Nature shows
Her naked Beauty we repose;
Where she allures the wandering eye

With colours, which faint Art out-vye;[*31]

今、自然が彼女の裸の美しさを見せている
ある場所で、僕たちは憩う。
彼女はそこで力のない芸術に勝る
色彩で、さまようまなざしを魅惑する

しかし、マーヴェルの詩がさらに違っているのは、その庭が単に伝統的な「愛の庭」として恋愛遊戯の場所を提供するのではなく、まるでサン＝タマンの植物の挑発に話者自らが乗り、絡め取られたかのように、庭自体が、厳密には、庭の植物自体が、話者の愛の対象とされているという点である。

エームスが「大きな広い島」を想像したように、マーヴェルも「はにかむ恋人へ」で「充分な世界と時」（'world enough and time,' 一行）をすでに想像していた。この完璧な世界では、「僕の植物的愛は、帝国よりも広大に広がり、そしてもっとゆっくりと生長するはずだ」（'My vegetable love should grow / Vaster than empires, and more slow,' 一一―一二行）と詩の話者は訴える。完全な世界を話者が仮定するとき、「植物的愛」とは、アリストテレスの理論に基づく植物的魂（vegetative soul）への引喩であり、さらに高次の動物的な魂や感覚的魂（animal or sensitive soul）を持たぬゆえに、情欲を持たず、栄養物摂取と生長増加のみの機能を特徴とする愛を表すことになる。「植物的愛」の世界とは、性行為のない世界を暗示する。自分の愛は、仮定された完全な世界では、情欲をもたない植物的愛でありうる、そしてそれは、性的な成就なしに栄えるはずだということを話者は示唆しているのである。しかし、それはあくまで「充分な世界と時」が前提の、理想的で完全な楽園での仮定の話であって、現実の恋人たちの世界は狭く残された時間も少ない。ならば、自分たちの愛は植物的愛なんかではありえない。そしてこの詩の題名が示しているように、この詩が女性を誘惑するための詩であることを考えると、たちまち話者の言葉は、ナイジェル・スミスの注が指摘するように、'vegetable' という言葉を比喩的な名詞として捉えさせ、「愛が生長させる僕の野菜」、つまり「ゆっくりと、巨大になっていく僕の男性器」のイメージを喚起する。[*32] 対して、エームスの「膨らむブドウの房」は、文脈上、エロティックになりようがない。また、「アップルトン屋敷によせて」の森の中で、木々に守られた話者の心は、（女性の）美が射る矢からも守られている（'Where Beauty, aiming at the heart / Bends in some trees its useless dart', 六〇三―六〇四行）。しかし、その木々との交渉は、川崎寿彦が言うように、「SM的内容の、ほとんどポーノグラフィックに誇張された調子」で描かれている。[*33]

Bind me ye woodbines in your twines,
Curl me about ye gadding vines,
And oh so close your circles lace,
That I may never leave this place:
But, lest your fetters prove too weak,
Ere I your silken bondage break,
Do you, O brambles, chain me too,
And courteous briars nail me through.

（六〇九―六一六行）

スイカズラさん、あなたの蔓で私を縛って、
伸び広がるキヅタさん、私をぐるぐる巻きにして、
私が決してこの場所を離れられないように
ああ、きつくきつく締め付けて。
でも、あなたの枷が弱すぎるといけないから、
私があなたの優しい緊縛を解いてしまう前に、
ああ、野バラさん、あなたも私を鎖でつないで、
親切なイバラさん、あなたも私を突き刺して。

チャールズ・ケイ・スミスは、エピクロス主義者が植物も人間と同じように愛することができると考えていたことを示唆しているが[*34]、マーヴェルのここでの機知の要点は、人間の妄想が、植物に自分を愛してくれることをあまりに熱狂的に願い、その結果として性的逸脱にさえ陥っている様を揶揄することにある。[*35]

マーヴェルの詩の中ではしばしば、人間と植物が交わる。時には、森という箱舟に乗り込み（'myself embark,'「アップルトン屋敷によせて」、四八三行）つつ、文字通り自分自身を「樹皮でおおう」（*OED*, var. imbark, 'to enclose in bark'）ことを暗示してみたり、「私は、さかしまの木にすぎなかった」（'I was but an inverted tree,' 同、五六八行）のようにほとんど植物との同一性を主張しようとすることもある。[*36] 人が、植物になろうとするのだ。「庭」の有名な詩行、「つくられたあらゆるものを緑の木陰で／緑の想いへと消滅させる」（'Annihilating all that's made / To a green thought in a green shade,' 四七―四八行）もまた、内的な、精神的レベルで植物との融合を表していると考えることができる。「緑の想い」は、文脈によっては「草刈人」の「もっと緑の

俺の想い」（'my thoughts more green'，「草刈人の歌」、二六行）や作者不詳の『エドワード三世の御世』（一五九五年）の「我が想いは緑なのだから［夏の木陰の］密会も緑だ」（'Since green our thoughts, green be the conventicle'，一幕二場六三行）のように、好色な／恋の想いを表す。[37] しかし、ここで忘れてはならないことは、マーヴェルの植物化願望の理由が、植物的魂よりも上位の魂を得ることで生じる罪、特に性的情欲を回避したいという思いからであったという可能性である。[38] さらに、「庭」のマーヴェルは、フィチーノ（一四三三—一四九九年）が『生についての三書』（一四八九年）の中で、ヴィーナスの庭と緑の野原に留まっている人々に説いた「緑」の性質を想起させる。後者によれば、他の色に優って緑色が人の目を喜ばせるのは、それが光と闇を完璧に調合した色だからである。[39] 換言すれば、木陰の緑は、過度の光と熱が和らげられた結果の色なのである。このことは、「庭」がマーヴェルにとって過度の熱情と政治・宗教的に過熱した時代の流れからの避難所でもあったことを暗示している。

マーヴェルの「庭」が、女性を排除することで、情欲を排除した、少なくとも排除しようとした場所であったのは確かだろう。情欲とは異なる、純粋な「愛」は、「我々が性的情熱を消耗し果てたとき」、この「庭」に「最もよい隠れ処を作る」のである（'When we have run our passions' heat, / Love hither makes his best retreat'，二五—二六行）。以下の第五連に描かれる植物たちも、批評家たちが指摘しているように、「官能的ではあっても、性的ではない」という見方もできるだろう。[40]

Ripe apples drop about my head;
The luscious clusters of the vine
Upon my mouth do crush their wine;

The nectarene, and curious peach,
Into my hands themselves do reach;
Stumbling on melons, as I pass,
Insnared with flow'rs, I fall on grass.

（三四―四〇行）

熟した林檎は顔のまわりに落ち
甘美な葡萄の房は私の口で
みずからを押しつぶし酒を滴らす。
ネクタリン、そして珍種の桃は
みずから伸びて私の手の中へ届く。
通りすがりに、メロンにつまずき
花々のわなにかかり、私は草の上に倒れる。

しかし、この積極的な植物たち自身がセクシュアルではないとしても、その官能性は、スペンサーの「至福の園」（The Bower of Bliss）で「節制・自制」の騎士を誘惑する葡萄の房に似て、この「庭」も「快楽の園」（a garden of pleasure）の系譜に属する可能性を暗示するだろう。[*41]「庭」もまた、堕落後の世界に存在していて、無垢の官能性などというものは完全には成り立たず、セクシュアルな官能性やエロティシズムを排除できないでいる。白と赤で表された女性と緑色の植物とを比べて後者を誉める第一七、一八行目（'Nor white nor red was ever seen / So am'rous as this lovely green')の'am'rous'という形容詞もその狭間で機能している。それは、叙述用法で用いられているがゆえに、清浄に「愛らしい」('Lovable, lovely', *OED*, II)という意味だけでなく、「性的な愛に関係する」('Of or pertaining to (sexual) love', *OED*, I.4)という意味でも植物を修飾してしまう。

そして、特に四〇行目については、従来からそこに人の死すべき定めと堕落状態を示した「ヨブ記」第一八章第一〇節や「イザヤ書」第四〇章第六節への引喩を読み込む解釈があるが、その解釈に従うならば、植物たちの持つ官能性の罠に対する警告が読み取れるのは間違いない。第一章でも指摘したように、林檎、葡萄、ネクタリン、そして桃は、スポンテ・スアの修辞技巧に沿って、自らが動き、話者を官能的に誘惑するように描かれるが、メロンだけはひとりでに動くことなく、話者が自分からつまずく。当時のメロン栽培の手引書には、女性を、特に生理期間中の女性をメロン畑に立ち入らせてはいけないと記されている。その不浄な影響力が果実を傷めてしまうと言われていたのである。[*42] マーヴェルの「庭」の文脈でさらに意味深長になってくるのは、その薬効である。メロンは、ウリ科の植物であるが、その典型的な効能は熱を冷ますことで、その冷却作用は肉体的な熱のみならず精神的な熱にも作用すると考えられていた。「情欲の猛威を抑える」効果を記したジェラードの『本草誌』や「性行為を減じ、実際、精子を弱める」効能を説いたヒルの『庭師の迷路』によって流布していたメロンの薬効に関する一般知識をマーヴェルが利用した可能性については既に述べた。[*43] アポロやパン、そして「自分たちの〔激情の〕炎と同じように残酷な、愚かな恋人たち」('Fond lovers, cruel as their flame', 一九行)を茶化したはずの話者が、一種の樹木性愛に捕らわれているさまを、女性への情欲を癒すはずのメロンに、逆につまずいて転んでしまうという表現が暗示しているのかもしれないのである。

「庭」の情欲排除への身振りは、この詩で描かれた唯一の動物、昆虫である「蜂」によっても示唆されている。「蜂」は、例えば従来の王党派の詩の中では、しばしば、蜜で表される甘美な喜びを集め味わう恋人の比喩となることが多い。[*44] しかしマーヴェルの「蜂」は、けっして快楽主義的に描かれることはなく、ウェルギリウスの「蜂」と同じ性質を有しているように思われる。ウェルギリウスは、『農耕詩』の中で、蜂の生殖方法について次のように特筆している。

But at that wonderous way you must admire
By which Bees breede: they feel not *Venus* fire
Nor are dissolv'd in lust, nor yet endure
The paines of childing travell: but from pure
Sweet flowers, and Herbes their progeny they bring
Home in their mouths.[*45]

しかし、蜂たちが繁殖するあの不思議な方法を
あなたがたは賞賛するに違いない。彼らは性愛の炎を感じないのだ。
情欲に心を乱すこともなく、子を産む陣痛を
我慢することもない。清純で甘美な花から
そして香草から彼らの子どもたちを取って、口に含んで
巣へと持ち帰るのだ。

マーヴェルの「庭」における「蜂」の出自が、私が主張しているように『農耕詩』であることと矛盾せず、「その勤勉な蜂」は「働く」（'it works, th' industrious bee', 六九行）[*46]。しかし、ここで一つ押さえておかなければならないことは、本来マーヴェルの「庭」は、ジャンル的には、ウェルギリウスの『牧歌詩』やホラチウスの『歌集』を淵源とするパストラルだということである。[*47] 詩の冒頭で、月桂樹の冠を獲得する絶えざる労働と、木陰と花冠を勝ち得る休息とが対比され、換言すれば、**negotium**（仕事）と **otium**（仕事のない自由）とが対比され、後者に優位が与えられる構造は、その明らかな証左となっている。だからナイジェル・スミスの注が、ホラチウスの『歌集』第四巻第二歌の「蜂」に言及しているのは間違っていない。それは確かに「庭」の蜂と同じように「せっせと好ましいタイムを集めて」（'gathers the pleasant thyme laboriously'）はいる。[*48] しかし、そこでは「蜂」が甘美な言葉を集める詩人ホラチウス自身の比喩となっており、他方、マーヴェルの「庭」では、「その勤勉な蜂」（'th' industrious bee', 六九行）は、詩人、すなわちマーヴェル自身を含む「私たち」（'we', 七〇行）と区別して書かれていることも無視できない。つまりマーヴェルは、このパストラル空間の中に、そのテーマにぎりぎり沿う形で、「蜂」を登場させているとも言えるのである。農耕詩というジャンルにおいては、働く人間は、耕す人として、農作物を栽培したり収穫を刈入れたりする人として登場する。マーヴェルの「庭」の中では、パストラルであることと平仄を合わせて、花と香草で日時計を作る「巧みな庭師」（'the skilful gard'ner', 六五行）はいても、額に汗して耕す庭師は、詩の話者を含めて一人もいない。マーヴェル自身は、「蜂」とは違って、働かない。そして耕さないのだ。

マーヴェルのセクシュアリティー

さて、植物と睦み合うかのようなマーヴェルの「庭」は、植物学的に無性である植物（「庭」の中の言葉を使えば、celibate［「独身の」、「性交渉を持たない」］という含意を伴った'single herb or tree'［四行］）と情欲のない昆虫によって作られたエコ・システムと、詩的伝統によって、そして祖型的に把握されていた、果実や花の持つ性的なイメージ、そしてエピクロスの快楽主義とが交じり合っているのだと言えるだろう。[*49]マーヴェルのセクシュアリティーの特質にも関連するような、この交じり合い、このある種の矛盾は、いったいどこから来るのだろうか？　マーヴェルの場合、強調しなければならないことの一つは、快楽主義的ではあっても、例えばジェイムズ・シャーリーの「キューピッドの呼び声」と題された詩の中の「春の庭」（'Loves spring-garden'、七行）がそうであるように、庭が性的に耕されはしない、ということだ。

Come bring your amorous sickles then!
See they are pointing to their beds,
And call to reap their Maiden-heads.

（一〇―一二行[*50]）

さあ、それではおまえの好色な鎌を持って来い！
ほら、そいつは苗床に向かって突っ立って、
彼女らの処女を刈り取れと叫んでる。

マーヴェルの「庭」は、マーヴェルの無垢と純潔にあこがれる気持ちと現実の世界のセクシュアリティーとのアンビヴァレンスが作り出したものかもしれない。その心理的葛藤は、特に先に引用した第五連（三四

—四〇行）に典型的に表れているのではないか。それにしても奇妙なのは、我々が見てきた他の楽園の植物やサー・トマス・ブラウンの樹木性愛的表現などとは違って、「庭」におけるマーヴェルの植物的愛は、そのエロティシズムや官能性にもかかわらず、増殖機能や生殖能力には一切触れられていないことである。procreation とか propagation いう概念が欠落しているのである。[*51]

この疑問に対する答えをテクストの内部に見出そうとすれば、一つには、マーヴェル自身が詩の中で庭師として耕さない、だからその結果、収穫を刈入れることもない、ということと、もう一つは「庭」の中で、話者の精神が、神と同じ全能感を味わっており、「はるかに他の世界を、他の海を……創造する」（'it creates . . . / Far other worlds, and other seas,' 四五—四六行）力を得ていることと関わっているだろう。ミルトンの『失楽園』の中でアダムが言うように、神は「既に無限であるから」、その永遠性を生殖による自己増幅によって模倣しようとする生物とは違って、「増殖する必要がない」（'No need that thou / Shouldst propagate, already infinite,'『失楽園』、八巻、四一九—四二〇行）ことを想起すれば、同様にマーヴェルの話者も物理的な増殖の必要を感じていないのだと考えられる。[*52]

また、もしもマーヴェルのテクストを文学ジャンルの観点から捉えるならば、先に述べたように、「庭」は、農耕詩的であるよりもパストラル的であるということだけでなく、ギャレット・サリヴァンが説明しているような、叙事詩と対比される、もしくは叙事詩の中に組み込まれた、ロマンスの特徴を示しているからだ、とも言えるだろう。そこでは、生殖によって子孫を残そうとする叙事詩的原理とは異なる、非生殖性のセクシュアリティーが顕著に表される。タッソー（一五四四—一五九五年）の描いた「快い場所」（locus amoenus）もその一例で、そこでは叙事詩的英雄が、名誉や賞賛を追い求めることを止め、むしろ植物と同化するような快楽を味わうべきだ、と誘惑されている。[*53]

さらに、もしもマーヴェルのテクストをその外部との関連で説明しようとするならば、彼が実人生の中で感じていた自らの不毛さと結びつけて考えることができるかもしれない。一六六七年八月、二人目の息子を亡くしたジョン・トロット卿に宛てて書いた慰めの手紙の中で、マーヴェルは、自分が何かを書いてその辛さを軽減できるとは思っていないこと、「自分自身、こんなにもほとんど無益に生きているので、この点においてあなたに忠告できる権威も能力もほとんどない」（'I myself, who live to so little purpose, can have little authority or ability to advise you in it'）ことを告白している。普段のマーヴェルの、情緒を読み取れない書簡文の調子とは明らかに異なる、深い所で感情を波打たせているようなこの言葉は、生涯、子どもを持つことのなかったマーヴェルが、子どもを亡くした父親の気持ちなど分かるはずがない、という無力さの自覚から吐露された言葉のように思える。「ほとんど無益」とは、この文脈では、自分自身の分身をこの世に残せなかった独身者の言葉と解釈することができるだろう。続けてマーヴェルは、自らの無力さを代替する唯一の方法を差し出して手紙を結んでいる。「あれ以来、私が出来たことのすべては、あなたの御子息に対するこの悲しい挽歌を書くことだけでした。それは、望んだほど良い出来ではないとしても、それでもけっして見苦しい仕事ではありません」（'All that I have been able to do since, hath been to write this sorry Elogie of your Son, which if it be [not] as good as I could wish, it is as yet no undecent imployment.'）。[*54] トロット卿の息子たちの名声を残す墓碑銘体の詩（'*Johannis Trottii Epitaphium*,' '*Edmundi Trottii Epitaphium*'）を生み出すことが、この時のマーヴェルにとって、その「無益さ」を軽減する、詩人としての手段だったのである。

実は、この書簡で展開されている詩人の心の動きと、驚くほどのパラレルを示す詩をマーヴェルは書いている。ポール・ハモンドが、マーヴェルの自伝的テクスト、「マーヴェルが自分自身に宛てたエピグラム」として読むことを提案している詩「詩人、去勢された男によせて」である。[*55]

Fragment

Nec sterilem te crede; licet, mulieribus exul,
Falcem virgineae nequeas immitere messi,
Et nostro peccare modo. Tibi Fama perenne
Praegnabit; rapiesque novem de monte sorores
Et pariet modulos Echo repetita nepotes.

Don't believe yourself sterile, although, an exile from women,
You cannot thrust a sickle at the virgin harvest,
And sin in our fashion. Fame will be continually pregnant by you,
And you will snatch the nine sisters from the mountain;
Echo too, often struck, will bring forth musical offspring.[*56]

自分が不毛だと信じてはなりません。女性から追放されて、
処女地の収穫に鎌を突き刺すことはできない、そして我々のように
罪を犯すことができないからといって。あなたは名声を絶えず孕ませるから。
あなたは、ギリシアの山から九人姉妹の詩神たちをかっさらうから。
エコーもまた、たびたび打たれ、音楽の子孫たちを産み出すのですから。

ここでも詩人は、自らの作品を、自分の性的能力によって孕ませた子どもと見なしている。書簡の中と同じように、詩を書く力に、まさにそれこそが自らの無能力に代わる力であるから、いわば自己肯定のために、拠り所を求めているように思える。[*57] そしてこの詩においては、まるで現実の女性に対する自らの弱さゆえの代償、自我の防衛機制であるかのように、詩神ムーサたちやニンフ、エコーに対して、暴力的な力で子を孕ませている。ラテン語の動詞 ‘rapies’（< ‘rapiesque’）は ‘rape’（「強姦する」）、‘repeto’（< ‘rapetita’）は ‘attack anew, strike again’（「新たに襲い掛かる、再び殴る」）というニュアンスのある言葉である。エコーが生んだ音楽的な子は、マーヴェルが「はにかむ恋人へ」の話者に「僕の木霊する歌」（‘My echoing song’, 二七行）と呼ばせた詩を想起させる。その詩の中でも恋人との「快楽」は「乱暴な衝突でもぎ取る」（‘tear our pleasures with rough strife’, 四三行）ことになっている。[*58] さらに興味深いのは、農耕詩的な比喩である。自らの性的不能を補って余りある詩的な収穫は ‘perennis’（< ‘perenne’）すなわち perennial（「四季を通じて」）続く、のである。そして、‘Falcem’ は、柄付きの刃物、手鎌、大鎌を表すが、男根の象徴であることは言うまでもない。[*59] すると「処女地の収穫に鎌を突き刺す」ことが、「罪」であるという詩人の考え方は、性行為が不浄のものであるという意識の反映であり、それを避けうる「去勢された男」は、むしろ肯定されるべき存在だということだ。[*60] さらには、「詩人、去勢された男によせて」は、自らのセクシュアリティーを肯定しようとする詩であると同時に、現実の女性が、女神やニンフに置き換えられていることを考えると、自らの詩論をも内包していると言えるだろう。特に、最後には身体、いわば実体を無くし声だけになったエコーに、もしもマーヴェルの恋愛詩の求愛対象、しばしば実体を欠いていると評される女性を重ねることができるならば、マーヴェルは、現実には実在する女性を愛することが不可能なので、その代わりに恋愛詩の中の女性に求愛していた、と仮定できるかもしれない。マーヴェルは、本当はエコーを愛せないナルキッ

ソスなのだろうか。こう考えていくと、「庭」では、現実には実在する女性を愛することが不可能なので、女性や女性とのしがらみを完全に回避して、その代わりに植物のほうがもっと美しい、と主張したのではないか。詩人の女嫌いは、実は彼の性的無能力さに根ざしている、もしくは女性に対する性的無能力さによって引き起こされているのではないか。そして「庭を攻撃する草刈人」は、庭の「緑のハーレムには宦官もいる」('His green seraglio has its eunuchs too,' 二七行）と、その不自然さを糾弾しているが、実はマーヴェル自身がその不自然さを抱えていたのかもしれない。つまり、自己のセクシュアリティーに対する嫌悪感と罪悪感が楽園での無垢と純潔にあこがれる気持ちへと繋がっていったのではないか。

ハモンドは、マーヴェルが『リハーサル散文版』の出版後に集中的に浴びた中傷文書に表された彼の性的傾向——不能（おそらくは手術による去勢、女性との性交渉不能）、男性の裸に興味を示す（男色、おそらく女役）——を考察し、それが詩の読み方にどのような影響を与えるかを検証した。同性愛者としての詩人のテクストに編み込まれたかもしれない穿った読みは、「庭」についても可能である。

Apollo hunted Daphne so,
Only that she might Laurel grow;
And Pan did after Syrinx speed,
Not as a nymph, but for a reed.
（二九―三二行）

アポロはダフネを狩りたて追いかける、

彼女が月桂樹になれるよう。
パンはシュリンクスを猛然と追いかける、
ニンフだからではなく、葦笛が欲しいから。

女性を追い求めたギリシア神話の男性の神々は、実は彼女らが植物に変身するのを促すために追いかけたのだ、という機知は、マーヴェルの同性愛の疑いによって、さらに捻りを加えられる。男性の願望の対象は、女性から植物へ、そしてさらに男性へと変身するのだ。ハモンドによれば、「これらの女性たちが実際に変わるのは、男性性の象徴に、である。すなわち、アポロの象徴物である月桂樹とパンの男根を象徴する葦笛なのだ」[*61]。実は、ギリシア神話の男性の神々は、男性に興味があった、というわけだ。

先に述べたように、マーヴェルの詩の話者は、「庭」の中で、耕すことも刈ることもしない。マーヴェル作品の中の農耕詩的登場人物の典型は、草刈人（Mowers）だが、明らかに彼らは「庭」から排除されているし、「アップルトン屋敷によせて」の草刈人たちや「庭を攻撃する草刈人」の話者ももちろんマーヴェル自身を表しているとは考えにくい。彼らは、政治・宗教的な観点から言えば、王党派的パストラルの静謐の世界とは対極の世界に住む活動家であり、水平派（Levellers）のような清教徒強硬派を表している。[*62]また、マーヴェルにとって農耕詩的な比喩表現は、少なくとも一七世紀の中葉においては、クロムウェルのためのものだった。イギリスは、「少し前までは世界の庭、四つの海の楽園」（'The garden of the world ere while, / … Paradise of four seas'、「アップルトン屋敷によせて」、三二二―三二三行）だった。しかし内乱という「不運な林檎」（'luckless apple'、同、三二七行）を味わってしまった。このキリスト教的な堕落は、ウェルギリウス的に言えば、パストラル世界の、労せずして豊穣を約束された土壌から、耕作を必要とする農耕詩の世界への変容を意味した。[*63] マーヴェルの詩は、このウェルギリウス的変容をも前提にして書かれているように思われる。だからこそクロムウェルは、かつては「控えめで質素に生活した私的な庭」（'his private gardens, where / He lived reserved and austere'，「クロムウェルのアイルランドからの帰還によせるホラチウス風オード」、二九—三〇行）から出て、「勤勉な勇敢さ」（'industrious valour'，同、三三行）を発揮する「農耕詩的英雄」（'a Georgic hero'）として描かれるのではないか。[*64] その、閉じたパストラル的充足の庭から公的な、耕作／改革を必要とする庭園国家へ出て行くクロムウェルの、いわば移行的な庭仕事は、王様の果実と呼ばれた「ベルガモット」を、両義的な「最も高い場所（／最も野心的な陰謀）」に「植える」行為に喩えられている。彼の庭には、

As if his highest plot
To plant the bergamot

（同、三一—三二行）

あたかも、ベルガモットを植えるための
彼の最も高い場所

があったのである。

また、「護民官閣下の治世一周年を記念して」の中では、マーヴェルは、イギリスという庭園国家（'garden-state'，「庭」、五七行）を治めるクロムウェルを農夫に喩えている。

... the large vale lay subject to thy will,
Which thou but as an husbandman wouldst till:
And only didst for others plant the vine
Of liberty[.]

あなたが、ただ農夫として耕し、そして
ただ他の人々のために自由の
葡萄を植えたその広い谷間は、
あなたの意志の支配下に横たわっていた。

（二八五―二八八行[*65]）

植物の無性生殖は、無垢や純潔を保った状態で、情欲なしで「生めよ、ふえよ、地に満ちよ」という神の命令を果たすお手本だった。エームスのような詩人たちは、堕落前の豊かな実りを誇る植物たちとの同一化に憧れることで情欲のない生殖、そして子孫の増加を願った。マーヴェルの「庭」には、植物との官能的で親密な関係と同化はあっても、それ自体が目的であって、物理的にはその結果として何も生み出さない。詩の話者は、庭の作物を耕したり、刈入れたりはしないのだ。その明らかで最も単純な理由は、「庭」がジャンル的にパストラルであって、政治的意味合いを包含した農耕詩ではないからだ。しかし、「庭」をマーヴェルのセクシュアリティーの問題として捉えるならば、そしてもしもマーヴェルの樹木性愛の木陰に彼の同性愛が隠れているのならば、なぜマーヴェルの話者は耕さないのか、という疑問には、もう一つの答えの可能性を想定することができるだろう。マーヴェルは、耕さないのではなく、耕せなかったのだ、異性という土地を。[*66]

第三章

アダムの肋骨とマーヴェルの庭

「エバの創造」、ジョットの鐘楼、西壁面（フィレンツェ、イタリア）

一六五五年、ミカエル祭の時期の第七日目、巡回中のクェイカー教徒ドロシー・ウォーは、「神に導かれて」カーライルの市場へ入り、十字架の下で「あらゆる虚偽と邪悪な行いに抗して」預言し、説教をしていた。すると市の役人たちがやって来て彼女を乱暴に引っ立てて行き、投獄した。まもなくして市長が現れ、彼女に尋ねた。

「どこから来たのだ」

「あなたがお住まいの［苦難と迫害の地］エジプトから」

そう答えた彼女に怒り狂った市長はもうそれ以上何も質問はせず、ただ部下の一人に鉄のさるぐつわ（'the bridle'）を持って来るように命じた。ウォーはその時の様子を次のように記している。

それは鉄の帽子のようで、私の頭にピンで留めてあった帽子は乱暴にはぎとられ、服は破られ、私は彼らが呼ぶところのその bridle をかぶせられた。それは重さが六キロ以上もあって三つの鉄の帯金が顔の前に来るようになっており、その一部分が私の口の中に押し込まれた。うまく語れないほど口に入れるにはあまりにも大きすぎ、それは私の頭に錠をかけるように固定されて、私は後ろ手に縛られ、六キロ以上の鉄の重さを頭の上に載せて、喋ることができないように口のなかに突起が入れられた状態で彼らに命じられた間中立っていた。[*1]

これは、がみがみ女の轡《くつわ》、時に悪口の轡、婦人の轡、口うるさい女の兜などと呼ばれる刑具であった。それはまさに「怒りっぽい女の口封じ」であって、頭をすっぽり覆ってしまう一種の鉄の拘束具で、ひどく重く、罪人の口に、棘のついた鉄のはみ、あるいは舌状の鉄をかませるようになっていて、そのためもし罪人がしゃべろうとすれば口中がたちまち血だらけとなった。

がみがみ女たちの末路

一六六五年に出版された本の中では、ラルフ・ガーディナー（一六二五年生まれ）がニューカースル・オン・タインでの「アン・ビドルストーンなる女」の同様の処刑風景を次のように記録している。彼女は「町の官吏に通りを引き回され……轡という冠に似た鉄の刑具を頭にかぶせられ、轡に結んだロープの端を官吏が持っていた。大きな鉄のはみが押し込まれた口からは、血が流れていた。これこそ、口うるさく小言を言う女に、判事たちが科した刑罰なのだ」[*2]。イングランドの博物館、教会、町役場などには、形もさまざまな五〇を越える轡が残っており、その広範な所在地と数から、轡の刑が広く行われていたことが分かっている。チェスターフィールドの轡についてルエリン・ジューイットはこう説明している。「高さは約二十三センチ、直径は約十七センチほど。その轡は鉄の首輪と鉄の帯金からなっている。首輪の両側には蝶番があり、首の後ろには留め金がついている。帯金はうなじから頭の上を通って口にいたるが、不運にしてこの刑を受ける女性の鼻がおさまるよう、前部は左右に分かれて穴が開いている。そして、轡をはめる方法は次のとおりである。まず蝶番により、首輪を両側に開き、帯金の後頭部部分を押し上げる。巡査が刑を受ける女性の前に立ち、はみ、またはナイフを口に差し込み、前部の穴から鼻を出す。ついで首輪を後部で締め、帯金を頭頂からうなじへ下ろして、首輪にしっかりはめておくことができたのである。かくして、またたく間に有無を言わせぬ拘束具ができあがり、拷問者は好きなだけ、しっかりはめておくことができたのである。首輪の左側には鎖がついており、鎖のもう一方の端についた輪で受刑者を引き回したり、柱や壁などつなぐところも思いのままであった。その前面に刻まれた年号は、一六八八年となっている」[*3]。

　この罰を受けるのは、必ずと言ってよいほど女性であった。女性は「貞節、寡黙、従順」であらねばならないという家父長制の築いた社会秩序のもとで、生まれながらにして卑猥でお喋りで反抗的な女性は、辱めを受け、黙らされ、拘束されなければならなかったのである。起業家精神を持った牢獄の番人は一回二ペンスの料金を取って、はみをくわえたクェイカーの女預言者ウォーを見物させた[*4]。見せ物となった彼女の口の中に押し込まれたはみは、性的サディズムを刺激して男たちにフェラチオを想起させると同時に、開いた物への栓、または、じゃじゃ馬を馴らす文字どおりの轡を表し、男性優位社会を喧伝する客観的相関物となり得たわけである。

　女性を、特にがみがみ女をコントロールするための装置として機能した刑罰としては他にも「水責めの刑」や「スキミングトン」（‘skimmington’）などがある。前者は、滑車のついた竿の先に（‘cucking stool’もしくは‘ducking stool’と呼ばれる）椅子をくくりつけ、その椅子にがみがみ女を縛りつけて川や池に浸け、降参するまで水中に入れたり上げたりを繰り返す制裁である[*5]。サミュエル・ピープス（一六三三―一七〇三年）が収集していたブロードサイド＝バラッドの中には一六一五年頃から歌われていた「水責めの刑にあったがみがみ女の話」が含められている。

So that this little Deuill,
With her vnquiet tongue,
Continually both far and neere,
Molested old and yong.
....
He [= the Constable] clapt her in the Cage,
Thinking thereby her deuillish tongue,
He would full well asswage.
But now worse then before,
She did to brawling fall.
The Constable and all the rest
She vildly did miscall.
　The cucking of a Scold,
　The cucking of a Scold,
....

それでこの小悪魔は
彼女の騒々しい舌で、
近くに住む者も遠くに住む者も、

老人も若者も、すべての人々を悩まし続けた。

……

この女の悪魔のような舌を

静めようとして、

警吏が彼女を大きな鳥籠に入れて、バタンとドアを閉めた。

ところががみがみ女は

前よりももっとすごい勢いでわめきだし、

警吏や周りの人々を

口汚なくののしった。

　がみがみ女を「水責めの刑」にかけよう。

　がみがみ女を「水責めの刑」にかけよう。

……

がみがみ女は下着姿にされて、首の辺りには舌の絵がつるされ、荷車で川辺に連れて行かれる。それから竿の先にくくりつけた椅子に縛りつけられて、水に浸けられる。彼女が川に浸けられる度に見物人はドラムを叩き、ラッパを鳴らしてはやしたてる。がみがみ女は六回ほど水に浸けられた後、濡れネズミのような哀れな姿で引き上げられる。彼女はこんな状態になってもまだ警吏をののしりつづける。それでまたしても水に浸けられる。引き上げられるとたんに彼女はまたののしり声をあげる。すぐにまた水に浸けられる。こんなことが十二回ほど繰り返され、がみがみ女はついに降参。その後二度とののしり声をあげることはなかった、というお話である。[*6] イギリスではこの風習は一九世紀頃までつづき、一七八〇年に出版されたベンジャミン・ウェスト（一七三八―一八二〇年）の『詩集』の中に「水責め椅子」と題された描写的な一編がある。

There stands, my friend, in yonder pool
An engine, call'd — a DUCKING-STOOL:
By legal pow'r commanded down,
The joy and terror of the town;
If jarring females kindle strife,
Give language foul, or lug the coif;
If noisy dames shou'd once begin,
To drive the house with horrid din,
Away, we cry, you'll grace the STOOL,
We'll teach you how your tongue to rule.
The fair offender fills the seat,
In sullen pomp, profoundly great,
'Till some kind hand assists the dame,
To take the fury off her flame;
Down in the deep the stool descends,

But here, at first, we miss our ends,
She mounts again and rages more,
Than ever vixen did before.
So throwing water on the fire,
Will make it but burn up the higher;
If so, my friend, pray let her take
A second turn into the lake,
And rather than your patien[ce] lose,
Thrice and again repeat the dose;
No brawling wives, no furious wenches,
No fire so hot but water quenches.*7

友よ、あの、かなたの池に立つものは、
水責め椅子なる刑具なり。
法の力で、降ろせと命じらる、
町の喜びと恐怖なり。
もしもガタガタぬかす女がもめごと起こし、
悪口雑言吐いて髪振り乱すなら、
もしもひとたびうるさき女が

忌まわしき喧騒で、家を御し始めたならば、
出てけ、椅子を栄えさせることになるぞ、と叫べばよい、
口のきき方教えてやるぞ、と。
美しき罪人は椅子につく、
不機嫌な物々しさで、えらく堂々と。
ついには、ある親切な手が女を助けて
彼女の炎の猛威を取り除いてくれるのだ。
ざぶりと深く、椅子は沈む、
されど目的は一度では果たされず、
水から再び上がるや前にもまして
がみがみ女は怒り狂う。
そのように、火に水を注げば、
かえって激しく燃え上がるものだ。
されば、友よ、お願いだからもう一度、
女を池の中に放り込め、
我慢しきれなくならないで、
三度、四度と刑罰を繰り返せ。
いかな騒々しい女房、怒り狂った小娘とて、
いかな熱い炎とて、水が冷やせぬものはなし。

冬場、汚い池や川に浸けられる女性の側にとっては笑い事ではなかっただろうが、笑いに飢えた社会の中で女以外の構成員にとっては娯楽を提供する機会であったことは疑いなく、同時にがみがみ女は多くの人々にとっての共通の恥として認識され、人身御供となって男性優位の社会秩序を維持する働きを助けたのである。

手に負えない女を飼い馴らすことは、ヨーロッパ全体にわたってシャリバリと呼ばれる民衆的儀式のかたちでなされていたことが知られている。イギリスでは、特にサマセット州や北ウィルト州で「スキミングトン」と呼ばれ、やがて南部でも行われるようになった制裁方法がある。妻ががみがみ女で夫が尻に敷かれている夫婦に対して行われたこの一種の集団いじめ的刑罰をマーヴェルは「画家への最後の指示」の中で次のように描いている。

From Greenwich (where intelligence they hold)
Comes news of pastime martial and old,
A punishment invented first to awe
Masculine wives transgressing Nature's law,
Where, when the brawny female disobeys
And beats the husband till for peace he prays,
No concerned jury for him damage finds,
Nor partial justice her behaviour binds,
But the just street does the next house invade,

Mounting the neighbour couple on lean jade.
The distaff knocks, the grains from kettle fly,
And boys and girls in troops run hooting by:
Prudent Antiquity, that knew by shame,
Better than law, domestic crimes to tame,
And taught youth by spectacle innocent!

（三七五―三八九行）

グリニッジから（そこには彼らの諜報員がいるのだが）
勇ましい、そして古くからある娯楽の知らせがやって来る。
自然の法を犯す、男のような女房たちを
畏れさせるために最初に考案された刑罰だ。
筋骨たくましい女が従わず
夫が和睦を懇願するまで彼を叩きのめす時、
気づかう陪審の誰も夫のために損害を見出さず、
えこひいきする裁判官の誰も妻の行いを拘束しない時、
正しき町内の人々が、その隣の家に押し寄せて、
隣人の夫婦を痩せ馬の上に乗せるのだ。
糸巻棒がバンバン音を立て、麦粒が鍋から飛び散る。

大勢の少年少女が囃し立てながらそばを走る。
思慮深き昔の習慣、それは法律によってよりも恥によって、
もっとうまく家庭の罪を抑える方法を知っていた。
そして無邪気な見世物によって若者たちを教化したのだ。

ここでは本人たちが痩せ馬に乗せられているが、通常は、隣人の男性が、がみがみ女の妻に扮して、まさに男女《おとこおんな》（'Masculine wife'）となって馬やロバに乗り、家事をとりしきる女性のシンボルである、バターやチーズを作るときにミルクを掻き回す棒や糸巻棒を持ち、別の隣人が扮する夫をこの棒で叩く。この時夫に扮する男は、たいてい馬やロバに後向きに座らせられ、群衆がはやしたてる中を行列が進んでいく。父権制社会における結婚の規範を犯すカップルは、こうして隣人たちによってさらし者にされ、共同体への見せしめとなったのである。*8

家父長制イデオロギーとエバの創造

口うるさい女性は、男性優位の社会秩序にとって脅威となった。マーヴェルの時代に「自然の法」（'Nature's law'）と成りおおせていた家父長制イデオロギーの根幹にあったのは神の法であった。言葉を持つことが許されたのは男性だけであり、女性には教会で話をすることさえ禁じられた。その教えは聖書に基づいている。

婦人たちは教会では黙っていなければならない。彼らは語ることが許されていない。だから、律法も

命じているように、服従すべきである。もし何か学びたいことがあれば、家で自分の夫に尋ねるがよい。教会で語るのは、婦人にとっては恥ずべきことである。

（「コリント人への第一の手紙」、一四章三四―三五節）

一六、一七世紀に数多く出版された、家庭内における修身教導書的な書物は、女性に、ほとんどいかなる状況においても沈黙を美徳として命じることでこのイデオロギーを補強した。例えば、一五九八年の『神の御心に叶う理想の家庭』でロバート・クリーヴァー（一五六一／六二―一六二五年頃）は、「妻は、じっと耐えねばならない。そして夫に対して不作法な、不親切な言葉を語ってはならない。ただいつも愛のこもった笑顔で夫を見、不機嫌そうになるよりむしろ自分に非を認めるべきである」と言って、たとえ正当な怒りであっても夫に対しては畏敬の念をもってそれを自制するように促す。また、彼は次のように「コリント人への第一の手紙」のパウロの言葉を言い換えている。

女性にとっての最良の飾りは、沈黙である。従って人に教えることができるのは男性であって、女性は聞き手でなければならない。このことは、神によって定められている。だから、妻が夫から教示を受けるのは、神の命令である。[*9]

この神の命令は「テモテへの第一の手紙」に記されている指示の言い換えでもある。

また、女はつつましい身なりをし、適度に慎み深く身を飾るべきであって、髪を編んだり、金や真珠をつけたり、高価な着物を着たりしてはいけない。むしろ、良いわざをもって飾りとすることが、信仰を言いあらわしている女に似つかわしい。女は静かにしていて、万事につけ従順に教えを学ぶがよい。女が教えたり、男の上に立ったりすることを、わたしは許さない。むしろ、静かにしているべきである。なぜなら、アダムがさきに造られ、それからエバが造られたからである。またアダムは惑わされなかったが、女は惑わされて、あやまちを犯した。しかし、女が慎み深く、信仰と愛と清さとを持ち続けるなら、子を産むことによって救われるであろう。

（二章九—一五節）

がみがみ女への嫌悪を含めたすべての女嫌いの言説、そして一六、一七世紀の家父長制イデオロギーは、その影響力の点で最も重要な根拠を「創世記」の記述に置いた。しかしながら「創世記」自体も複数の作者の手によるものであることからエバの創造に関しては相矛盾する記述がなされていることは指摘されねばならないだろう。一方で、神をエロヒムと呼ぶ作者は、アダムとエバの創造が同時であったかのように、第六日目に「神は自分のかたちに人を創造された。すなわち、神のかたちに創造し、男と女とに創造された」（一章二七節）と言い、他方では、神をヤーヴェと呼ぶ作者は、エデンの園での人の創造を次のように記した。

また主なる神は言われた、「人がひとりでいるのは良くない。彼のために、ふさわしい助け手を造ろう」。……そこで主なる神は人を深く眠らせ、眠った時に、そのあばら骨のひとつを取って、その所を肉でふさがれた。主なる神は人から取ったあばら骨でひとりの女を造り、人のところへ連れてこられた。

（二章一八、二一—二二節）

家父長制イデオロギーは前者によるエバの創造を、無視するか、巧みに釈明して、後者の記述を強調した。女性の創造は、男性の必要を満たすために仕方なくなされたものであり、女性の存在は彼女自身のためではなく、男性の付属物として、ただ「助け手」(‘help meet’)としてのみ意義あるものとされたのである。さらに、後者の記述では、もはや女性は神のかたちではなく、男性の一部から造られたにすぎなくなる。彼女は男性よりもさらに劣った、不完全な生き物であって、エバの堕落に纏わる挿話は女性の道徳的な弱さ、そして破滅をもたらす影響力を証することになる。そしてアダムの最初の罪は、彼の妻の言葉に耳を傾けたことにあるのである。かくして神の「女」に対する言葉「あなたは夫を慕い、彼はあなたを治めるであろう」(「創世記」、三章一六節)に表された従属関係が成立するわけである。一六三二年に出版された『女性の権利に関する法の決議』も、一六世紀の女性たち向けに書かれたほとんどの礼儀指南書と同様、堕落に係わるエバの罪を論拠として女性が従属的立場をとらなければならない必然性を説いている。「創世記」第三章第一六節を引きながら著者は「あなたの願いはあなたの夫の支配下にあり、夫はあなたを治めるのです」と言うのである。[*10]

女性が劣った存在だという議論は、中世においてしばしば繰り返され、強調された。例えば、トマス・アクィナスは、女性というものが、種としては人間に属するとしていたから、女は本当に人間であるか否かという問題を後にヴィッテンベルクで論じていたルター派の神学者たちよりはましであったとしても、女は自然における「奇形」だと決めつけて、「個々の性質に関して言えば、女は欠陥のある存在であり、生まれ損ないである」(『スンマ・テオロギア』、四巻一部)と言っていた。これはアリストテレスの生物学から採用した考えであって、彼によれば生殖の際に男性要素が、あまりに幼すぎるとか歳をとりすぎているとか、その他の理由で、不幸にも支配的でなかった場合、通常は男性が生まれてくるはずのところが欠陥のある男性として女性が生まれてくるというのである。アリストテレスの考えでは、女性の生殖、生産における役割はあくまで受動的、孵卵器的な役割であって、父親から伝遺する魂とそれが与える、いわば設計図に物質を提供するだけである。

六世紀のマーコンの宗教会議において、司教たちは、女性が魂を持っているかどうか投票で決めなければならなかった。[*11] 女に魂があるのかないのかという議論は、一七世紀になっても大真面目に取り扱われ得る議論であった。例えばジョン・マーストン（一五七六？―一六三四年）は『飽くことなき伯爵未亡人』（一六一三年）の中でイザベラ伯爵夫人に対して登場人物にこう言わせている。

Farewell, thou private strumpet, worse than common!
Man were on earth an angel but for woman.
That sevenfold branch of hell from them doth grow,
Pride, lust, and murder, they raise from below,
With all their fellow-sins. Women are made
Of blood, without souls ...[*12]

さらば、公共のよりもっと悪い、私的な売春婦よ、
女がいなければ、この地上で男は天使だったろうに。
あの七つに分かれた地獄の枝は連中から生える、
連中が地の下から高慢、情欲、殺人をその仲間の罪と共に、

育て上げるのだ。女たちは、
血でできており、魂はない。

また、ジョン・ダンは、書簡詩「ハンティンドン伯爵夫人へ」の冒頭で「創世記」第一章第七節「主なる神は土のちりで人を造り、命の息をその鼻に吹きいれられた。そこで人は生きた者となった」という聖句を暗示しながら、神が理性的魂（a rational soul）を吹き込んだのはアダムにであって、魂を与えられていないエバと女性たちは創造された時点から劣った存在であるという説に言及すると共に、女性たちが教会や国家の職務から除外されていることを歌った。

Man to God's image, Eve to man's was made,
Nor find we that God breathed a soul in her;
Canons will not Church functions you invade,
Nor laws to civil office you prefer.*13

男は神のかたちに、エバは男のかたちに造られ、
神がエバの中に魂を吹き込んだとは我々には分からない。
教会法は［女性である］あなたが教会の役割に侵入すること、
国法はあなたが公民的な役割を好むことを許さない。

一六四七年、ヘンリー・ネヴィル（一六二〇―一六九四年）が、政治に口を出す女性たちをからかった『国会に、再び、招集されたご婦人方』においても同じ議論が下敷きになっている。

A complaint was brought in against one *Paul Best*, who had broached many damnable, and hereticall Doctrines, amongst the rest one was, that women were uncapable of eternity, as wanting that immortall substance, which was injected into Adam, to wit the soule; and his reason was, for that he read that God breathed into Adam, and he became a living soule; but woman was made of man, participating only of his earthly substance, no mention of any soule infused into her; for he said woman was ordained only for the earth, but man only for heaven, and this he said was that reason that women were so sensuall of such ravenous, and insatiate appetites, being like other creatures only of the earth, earthly: the house having heard the contents of the complaint, became greatly inraged, and ordered that the bookes or pamphlets, which the said *Paul Best* had compiled, and divulged, maintaining the error, should be gathered together, and openly burnt by the common hangman, himselfe to be kept close Prisoner till further order, and in the meane time a Declaration to be set forth evidently providing that women have soules; the chiefe argument to be this, that seeing the Divell is a spirit without a body, and yet is capable of eternity; so women being bodies without soules, may also be capable of eternity.[*14]

ポール・ベストなる人物に対する訴えが持ち込まれた。彼は、多くの忌々しい異端の教義を持ち出したのだ。数あるうちの一つは、女性は、アダムに注入された不滅の神性、すなわち魂を欠いているので、永遠には生きられないというものである。彼の言う理由とは、神はアダムに息を吹き入れ、そして彼は生きる魂となったとは書いてあるが、女は男から造られ、アダムの此の世的な物質の幾分かを受けたのであって、どこにも何らかの魂が彼女に吹き込まれたとは書いてないというのである。女は地のためだけにであるが、男は天のために定められたのだと彼は言う。だから、と彼曰く、女たちは飢えて飽くことのない欲望で満ち、みだらであり、天国には行けない他の生き物と同じように、此の世的なのである。議会は、その訴えの内容を聞き、大いに立腹し、前述のポール・ベストがその誤りを主張して編集し公表した書籍やパンフレットが集められ公開の場で焼かれるように命令を下した。彼自身は、更なる命令があるまで、公の絞首刑執行人によって囚人として監禁されるように、そしてその間、女性は魂を持っていることをはっきりと規定した布告が出されるように命じたのである。その主たる論拠はこうである。悪魔が肉体を持たない霊であり、それでいて永遠に生きることができることを考えると、同じように女たちも魂のない肉体ではあるが、永遠に生きることができるのではないか、というのである。

一七世紀中葉に異端を唱える多数のセクトが群れていた状況は後の我々のマーヴェルの「庭」に関する議論と深く係わってくるが、ここでは女たちが結局のところ自分たちには魂がないことを認めてしまっていること、彼女たちの論理的思考能力のなさが笑われていることに注意しておこう。ダンが女性の魂について論じている時に、女性はしゃべる能力を肉体的道具（'their bodily instruments'）に負っていること、しゃべるためには男性と同じ魂を必要としないこと、猿の心臓でも山羊のでも狐のでも、蛇の心臓であっても、もしそれが女性の胸の中に置かれ舌を与えられれば、同じようにしゃべるだろうということを（当時の）科学的論理の帰結として述べていることを思い出す必要があるだろう。[*15]

女性の欠陥ぶりを論じる議論は、彼女らに理性的な思考を司る不滅の魂がないという神学的推論と、さらに神学的生物学とでもいうべき、彼女らの出自の議論に係わっている。一五世紀末にドミニコ会士であったクラマー（一四三〇頃―一五〇五年）とシュプレンガー（一四三六／三八―一四九五年）は、『魔女の鉄槌』（一四八六／八七年）の中で女性が本質的に生まれ損ないの人間であるというトマス・アクィナスの理論を展開させて、「最初の女が造られたときに欠陥があったということが銘記されるべきである。なぜなら彼女は曲がった肋骨から造られたからである。つまり、胸の肋骨からであり、それはいわば男に逆らう方向へ曲がっているのだ」と言う。[*16] 一六一五年に出版されてから一六三七年までの間に一〇版を重ねるほどの人気を博したジョゼフ・スウェトナム（一六二一年没）のパンフレット『淫らで怠惰、生意気で不貞な女たちに対する糾弾』も同様の指摘をしている。

[Moses] also saith that they were made of the rib of a man, and that their froward nature showeth; for a rib is a crooked thing good for nothing else, and women are crooked by nature, for small occasion will cause them to angry.[*17]

［預言者モーセ］もまた女たちは男のあばら骨で作られており、彼女らのつむじまがりの性質がそれを示していると言った。なぜならあばら骨は他の何にも役立たない曲がったものだからである。女たちは生まれつき曲がっている。ささいなことで怒るからである。

実は、一六世紀中頃に出されたエドワード・ゴーズィンヒルの『女性の学舎』でも同じようにアダムの肋骨に言及がなされていた。ここでは骨の形状のみならずその硬い性質が女性の頑固さ、不従順さと重ねられている。

Made of a bone ye said were ye;
Truth it is I cannot deny.
Crooked it was, stiff and sturdy,
And that would bend no manner of way;
Of nature like, I dare well say,
Of that condition all women be,
Evil to rule, both stiff and sturdy.

あなたがたは骨から作られたと言われた。
まことだ、それは否定できない。
曲がっていて固くて頑固だし、
どちらにも折れようとはしない。
同じ性質だと私はあえて申しましょう、
その気質をお持ちなのです、すべてのご婦人方は。
従わせるには不都合、固くかつ頑固。

さらに、ゴーズィンヒルは意地悪く、茶化すようにアダムの肋骨からエバが造られたという話は正確ではないと言い始める。彼の説によれば、犬がその骨をくわえて逃げ去り、食べてしまったので、神は、犬の肋骨から女を造らざるを得なかった。それゆえ、女は「夫に向かって吠え、わめく、／駄犬が、何でもないことに、吠えわめくように」（'at her husband doth bark and bawl, / As doth the cur, for nothing at all.'）というわけである。[*18]

サー・トマス・ブラウンのように「男性は世界のすべてであって、神の息。女性は肋骨、男性の歪んだ部分」（'Man is the whole World, and the Breath of God; Woman the Rib and crooked piece of man'）と言い続ける男たちがいる一方で、[*19]一七世紀に入ってからのパンフレット戦争のさなか、アダムの肋骨論争は女性擁護の立場からの論客によって再解釈されざるをえなかった。例えば、一六一七年に出版されたレイチェル・スペイト（一五九七年生まれ）のパンフレット『メラストマスのための口輪』はスウェトナムに向けられた最初の反撃であったが、その中で彼女は、エバがアダムの頭や足からではなく心臓に一番近い肋骨から造られたことが重要で、それは「男性の心の近く、彼と平等であること」（'near his heart, to be his equal'）を神が意図したからだと主張した。[*20]こういった男女平等思想は、キリストの下にあって男女の魂が同等の価値を持つという信念に裏打ちされ、一七世紀中葉に向けて水平派（Levellers）の女性たちを中心に発展していった。[*21]

スウェトナムの『淫らで怠惰、生意気で不貞な女たちに対する糾弾』への反論としてエスター・サワナムが書いた『エスターはハマンを絞首刑にした』と題されたパンフレットで、サワナムは「ジョゼフ・スウェトナムは土と塵で造られたアダムに由来するのだから、同じように彼は泥だらけで汚い性質を持っている」とスウェトナム流の類推でやり返し、さらにスペイトと歩みを揃え、

God intended to honor woman in a more excellent degree, in that he created her out of a subject refined, as out of a Quintessence. For the rib is in Substance more solid, in place as most near (so in estimate most dear) to man's heart, which doth presage that as she was made for an helper, so to be an helper to stay, to settle all joy, all contents, all delights to and in man's heart ....

神は女を、第五元素からのように、精錬された実体からお造りになったのだから、彼女にもっとすばらしい栄誉を与えるつもりでおられた。というのも肋骨は物質的にはより固く、位置的には男の心臓に最も近い（だから推断するにもっとも愛しい）所にあるからである。そのことは、女が助け手として作られたように、男の心にとって、そして男の心の中で、仕えるべき、すべての喜び、すべての満足、すべての歓喜を植え付けるべき助け手となるように造られたということを示すのである。

と主張する。サワナムに言わせれば、エバが時間的にアダムの後に造られたのは、彼女の劣性を示すのではなく、むしろ神の目には男性は女性なしでは不完全な存在として映ったからであり、神の最後の、つまり最も完成された、創造の業の結実としての女性という助け手が必要だったということを意味するのである。[*22]

女嫌いの言説とマーヴェルの庭

しかし、女性擁護の立場よりも女嫌いの伝統は古く、根深い。神をヤーヴェと呼んだ「創世記」作者がエバと堕落の話を書く約三世紀前にヘシオドスは『神統記』の中で、パンドラに由来する「死すべき定めの男性たちの間で、彼らの大きな悩みの種となって生きており、憎むべき貧困のさなかにあっては少しも助け手とはならず、富んでいるときのみ助け手となる、女という、死をもたらす種族」について言及している。[*23] この女嫌いの言説はマーヴェルの時代まで連綿と流れ続ける。アウグスティヌスにとって女が男の友人や助け手であることは不可能であった。彼は、いったいなぜ神が女を創造したか困惑しているかのように「アダムが必要としていたのが良い仲間や良い会話であったのであれば、男と女ではなく、友人である二人の男がいるほうがずっと良かったであろう」と言った。[*24] アクィナスもアウグスティヌスの意見を繰り返し、おそらく女性は創造されるべきではなかったのかもしれないと感じながらも、生殖の業においては助け手となるはずで、そのことによって、男性がもっと高い目的に、すなわち知的活動のために時間を用いて、生殖、出産にかかわらないですむように女性が存在するのだと考えた。[*25]

ダンもまたアウグスティヌスを受けて、女はただ子孫を増やすためのみに、また堕落後は男の性欲を除くことにおいて、助け手となりうるのであって、もしも神が種族の繁栄を個人のそれよりも重く見られなかったならば、「男は一人でも充分うまくやっていけただろう」と言う。女は自分が男の脇腹から取られたのであって頭から取られたのではないことを覚えておくべきであるとダンは述べる。それゆえに「女は充分男を弱めているのだから、助け手となるためにできることは何でもするべきなのだ」と。[*26]

シェイクスピア演劇において「寝取られ男」(cuckoldry)の主題が病的に頻出することはよく知られているが、例えば『シンベリン』の中では、自分の妻が裏切っているかもしれないと信じこまされてポスチューマスが、女の助けなしには男が生まれてこないことを「女のあの部分が俺の中にもあればいいのに!」('Could I find out / The woman's part in me')と言って嘆いている。[*27] また、チョーサーの尼僧付きの僧は「女の忠告ってのは、しばしば致命的なものです。女の忠告がわれわれを最初に悲惨な境遇に導きました。そしてアダムを、とても楽しく満足して暮らしていた楽園から追い出したのです」（'Wommannes conseil broghte us first to wo / And made Adam fro Paradys to go, / Ther as he was ful myrie and wel at ese.'）と言った。[*28] そして、ミルトンは『失楽園』の中でアダムにエバを「生まれつきひねくれた一本の、それも今になって思えるのは、邪悪な左側へもっと曲がったあばら骨」（'a rib / Crooked by nature, bent, as now appears, / More to the part sinister'）、さらには「肋骨の正しい数からはみ出した余分なもの」（'supernumerary / To my just number found'）と評して責めさせ、

O why did God,
Creator wise, that peopled highest heaven
With spirits masculine, create at last
This novelty on earth, this fair defect
Of nature, and not fill the world at once
With men as angels without feminine,
Or find some other way to generate
Mankind?

ああ、なにゆえ神は——
最も高き天を男性の霊たちで満たした
賢き造り主は——最後にお造りになったのか、

地上にこの珍奇なものを、この美しき、造化の
欠陥を、なにゆえ一度に世界を満たされなかったのか、
女性なしで天使のような男たちだけで、
もしくは、何か他の方法を見つけられなかったのか、
人類を生じさせるために？

と言って嘆かせた。[*29] こういった女嫌いの言説を読む時、我々は、まさにこの女嫌いの伝統の中でマーヴェルが「庭」を書いたことを確認するわけである。

Such was that happy garden-state,
While man there walked without a mate:
After a place so pure, and sweet,
What other help could yet be meet?
But ’twas beyond a mortal’s share
To wander solitary there:
Two Paradises ’twere in one
To live in Paradise alone.

（五七―六四行）

男が伴侶なしで歩いていたときには、
あの楽園はこのような幸せな状態だった。
そんなにも純粋で、そして甘美な場所のあとに、
ほかのどんな助け手がふさわしくありえただろうか？
しかし、死すべき定めの人間の分け前を越えていたのだ、
そこでひとりで歩き回るなんて。
一つの楽園の中に二つの楽園があるようなものだ、
楽園にひとりで住むなんて。

この連を引用した後で、著書『マーヴェルの庭』において川崎寿彦は「これはマーヴェルの女嫌いの性癖をもっとも明瞭に表わした詩句である。彼は実際に終生妻をめとらなかったのであるから、ここに表現された思想がただの言葉の遊びではないことは確かである。しかしわれわれはこの詩句をたんに個人的な女嫌いの感情だけを表現するものと解してはならない。西欧ルネッサンスでは、女嫌いにも思想的背景があったのである。そしてこの場合それはふたたびあのヘルメス思想の背景であったようだ」と書いた。この指摘はほぼ正確であると思う。川崎の言う「ヘルメス思想の背景」とは、マーヴェルの主人フェアファックス卿などのようなヘルメス主義者が理解していた、もともと人間は両性具有であって、その段階を終わって男・女に分かれ、増殖の段階に入ったときに性愛の情熱という逃れがたい呪いを背負った、という思想であり、マーヴェルはこの連でも、性愛の情熱から逃れるため「アンドロギュノス性の回復」を唱えているのだと川崎は示唆するのである。レーストヴィックの解釈が川崎の基礎であったように思われる。対韻

連句 'Two Paradises 'twere in one / To live in Paradise alone' は、「人間の生殖器を 'paradise' と暗喩的に呼ぶひそかな慣習に従って、アンドロギュノス・アダムの両性具有の生殖器への『洒落た言及』になっているのかもしれない」と言うのである。*30

しかし、およそ半世紀前のこの説明には、少なくとも加筆すべき事柄が生じて来ていると私は考えている。我々は、「アンドロギュノス性の回復」志向が性愛の情熱から逃れたいという願望に結びついているとしても、この結びつきは、既に見てきたように、例えば、シェイクスピアのポスチューマスの台詞、「女のあの部分が俺の中にもあればいいのに！」に見られるように、必ずしもヘルメス主義だけを前提とするのではないということは注意しておかなければならない。生殖ということだけが、男性にとって女性を助け手として必要とせざるをえない不可避の宿命ならば、そして人間の性愛の情熱を悪として避けたいと願うならば、当然の論理的帰結として両性具有の思想が想起されるか、はたまた人間の性行為とは違った、例えば、マーヴェルが「庭」の別の箇所で示唆しているような、樹木性愛を志向し始めるのは必然と言わざるをえないだろう。しかしながら、マーヴェルの樹木性愛は妙にエロティックで、本当に性愛の情熱そのものを逃れたいという気があるのかどうか怪しくなってくるところがあるのも確かである。「終生妻をめとらなかった」マーヴェルの「個人的な女嫌いの感情」は、我々が第二章で考察したように、同性愛的性癖を読み取る方向へも向かい得る。伝統的に、女嫌いはキリスト教の神経症的セックス嫌いと結びつけられてきた。しかしマーヴェルの場合、セックスは良くて、ただ女が駄目という可能性があるというわけである。マーヴェルの女嫌いを再考する場合、このホモ・エロティシズムの問題は避けて通れないが、本章では、今まではっきりと論じられなかった問題、極めて同時代的な問題を考えようと思う。以下の部分では、マーヴェルの「庭」が書かれた、その庭の周りにいた女性たちに目を向けることでマーヴェルが提示した女嫌いに関して、その新たな理由を提案したい。

さて、今までの議論からも明らかなように、女性は男性の助け手として存在するという考え方は、家父長制のイデオロギーでは、女性が男性よりも劣った存在であるということを意味していた。そして、その助け手さえいなければよかったという表現は、同じイデオロギーをさらに強化した表現になっているわけである。マーヴェルが一七世紀の半ばにこの家父長制の言説を繰り返した理由は、一つには既に始まっていた女性たちの反家父長制の言説に対抗、少なくとも反応する必要があったと思われるということである。例えば、スウェトナムが、最初に女性が男性の助け手として造られたのは確かにそのとおりで「女は、男が苦労して手に入れたものを使い、消費するのを助けてくれる」（'she helpeth to spend and consume that which man painfully getteth'）と言って被扶養者にすぎない女性を皮肉るとき、[31] 彼は女性によって即座に言い返され、反発されうる時代に生きていたのである。既に見たようにサワナムに言わせれば女性は男性の不完全性を補う不可欠の「助け手」だったし、スペイトに言わせれば、女性は「助け手にすぎない」（'but an helper'）のだから「家事や家庭を維持していく際のすべての重荷を妻の肩にかけてしまう」夫はおかしいということになる。[32]

庭の外側——セクト集団の女性信者たち

一六四三年に出版されたミルトンの離婚論『離婚の教理と規律』の要点の一つは、妻は、「創世記」において定義されているように「ふさわしい助け手」（'a meet help'）であるはずであるから、「自然に、そして継続的にふさわしい助け手ではない女性は妻ではない」（'shee who naturally & perpetually is no meet help, can be no wife'）という論理であった。[33] 明らかに、これもまた家父長制の言説であって、ミルトンにとっては男性が優位に立った、また立つための論理であった。ところが、一七世紀中葉においては、女性たちによってこういった言説が転覆させられる状況だったのである。セクト、例えば再洗礼派（Anabaptists）や愛の家族（Family of Love）派といった急進的な教派では、夫の命令が神の教えに背く場合、あるいは夫が敬虔なキリスト教徒ではない場合、妻は夫に従う義務はなく、夫のもとを去ることも、他の男性と性的関係をもつことも許されると教えていた。実際に多くの女性が、初期会衆派のロバート・ブラウンや第五王国派のトマス・ハリソンのようなセクトの開祖のもとに行くために、夫から離れてオランダに渡ったり、バプティスト派のアン・ウェントワースのように夫のもとを離れてセクトの活動に参加していた。[*34] 一六四六年に出版されたトマス・エドワーズの『ガングリーナ』は、自分の説教を聞きに来ていた妻子ある男性を誘惑して海外へ逃亡した女説教師アタウェイ夫人について報告している。

There are two Gentlemen of the Inns of Court, civill and well disposed men, who out of novelty went to hear the women preach, and after Mistris *Attaway* the Lace-woman had finished her exercise, these two Gentlemen had some discourse with her, and among other passages she spoke to them of Master *Miltons Doctrine of Divorce*, and asked them what they thought of it, saying, it was a point to be considered of; and that she for her part would look more into it, for she had an unsanctified husband, that did not walk in the way of *Sion*, nor speak the language of *Canaan*; and how accordingly she hath practised it in running away with another womans husband, is now sufficiently known to Mr. Goodwin and Mr. Saltmarsh.[*35]

法曹学院の二人の紳士がいる。礼儀正しく親切な男たちである。彼らは、珍しさから女たちが説教するのを聴きに行った。そして刺繍細工師のアタウェイ嬢の礼拝が終わった後でこの二人の紳士は幾らかの対話を彼女と行った。意見交換の中でもなかんずく彼女はミルトン氏の離婚論について彼らに語り、考察されるべき点であると言いながら彼らはどう思うかを尋ねた。そして、彼女としては自分には、シオンの道を歩んでおらず、カナンの言葉を語らない、聖別されていない夫がいるので、それをもっと調べてみたいと言った。そしてそれゆえ、彼女がどのように別の女性の夫と駆け落ちしてミルトン氏の考えを実践したか、今ではグッドウィン氏やソルトマーシュ氏に充分知られている。

まさに、マーヴェルの時代は、男性中心主義が揺るがされていた時期、女性がかしましく男性に言い返していた時期であったと言っていいであろう。女性を黙らせるための刑具、例えば鉄製のさるぐつわをかまされた女性が内乱時に多かったのは偶然ではない。[36] 同時代に出版された数多くの反フェミニスト文献は、このコンテクストで読まれなければならない。女性をからかったパンフレットの一つ『御婦人方の国会、新たに制定された彼女らの法律付き』（一六四七年）の中で話される女性たちの反抗的な言葉、

We have nothing to offend and defend our selves but our tongues ..., which we must maintain for our own safty: though woman was taken out of the side of man, yet let men know, that they cannot, nor shal not alwayes keep us under.[37]

私たちには攻めるも守るも自分たちの口しかないのよ……、自分たち自身の安全のためにそれを維持

図版7　ヘンリー・ピーチャム、「世の中は意見によって支配、統治されている」(1641年)

せねば。女は男の脇腹からとられたけれども、それでも男たちに知らしめるのよ、私たちを虐げることはいつもできるわけではないし、そうはさせないって。

は、しゃべる女性によって家父長制の危機に曝された男性側の恐怖心の裏返しなのである。マーヴェルが「庭」の中で見出した、「美しき静けさ」('Fair Quiet, have I found thee here,' 九行)という言葉で喚起される静かな女性は、庭の外の喧騒、それは政治的、宗教的混乱と内乱のみならず女性たちによって増幅されていた騒がしさとの著しい対照をなすものであったであろう。一六四一年に流布したヘンリー・ピーチャムの「世の中は意見によって支配、統治されている」と題されたブロードサイドの絵は、同年の国家検閲システムの中断に伴って溢れかえった、パンフレットの類を実らせた「意見の木」を描いている。この印刷物の繁茂が造りだす混沌状態を司る者として描かれているのは、意義深くも、目隠しをされた女性である（図版7参照）[38]。

また、王制復古後、チャールズ二世がくぐった凱旋門の一つには、壊れた笏を持ち、廃墟となった城を頭飾りにした女「混乱」を引き連れて、血糊の付いた剣を手にし、蛇の絡みついた、血色の衣服を身に纏ったもう一人の女性が「反乱」を表象して飾られていた。そこに刻まれていたのは、「私は地獄の娘、サタンの長子」という彼女の言葉である。[39]無法と破壊的力を女性に帰する文化においては、革命は、女性によって表象されざるをえなかった。女こそが世界の秩序をひっくり返してしまったのである。

マーヴェルは「オランダの性質」（一六五三年）で「アムステルダムは、トルコ人でキリスト教徒で異教徒でユダヤ人、／セクトの専売所となり、分派の造幣局となってしまった」（'Amsterdam, Turk-Christian-Pagan-Jew, / Staple of sects and mint of schism grew', 七一―七二行）と言ったが、既に一六四二年、ジョン・テイラー（一五八〇―一六五三年）は「グレート・ブリテンはアムステルダムになってしまった。そこから宗教を粉々に裂いてしまった気の狂ったセクトが送られて来たのだ」（'*Great Brittaine* turn'd to *Amsterdam* / [from where] mad sects are sent, who have Religion all in pieces Rent'）と言っているし、[40]マーヴェルも「護民官閣下の治世一周年を記念して」（一六五四―一六五五年）の中では、第五王国派（Fifth Monarchy Men）、クェイカー（Quakers）、喧騒派（Ranters）、再洗礼派、アダム派（Adamites）らの多くのセクトに言及している。[41]

そして、このセクト信者の多くが女性で占められていたことは、それについて記した国教会の記録に、「ほとんどが女性」、「男性よりも女性の数が多い」、「大体は愚かな女たち」という表現が多く用いられていることからも、内乱期に書かれた分離派を嘲笑する文章には「集会の出席者のほとんどが女性」という言葉が頻繁に見られることからも、また集会に関する現存する分離派の資料を見ても明らかである。[42]トマス・ジョーダン（一六一二頃―一六八五年）のバラッド「無政府状態、または一六四〇年来の祝福された改革」も、政治的、宗教的喧騒に女性たちが参加していたことを示している。

Speak Abraham, speak Kester, speak Judith, speak Hester,
  Speak tag and rag, short coat and long;
Truth's the spell made us rebel,
  And murder and plunder, ding-dong.
  Sure I have the truth, says Numph;
Nay, I ha' the truth, says Clemme;
Nay, I ha' the truth, says the Reverend Ruth;
Nay, I ha' the truth, says Nem.
…
  Then let's ha' King Charles, says George;
Nay, let's have his son, says Hugh;
Nay, let's ha' none, says jabbering John;
Nay, let's be all kings, says Prue.[*43]

しゃべれアブラハム、しゃべれケスター、しゃべれユデト、しゃべれヘスター、
  しゃべれ、しゃべれ、烏合の衆よ。
真理は、我々に謀反を起こさせる、

殺し、略奪させる呪文の言葉、ガンガンと鳴り響く。
確かに、私は真理を持っている、とナンフは言う。
いや、私が真理を持っている、とクレムが言う。
いや、私が真理を持っている、とルース牧師が言う。
いや、私が真理を持っている、とネムが言う。
……
それでは、国王はチャールズに、とジョージが言う。
いや、彼の息子にしよう、とヒューが言う。
いや、王様はなしにしよう、とぺちゃくちゃしゃべるジョンが言う。
いや、みんなが王様だ、とプルーが言う。

もはや、真理は一つではなく、数多くあり、女性牧師ルースでさえ自分こそ真理を知っていると言い張る。皮肉にも「思慮分別」を意味するPrudenceという女性名の愛称で呼ばれているプルーは、キリスト者一人一人が神の油を注がれた息子であるからすなわち王であるという清教徒の信念をおうむ返しにしながら女性を含めたすべての人が国王だと主張する。エバが、園の耕作者アダムをその「楽園の状態」、マーヴェルの言う‘garden-state’から追い出す原因を作ったが、イギリスという「楽園国家」（‘garden-state’）を混沌状態に陥れているのも女性に大きな原因があると感じられていたと考えて間違いはない。ジェニー・ゲッズ（一六〇〇頃—一六六〇年頃）は、一六三七年七月二三日日曜日にイギリスの伝説的人物となった。英国国教会の共通祈禱書を強要しようとしていた首席司祭に対して、野菜の行商人にすぎないジェニーが、スコットランド長老派の憤懣を、三脚椅子を司祭の頭めがけて投げつけ、罵倒することで表現したのである。セント・ジャイルズ大聖堂にある彼女の記念銘板は、その事件を半分以上は冗談のような、いわば、風が吹けば桶屋が儲かる式の、それでいてある真理を反映した、清教徒革命の原因として見なしている。

Constant Oral Tradition Affirms
That near this spot
A brave Scotchwoman, Janet Geddes
On the 23rd of July, 1637,
struck the first blow
in the great struggle for freedom of conscience
which
after a conflict of half a century
ended
in the establishment of civil and religious liberty.[*44]

忠実な口頭伝承は断言する、
この地点近くで
勇敢なスコットランド女性、ジャネット・ゲッズが
一六三七年、七月二三日に

信仰の自由を求める偉大な戦いにおける
最初の一撃をくらわせたということを。
　それは、
　　半世紀の闘争の後に
　政治的、宗教的自由を打ち立て
　　終結した。

教会の会衆の面前で聖職者に反抗する女性たちがあちらこちらに現れていた。トマス・エドワーズの『ガングリーナ』には次のような記事もある。

> The same Lords Day also at a Town within a mile of the other place, a godly Minister being in the Pulpit, and Preaching upon Repentance, pressing it, a woman stood up and said to him openly, that he Preached Lyes and false Doctrine. . . . Another Minister Preaching in *Colchester* against Schisme, in the time while he was Preaching, a Sectary spake these words with a loud voyce, so as all that stood near were disturbed, *O What a vile wretch is this? O What a Devil is this?* And when Sermon was immediately done, *O What an Enemy of Gods People is this? He hath Preached Blasphemy*: That *he came from the Devil, and to the Devil he would go*: which words she spake aloud.
>
> （一〇七頁）

同じ主の日にその別の場所から一マイル圏内の街でも神を敬う聖職者が説教壇にいて、悔い改めについて説教し、それを強調していた時、女が立ち上がり、彼は嘘と偽りの教義を説教していると彼に対して公然と言ったのである。……別の聖職者がコルチェスターで教会分裂に反対して説教していた時、分離派の信徒が次の言葉を大きな声で語ったので、近くに立っていた皆は騒然となった。「ああ、こいつは何と堕落した卑劣漢であるか？　こいつは何という悪魔だ？」そして説教が終わるとすぐに、「ああ、こいつは何という、神の人々の敵か？　やつは冒瀆を説いた」「やつは悪魔から送られてきたのだ、そして悪魔のところへ行くだろう」。そういう言葉を彼女は大声で語ったのである。

実際、清教徒革命という、旧来の秩序が逆さまになった期間は、女性たちが、男性中心の権威、権力に抵抗し、反乱を起こした期間だと言い換えてもいい。女性たちは、国会にデモを行い、パンフレットを書き、説教し、預言を行った。名もない多くの、階層が低く教養のない、しかしながら自分たちは神の言葉を伝えるために選ばれたと信じた、騒がしい女性たちをたとえ除いたとしても、先ほどのアタウェイ夫人は、神から聖霊をそそがれて、半時間祈りを捧げた後で四五分ばかり聖句の講釈を行ったし、第五王国派のアンナ・トラップネル（一六二二年頃—？）は、緊張性の神がかり状態になると一時に何時間も何日も喋り続けたし、「聖職者」「イエス・キリストの僕《しもべ》」と自らのパンフレットに記した、同じく第五王国派のメアリ・ケアリーや無律法主義の喧騒派であるベドフォード州ポトンのウィリアム・オースティン夫人、水平派のキャサリン・ハドレー、エリザベス・リルバーン、捕えられた水平派の自らの指導者解放のため、当局を怒鳴りつけ、裁判中に判事を大声で非難したメアリ・ドーマン等だけでも充分、保守的な男たちにはうるさかっただろうし、自分の意見を述べる女性の出現を社会は脅威と感じたことは間違いない。*45

マーヴェル、そして「庭」で表現された彼の女嫌いの言説との関連で重要なのは、圧政的立法者や法律家や貴族、不正な税金に対して、女性であっても抗議する権利があり、市民として聴いてもらう権利があると主張した水平派の女性たちの作りだしていた喧騒である。男たちにとって彼女らの主張の内容は問題ではなかった。ただ、女性の発する声は、意味のない、愚かな騒音にすぎず、彼女らは、ただのお喋り女、がみがみ女、じゃじゃ馬の大群であった。一六四〇年代の後半から五〇年代始めにかけて、彼女らは度重なる陳情のデモを行った。例えば、一六四九年五月の陳情は、ジョン・リルバーン（一六一四—一六五七年）らを始めとする指導者の釈放を要求し、軍事政権と独裁に対して、景気低迷と物価高騰、食料不足、失業、什分の一税、消費税、独占等に対して抗議した。が、それに対する反応は、伝えられるところ一万人の署名を集めて五〇〇〇人によって届けられた四月二三日から二五日の陳情書の回答が典型的なものだった。議会側は、言葉を持つべきではない女性たちによる陳情書に回答を出す必要はない、彼女たちの夫に回答するから帰宅して家事に専念するようにと命じたのである。もちろん、これにはさらに女性たちの側からの抗議書が続くことになるが、彼女らの戦闘性は、或る女性がオリヴァー・クロムウェルの服を掴んで彼を放さず、ものすごい勢いで政治のお説教をしていたと伝えるものがいるほどであった。[*46] マーヴェルが、投獄されたリチャード・ラヴレイス（一六一八—一六五八年）のために反乱を起こした女性たちを描いている詩行「彼女たちは一斉蜂起、まだ武具も纏わずほとんど全裸でも／出撃し、彼を防御するため争うことを願ったのです」（'They all in mutiny, though yet undressed / Sallied, and would in his defence contest',「高貴なる友人リチャード・ラヴレイス氏へ、彼の詩によせて」、三九—四〇行）に通じるものがあるだろう。

　マーヴェルの「庭」がフェアファックス卿と関わっているとすると、詩人の女嫌いは、水平派嫌いと密接に関連してくる。一六四九年、バーフォードでフェアファックス卿が最終的に水平派を鎮圧した後もジェラード・ウィンスタンリー（一六〇九？—一六六〇年）率いる、ディガーズと呼ばれる真正水平派たち（True

Levellers）がセント・ジョージズヒルを根拠地として活動を続けていた。彼らの信じるところとは、既にウィンスタンリーが「ノルマンの軛」説を根拠として、マナー領主の傲慢と貪欲に対する批判を展開していたように、また、彼らがフェアファックス卿への度重なる手紙の中でも明らかにしているように、ノルマンの征服以来長らく王制によって専有されていた一般民衆の土地は、国王処刑後、共有地（'the common land'）として民衆の手に戻るはずであるということ、そして、彼らのパンフレット『イングランドの貧しき抑圧された民衆の宣言』（一六四九年六月）の中で明瞭に示されているように、「大地は我々のためにもあなたたちのためにも造られたものである」という、土地専有の自由である。[*47] 当然、彼らのこの信念は、アップルトン屋敷の所有者にとっても、カントリーハウスを詠うジャンルの中で安定と階層制と所有権とに基づく秩序を讃えて、その所有者を喜ばせようとしていた詩人にとっても脅威であったはずである。真正水平派たちの反囲い込み運動、平等主義は、マーヴェルの「アップルトン屋敷によせて――我がフェアファックス卿へ」の中で、所領の牧草地が、「水平派がお手本にする、／この裸の等しく平らな土地」（'this naked equal flat, / Which Levellers take pattern at'、四四九―四五〇行）という詩行に、ほぼ引用する形ではっきりと表されている。彼らのパンフレットの一つには、彼らが近い将来、「谷が山と水平になって横たわる時、すばらしい共同体を目にするだろう」という預言の言葉が書かれていたからである。[*48]

「庭」と同じように、「アップルトン屋敷によせて」の庭もエデンの園の至福の状態と始祖の堕落に言及しているが、歴史の流れの中に置かれて描かれた後者は、「庭」よりもさらに明瞭にそれをイギリス国家に重ね（'Oh thou, that dear and happy isle / The garden of the world ere while'、三二一―三二二行）、堕落後の世界と内乱時の世界とを二重写しにしようとしていると思われる（'What luckless apple did we taste, / To make us mortal, and thee waste?'、三二七―三二八行）。D・C・アレンらが気付いたように、牧草地の洪水の場面や草刈人たちの収穫の場面が、内乱時の逆さまの、血なまぐさい世界を表していることは明らかであるから、[*49] 草刈人らが水平派を表していることと考え合わせると、クイナを刈ってしまう場面にマーヴェルが、テステュリスなる女性を登場させているのは興味深い。

… bloody Thestylis, that waits
To bring the mowing camp their cates,
Greedy as kites, has trussed it up,
And forthwith means on it to sup:
When on another quick she lights,
And cries, 'He called us Israelites;
But now, to make his saying true,
Rails rain for quails, for manna, dew.'

（四〇一—四〇八行）

草刈人たちの野営地へ食料を持ち帰るため
給仕している、残虐なテステュリスは、
トビのように貪欲に、そいつ［ウズラクイナ］を串刺しにし、
直ちに、それを夕食に食べるつもりだ。
そしてもう一羽にすばやく舞い降りて、

叫ぶのだ、「やつは私らをイスラエルの民だと呼んだ。
でも今は、やつの言葉を成就するために、
うずらの代わりにウズラクイナ、マナの代わりに露が雨のように降るぞ」と。

マーヴェルは、草刈人たちに破壊的なセクト集団、水平派を重ねることで、さらに彼らの乱暴さを強調することで、彼のパトロンであるフェアファックス卿のような財産所有者の権利を擁護する言説を作りだしているのであるが、ここで注目しなければならないのは、楽園喪失の原因である女性の存在である。テステュリスは、テオクリトスやウェルギリウスの田園詩に登場する女奴隷で、ここでの彼女の名前は彼女の身分の低さを表すだろう。それでいて彼女は、詩の話者に向かって皮肉に言い返すことのできる、詩の中で唯一の独立した声を持たされている。「あんたが、わたしらのことをイスラエルの民だと言うのなら、あんたの言葉を現実にしてあげようじゃないの。雨あられと降らせてあげるわ、ウズラの代わりにクイナで、マナの代わりに露だけどね」。もちろん、彼女が言及しているのは、「出エジプト記」の中で、神がイスラエルの民に与えた「うずら」と、「露」が降りてかわいた後に残ったマナのことである（一六章一三―一五節）。彼女は「革命戦争時の宗教セクトの女性に似ている」とクリスティーナ・マルコムソンは指摘している。[*50] マルコムソン自身は、この議論に深入りしていないが、例えば、一六四一年に『キリストの独立教会の弁明』と題されたパンフレットを女だてらに書いてトマス・エドワーズに口答えした、分離派、水平派のキャサリン・チドリー（一六一六―一六五三年活躍）のことを想起すればよいかもしれない。

キャサリンは、エドワーズの聖書の読み方が正確性を欠くと言って攻撃し、彼自身を「有罪の者たちの過失ゆえに無実の者たちを苦しませる残忍な男」（'a bloody minded man, that would have the innocent suffer for the faults of them that are guilty'）と言った。そのことを想起すれば、マーヴェルの描いた、無実のクイナを大量に殺す残忍なテステュリスには、聖書を自己流に曲げて引用するのはエドワーズではなくてキャサリンなのであるという皮肉が込められていると言えるかもしれない。また、キャサリン・チドリーの攻撃の情け容赦のない、妥協しない性質は、彼女のパンフレットの序文に使われた、女預言者デボラが登場する「士師記」第四章からの引用に見て取ることができる。「しかし彼［シセラ］が疲れて熟睡したとき、ヘベルの妻ヤエルは天幕のくぎを取り、手に槌を携えて彼に忍び寄り、こめかみにくぎを打ち込んで地に刺し通したので、彼は息絶えて死んだ」（二一節）[*51]。ここでは、イスラエルの民を守ろうとするヤエルに重ねられたキャサリンの正義を、マーヴェルはクイナを串刺しにする（'trussed it up'）'bloody' な、残忍なテステュリスの行為とだぶらせているようでもある。キャサリンの饒舌ぶりを皮肉るようにエドワーズは次のような記事を報告している。

Katherine Chidley … with a great deal of violence and bitternesse spake against all Ministers and people that meet in our Churches [at *Stepney*] … Mr. Greenhill answered her by Scripture, and laboured to reduce to a short head all she had spoke, asking her if this were not the sum, namely, that it was unlawfull to worship God in a place which had been used or set apart to Idolatry, under the Names of Saints and Angels; she would not hold to the stating of the question, but running out, Mr. Greenhill to convince her, told her that all *England* in this way and manner had been set apart to *St. George*, and *Scotland* to Saint *Andrew*, and so other Kingdomes to other Saints; so that by her grounds it was unlawfull to worship God in these, and so by consequence anywhere in the world; but in stead of being satisfied or giving any answer, shee was so talkative and clamorous, wearying him with her words, that he was glad to goe away, and so left her.

（一〇七—一〇八頁、七九—八〇頁という誤った頁番号になっている）

キャサリン・チドリー……は多大の乱暴さと敵意を持って、我々の［ステップニーの］教会で出会うあらゆる聖職者と人々の悪口を言った。グリーンヒル氏は聖書によって彼女に答え、これが、すなわち聖人や天使の名の下に偶像崇拝のために使われたり聖別されたりした場所で神を礼拝するのは不法であるということが、要点ではないのか、と彼女に尋ねて、彼女がしゃべったすべてのことを短い項目に縮約しようと努めたのである。彼女はその問題について述べようとはせず、喋り続け始めた。グリーンハウス氏は、彼女を納得させるために、次のように彼女に言った。イングランドはどこもこういうふうに聖ジョージへ聖別されており、スコットランドは聖アンドリューへ、そしてそういうふうに他の王国は他の聖人に聖別されているから、彼女の言う理由だとこれらの土地では、そしてその結果、世界中のどこでも神を礼拝するのは不法ということになるだろう、と。しかし満足する、もしくは何らかの答えをする代わりに、彼女はあまりにもお喋りで騒々しくなり、彼女の言葉で彼をうんざりさせてしまったので彼は喜んで彼女を後に残して出て行った。

ここで我々の関心にとって重要なのは、フェミニスト批評家が注目するような、新しい女性としてのキャサリン・チドリーの実際の人柄や彼女の説く教義の内容ではなく、エドワーズのような保守的な男性にとって、彼女のような自己主張をする女性がどのように感じられたか、ということである。男性の理性的、論理的構成能力でもって話された事柄を整理しないと理解が困難な話をただまくしたて、何か質問をしても戻ってくる言葉は答えにもならずうるさいだけ。彼女のいないところへ行くことができるのが喜ばしいことに思える、そんな女なのである。

ジョン・ヴィーカーズ（一五八二―一六五二年）は、『篩にかけられた分離派たち』（一六四六年）で、エドワーズと同じように、同時代の主婦たちのお喋りぶりに呆れている。

Is it a miracle or a wonder … to see bold impudent housewives, without all womanly modesty, to take upon them (in the natural volubility of their tongues & quick wits, or strong memories only) to prate (not preach or prophesy) after a narrative or discoursing manner, an hour or more, and that most directly contrary to the Apostle's inhibition …?*[52]

（生まれながらの弁舌の流暢さと機転、もしくは記憶力の強さのみで）物語風にもしくは会話風に、一時間かそれ以上、しかも使徒の禁止に真っ向から反して、（説教をする、もしくは預言をするのではなく）ベラベラ喋ることを自分の責任とすべく、女性らしい慎ましさもまったくない、あつかましく生意気な主婦を見ることは、……奇跡、もしくは驚異ではないか？

ヴィーカーズの、そして数限りない家父長制の言説の拠り所とされてきた典拠、使途パウロの「婦人たちは……黙っていなければならない」という訓戒は、「エペソ人への手紙」の中で与えられた彼の言葉と表裏一体であった。すなわち妻たる者よ。主に仕えるように、自分の夫に仕えなさい。キリストが教会のかしらであって、自らは、からだなる教会の救主であられるように、夫は妻のかしらである。

（五章二二―二三節）

という男女間の力関係が壊される、また壊される脅威を男性側が感じた時、異端の教義を唱える女性は、異端者であるというよりもむしろ女性であるということで排除されたのである。例えば、ダニエル・ロジャーズ（一五七三―一六五二年）の書いた結婚手引き書『結婚の誉れ』（一六四二年）は、文章や説教の内容に問題があるのではなくむしろ女性が書くこと、説教すること自体が問題なのだと主張している。説教し、預言し、書く女性は、「少しも恥じずに……彼女らの夫にまったく服従するという馬勒《ばろく》をかなぐり捨ててしまっている」し、たとえ彼女らの言うことが否定できず霊的に穏当なものであったとしても、権威を不当に奪っているわけだから、彼女たちはそれだけでも悪魔の軍勢にくみしていることになる。「そのような、沈黙と服従という範囲内に留まって自制できない女性のあつかましさと傲慢さを、私は認めるどころか、根拠のない、神に従わない者として許さないとここに公然と断言する」と言うのである。[*53] キャサリン・チドリーが、

what authority［the］unbeleeving husband hath over the conscience of his believing wife. It is true he hath authority over her in bodily and civill respects, but not to be a Lord over her conscience; and the like may be said of fathers and masters.

（『キリストの独立教会の弁明』、二六頁）

不信仰な夫が信仰のある妻の良心に関して何の権威を持っていようか。確かに彼は肉体的、俗世間的

なことにおいては彼女に関する権威を有している。しかし彼女の良心に関しては、支配者であることはできない。父や主人に関しても同様のことが言えるのである。

と書いたり、もしくは、

> since we are assured of our creation in the image of God, and of an interest in Christ equal unto man, as also of a proportionable share in the freedoms of this commonwealth, we cannot but wonder and grieve that we should appear so despicable in your eyes as to be thought unworthy to petition or represent our grievances to this honourable House.*54
>
> 私たちは神の形にかたどって創造されたこと、そしてこのコモンウェルスの自由においても釣り合った取り分があるのと同じように、キリストにおける男性と同等の権利を確信しているので、あなたがたの目には私たちがそんなにも卑しむべく映り、この名誉ある議会に対して我々の苦情を訴え、表すのには相応しくないと思われることに驚き、悲しまざるを得ません。

と宣言し、行動する時、家父長制社会の秩序を脅かす彼女らに代表されるがみがみ女たちを男性が嫌悪するのは極めて自然な反応であったはずである。

うるさい妻たち

女嫌いの一つの現れ方である、結婚に対する否定的な見解は、少なくともギリシア時代、火の傍で本を読んでいたソクラテスに、怠け者と怒鳴って水（チョーサー版では、小水）をひっかけた有名な悪妻クサンティッペの話やテオフラストスの「結婚論」にまで遡ることができる。テオフラストスによれば、妻は哲学の探究の妨げになるだけでなく、彼のお金を浪費し、寝室説法で彼の睡眠を妨げる。妻は他の家畜と違って手に入れる前に満足がいくものかどうか充分確かめられもしない。時代を少し下っても、例えばソールズベリーのジョン（一一二〇頃―一一八〇年）は「婚姻の不快感と重荷」で、結婚は喜びよりも心労を多く実らせる、と言って、ソクラテスやテオフラストスを引用しながら結婚は独身の孤独よりももっとうんざりすると明言していた。[*55] スウェトナムのように「結婚した男は捕えられた人のようである。もしも結婚という捕縛が男たちを引き戻さなければ、多くの男たちが天国へ飛翔しただろうと私は思う」と中世的なことをいう女嫌いも依然としていたし、[*56] ロバート・ヘリックのように自分の墓碑銘にまで独身であったことを誇る、いわゆる'bachelormania'が一七世紀の半ばに存在した。[*57] ただ、女性の性と罪との結びつきを強く意識した結果、独身を奨励した中世と違って、初期近代、いわゆるルネサンス期になると、おそらくプロテスタンティズムの影響で、概して結婚そのものに対しては、悪感情が薄れたと言っていいだろう。クリストファー・マーロー（一五六四―一五九三年）の『フォースタス博士』の中で「結婚というものは子どもの遊びじみた儀式にすぎん、……結婚のことなどもう考えるな」（'Marriage is but a ceremonial toy. ... think no more of it.' 二幕二場一五〇―一五一行）という台詞を与えられているのは、悪の側のメフィストフィリスである。[*58] ヘンダーソンとマックメイナスは、ルネサンス期に反結婚を主張するパンフレットがその強調点を、処女性や独身主義の宗教的称揚から、女性が、主に中産階級の男性を苦しめる要因、がみがみ言うこと、不貞を働くこと、放蕩などに移したことを指摘している。[*59]

確かにプロテスタンティズム、特にピューリタニズムは、結婚の意義を強調したが、一方で、夫への絶対的な服従を強いたから、結果としては初期近代においては、女嫌いの原因が、女性自身や女性性の持つ欠点に由来する場合よりもむしろ夫婦間の権力闘争において女性が男性よりも優位を得ようとする時の恐怖、脅威に由来することが多いように思われる。例えば、反フェミニスト作品としては最も機知に富んだ作品の一つである一六〇三年の『独身者の御馳走』の主な強調点は、夫を支配しようとする女性の能力を風刺することに置かれていたし、逆に、一五六二年以降教会で必ず読まれるように国王が定めた『結婚に関する説教』等で繰り返し強調されたのは、一七世紀初頭の聖職者ウィリアム・ウェイトリー（一五八三―一六三九年）の言葉を借りれば「良き妻でありたければ、幸せに暮らしたければ、夫が自分よりも優れて良き者であること、権威を持ち、自分を支配する者であることをわきまえなさい」という訓戒であった。彼は妻たるものに言う、「もしも神が汝の家を汝の牢獄としたまい、汝の夫を監獄の番人にしたもうとも、脱獄しようとしてはいけない。その牢獄に汝を入れた彼が、汝を釈放してくれるまで[*60]」。

ミルトンの『失楽園』の中でも堕落の原因は、アダムとエバの支配・被支配関係が崩れたことにあるとされている。興味深いことに、エバの弱さやアダムに対する従順の必要性は提示されはしても、堕落の根本的な原因は、エバの罪ではなく、アダムがエバに対する権威を充分行使しなかったことに帰されている。エバが自分を過たせたのだというアダムにキリストは答える。

Was she thy God, that her thou didst obey
Before his voice, or was she made thy guide,

Superior, or but equal, that to her
Thou didst resign thy manhood, and the place
Wherein God set thee above her made of thee,
And for thee, whose perfection far excelled
Hers in all real dignity: adorned
She was indeed, and lovely to attract
Thy love, not thy subjection, and her gifts
Were such as under government well seemed,
Unseemly to bear rule, which was thy part
And person, hadst thou known thyself aright.

（一〇巻、一四五―一五六行）

この女があなたの神だったか、神の声をさしおいて
彼女にあなたが従うとは。もしくはこの女は、より優れた、もしくは、
せめてあなたに等しいあなたの導き手として造られたのか、
あなたの男らしさとその立場をこの女に譲り渡すとは。
神は、あなたから、そしてあなたのために作られたあの女の上に
あなたを置いたのだ。あなたの完全さは彼女のそれに、
あらゆる真の高潔さにおいて、はるかに優っている。確かに彼女は、

あなたの愛を引き付けるために外見的美観を添えられ、愛らしい。
しかしそれはあなたの服従を引き寄せるためではない。彼女の賜物は、
管理下にあって良いと思えるようなもので、
支配権を行使することは不相応だ。それは、もしもあなたが自分自身のことを
正しく知っていたならば、あなたの義務でありあなたの役割だったのだ。

アダムのエバに対する支配能力欠如が人類の破滅を招いたとするここで表されている考え方は、例えばエミリア・ラニアー（一五六九―一六四五年）のような女性擁護論者が、いわば、部下のミスは上司アダムの責任であって、罪は男のほうが重いとする考え方に発展する可能性を秘めている。[*61] ともあれ、ミルトンは、夫婦間の主従関係の致命的な逆転を非難していると見てよいだろう。[*62] ここで想起せねばならぬことは、ことに一七世紀中葉においては、尻に敷かれた亭主は、政治的な意味でも嘲りの的であったということである。それは、ロバート・フィルマー（一五八八頃―一六五三年）の論に代表されるように、当時の政治理論が、父の権威の下に妻と子どもが服従するという家庭内での家父長制を理想の基としていたからであるが、より重要なのは、国家の政治的判断を、サムソンのように、またミルトンによって描かれたアダムのように、一介の女にすぎない、しかも外国人、カトリック教徒、我が英国という庭に住まう背教したエバである、妃ヘンリエッタ・マリアに引き渡してしまった国王チャールズのことを多くの、少なくとも議会派の、人々は知っていたからである。再三再四、当時の政治パンフレットはこのことを扱った。例えば、『大いなる日蝕』（一六四四年）の木版画は、太陽である国王チャールズが、妃を表す月によって陰らされ、それが原因で暗黒と殺戮が生じていることを描いているし（次ページ図版8参照）、『サセックスの絵』（一六四四年）で

図版 8 『大いなる日蝕』（1644 年）

図版 9 『サセックスの絵』（1644 年）

は、ヘンリエッタ・マリアの影響でチャールズが支配権をカンタベリー大主教ウィリアム・ロード（一五七三―一六四五年）へ譲り渡していることを示唆している（図版9参照）。

> Thou hast beheld therein the weaker Sexe triumphing over the stronger, and by the help of a Miter, thou hast seen a scepter doing homage to the Distaffe. . . . We here in this Table beheld a Prince much resembling in visage our King tendring his Scepter to his Lady, whilest she with her hand seems to waft the

same towards a pompous clinquant Bishiop.[*63]

あなたがたは、ここにより弱き性がより強き性に勝利をおさめているのを見た。そして主教冠の助けによって、笏が糸巻棒に臣下の誓いをしているのを見たのである。……我々はこの木版の中に容貌において我が国王に非常に似ている君主が彼の笏を彼の后に差し出しているのを見た。一方、彼女は自らの手でその笏を尊大で金ぴかの主教のほうに渡しているように見える。

一六四九年のチャールズ一世処刑後ミルトンは、一六二九年から一六四〇年の間、議会なしで、「我が宝石」とフランス人の妃を呼んで事実上の女家長制を敷いていた国王の女々しい恐妻家ぶりを嘲って次のように書いている。

How fitt to govern men, undervaluing and aspersing the great Council of his Kingdom, in comparison of one Woman. Examples are not farr to seek, how great mischief and dishonour hath befall'n to Nations under the Goverment of effeminate and Uxorious Magistrates. Who being themselves govern'd and overswaid at home under a Feminine usurpation, cannot but be farr short of spirit and authority without dores, to govern a whole Nation. … most men suspect she had quite perverted him.

一人の女と比較して、彼の王国の偉大な議会を軽視、中傷することが、国民を統治するのにどのように適切なのであろうか。女々しく恐妻家である為政者の統治下で、いかに大きなわざわいと不名誉が国家に降りかかったか、例は遠くにまで探しに行く必要はない。自分たち自身が家庭で女の王位簒奪下にあって管理され支配されている者たちは、家の外でも国全体を統治するには、気魄と権威をはるかに不足した状態であらざるをえない……ほとんどの国民は、あの女が彼をまったく誤らせてしまったと感づいているのだ。

チャールズの妻に対する依存ゆえに、彼は常に破滅的な忠告に、陰謀に、そして絶対君主としての野心に身を委ねることになった。一六四五年のネイズビーの戦いでトマス・フェアファックス卿によって押収された国王と妃の秘密書簡を基に、ミルトンは「要するに、彼は女に統治されていたことを示している」(‘to sumn up all, they shewd him govern'd by a Woman.’)と言う。[*64]

もちろん、政治的レベルでの「尻に敷かれた夫」が嘲りの対象となりうるのは、我々が、また一七世紀の人々が、日常レベルでの結婚生活そのものが家父長制の権力関係を転倒させる要素を孕んでいることを自覚しているからである。例えば、既にテオフラストスは「もしも家の管理をすべて妻に任せてしまえば、君は彼女の奴隷にならざるをえない」と言って、妻に家庭生活の実権を握られてしまう可能性があることを示唆していたし、「君がもしも心から妻に優しくしようとするのなら、そして一人の女に献身するのなら、頭を垂れて、くびきを背負えるように首を出すがよい」と言ったローマの詩人ユヴェナリスの考えでは、結婚愛は妻に甘すぎることと同義であった。[*65] ローレンス・ストーンは、妻が支配権を握った幾つかの方法について「特定の仕事の責任における独占権、性的な好意を与えるか拒むかの立場、子どもに対する支配権、がみがみ言う能力、こういったことすべてが妻たちに家庭内での役に立つ、潜在的な操縦桿を与えた」と指摘している。[*66] スウェトナムは、彼の『淫らで怠惰、生意気で不貞な女たちに対する糾弾』の中で、もし妻が買ってほしいと言うものを手に入れなければ、それを手に入れるまで彼女は黙ることはないし、欲しいものを手に入れさせ、言いたいことを言わせ、行きたいところに行かせなければ、「家の中は憤懣の煙で一杯になり中には居られない」(‘otherwise thy house will be so full of smoke that thou canst not stay in it’)と言っているし、一六三九年に出版されたパンフレットでジョン・テイラーは、「もしあんたが今流行の帽子を私に買ってくれないなら、時代後れの帽子をあんたにかぶらせてあげるわよ」と言って、不貞を働いて夫に角を生えさせると脅すことで夫を操ろうとする妻を描いている。[*67] こういった、女性の男性操縦方法は、たとえ書かれている場所が女性を攻撃する目的のパンフレットであろうともまんざら嘘ではないと思われる。

庭の内側——フェアファックス夫人

さて我々はそろそろマーヴェルの「庭」に戻る必要がある。今まで我々は、「庭」の囲いの外の、一七世紀中葉の女性の騒がしさとその意味を考えて来た。しかし、思い出さなければならないのは、女性という蛇は、楽園の外にいるのではなく、むしろ囲いの中に潜んでいるということである。「庭」とフェアファックス家を関連づけて読むならば、我々は、マーヴェルの女嫌いにもうひとつの理由を見出すことができるように思われる。

既に見てきたように一七世紀中葉にあっては、女性が公衆の面前で声をあげることは、強い非難を招くこと必至であった。フェアファックス夫人に纏わる国王処刑裁判でのよく知られた逸話は、少なくとも敵方には、彼女にがみがみ女のレッテルを貼るのに充分ではなかっただろうか。すなわち、裁判所長官ジョン・ブラッドショー(一六〇二—一六五九年)が開会の辞を始め、「イギリス国民の名のもとに」この裁判が行われる、と述べると、法廷の高さじきにいたアンは、はっきりとその言葉に反対して「イギリス国民の半分も、いや、四分の一も賛成しちゃいない。オリヴァー・クロムウェルは裏切り者だ」と叫んだというのだ。[*68] 後にミルトンがマーヴェルの就職のために書いた一六五二／五三年二月二一日付けの推薦状は、事もあろうにブラッドショーが読む立場にあり、マーヴェルがフェアファックス家と関わっていたことが、最初の就職活動の失敗につながった可能性がある。間接的にではあれ、マーヴェルは、フェアファックス夫人の、女性としてはあるまじき言動に迷惑を蒙る立場に置かれるわけである。[*69]

そもそもフェアファックス卿が引退しナン・アップルトンに引きこもる決心をした大きな理由は、この国王の処刑問題とスコットランド問題であった。基本的に立憲君主制を擁護していたフェアファックス将軍にはチャールズ一世を断頭台にかけることなどもってのほかであったし、スコットランド制圧を目ざすクロムウェル派議会軍に対して、長老派の信仰を持つフェアファックス家が根本的に意見を異にしたのは当然であった。しかし、この物議をかもした動乱のさなかでの引退というフェアファックス卿の判断に強い影響を与えたのは、断固とした長老派でクロムウェルと独立派を嫌悪していた、彼の妻、アン・フェアファックスであった、という説がある。長老派の極めて厳格な一夫一婦婚の道徳原理が妻の夫に対する影響力を強める方向に作用していたということも大いに考えられる。[*70] そういえば、マーヴェルは、フェアファックス卿のヨークシャーの領地である「ビルバラの丘と森によせて」の中で、こんなふうに書いていた。

Vera the Nymph that him inspired,
To whom he often here retired,

And on these oaks engraved her name;
Such wounds alone these woods became:
But ere he well the barks could part
'Twas writ already in their heart.

（四三—四八行）

彼［フェアファックス卿］に霊感を与える妖精ウェラ、
ここへ彼女のもとへ彼はしばしば隠棲したのであった。
そしてこのオークの木に彼女の名前を刻んだ。
そのような傷だけがこの森に似つかわしかったのだった。
が、彼が見事に樹皮を切り分け得る前に、
それは既に木々たちの心に書かれていたのである。

妻アンの実家であるヴィア（Vere）にことさら威厳を持たせるためにラテン語風の名をつけた妖精ウェラが、しばしば戻って来るフェアファックス卿に霊感を与えた、という表現は、意地悪く読めば、尻に敷かれた夫が怖い奥さんのご意見を伺いに戻って来ることの詩的表現ではないか。さらに重要なのは、マーヴェルは、「庭」の中では、木の幹に恋人の名を刻むという行為をむしろ非難している（'Fond lovers, cruel as their flame, / Cut in these trees their mistress' name', 一九—二〇行）ということである。つまり、フェアファックス卿も少しだけではあるが、彼の妻への 'Fond' ぶりを笑われている、少なくともからかわれている可能性はないだろうか。さらに皮肉なのは、ビルバラのオークの木々は、フェアファックス卿によって妻の名前、正確には妻の実家の姓を樹皮に刻み込まれる前から既に彼らの心の中にそれが刻み込まれているというのだ。もちろんここでマーヴェルが利用しているのは、当時の恋愛詩の伝統とともに、神が天地創造の際にそれぞれの特性を表す固有のしるし、名前（*signature rerum*）を被造物に書き込んだという考えである。しかしさらに、この所領は妻方のもの、という主張をここに読み込めないだろうか。つまり、ビルバラの木々は、原初から妻と妻の先祖たちの所有物であることを心に刻んでいて、フェアファックス卿による上書きなど必要としないということが強調されていると考えられるのである。また、「アップルトン屋敷によせて」の中では、娘メアリの教育に関して、フェアファックス家が信奉する長老派の「厳格なしつけ」（'the discipline severe', 七二三行）を行う夫婦のうち、脚韻によってその厳しさと結びつけられているのは、母方の姓「ヴィア」（'Vere', 七二四行）である。興味深いことに、フェアファックス卿が恐妻家であったことを示唆する幾つかの証言がある。例えば、「フェアファックス将軍は、彼女［アン・フェアファックス］と不穏な、不愉快な生活を送った。妻は、夫が彼らとの会話に大きな喜びを見出していた友人の多くを彼から追い払ってしまったからである」とルーシー・ハッチンソンは記録している。また、フェアファックス卿の祖父は、自分の孫の「多くは彼の嫁によって導かれた高慢さ」に言及して妻の悪影響について心配していた。[*71] そして我々にとって重要なのは、たとえこの夫と妻の力関係が事実ではなく当時のただの噂であったとしても、マーヴェルの「庭」にもう一つの意図を読み取るきっかけになるということである。

　フェアファックス卿のために書かれた詩「アップルトン屋敷によせて」の中の、ことにフェアファックス家の祖先に纏わる逸話の部分は、本来、強力な母系家族であるフェアファックス家の中での夫トマスの妻アンに対する優位性を擁護する言説として機能させることが意図されていなかっただろうか。所領の起源を扱った一つの理由は、確かに、ヒュー・ジェンキンズが指摘しているように、水平派ウィンスタンリーが主張する、フェアファックス卿を含めた王侯貴族の財産所有権の基礎がノルマン人の征服以来の国王の統治に始まるという考え方にはっきりとした答えを提示することであった。つまり、財産所有権の根拠は国王の統一に始まるので、国王がいなくなれば、所有権の根拠は消えるというウィンスタンリーの主張に対して、国王がいなくなっても、プロテスタントの宗教改革を起源とするフェアファックス家の所領は、ウィンスタンリー等が望むような共有地の状態に戻るわけではない、という答えである。[*72] そして同時に、フェアファックス家の先祖、「処女スウェイツ」（'virgin Thwaites'，同、九〇行）を彼女の持つ所領目当てで取り込もうとする（''Tis thy 'state, / Not thee, that they would consecrate'，同、二二一―二二二行）「狡滑な尼僧たち」（'subtle nuns'，九四行）の手から、プロテスタントのウィリアム・フェアファックスが救い出し、僧院を破壊するという話は、明らかな反カトリック的言説となっていることは言うまでもない。

しかし、今まで見過ごされているもう一つの大切な要素は、尼僧たちがプロテスタント的家父長制秩序の敵として描かれているということである。フェアファックス卿お付きの詩人によって描かれた修道院解散という歴史的事件は、ローマ・カトリックからプロテスタンティズムへという英国の宗教的移行を表象しているだけではなく、独身主義（celibacy）から結婚の正当性を主張する考え方への移行を表してもいるのだ。ローマ・カトリックに対して、特に清教徒たちが異議を唱えた主な理由の一つは、前者が女性に、独立した、男性の支配下にない、宗教生活を許す機会を与えていたことであった。マーヴェルの描く尼僧は、フェアファックス卿の宗教的な敵というだけではなく、むしろ家父長制の秩序を脅かす女として、男性の敵でもあったのだ。尼僧たちは、男性支配を拒み、「アマゾンの女たち」（'Amazons'，同、一〇六行）のようであり、彼女らの「もっとも音高き大砲は、彼女らの肺、／もっとも鋭い武器は、彼女らの舌であった」（'…

their loud'st cannon were their lungs; / And sharpest weapons were their tongues'，同、二五五―二五六行）。さらに注目すべきは、一七世紀中葉においてのアマゾン族のイメージは過激派のレッテルを貼られた、女性の宗教活動家たちを表すために用いられていたということである。マーヴェルの意図したかもしれない皮肉は、尼僧という隠棲の領域に住まう女たちにこのイメージを使ったことである。[*73]

　そして、この女嫌いの言説を確認するかのように、フェアファックス家の先祖たちが回復するのは、他ならぬ、男女間の、救う者と救われる者との関係、能動的男性と受動的女性との間の家父長制的力学上の均衡なのである。

> Young Fairfax through the wall does rise.
> . . .
> . . . truly bright and holy Thwaites
> That weeping at the altar waits.
>
> But the glad youth away her bears,
> And to the nuns bequeaths her tears[.]

（同、二五八、二六三―二六六行）

若きフェアファックスは壁を通り抜け、勢いを増す。
……

……泣きながら祭壇で待つ
真に輝かしき聖なるスウェイツ

しかし、喜ぶ若者は彼女を運び去り、
彼女の涙だけを尼僧たちに遺してゆく。

あくまで主導権は、男が握り、女はただ涙して待つのみ。[*74] 男は女を財産として、所有物として運び去る。尼僧たちが狙っていたスウェイツの所領はフェアファックスが受け継ぐことになるのである。

家父長制維持のための言説は、一人娘メアリの描き方にも現れているように思われる。マーヴェルは、彼女をことさら、女嫌いの言説の対象となるような女性と対比する。

She counts her beauty to converse
In all the languages as hers;
Nor yet in those herself employs
But for that wisdom, not the noise;
....
And goodness doth itself entail
On females, if there want a male.

Go now fond sex that on your face
Do all your useless study place,
Nor once at vice your brows dare knit
Lest the smooth forehead wrinkled sit[.]

（同、七〇七—七一〇、七二七—七三一行）

彼女は、あらゆる言葉で母語のように
会話するのを自らの美点と見なす。
しかし、それらの言葉を使うのも
あの知恵のためであって騒音を出すためではないのだ。

……

そして善は、たとえ男性がいなくとも
女性に相続されていく。

さあ、去るがよい、愚かな性よ。お前たちは自分たちの顔を
自らのすべての無駄な学問の対象としている。
なめらかな額が皺にならないようにと
一度たりともお前たちの眉は悪に対してあえて顰められることはない。

メアリが身に着けている知恵と美徳は、がみがみ女の言葉とはまったく違うし、化粧で塗りたくられた偽りの美でもない、というマーヴェルの賛辞の詩行は、奇妙にも、フェアファックス家に男の世継ぎがいない、この一人娘が家系を存続させなければならない（'Hence she with graces more divine / Supplies beyond her sex the line,' 七三七―七三八行）という家父長制社会のみが抱きうる不安と交錯しているように思われる。成熟しきっていないメアリは、容易に脱性化（de-sexualize）されて、家系を維持する男性の役割も担えるかのように描かれざるをえないのである。

森の中で収拾がつかなくなった自然に取り巻かれていた詩人を、詩の最後の部分で救い出し、秩序を回復するようにメアリが登場する。詩人は、何故、この理想化された役割をフェアファックス夫人に譲らなかったのだろうか。「アップルトン屋敷によせて」が連なるカントリー・ハウス詩のモデルであるベン・ジョンソン（一五七二―一六三七年）の「ペンズハーストへ」は、作品を調停させる役目を館の女主人、シドニー夫人に与えている。[*75] マーヴェルが新機軸を打ち出そうと工夫したということなのだろうか。それとも、フェアファックス夫人には、メアリには可能であった理想化を阻む要素があると感じていたのだろうか。女嫌いの言説は、メアリとならば対照的に用いられても、アン・フェアファックスとは対照的に使えなかったのだろうか。

一六五一年に書かれた「『一般的誤謬』の翻訳によせて尊敬すべき友人ウィッティ博士へ」の中でマーヴェルは、メアリ・フェアファックスとおぼしきシーリア（Celia）の、英語を中心とした語学の才を褒めたたえ、翻訳家たちは彼女に学ぶがよい、と言った後で

but stay, I slide

Down into error with the vulgar tide;
Women must not teach here[.]

（二八—二九行）

しかし待て、私は大衆の流れと共に
間違いへと滑り落ちる。
女たちはここで教えてはならぬのだ。

と、すぐに訂正を加え、理想化されたメアリのすぐそばに女嫌いの言説の対象となりうる女性の影を感じさせる。もしもマーヴェルの「庭」がフェアファックス家と関わりがあるのなら、彼の女嫌いの庭は、その囲いの外側に、キャサリン・チドリーのような急進派セクトの騒がしい女性を、その囲いの内側には、自分の雇い主の伴侶を意識していたと考えられるかもしれない。ただ、後者の女嫌いに関しては、前者に比べれば程度も軽く一時的なもので、雇い主をからかう要素が強いのだろう。詩人が

What other help could yet be meet?
But 'twas beyond a mortal's share
To wander solitary there[.]

（六〇—六二行）

　ほかのどんな助け手がふさわしくありえただろうか？
　しかし、死すべき定めの人間の分け前を越えていたのだ、
そこでひとりで歩き回るなんて。

と言うとき、彼は、フェアファックス卿に含みのあるウィンクをしていたに違いない。そして、少なくとも詩の表面、明示された言葉のレベルではフェアファックス夫人を追い出しながら、マーヴェルは、女嫌いの言説がその効果として生み出すものを自分の雇い主との間に期待していたのかもしれない。その効果とは、例えば、ミルトンの『離婚の教理と規律』の中で表された「夫婦関係の主な利点は、その慰めと平安である」という考え方に反論するかたちで一六四四年に出版された『離婚の教理と規律と題された本に対する答え』の著者がその言説によって作り出していたものと同じである。著者は、エバ創造の物語を繰り返しながら、アダムにとって、そしてすべての男性にとって、「彼の肋骨からエバの代わりにもう一人の男が造られたなら」（'to have had another man made to him of his Rib in stead of Eve'）、もっとよかっただろう。なぜなら「通常、精神的な生来の才能の点で、そして会話の快さにおいて、男性が女性に優っていることは」（'that man ordinarily exceeds woman in naturall gifts of minde, and in delectablenesse of converse'）経験から分かるからである、と言う。[*76] 男性を理想化することはしばしば、他者である女性を貶めることでなされてきた。女性の存在を楽園から、詩の表面から、排除しようとする身振りは、マーヴェルの場合、二義的に（我々が第二章で考察したように）ホモ・エロティックであり、一義的にはホモ・ソーシアルであったように思われる。現実の社会で男性優位の概念の真実性が揺れ動き始める一六世紀末以来、そして特に一七世紀中葉の逆さまの世界において「じゃじゃ馬」や「がみがみ女」は単なるお笑いの対象ではなく、社会秩序を脅かす存在

として描かれることになる。この段階では、女嫌いは女性についての表現というよりも社会についての表現である。経済的、社会的な変化に対する不安や恐怖を表すことになるのである。マーヴェルは「庭」の囲いの中に引きこもることで、社会的な女嫌いを、もとの人間的な、個人的な女嫌いのレベルに引き戻そうとしているかのようでもある。少なくとも、狙われた効果の一つは、フェアファックス夫人の「がみがみ女」ぶりを雇い主と冗談ぽく分かち合う（'share', 六一行）ことで、男同志の絆を、そして雇用関係をひそやかに確認し、確保することだったとは言えるかもしれない。ただ、それが必ずしも成功していないのが、つまり「庭」の外部を排除しきれていないことが、この詩の成功の所以であるとも言えるのだが。

インタールード

花を見つめる詩人たち

―ヴォーンとワーズワス―

ヴォーンとワーズワス

ワーズワスの蔵書の中にヴォーンの詩集があった！　この、影響関係を論じるには決定的とも言える証言は、こともあろうに言語の科学的研究を普及させ、***OED***の編纂計画を示唆した権威ある言語学者、そして虚言とは無縁のはずの聖職者、トレンチ大主教（一八〇七―一八八六年）から出てきた。一八七〇年に出版された『家庭用詩歌集』第二版の中で、彼がヴォーンの「後退」をワーズワスの「幼年時代を追想して不死を知るオード」（以下「オード」と略す）と関連づけた注釈には、二年前の初版本にはなかった「証拠」（'proof'）が付け加えられていた。

I proceeded in my first edition to say, 'I do not mean that Wordsworth had ever seen this poem when he wrote his. The coincidences are so remarkable that it is certainly difficult to esteem them accidental; but Wordsworth was so little a reader of anything out of the way, and at the time when his Ode was composed, the *Silex Scintillans* altogether out of the way, a book of such excessive rarity, that an explanation of the points of contact between the poems must be sought for elsewhere.' That this was too rashly spoken I have since had proof. A correspondent, with date July 13, 1869, has written to me, 'I have a copy of the first edition of the *Silex*, incomplete and very much damp-stained, which I bought in a lot with several books at the poet Wordsworth's sale.[*1]'

初版本において私は続けて次のように言った。「ワーズワスが彼の詩を書いた時、この詩を見たことがあったというつもりはない。その一致は非常に著しいのでそれを偶然だと考えるのは確かに難しい。しかしワーズワスは、ほとんど常道を離れたものを読むような人間ではなかったし、彼のオードが書かれた時代には『火花散る火打石』はまったく人の読まない、とても極端に珍しい本だったから彼らの詩の接点の説明は別のところへ求められねばならない」。これがあまりに軽率に語られたという証拠をあれから私は得た。ある投書家が一八六九年七月一三日付けで私に書いてよこしたのだ。「私は、欠落のある、かなりシミのついた『火打石』の初版本を一冊、持っている。それを詩人ワーズワスの競売で五、六冊一緒の一山で買った」と。

この証言は、一八六三年出版の『黄金詞歌集』の中でパルグレイヴ（一八二四—一八九七年）がヴォーンの詩とワーズワスの詩とを関連付けたコメントを裏打ちすることとなった。[*2] さらにトレンチ大主教の主張は、一八七一年にヴォーンの全集を編集し出版したグロサート（一八二七—一八九九年）によって繰り返されて以来、多くの読者や研究者が、ワーズワスはヴォーンの影響を受けていたと信じてきた。ワーズワス作品の定本とも言えるオックスフォード版は、編者セリンコート（一八七〇—一九四三年）の、ワーズワスはヴォーンの詩を「確かに知っていた」（'certainly knew'）という、根拠が示されないままの注釈を一九七〇年の第二版でも残すことによって、ある種の伝説を受け継いできたようにも思える。[*3] そしてこの伝説は、トレンチ大主教宛の未だに発見されていない差出人不明の書簡にすべての淵源があったのである。

実は、トレンチ大主教の初版本での主張のほうが正しかったに違いないということは、既に一九三五年のマックマスター女史の論文が指摘していた。[*4] 確かにワーズワス自身の書簡にも、妹ドロシーの手紙にも日記にもヴォーンの名前は出てこない。そして一八一九年にラウザー令嬢（一八六三年没）に献呈された詩集を編んだ際、ワーズワスは、シェイクスピアからポープを含む一八世紀の詩人たち、そして一七世紀の詩人たちとしてウィザー、マーヴェル、カルー、そしてサミュエル・ダニエルを選びつつも、ヴォーンを入れることはなかった。[*5] また続いてスターロックが指摘したように、一八一四年九月にワーズワスは『英国の詩人たち完全版』（一七九二―一七九五年）の編者宛に元の版に追加すべき詩人たちのリストを書き送っているが、彼のその提案の中に、元の版と同様、ヴォーンの名前はなかった。[*6] 様々な状況証拠を考え合わせると結論は二つ。少なくともヴォーンとの並行関係を強烈に感じさせる詩をワーズワスが書いた時点では、彼はヴォーンを知らなかった。もしくは、知っていたにもかかわらず、あまりに影響されたため意図的に一切の言及を避けた。そのどちらかである。残念ながらここでは、魅力的に思える後者の証拠を提示できない。むしろ、トレンチ大主教が気付いていたように、両詩人の接点を直接の影響関係とは別のところに見出し、彼らを比較対照することでそれぞれの詩的特質を明らかにしたい。

幼年時代

ヴォーンの「後退」とワーズワスの「オード」との偶然とは思えない、最も顕著な一致は、神に祝福された幼年期、そして成長するにつれてその祝福から遠ざかっていく人生という主題にある。ヴォーンの詩の最初の六行は、幼年時代を追想して次のように始まっている。

Happy those early days! When I
Shined in my Angel-infancy.
Before I understood this place
Appointed for my second race,
Or taught my soul to fancy aught
But a white, celestial thought[.]

幸せなあの初めの日々よ！　天使のような
幼年時代、その頃僕は、輝いていた。
ここが僕の第二の競争のため
定められた場所だと理解する以前、
白い、天国の思い以外の
なにかを空想することを僕の魂に教える以前

同様にワーズワスの詩も、今は見ることのできなくなった幼年期の輝いた日々の回想で始まる。

There was a time when meadow, grove, and stream,
The earth, and every common sight,
To me did seem

Apparelled in celestial light[.]

牧場も森も、そして小川も大地も、
すべてのありふれた光景も
　僕には天国の光を纏っているように
思えた時代があった。

（「オード」、一―四行）

「私たちの幼少時代、天国は私たちの周りにあった」（'Heaven lies about us in our infancy!',「オード」、六六行）というワーズワスの言葉は、自らが光であるかのように輝く天使であったヴォーンの幼年時代と同じ状態を表している。大人への成長は、光源から遠ざかること、神からの離反にすぎない。此の世に関わっていく具体的な過程の一つである言語習得は、ヴォーンにとって「自らの舌に罪深い音で良心を傷つけることを教えた」（'I taught my tongue to wound / My conscience with a sinful sound',「後退」、一五―一六行）悲しむべき出来事である。そのようにワーズワスもまた子どもの成長を描く際、彼の「新たに習い覚えた芸」（'newly-learned art',「オード」、九三行）や「仕事、恋愛、争いの対話に口を合わせる」（'... fit his tongue / To dialogues of business, love, or strife',同、九八―九九行）言葉の習得を、シェイクスピアの悲劇役者の台詞を想起させながら、冷ややかに描いているように思われる。

しかし、この二つの詩の冒頭部分で既に示されているように思える両者の微妙な違いは、共通の「天国の」（'celestial'）という形容詞を使ってそれぞれの詩人が伝えようとしている対象に対する強調点の違いにある。ヴォーンの場合、それは幼年期の魂が持っている「天国の思い」を表すのに対して、ワーズワスの場合「天国の光」に纏われているように見えたのは目の前の自然界だと言うのである。だから、それぞれの詩人にとって成長の過程が天国から遠ざかっていく過程だと考える際も前者は幼子の魂が神から、後者は幼子が自然の中にかつて見た「天の光」から離脱していく過程として描かれる。

When yet I had not walked above
A mile, or two, from my first love,
And looking back (at that short space,)
Could see a glimpse of his bright face[.]

（「後退」、七―一〇行）

未だ、僕の初めの愛から一、二マイル
以上は歩み離れてはおらず、
振り返れば（あのすぐそばに）
彼の輝いた顔を一瞥することができた日々。

The Youth, who daily farther from the east
Must travel, still is Nature's Priest,
And by the vision splendid

Is on his way attended;
At length the Man perceives it die away,
And fade into the light of common day.

（「オード」、七二―七七行）

若者は、日々東から遠ざかり
　旅をせねばならない。が、依然として森羅万象の祭司であって、
　道中、輝かしい幻視に
　付き添われている。
ついに大人は、それが次第に消えて行き、
ありふれた日の光の中に見えなくなるのに気付くのだ。

しかし、両詩人が幼子の目で自然を見ていた時、彼らの詩行は酷似してくる。ワーズワスにとっては、それは「草には光輝、花には栄光のある時代」（'the hour / Of splendor in the grass, of glory in the flower'、「オード」、一七八―一七九行）だったし、ヴォーンにとっては、

… on some gilded cloud, or flower
My gazing soul would dwell an hour,
And in those weaker glories spy

Some shadows of eternity[.]

（「後退」、一一―一四行）

黄金色に縁取られた雲や花の上で
僕のじっと見つめる魂が一時間でもとどまっていた日々。
そしてあの弱められた栄光の中に
永遠の幾許かの影を見ていた日々。

と表現される時代だった。ただ、少なくとも「オード」に関して言えば、ヴォーンとの決定的な違いは、ワーズワスの目が、現在の自然に対しても「永遠」を感じていることだ。

To me the meanest flower that blows can give
Thoughts that do often lie too deep for tears.

（「オード」、二〇三―二〇四行）

咲く花の最もつまらないものでさえ僕に与えてくれることができるのだ、
涙には、しばしばあまりに深いところに横たわる思いを。

ワーズワスは、幼年時代に自然が纏っていた光輝が人の成長につれて見えなくなっていくことに「悲しみの思い」('a thought of grief')、「オード」、一二三行）を抱いている。「オード」はこの悲しみに対する取り消しの詩だと言ってもいいかもしれない。最もつまらないと思える花でさえ、それは悲しみの涙を催させるものではなく、預言者、聖見者である詩人に「永遠の深遠」('the eternal deep', 同、一二三行）を読み取らせてくれるはずだとワーズワスは詠っている。そして大切なのは、それが幼年時代に限られたことではないということである。この詩が書かれ始めたおそらく前日に書かれた「虹」('My heart leaps up when I behold')の中で祈願されているように、ワーズワスは、大人になっても老人になっても「自然の敬虔さ」('natural piety',「オード」、九行）を感じつづけたいという精神的姿勢を持っている。

ワーズワスが自然の事物に対して、「私は心の奥底に君たちの力を感じ、／[幼年時代の]一つの喜びを捨ててただけで／君たちの一層常なる支配下で生きるだけなのだ」('in my heart of hearts I feel your might; / I only have relinquished one delight / To live beneath your more habitual sway',「オード」、一九〇—一九三行）と言い切って前向きなのに対して、我々が今、比較しているヴォーンの詩は、幼年時代にのみ自然の持つ光輝と栄光を限定し、幼年時代への、不可能に思える「後退」を願う。ワーズワスの経験論的知覚としての 'feel' は、ヴォーンにおいては、「この肉の衣のいたるところを通して／永遠の、輝く光のすじのような若枝を感じていた」('[I] felt through all this fleshly dress / Bright shoots of everlastingness',「後退」、一九—二〇行）と過去形 'felt' にならざるを得ない。その原因は、内乱期に制作されたという政治宗教的な文脈を別にして考えれば、一七世紀の詩人が引摺ってきた中世キリスト教的「世に対する蔑み」(contemptus mundi) の思想を考えねばならないだろう。ヴォーンの「現世」にも花を見つめる人が描かれている。

The doting lover in his quaintest strain

…

Did there complain,
While he his eyes did pour
Upon a flower.

（「現世」、八―九行、一四―一五行）

愛に溺れた恋人は彼の最も巧妙な詩歌を歌い
そこで嘆いていた。
……
一方で彼は涙を注ぎ、じっと見つめていた、
一輪の花を。

恋に溺れた此の世的な男性の見つめる花は、もちろん彼の愛する女性を表す。その動詞 'pour' は、彼の視線が液体化され、涙を流しながら見つめる恋人の姿を喚起する。ヴォーンは此の世的な恋人を愚かな存在として観ている。もしもワーズワスがヴォーンの詩を読んでいたとするならば、「オード」の最終行にある、同じく花を見つめる詩人の「涙にあまる深き思い」（'thoughts that do ... lie too deep for tears'）とは、此の世的な悲しみとは異なる、感傷的で、自己本位な涙を超えたところにある永遠の世界に馳せる思いだと言える。ワーズワスがヴォーンのこの詩行を利用したという証拠はないけれども、後者にとって自然と被造物は、人の堕落の結果によって蔑まれ、拒絶されるべき性質を帯びざるをえない側面があったのである。

ヴォーンの願う「後退」とは、此の世からの撤退でもあるのだ。だからこそヴォーンは、「瀑布」と題された詩の最終行で、「僕の目に見えない土地」（'my invisible estate', 三七行）を希求しつつ、神の摂理を教えてくれたにもかかわらず、その場所に対して「滝と入り江のあるこの場所ではないのだ」（'Not this with cataracts and creeks', 四〇行）と言うのである。

霊魂先在説

ヴォーンの「後退」とワーズワスの「オード」の詩的表現の根底にあるもう一つの共通の主題は、魂の先在説である。前世を前提として此の世の人生を「私の第二の競争」と呼ぶヴォーンの言葉を繰り返すかのように、ワーズワスもまた「もう一つの競争」（'Another race', 「オード」、二〇〇行）を走ってきたと言う。ヴォーンの「瀑布」では、滝の水の流れを見つめる詩人が、我々の魂は「光の海」（'a sea of light', 一八行）からやって来たのだ、と詠う。そしてワーズワスの「オード」は、今は遥か内陸を旅している我々の魂の起源は、「不滅の海」にあるのだ、と言う。

Though inland far we be,
Our Souls have sight of that immortal sea
Which brought us hither[.]

（「オード」、一六二―一六五行）

我々は遥か内陸にいるけれど、

我々の魂は、我々をここに連れてきた
　あの不滅の海の光景を見ている。

そしてさらに興味深いのは、両詩人の霊魂先在説は霊魂再来説、輪廻転生の思想をも暗示する表現となっていることである。ヴォーンの「瀑布」の中では、水の一滴、ひとしずくに重ねられた人の魂が、まさに滝の流れ落ちる此の世へ戻ってくるかのような表現がなされている。ヴォーンがその流れを見つめつつ呼びかけている 'thee' が目の前の滝ならば、この詩行は魂の現世への回帰を暗示する。

… those drops are all sent back
So sure to thee, that none doth lack[.]

あのしずくはみな、確実におまえの所へ送り返され、
ひとしずくたりとも失われることはない……。

（「瀑布」、一九―二〇行）

ワーズワスもまた、異教的であることに対する弁解めいた注釈をのちに自分自身が加えたにもかかわらず、[*7] 我々の魂を星に喩えつつ、それが此の世で昇る前にかつて沈んだ別の世界について意味深長な書き方をしていた。その世界とは、「我々の故郷である神」（'God, who is our home'、「オード」、六五行）の国であることを意味するだけではなく、此の世を表す可能性を暗示したのだった。つまり魂が新しい肉体を得て生まれる

前に宿っていた、古い肉体が住んでいたこの同じ現世である。

Our birth is but a sleep and a forgetting:
The Soul that rises with us, our life's Star,
　Hath had elsewhere its setting,
　And cometh from afar:

（「オード」、五八—六一行）

我らが誕生は眠りと忘却にすぎず、
我らとともに昇る魂、我らの生命の星は、
　どこか別の場所で沈み、
　遠くからやって来た。

ワーズワスの霊魂再来説の暗示は、ロバート・ジマーが指摘したように、一八一〇年に書かれた最初の「墓碑銘に関する小論」の中の一節にも見出すことができる。[*8] そこでも一八〇二年から一八〇四年の間に制作された「オード」の中での表現と同じように天体が昇ることは誕生を、沈むことは死を表している。

As, in sailing upon the orb of this planet, a voyage towards the regions where the sun sets, conducts gradually to the quarter where we have been accustomed to behold it come forth at its rising; and, in like manner, a voyage towards the east, the birth-place in our imagination of the morning, leads final to the quarter where the sun is last seen when he departs from our eyes; so the contemplative Soul, travelling in the direction of mortality, advances to the country of everlasting life; and in like manner, may she continue to explore those cheerful tracts, till she is brought back, for her advantage and benefit, to the land of transitory things — of sorrow and of tears.[*9]

この惑星の球の上を船で行く際に、太陽が沈む地域に向かう航海が、それが昇る時に現れるのを我々が見慣れている方角へと次第に通じるように、そして同様に、我々の想像力の中では朝が生まれる場所である東へ向かう航海が、太陽が我々の視界から出発する時に最後に見られた方角へとついには通じるように、そのように黙想にふける魂は、死の方角に旅をしつつ、永遠の生命の国へと近づく。そして同様に、魂はあの楽しい地域を探索し続けるのかもしれない、魂が、その利益と恩恵のために移ろいやすい物事の国、悲しみと涙の国へと連れ戻されるまで。

死が誕生であり、誕生が死である時、それはどの世界への誕生であり、どの世界への死であるのか。永遠の生命を持てる天国へなのか、それとも悲しみと涙の束の間の世界、つまり再び此の世へなのか。ヴォーンとワーズワスにとって霊魂の先在説、そして霊魂再来説、輪廻転生の思想が共通の思想の一つであったのならば、前者の詩の中でしばしば暗示されるように、また後者が「オード」への自らの注釈で述べているように、それは「プラトン哲学の構成要素」（'an ingredient in Platonic philosophy'）であったと言えるのだろう。[*10] 例えば、プラトンは、『パイドン、魂の不死について』の中で、霊魂の不滅を生から死へ、死から生へという生成の循環的構造によって証明しようとしている。「大昔からの教説」、おそらくオルフェウス教やピタゴラスの思想に言及して、「魂はこの世からあの世へと到り、そこに存在し、再びあの世から到来して、死者たちから生まれる」という考え方を論理的に説いている。[*11]

しかしながら、この同じ淵源を持つ思想の扱い方には、両詩人の間で水際立った違いがある。それは、この教説の信じ方の違いと言ってもいいかもしれない。ヴォーンにとっては、彼のキリスト教信仰と異教的な教義が衝突しているようには思えないが、ワーズワスにとっては、少なくとも彼自身がのちに付けた注釈において表出しているように、教義上のある種の、正統と異端との折り合いを弁明しなければならない（例えば霊魂先在説を否定するコールリッジに対しての）事情があったように思われる。しかし、此の世への生まれ変わりを信じることが、たとえ教義的に、理性的に不可能であったとしても、人間の自然な感情を表現しようとする詩人としてそれは詠われるべき考え方であった。ワーズワスが、異教的、異端的教義を「私の目的のために詩人としてできうる最良の利用」（'for my purpose the best use of it I could as a Poet'）をなそうとしている例は「オード」の他にも見出すことができる。[*12] 例えば、「二つの四月の朝」と題された詩である。その中で描かれる、最愛の娘を亡くしたマシューは、ある日、「朝日が赤く輝いて昇った」（'bright and red / Uprose the morning sun,' 一―二行）時、「神の御心がなされるように」（"The will of God be done", 四行）と言った、と語られる。彼の言葉は、キリスト教的な摂理を受け入れているように見える、否、少なくとも受け入れようとしている。しかし、「水蒸気の立つ小川」（'the steaming rills,' 一〇行）のほとりを歩いていたマシューは溜息をつく。その理由を問われて、東の山の頂をじっと見つめたまま、「向こうのあの紫色になって長く裂けた雲」（'Yon cloud with that long purple cleft,' 二一行）が三〇年前の同じような朝を思い出させるのだ、と言う。それは、娘のエマを亡くして九年が経ったある日の朝だった。父親はそれまでに感じた

 こともないほどの強い愛情を感じて教会の墓地で娘の墓のそばに佇んでいた。その時、マシューは「海の上で踊る波のように幸せ」('as happy as a wave / That dances on the sea,' 五一—五二行) そうな少女に出会う。

'And, turning from her grave, I met,
Beside the churchyard yew,
A blooming Girl, whose hair was wet
With points of morning dew.

「そして、彼女の墓から振り返った時、わしは、
教会墓地のイチイの木のそばで、
花のような少女に会ったのじゃ。彼女の髪は
朝露のしずくで濡れていた。

(「二つの四月の朝」、四一—四四行)

必然的に復活の概念と結びついた、春と朝と日の昇る東の空のイメージに加えて、ワーズワスの配置する周到な水のイメージは、自然界の水の循環を想起させる。ヴォーンが「瀑布」の中で人生を川の流れに、滝を死に喩え、海に辿り着いた水がまたこの場所に戻ってくると言うことによって魂が回帰することを暗示したように、蒸発した水は、雲になり、再び舞い降りて露となる。水は形を変えることはあっても無くなりはしない。娘の墓で出会った少女の髪に付いた朝露は、死んだ娘の魂が、この少女の姿を採って地上

に戻ってきた可能性を読者に暗示する役割を担っている。まして感情のレベルでは、霊魂の再来を信じる父親の気持ち、死んだ娘が生まれ変わって戻ってきたのではないか、と感じる父親に共感することに読者はむしろ何の咎めも感じないだろう。だからこそマシューは少女を何度も見つめて、再び彼女が彼から取り去られることがないように溜息をつき、「彼女が自分の娘であることを願わなかった」（'[I] did not wish her mine!', 五六行）のである。

知的象徴と情的象徴

「露」は、詩的伝統では、ヘリックの「ラッパ水仙に」やマーヴェルの「露のひとしずくによせて」の中での扱われ方が示しているように、生命や魂、そしてそのはかなさを表す。*13 一七世紀の詩ではその表象が神学的な、また道徳的な教訓へと繋がっていくのに対して、ワーズワスの詩の場合のそれは、父親マシューや読者の感情を喚起するための装置としての役割が大きい。ここにヴォーンとワーズワスとの顕著な違いを見出すことができる。それは知的象徴（intellectual symbol）と情的象徴（emotional symbol）との機能的な違い、そして一七世紀の詩人とロマン派詩人との違いと言ってもよい。ヴォーンの詩の被造物は「自然の本」（the Book of Nature）に書かれた文字として神の摂理を伝え、信仰心を高める教訓を導き出すために機能する。だからヴォーンの「露」もまた、『旧約聖書』のマナと同じように神の恵みを表す。

... herbs which on dry hills do spring
Or in the howling wilderness
Do know thy dewy morning-hours,

And watch all night for mists or showers
Then drink and praise thy bounteousness

（「摂理」、二六―三〇行）

乾いた丘の上や
風唸る荒野に芽吹く草は、
あなたさまの露置く朝の時を知り、
夜もすがら霧や驟雨を待ち望み、
その時渇きを癒しあなたさまの恵み深さを讃える。

だから、ヴォーンの場合、ワーズワス的な頓呼法によって自然に呼びかけ、それに感嘆したとしてもその目的は、詩人自身の感情表出や読者の共感獲得ではない。例えば、「瀑布」の中で、詩人が、

What sublime truths, and wholesome themes,
Lodge in thy mystical, deep streams!

（「瀑布」、二七―二八行）

何という崇高な真理、そして何という為《ため》になる主題が
おまえの神秘的な、深い流れのなかに宿っていることか！

と言う時でさえ、ヴォーンにワーズワスほどの高揚感はない。あくまで強調点は、川の流れを導く神が人をも永遠の故郷に導く、という「真理」であり「主題」にある。「崇高な」（'sublime'）という修飾語にしても、知性的な、思考的な領域での高さ、高尚さを意味するもの（*OED*, 4. 'Of ideas, truths, subjects, etc.: Belonging to the highest regions of thought, reality, or human activity'）であって、一八世紀であれば、そしてワーズワスの時代であれば「瀑布」が喚起したであろう荒々しい壮大さや畏怖の念を伴った美の感情を喚起するもの（*OED*, 7. 'Of things in nature and art: Affecting the mind with a sense of overwhelming grandeur or irresistible power; calculated to inspire awe, deep reverence, or lofty emotion, by reason of its beauty, vastness, or grandeur'）ではない。*14

「虹」もそうだ。ヴォーンの「虹」は、ノアの洪水後に結ばれた神と人との契約を想起させつつ、虹の中に「あの御方を見ることができる」（'I can in thine see him', 一六行）と詩人が言う時、フランシス・クォールズ（一五九二―一六四四年）のエンブレム・ブックにある図像（『エンブレム集』［一六三四年］三巻、エンブレム一四）の中の、虹の上に座している神を思い出させさえする。ヴォーンの「虹」は極めてエンブレム的だと言ってよい。それに対してワーズワスの「虹」の中心にあるのは、虹を見た時の「心が躍る」（'My heart leaps up', 一行）詩人の高揚感だ。ヴォーンが「苦悩」の中で、自分が真に神を称える詩が書けないのなら「ならば私を死なせて下さい」（'Or let me die', 二〇行）と絶句するのとは異なり、ワーズワスは、幼年時代の感動できる心が失われるの「ならば私を死なせて下さい」（'Or let me die!', 「虹」、六行）と叫んでいる。彼の場合、感情こそが「自然の敬虔さ」（'natural piety', 同、九行）と不可分だからである。「オード」においても、ワーズワスの「喜びの子ども」（'Child of Joy', 三四行）は神の光を「喜びの中に見る」（'He sees it in his joy', 七一行）。結局のところ、ワーズワスが「幼年時代」を称えるのは、あの「喜び」を持続させたいからである。

O joy! That in our embers
Is something that doth live

ああ、喜びよ！　それは我らが残り火の中に
生きているもの

（「オード」、一三〇—一三一行）

汎神論とヘルメス思想

そしてワーズワスの汎神論（pantheism）と評されるものも彼の自然に対する喜びの感情と一体だと言っていいだろう。ティンタン僧院の近くで彼は次のように詠った。

　　　　　　I have felt
A presence that disturbs me with the joy
Of elevated thoughts; a sense sublime
Of something far more deeply interfused,
Whose dwelling is the light of setting suns,
And the round ocean and the living air,
And the blue sky, and in the mind of man:
A motion and a spirit, that impels

All thinking things, all objects of all thought,
And rolls through all things.
（「ティンタン僧院上流数マイルの地で――一七九八年七月一三日、ワイ河畔再訪に際し創作」、九三―一〇二行）

私は高められた思いの
喜びで私を動揺させる一つの存在を
感じた。はるかにもっと深くしみ込まされた
何かの崇高な感覚。
その住処は日没の光、
丸い大洋、生きている大気、
青い空であり、そして人の心の中にある。
あらゆる考える物を、あらゆる思いのあらゆる対象を
駆り立てる、そして万物を通して転がり進む
一つの動き、一つの霊を。

「生きている大気」や「あらゆる考える物」といった言葉が表すようにワーズワスの汎神論も一種のアニミズムと繋がっている。ヴォーンに関しては、もしも汎神論の定義が、一者としてのキリスト教の神と矛盾するものであるならば、ジョン・ショークロスが断言するように「ヴォーンの自然の使い方には何ら汎神

論的なものはない」（'There is nothing pantheistic about Vaughan's use of nature'）と言わねばならないのかもしれない。[*15] しかしヴォーンもワーズワスと同様に「万物を通して転がり進む……動きや霊」の存在を認めていたことも確かである。ヴォーンは、万物が感覚を有し、「木々と草たちが目を覚まして覗き、驚嘆した」（'*trees* and *herbs* did watch and peep / And wonder'、「夜」、二三―二四行）と言い、神の力こそが「つちくれを霊に変え、まことの栄光を、ちりや石の中に宿らせる」（'make clay / A spirit, and true glory dwell / In dust, and stones'、「抑制」、三四―三六行）と詠った。そして一輪の花を見て、「その神聖な花びらの中にあったのは、神性が満ち満ちたもの」（'Within whose sacred leaves did lie / The fullness of the Deity'、「夜」、一七―一八行）と感じ、「各々の茂みや樫の木は『私は有る』という御方を知っている」（'each *bush* / And *oak* doth know *I AM*'、「規則と訓戒」、一五―一六行）と信じる詩人であった。汎神論の定義がヴォーンのキリスト教思想と矛盾を来たすのならば、それは万有内在神論（panentheism）と呼べばよかろう。

汎神論が両詩人の共通思想かどうかは別にして、ヴォーンの「宗教」と題された詩行には、強調すべきワーズワスとの共通点と差異の両方が数連を隔てて、否、むしろその両方の連続面が表されているように思える。

My God, when I walk in those groves,
And leaves thy spirit doth still fan,
I see in each shade that there grows
An Angel talking with a man.

. . . .

Nay thou thy self, my God, in *fire*,
Whirl-winds, and *clouds*, and the *soft voice*
Speak'st there so much, that I admire
We have no conference in these days;

Is the truce broke?

(「宗教」、一―四、一七―二一行)

神さま、僕はあの、あなたさまの聖霊がいつもそよそよと扇ぐ
小さな森の中を、木々の葉の間を歩くとき、
そこに生える木陰のひとつひとつの中で
天使が、人と話しているのを見かけます。

……

いいえ、神さま、あなたさま自身でさえ、炎のうちから、
つむじ風の中から、そして雲の中から、そして優しい声で
あんなにもたくさんそこで話される。だから僕は驚くのです。

この頃あなたさまと会話を交わしていないことを。

休戦協定は、破られたのでしょうか？

ヴォーンの神との霊的交流は、確かに現在形で表現されてはいる。しかし悲しいかな、それは飛び散る火花のようであって長くは続かない。ワーズワスが自然の中に喜びを見出す、少なくとも絶えず見出そうとするのに対して、ヴォーンはしばしば、「現世」と題された詩の中で花を見つめる恋人のように、鬱々と自然を眺める状態へ戻されてしまう。彼が見出すものはせいぜい「痕跡」（'Traces'，「心のうぬぼれ」、一六行）と「永遠の丘々から打ち響くこだまの音」（'echoes beaten from the eternal hills'，同、一八行）なのである。人の罪と堕落と死の結果が、神である「あなたさまを私から隠してしまう、このおおい」（'This veil, . . . / . . . which shadows thee from me'，「鶏鳴」、三九―四〇行）を詩人の目にかけてしまう。だが、それでも認めなければならないことは、一方でこのようにキリスト教が此の世と此の世の事物を蔑む思想を与えてしまう反面、二〇世紀の早い段階でエリザベス・ホームズの研究が指摘したように、ヴォーンは一七世紀の多くの詩人たちとは違った、ヘルメス思想からの影響を受けていたということである。[*16] ヴォーンが万物に神性を感知できる状態にある時、彼の思想は、ヘルメス哲学のそれと同じであると言ってよいだろう。例えば、神秘主義者ヴァレンティン・ワイゲル（一五三三―一五八八年）は、一六四九年にイギリスで出版された書物の中で次のように書いていた。

God is whole without us, and also whole within us. . . . We have God every where with us, whether we know it, or know it not.[*17]

神は私たちの外部のすべてであり、そして私たちの内部のすべてでもある。……神は、私たちが知っていようといまいと、私たちと共にあらゆるところにいますのである。

そしてヘンリー・ヴォーンの双子の兄弟で錬金術師であったトマス・ヴォーンもまたしばしば万物における神の内在と遍在に言及していた。例えば、

Certainly He built and founded Nature upon His own supernatural centre. He is in her and through her, and with His Eternal Spirit doth He support heaven and earth — as our bodies are supported with our spirits.[*18]

確かに神は自然を造り、自らの超自然的な中心にその基礎を据えたのである。神は自然の中に、自然を貫いていまし、我々の肉体が我々の霊によって維持されているように、永遠の聖霊を使って神は天と地とを維持しているのである。

と彼は言う。同一の思想は、ヴォーンと同時代の神秘主義詩人トマス・トラハーン（一六三七—一六七四年）の「驚異」と題された詩の冒頭にも表現されていると考えることができるかもしれない。詩人の驚きの言葉は、過去の幼年時代を振り返ることで始められたはずなのに、その直後の二行目は現在の輝かしさを称

えている（'How like an Angel came I down! / How Bright are all Things here!'、一―二行）[19]。その時点での幼子の感覚だけではなく、詩人が今も神の近くにいると感じているからだと解釈することも可能であろう。また、過去の時点に限定された表現ではあるが、神秘主義者ヤコブ・ベーメ（一五七五―一六二四年）は、「外界が楽園だった」（'the outward World was a Paradise'）時には「神聖な精髄が此の世的なものを貫いて、永遠の生命が死を貫いて、芽を出し、つぼみを持った」（'the divine Essence sprang forth and budded through the Earthly, the Eternal Life through the Mortal'）と述べている[20]。同様のイメージを使って、トマス・ヴォーンは、「人は最初、神の中に植えられた枝だった、そして絶えず親木から若枝への流入があった」（'man in his original was a branch planted in God and that there was a continual influx from the stock to the scion'）と書いた[21]。ヘンリー・ヴォーンが幼年時代に「永遠の、輝く光のすじのような若枝」（'Bright *shoots* of everlastingness'、「後退」、二〇行）を感じていた理由は、彼がベーメや弟トマスと同じ思想を持っていたからである。

ワーズワスの「オード」とヴォーンの「後退」が著しい近似値を示したのは、一つの要因としておそらく彼らが共通に知り得ていた幼年時代に関するヘルメス思想の影響であったのではないだろうか。ヘルメス・トリスメギストスは、子どもについて次のように言っている。

> Consider, O Son, the Soul of a Childe, when as yet it hath received no dissolution of [i.e., by] its Body, which is not yet grown, but is very small: how then if it look upon it self, it sees it self beautiful, as not having been yet spotted with the Passions of the Body, but as it were depending yet upon the Soul of the World. But when the Body is grown and distracteth, the Soul it ingenders Forgetfulness, and partakes no more of the Fair, and the Good, and Forgetfulness is Evilness.[22]

ああ、息子よ、未だ成長しておらずとても小さな肉体によって死滅を被っていない時の子どもの魂を考えてみなさい。その時それが、自分を見るならば、未だ肉体の情欲に汚されておらず、いわば未だに世界魂に依存しているので、いかに自身が美しいと思うかを考えてみなさい。しかし、肉体が成長し、混乱を起こす時には、魂にそれは忘却を生じさせ、もはや美と善を受け取らなくなる。だから忘却は悪なのである。

また、ベーメは、『新約聖書』の記述、「誰が一ばん偉いかと、互いに論じ合っていた」弟子たちにイエス・キリストが「一ばん先になろうと思うならば、一ばんあとに」ならなければならない、と言って「ひとりの幼な子をとりあげて彼らのまん中に立たせた」（「マルコによる福音書」、九章三五―三六節）ことを想起させつつ、次のように述べた。

Little Children are our Schoolemasters till evill stirre in them, … they bring their sport from the Mothers wombe, which is a Remnant of Paradise: but all the rest is gone till we shall receive it againe.*23

小さな子どもたちは、彼らの中で邪悪さが蠢くまでは、我々の教師である。……彼らは母親の子宮から楽園の残存物である遊びを持って来る。しかし他のすべては我々が再びそれを受けるまでなくなってしまっているのである。

ヴォーンもまた、経験と「齢《よわい》が教えるものは皆、悪なのだから、未だに幼年時代を愛してなぜ悪い？」

(‘Since all that age doth teach, is ill, / Why should I not love child-hood still?’)と問いかけ、「幼年時代」を学ぶべき対象として見つめている。

How do I study now, and scan
Thee, more than ere I studied man[.]

今、どんなに僕は学び、そして見つめていることか、
幼年時代を。以前大人を目指していた以上に、君を。

(「幼年時代」、三九―四〇行)

同様に、「永遠の生命を受けつぐ」際には「先の者はあとになり、あとの者は先になる」というイエスの言葉(「マタイによる福音書」、一九章二九―三〇節)を、ワーズワス流に言い換えたものが、「子どもは大人の父である」(‘The Child is father of the Man,’「虹」、七行)という、いわば預言者の啓示にも聞こえるような言葉なのかもしれない。しかし、さらに重要に思えることは、ワーズワスの描く幼年時代が、ベーメのそれと同じように喜びに溢れていることだ。ベーメは、来世での魂の状態を「天国では、つつましい無邪気な子どもの生活がある」(‘in Heaven there is an humble simple Childrens Life’)と説明しながら、[*24] 次のように預言する。

We shall lead a life like children, who rejoice and are very merry in their Sports; for there will be no sadnesse in our hearts, or feare of any thing: but a delightfull Recreation with the Angels.[*25]

我々は、喜び、遊んでとても陽気な子どもたちのような生活を送るだろう。というのも我々の心の中には悲しみや何の恐れもなく、あるのは天使たちとの喜びに溢れた娯楽だろうからである。

ヴォーンは、幼年時代へ「後退」することによって、「ただ、遊ぶことによって天国へ行く」('by mere playing go to Heaven',「幼年時代」、八行)ことを望んでいる。ワーズワスの魂は、永劫の海の岸辺で遊ぶ子どもたちを見ている。

Our Souls have sight of that immortal sea
　Which brought us hither,
Can in a moment travel thither,
And see the Children sport upon the shore,
And hear the mighty waters rolling evermore.

(「オード」、一六四―一六八行)

我々の魂は、我々をここに連れてきた
　あの不滅の海の光景を見ていて
一瞬にしてそこへ旅することができる。
そして子どもたちがその岸辺で遊んでいるのを見ており、
力強い海が絶えずうねっているのを聞いている。

ワーズワスにとっても幼年時代への現実世界での距離感は否めない。しかし、否、だからこそ、彼は自らの詩を喜びで満たそうとしている。春の鳥たちの喜びのさえずりや子羊たちの小躍りに、「笛吹くものや戯れる者たちの群れ」（'Ye that pipe and ye that play', 同、一七二行）に「我々は心において君たちの群れに加わろう」（'We in thought will join your throng', 同、一七三行）とするのである。ワーズワスの呼びかける「今日、五月の喜びを感じる君たち」（'Ye that ... today / Feel the gladness of the May', 同、一七四―一七五行）とは、ベーメの表現では、子どもに喩えられた天使のことでもある。

I will liken them [Angels] to *little* Children which walk in the Fields in *May*, among the *Flowers*, and pluck them, and make curious Garlands and Poseys, carrying them in their Hands *rejoicing*, ... So do the holy Angels likewise, they ... walk together in the curious *May* of Heaven, ... and make Use of the beautiful heavenly Flowers for their Play or Sport ... and rejoice in the delicious pleasant *May* of God.[*26]

私は天使たちを、五月に花に囲まれて野原を歩き、それを摘んで見事な花冠や花束を作り、喜びながら彼らの手にそれらを携えて行く小さな子どもたちに喩えよう。……聖なる天使たちも同じようにするのだ。彼らは天国のすばらしい五月に一緒に歩む。……そして彼らの遊びや戯れのために美しい天国の花を使い、……美味し心地よき神の五月に歓喜するのである。

ワーズワスのヘルメス思想はどこから来たのか

ヴォーンの場合のヘルメス思想からの影響は間違いないとしてもワーズワスの場合のそれは、どこから来るのだろうか。ライダル・マウントのワーズワスの蔵書中にベーメの作品が二冊あったことが分かっているが、詩人が「オード」執筆時にこれらの書籍を既に所有していたか、さらには実際に読んだのかは不明である。[*27] しかしながら、一つの高い可能性として、コールリッジ経由を考えてよいのではないだろうか。「オード」の冒頭部分には、コールリッジ作品との接点が指摘されているし、特に八六―九〇行目に描かれた赤ん坊は、コールリッジの息子、ハートリーのことだと言われている。[*28] その一方で、コールリッジは、一七九六年一一月一九日の手紙の中で「ヘルメスのような哲学的夢想家」('philosophy-dreamers [like] Tauth [i.e., Thoth]') の記述は「私のお気に入りの学問」('my darling Studies') の一つだと言っている。[*29] ベーメに関しても、コールリッジは、一七九〇年代後半にはこの神秘主義思想家に並々ならぬ興味を示しており、彼の手紙や書物の中に多くの言及がある。[*30] エヴェラードによるヘルメス・トリスメギストスの英訳本は、少なくとも一七八七年の版が存在した。また、ベーメの全集も一七六四年から八一年にかけて出版されたものがある。[*31] 決定的に思えるのは、ベーメの『オーロラ』の次の一節、

Dost thou think thou shalt *not* have enough in this world? O blind Man! … Is not Heaven and Earth thine? Nay, *God* himself too? What dost thou bring into this World, or what dost thou take along with thee at thy going out of it? Thou bringest an *Angelical* Garment into this World, and with thy wicked Life thou turnest it into a Devil's Mask or *Vizard*.[*32]

あなたは此の世で充分に持たないだろうと考えているのか？　ああ、盲目の人間よ！……天も地もあなたのものではないのか？　否、神御自身もそうではないのか？　あなたは何を此の世に持って来

るのか、もしくは此の世から出るときにあなたと共に何を持って行くのか？　あなたは此の世に天使の服を持って来た。そしてあなたの邪悪な人生でそれを悪魔の仮面または覆面に変えるのである。にコールリッジが付けた傍注《マージナリア》は、彼の親友である詩人の「オード」からの詩行であったことである。

Not in entire forgetfulness
Nor yet in utter nakedness,
But trailing clouds of Glory do we come
From God who is our Home.
HEAVEN LIES ABOUT US IN OUR INFANCY!
WORDSWORTH.[*33]

まったくの忘却の状態ではなく
まだ完全な裸の状態でもなく
栄光の雲をひきずりながら、我々の故郷である
神のもとから我々はやって来た。
我々の幼年時代には天国が我々の周りにあるのだ！
ワーズワス

確かに実際の書き込みは、コールリッジがド・クインシー（一七八五―一八五九年）からこの本を入手した一八〇八年の二月以降ということになる。が、同じ『オーロラ』の別の傍注には一八〇〇年と記されているものもあって、日付がコールリッジの単なる間違いではなく、彼がその注釈内容を考え付いた年のことを示している可能性も否定できない箇所がある。[*34] また、ワーズワスの一八〇七年の出版段階のテクストでは二行目が 'And not in' となっていて、コールリッジの書き込みと違っている。その不正確さは、これも単なる記憶違いに由来するのか、それとも原稿になる前の口伝えにその原因があるのか。しかし、どちらにせよ彼が、ワーズワスの「オード」が発表されるよりももっと早い時期にベーメを読んでいた充分な証拠があることを考えると、一七九六年に生まれた幼いコールリッジの長男を愛しんで見つめながら、二人の間で幼な子や天使についてベーメはこう言っている、などという会話があったり、ワーズワスが親友に指し示されて同じ本を読んだということも充分考えられる。そして、もっと重要なことに、少なくともこのコールリッジの書き込みが強く示唆するのは、ワーズワスとヴォーンの接点の一つが、ベーメのようなヘルメス哲学であったということである。

しかしながら、ヴォーンにとって、現世はあくまでエデンの園ではない。人は、彼自身を含め、そこからの追放者として彷徨っている。他方、ワーズワスは輝かしい此の世の自然の中で楽園の継承者として詩を書いている。それを可能にさせているのは、ヴォーンにはない、人の思惟や理性や教養を超えた感情への信頼なのかもしれない。彼にとって、それは「我々がそれによって生きている人間の心のおかげ、その優しさ、その喜び、そして恐れのおかげ」（'Thanks to the human heart by which we live, / Thanks to its tenderness, its joys, and fears,'「オード」、二〇一―二〇二行）なのである。

第四章

場所としてのワーズワスの庭

ウィリアム・シェンストーン作庭によるレゾッズ屋敷の庭
（メイソンによる「ウェルギリウスの森」のエッチング版画、18 世紀）

場所と空間

ウィリアム・ワーズワスにとっての「場所」（place）が持つ意味は、「空間」（space）との対比とともに次の詩行によって示唆されていると考えられるかもしれない。

… the countless living things,
…
Made this orchard's narrow space,
And this vale, so blithe a place[.]

（「仔猫と落ちる葉っぱ」、四五、五一―五二行）

……数えきれない生き物たちが、
……
この果樹園の狭い空間を
そしてこの谷を、こんなにも快活な場所にした。

つまり、ここでは単に脚韻が求められ同意語が反復されただけと考えるよりも、また、鳥たちや獣たちが作り出す音によってそこが「快活な」状態になったということが伝えられるだけと考えるよりも、まさにその「生き物たち」、そしてその「数えきれない生き物たち」の存在と詩人の存在との間の関係性こそが、ワーズワスの果樹園や湖水地方の谷間を「空間」から「場所」へと変じていると考えられるのではないか。「場所」が生じるためには、「生きている」ものどうしの関係性という要素が重要なのではないか。例えば、ジョン・ミルトンの『失楽園』の中で、エデンの園を真の意味で楽園たらしめたのは、アダムとエバの関係性であり、追放されたエバにとってアダムこそが「すべての場所」だったように。[*1] それは、ワーズワスの別の詩（「誰が想像したでしょう、なんてきれいな光景に」）でも、「この果樹園の土地」（'this orchard-ground,' 四行）において詩人に「楽園の霊」（'the Spirit of Paradise,' 一五行）を察知させる契機となったのが、他ならぬ庭の「岩を縁取る、生きているスノードロップ」（'This Rock … edged around / With living snow-drops,' 二―三行）の存在だったことと通底するのかもしれない。ワーズワスの庭では、その「気にも留められず生長する芝生や芳しい匂いを放つ花たちのもの言わぬ安らぎ」（'the grass … that grows / Unheeded, and the mute repose / Of sweetly-breathing flowers'）の中に「本物の生命」（'the genuine life'）が見出されている（「この芝生、まったく生き生きしたカーペット」、一六―一八行、一四行）。

「場所」は、現象学的には「生きられる空間」であり、動物行動学における「なわばり」（territory）から神話・祭式的な空間に及ぶものと考えられる。意味論的な対立を考えると、「空間」は抽象的で総称的なカテゴリーであるのに対して、「場」は局所的、つまり位相的に位置決定できる具体的な要素である。さらに、人文地理学的に言えば、「空間」は、資本や情報、もしくは権力のような社会的諸関係によって構築されるため不安定で絶えず変動している。それに比して「場所」は、例えば自分の居場所、愛着のある場所、故郷などのように、自己のアイデンティティや想い、他者との関係性、個人の生きられた経験に根ざしており、より安定的であり具体的であるという特徴を持っている。[*2] 哲学の観点からも、ワーズワスの庭は、「空間」とは別のもので、むしろ「空間」によって隠蔽されてしまう、隠れた次元や象徴的な「場所」として見出されるものではないか。「場所は連想において重層的であり、空間はそうではない」、「物語や歌が場所の感覚を維持するために重要なもの」と言った、環境文学批評家ローレンス・ビュエルの陳述は、ワーズワスの庭にきっちりとあてはまる。[*3] それは、空虚にして無限の間隙を含意するデモクリトス的「空間」でも、近代的科学のデカルト的「空間」でもなく、極めて主観的な、個人的な意味や意義を付与された「場所」として理解されるべきであると思われる。感覚可能な対象が場所づけられ方向づけられることを考察し、「場所」は身体に基づいていると論じたのはカントであったが、「カントと同様に、直感的主観と身体的主観との相克を通して、超越論的に拡張する空間の中で、消滅する直前に光り輝く場所の姿を垣間見た者たちがいたとすれば、それは他ならぬロマン主義時代の詩人たちであっただろう」と金津和美は指摘している。[*4] ワーズワスもその特徴を示しており、その「場所」の観点から、しばしば彼の描く風景が「生き物」、特に詩人自身、もしくは詩人と関わりを持つ人々との間の相乗効果によって成立していることは興味深い。例えば、「ティンタン僧院上流数マイルの地で創作した詩」の冒頭でワーズワスが次のように言う時、

　　　　Once again
Do I behold these steep and lofty cliffs,
That on a wild secluded scene impress

Thoughts of more deep seclusion[.]

（四―七行）

もう一度
私はこの険しくそびえ立つ絶壁を見る。
それ／私は、荒涼として隔絶された光景の上に
いっそう深い隔絶の思いを感じ入らせる。

関係代名詞 'that' の先行詞は、直前の「険しくそびえ立つ絶壁」であると同時に「私」でもある。厳密には「いっそう深い隔絶の思い」を持ち、それを「荒涼として隔絶された光景」に投影するのは詩人であろう。しかし擬人化された「険しくそびえ立つ絶壁」こそが、自らの「いっそう深い隔絶の思い」を詩人に感じ入らせ、さらにそれが「荒涼として隔絶された光景」に投影されているのである。この詩行の統語法は、詩人と風景を混ぜ合わせる効果を持っている。逆に言えば、「隔絶の思い」を共有する断崖と詩人とが一体となりこの表現を生み出したのである。ワーズワスの風景は、決して絵画的に描かれたものではなく、それ自体の存在、またその風景が持つ周りへの影響力を捉えようとしたものである。そして彼の感覚は、風景を客観的に観ているのではなく、風景の一部となり、風景の中に存在している。[*5]

「場所」は、既にアリストテレスが気付いていたように、「たんにあるものであるのみならず……ある力をもつ」のであるが、[*6] 庭に限って言えば、庭という場所はそこに存在するものどうしを関係付け、関連させる力を大きな特徴としている。『庭の哲学』の中のデイヴィッド・クーパーの比喩を借りれば、庭という

場所は、「仲介者」（'go-betweens'）の働きをするのである。近隣の確かな情報筋が「ワーズワス氏は、木に関しての優れた批評家」で、「どの枝やどの木を切るべきか残すべきかを考えて長い間仰向けになって寝そべっている姿を何度も見た」と伝えているが、[*7] 庭に存在する木は、森や野原にある木と異なり、単にそこに、偶然にあるわけではない。だから、詩的な言い方をすれば、庭という場所にある木は、そこに意識的に立っており、見つめており、その木の下を歩く人々と会話する力を帯びる。クーパーは、別の批評家を引用しつつ次のように説明している。

Trees standing in a garden ... join both earth and sky; they serve to 'gather' other things in the garden around them, and are essentially participants in that network of 'between-ness [which] is what we see all around us in the garden'.[*8]

庭に立っている木々は、……大地と空をつなぐ。そして彼らは庭の中の他のものたちを彼らの周りに「集める」ために役立ち、本質的に、庭の中で我々が周りの至る所で見る、何かと何かとの間を関連付けるあのネットワークの中の参加者なのである。

さらに、庭の有する特徴的な力、いわば仲介力は、経験世界を規定し我々の存在を拘束するような様々な、相反するものの間で発揮されることがしばしばである。庭は、そこに立つ木々が大地と空とをつなぎ合わせるように、例えば人工と自然、行動と瞑想を和解させる。

かつて一七世紀の詩人アンドリュー・マーヴェルは、「庭」と題された詩の中で、そこで享受する喜びの一つを「うまし孤独」（'delicious solitude'，一五行）と表現したが、庭は時に孤独を回避するための場所でもあり、それが仲介する最たるものは、人間と人間でもあることを忘れてはならない。ルネサンス期の庭は、宴会の場であり友人をもてなす場、哲学的な議論、時には植物学的な議論がなされる場所でもあった。また、多人数の関係のみならず、悦楽の花園（pleasure garden）が提供したように、逢引の場所として親密な恋人同士の関係を取り持つこともあった。[*9] 庭という場所においては、人間はまず庭仕事を通して庭とつながるが、さらには、その庭仕事が、隣人、特に同じ庭仕事をする人々との相互関係を築いていく。一つの庭を作る際に、エデンの園でのアダムとエバのように、助け手との関係を強くすることができる。また、別の庭を持つ友達との間で交換される植物の種や苗、挿し木用の枝、お互いの庭を訪問することや園芸上の情報交換が、庭を媒介にした一種の共同体関係を作り上げることは庭師たちの大きな喜びである。ワーズワスの妹、ドロシーも日記の中で、同じ村のシンプソン家（Mr Simpson's）でお茶をご馳走になった後、彼らの庭から「ヤグルマギク（ロック・ラナンキュラス）その他の植物を持ち帰った」こと（'Brought down Batchelor's Buttons (Rock Ranunculus) and other plants'）やジェニー・ドックレー（Jenny Dockray）の庭から「白と黄色の百合、ツルニチニチソウなど」をもらって自分の庭に植えたこと（'I went into her garden and got white and yellow lilies, periwinkle, etc., which I planted'）を記録している。[*10]

ワーズワスの庭を「場所」という脈絡で捉えたとき、それが庭園史の中で説明を加えるに値する特徴を持っていることが判明する。つまり、それが一八世紀までの庭空間の主流であったエンブレム的な庭ではなく、場所としての庭、つまり極めて個人的な意味と意義とに関係付けられた庭であるということである。クーパーは、庭の意義の一様式を次のように説明している。

… the final mode of garden meaning I mention — ‘associative’ meaning — more typically engages with the personal and individual. Indeed, it has been suggested that the decline of the ‘emblematic’ garden in the early eighteenth century was partly the result of a new interest, inspired by John Locke’s ‘associationist’ psychology, in the ‘private as opposed to the public workings’ of the mind …. We often speak, not of an item’s meaning something *tout court*, but of its meaning something *to* somebody — of its mattering to a person, being important to him or her. Consider an inconspicuous garden found by most of its visitors to be neither beautiful nor interesting, but which means a lot to a certain woman.*11

……私が述べた庭の意義の最後の様式、すなわち、「結合を生じさせる」効力は、より典型的に私的で個人的なものと連動する。確かに一八世紀の初期に「エンブレム的な」庭が衰えたことは、部分的には、精神の「公的な働きに対する私的な働き」において、ジョン・ロックの「観念連合学派の」心理学によって影響を与えられた新しい興味の結果であった。……私たちはある特徴が手短かに何かを意味するということについて語るのではなく、それが誰かにとって何かを意味する、すなわち、それが彼もしくは彼女にとって大事なので、その人にとって重要だということについて語ることがしばしばある。訪問者のほとんどが美しくもなく興味深いとも思わないような、注目を引かない庭、しかしそれはある特定のご婦人には多くのことを意味する大切な庭のことを考えてみるとよい。

そしてこのことは、さらに、場所としての庭が持つ関係構築能力に時間軸が付け加えられて考えられるべきであることを意味している。場所としての庭は、庭師とそこに存在した過去やそこにいた過去の人々とを関連付ける。我々が庭を歩くとき、たとえそれが新たに造園されたものであっても、ロイ・ストロングが述べたように、「我々は歴史の中を歩いている」ことを認識するのである。[*12] 時には庭に配置された過去の影像や美術品によって。そうでなくても、過去の誰かが木や花を植え、過去の誰かがその場所に立ち、歩き、耕した痕跡を庭は伝える力を有している。ワーズワスの庭が、回想に満ちているのはそのためである。そして、静寂の中で想起されることで詩を生み出すとされる、ワーズワスの 'spots of time' という言葉と概念が、時間と場所の融合から成り立っていることも偶然ではない。ワーズワスの庭は、そういう意味ではまさに彼の詩そのものと言ってもよい。

再会の場所としての庭

さて、時間軸が加わるならば、ワーズワスの庭は再会の場所でもある。「場所」としての庭は、詩人を鳥たちや花たちという過去の友人たちと関連付ける。

In this sequestered nook how sweet
To sit upon my orchard-seat!
And birds and flowers once more to greet,
　My last year's friends together.

（「アオカワラヒワ」、五―八行）

この静かな片隅で私の果樹園の椅子に

腰掛けていることは、そして一緒に
鳥たちや花たちを、私の去年の友人たちを
もう一度歓迎することは、何と甘美！

また、第五章で述べるように、ワーズワスは、彼の故郷である湖水地方全体を広義の庭と捉える傾向があるが、「カッコウによせて」では、その丘や谷間に響くカッコウの鳴き声もまた詩人に時を越えさせる契機を与えている。それは「自分が小学生だった頃に聞いたのと同じ声」（'The same whom in my schoolboy days / I listened to', 一七―一八行）であり、少年時代という「あの黄金の時」（'That golden time', 二八行）を再び得させる鳴き声として描かれている。ウィリアム・ハズリット（一七七八―一八三〇年）は、「自然は一種の万人の家庭であり、自然が提示するすべての事物は変わらぬ顔つきをした昔馴染みである」（'Nature is a kind of universal home, and every object it presents to us an old acquaintance with unaltered looks'）と言ったが、*[13] それはワーズワスの庭において特にあてはまるように思われる。

「リルストーンの白い雌鹿」では、庭の花たちが、過去のあの時と同じ芳香によってエミリーに、母親の「穏やかな眼差しや穏やかな言葉」（'mild looks and language mild', 一〇三六行）を思い出させている。

The fragrance of the breathing flowers
Revived a memory of those hours
When here, in this remote alcove,
（While from the pendent woodbine came

Like odours, sweet as if the same)
A fondly-anxious Mother strove
To teach her salutary fears
And mysteries above her years.

（「リルストーンの白い雌鹿」、一〇二五―一〇三二行）

呼吸している花たちの芳香が
あの頃の記憶をよみがえらせた。
あの時、ここで、この遠く離れたあずまやで、
（たれさがったスイカズラから同じような、
あたかも同じものであるかのような甘美な匂いがして来るあいだ）
優しく不安に満ちた母が彼女に有益な畏れ
そして彼女の年齢以上の神秘を
懸命に教えようとしたのだった。

エミリーの母は「目に見えぬ神」（'The invisible God'，一〇四〇行）と「信仰」（'The faith'，一〇四一行）について娘に教えたというのであるが、庭は、自然と神との繋がりを教える恰好の場所でもあったことを思い出す必要があるだろう。本来、庭は、家屋内部という安全な領域と外部の公共空間、危険を伴う領域とを分けると同時に接続させる場所として、物理的、心理的、道徳的境界をなしている。それゆえに庭は、C・G・

ザルツマン（一七四四―一八一一年）の『道徳の要素』（一七九一年）の挿絵――そこでは庭の木陰で母親が子どもたちに囲まれている――が示すように、特に母親が子どもたちの美的感性を養い、勤勉や謙遜、神への畏敬の念といった美徳を教える教育の場として機能したのである。また少女たちにとって、庭の「あずまや」（'alcove'）は、そこでお茶会が開かれたり、縫い物がなされることによって、社会的、家庭的な技術を訓練するための代替空間を提供した。[*14] さらに、庭は、美徳のみならず知識をも人と人との間で仲介する。ワーズワスの時代、女性たちにとって、植物学の知識を得ることが、奨励され、また流行となった。ドロシーがそうであったように、女性読者層からの強い要望もあって、植物学の本が多く出版された。例えば、一七九六年に出版され、一一版を重ねたプリシラ・ウェイクフィールド（一七五一―一八三二年）の『植物学入門』では、「あらゆる葉やあらゆる花に示された神の知恵の証拠を認め賞賛するために、植物の構造の異なった部分の特有の使い方が指摘」（'pointing out the peculiar uses of the different parts of their structure, to perceive and admire the proofs of Divine Wisdom exhibited in every leaf and in every flower'）された。また、翌年一七九七年に出版されたマリア・E・ジャクソン（一七五五―一八二九年）の『ホーテンシアと彼女の四人の子どもたちとの植物学的会話』や「植物学の学習と庭の喜びを幼いときから味わうために、あるご婦人によって彼女自身の子どもたちに役立つよう書かれ」（'written by a lady for the Use of her Own Children with a view to giving them an early taste for the Pleasures of a Garden and the Study of Botany'）、一八二四年に出版された『少年庭師』などの書籍が如実に表しているように、庭は、そこに生えた植物についての知識を媒介にして母と子を結び付ける働きをも担っていたのである。[*15]

ワーズワス自身の庭、特にダヴ・コテッジ（Dove Cottage）の庭は、詩人に幸せな家族との日々を保存し、時を遡らせる、いわばタイムマシンのような機能を持つ場所にもなっている。[*16]「蝶へ」（'To a Butterfly' ['I've watched you now'」）では、蝶に「果樹園の土地のこの場所」（'This plot of orchard-ground', 一〇行）にしばしば訪れてくれるように願い、「私たちは、……自分たちが若かった夏の日々、甘美な子どもの日々のことを語ろう」（'We'll talk of … / … summer days, when we are young; / Sweet childish days', 一六—一八行）と言う。ここでの「私たち」は、詩人自身と妹ドロシーのことを指すのであろう。しかし、同時に語りかける相手として「蝶」が含意されていることは、同じ題名を持つ詩（'To a Butterfly' ['Stay near me']）で繰り返される、留まって欲しいという「蝶」への願いとその執拗な願いの理由を考えると、明らかなように思われる。詩人は「蝶」との「会話」（'converse'）をも望んでいる。

Stay near me — do not take thy flight!
A little longer stay in sight!
Much converse do I find in thee,
Historian of my infancy!
Float near me; do not yet depart!
Dead times revive in thee:
Thou bring'st, gay creature as thou art!
A solemn image to my heart,
My father's family!

（「蝶へ［私のそばにいて］」、一—九行）

私のそばにいて、飛んで行かないで！
もう少しだけ見える所にいて！
あなたとはたくさん話すことがあると思うよ、
私の幼年時代の歴史家さん！
私の近くで漂っていて、まだ行かないで！
死んだ時があなたにおいて蘇る。
あなたは、陽気な形象を持って来る、
厳粛な形象を持って来る、
厳粛な生き物だけど、私の心に
私の父の家族を！

ワーズワス自身がこの詩に付した注によると、「蝶」が心に呼び起こす「私の父の家族」とは、妹と自分がまだ幼く、まだ二人が一緒に住むことができた日々を表しており、それはまだ母親が生きていた時代のことを意味していることが分かる。「二人ともとても幼かったが、一七七八年の母親の死の直後、二人は別れさせられた」（'My sister and I were parted immediately after the death of our Mother who died in 1778, both being very young.'）のである。*17 長い年月の後、愛する妹とともに再び住むことができるようになったダヴ・コテッジの庭で、そこに訪れた蝶によって詩人はまだ家族が一緒だった頃のこと、妹とともに蝶を追いかけた日々のことを想起している。しかし、ドロシーが日記に記録した、この詩の制作過程から考えると、そこに訪れた蝶は現実のものではない。つまり、この詩が作られる契機となった兄妹の、蝶を追いかけることに対する少年と少女との感じ方の違いに関する会話は、三月の或る朝に行われており、グラスミアでは三月に蝶は飛んでいないからだ。[*18] 詩の中で飛んでいる蝶は、時を超越して、現実のものではないばかりかこの世のものですらないことを暗示していると言えるかもしれない。伝統的な表象としての蝶は、幸福のはかなさを表すのみならず、蛹から出てくる姿から死者の肉体を離れる魂を表すとされた。ギリシア語の蝶を表すpsycheはもう一つの意味として人間の魂を表すし、キリスト教美術では、幼子イエスが手に持った蝶や静物画に描かれた蝶が復活した人間の魂を表した。地上のパラダイスの描写で創造主によってアダムの中に置かれる魂は時に蝶の羽をつけている。[*19] そして何よりもワーズワス自身が、『逍遥』の中で、「蝶が目の前で微風に乗って昇っていく」('before your sight / Mounts on the breeze the butterfly'、四巻、三九一—三九二行）ことを、「魂が自分の生まれた天空へ引き上げられて昇っていく」('the Soul ascends / Drawn towards her native firmament of heaven'、同、三九五—三九六行）様子を示唆する一連の比喩の一つとして使っている。ワーズワスの場所としての庭が、時を越えて人間どうしの関係を仲介し、ここでは家族の再集合を可能にさせているとすると、「蝶」は他ならぬワーズワスの母親の魂を表すと考えられる。彼女は、「私たちのすべての愛の中心であり要だった」('the heart / And hinge of all ... our loves'、『序曲』、五巻、二五七—二五八行)。[*20] この場に留まって欲しいという「蝶」に対する繰り返される願いの言葉、「蝶」の中に「会話」、「霊的な交流」('converse', *OED*, sb1. 4: 'Spiritual or mental intercourse; communion'）を見出そうとする詩人の語気の強さを勘案すると、詩人は「蝶」を単なる表象としてではなく、復活した母の魂そのものと見なしているようにも思えてくる。[*21]

M・M・メイフッドは、ワーズワスがヒナギクやバルカンキンポウゲなどの花たちに呼びかける詩を書いたのは妹ドロシーの影響であることを指摘しているが、[*22] 植物に関する知識交換や庭という場所が二人の関係を強めたことは疑いない。「雀の巣」では、ダヴ・コテッジの庭は、まるで雀の巣をタイムトンネルとして、二人が幼い頃住んだコカーマスの庭へと繋がっている。

Behold, within the leafy shade,
Those bright blue eggs together laid!
On me the chance-discovered sight
Gleamed like a vision of delight.
I started — seeming to espy
The home and sheltered bed,
The Sparrow's dwelling, which, hard by
My Father's house, in wet or dry
My sister Emmeline and I
　Together visited.

ごらん、葉の茂った陰の中、
一緒に置かれたあの輝く青い卵を！
私に偶然発見されたその光景は
喜びの示現のようにきらめいた。
私は驚いた、私の父の家のすぐそばで、
雨の降る日も降らない日も
妹のエメラインと私が

（「雀の巣」、一―一〇行）

一緒に見に行った、
家庭と保護された寝台を、
そのスズメの住処を見つけたように思って。

庭の「雀の巣」は、六行目の「家庭と保護された寝台」という比喩が表しているように、離散してしまう以前、ワーズワスと妹が家族と過ごした平安な時代を想起させることで詩人を過去へ遡らせる契機となっている。[*23] 場所としての庭という観点から注目すべきは、どこにでもありそうな「雀の巣」が、特別な力を帯びていることである。まず我々はワーズワスにとって、「楽園、エリュシオンの森、幸福の野」（'Paradise, and groves / Elysian, Fortunate Fields,'『逍遙』、「一八一四年版への序文」、四七―四八行）が「日常生活のありふれた産物」（'A simple produce of the common day,' 同、五五行）であったことを思い出す必要がある。彼の詩論は、平凡の中に非凡を見出すことを綱領としていた。この「雀の巣」は詩人に、アダム・スミス（一七二三―一七九〇年）が天文学に関する論文の中で定式化した、ありふれたものへの驚きを与えたのである。

We are surprised at those things which we have seen often, but which we least of all expected to meet with in the place where we find them[.][*24]

我々は、しばしば見たことのある、しかしそれらを見つける場所で遭遇することになるとは少しも予想しなかった物に驚くのである。

そしてもう一つ看過してならないことは、ありふれた、取るに足らない「雀の巣」が、まさに詩人の個人的経験ゆえに貴重なものとなっているということである。ワーズワスについて最も明らかなことの一つは、彼が詩を作る際に過去の個人的な経験を使うということであるが、クリストファー・サーヴセンが指摘しているように、アイデンティティを示したり、自己を表現するために時間や思い出を使うことは一八世紀まで稀なことであった。サーヴセンは、特定の場所と結びついた回想も、例えばアレクサンダー・ポープの「ウィンザーフォーレスト」(一七一三年)では、歴史的、予言的、また象徴的に使われているが、トマス・グレイ(一七一六—一七七一年)の「イートン・コレッジの遠くからの眺望によせるオード」(一七四六年)に至って、私的な感情表現のために使われるようになったと論じている。*[25]

庭の憂鬱と喜び

この「雀の巣」が果たしている役割を、一八世紀の庭の中で過去を喚起する典型的な仕掛けとして機能していた「廃墟」(ruins)と比較してみると興味深い。借景としての古代の遺跡、時にはサンダーソン・ミラー(一七一六—一七八〇年)のような廃墟デザイナーによって人工的に作られ、意図的に配置された廃墟は、クロード・ロラン(一六〇〇—一六八二年)やサルバトール・ローザが描く風景画のような景観を目指した庭園にしばしば取り入れられ、いわゆるピクチャレスク(Picturesque)趣味流行の一翼を担っていた。不規則性と粗さを好んだピクチャレスク美学が廃墟を求めたのは必然的でもあった。ワーズワスの廃墟の扱いは、総じて言えば、ピクチャレスク趣味に対する感じ方と同じように両面価値を有しているように思われる。一方で詩人は、「鹿跳びの泉」で描いた「遺跡」('monuments,' 一七六行)や「マイケル」の「完成しなかった羊小屋」('the unfinished Sheep-fold,' 四八一行)、そして「コロートンの木立の中の屋敷に代えて」の中で言及されている「さびれたグレースデューのツタに覆われた廃墟」（'The ivied Ruins of forlorn GRACE DIEU,' 四行）や「廃屋」と題された詩によって、廃墟の喚起するある種の道徳的教訓を伝えようとした。人工と自然との、そして、生と死との中間態である廃墟の性質が、一種の死の警告（memento mori）の役割を果たす。自然の中で流れる時間と異なり、人間の時間の短さ、人間活動のはかなさ、人間の弱さを思い出させるのである。[*26] しかし他方で、ワーズワスの廃墟に対する別の評価が、彼の庭の中に人工的廃墟のような物を意図的に配置させることを拒み、むしろ何の変哲もない、それでいて意味深い「雀の巣」をまったく「偶然に発見された光景」（'the chance-discovered sight'）として描かせたと考えることができるかもしれない。一八世紀の風景式庭園においては、廃墟はしばしば、隠れた一隅や森で遮蔽された場所などに配置されて、庭の訪問者を驚かせるような仕掛けになっていた。例えば、一八世紀の詩人ウィリアム・シェンストーン（一七一四―一七六三年）は、「風景式、すなわちピクチャレスク造園法」（'landskip, or picturesque-gardening'）という言い方をおそらく初めて使っただけでなく、実際の作庭にも関わったが、彼のレゾッズ屋敷（the Leasowes）の庭では、そこを歩く者に「新奇さ、最も予期しない物がどこを歩もうと私に付き添った」（'Novelty, the most unexpected, accompanied me wherever I stepped'）と言わせた。庭においては「驚かせることが喜ばせること」（'to surprise [is] to please'）であり、その効果を与えるために庭が構成され、木々や廃墟などの配置がなされていた。[*27] アリストテレスは『詩学』の中で複合的な筋の構成要素として運命の逆転と主人公の無知から知への認知の転換を挙げているが、それらはともに驚きの感情を生み出すものであり、彼はそれらを「筋の組み立てそのものから生じるものでなければならない」と言った。[*28] 庭の中で訪問者を驚かせる場合も作為的な操作が必要とされるのである。

一般的に、一八世紀において過去へ向けられた視線は憂鬱（melancholy）を感じる機会を提供したが、[*29] 庭に置かれた廃墟もまた憂鬱を喚起する美的装置の一つであった。例えばケームズ卿（一六九六―一七八二年）は、『批評の諸要素』（一七六二年）の中で、庭ではそもそも「造園術によって起こしうるあらゆる異なった感情を喚起するために様々な部分がしかるべく配置されることが必要で」（'requiring the several parts to be so arranged, as to inspire all the different emotions that can be raised by gardening'）あると考え、廃墟の役目は、「一種の憂鬱な喜び」（'a sort of melancholy pleasure'）を与えることであると述べた。[*30] また、トマス・ウェイトリー（一七二六―一七七二年）は、彼の『現代造園論』（一七七〇年）の中で「人工廃墟」（'Artificial ruins'）について次のように言っている。

At the sight of a ruin, reflections on the change, the decay, and the desolation before us, naturally occur; and they introduce a long succession of others, all tinctured with that melancholy which these have inspired.[*31]

廃墟の光景で、我々の前途の変化、衰微、荒廃に関する省察が自然に起こる。そしてそれらの省察は、すべてこれらが吹き込んだあの憂鬱で染められた、他の長く連続した省察を導く。

ピクチャレスク趣味がいわば洗練された憂鬱の感情に価値を見出し、庭に配置された廃墟も同様に見るものの憂鬱を喚起しようとしたのである。ウェイトリーは、「本物ではない廃墟」（'fictitious ruins'）が造られるときは、ティンタン僧院をモデルとすべきだと述べているが、[*32] 興味深いことにワーズワスは、当時、ピクチャレスクな光景を求める旅行の名所だった「ティンタン僧院」を描くと見せて、その時代の廃墟趣味をはぐらかすかのように、僧院から数マイル離れた、かつて妹と訪れた思い出の場所で詩（「ティンタン僧院上流数マイルの地で創作した詩」）を書いた。「冷たい絵画の規則」（'the cold rules of paintings'）が、本物の自然の持つ崇高さを伝えきれないことを詩人は知っていたのである。[*33]

ワーズワスが、場所としての庭で発見した「雀の巣」は、「廃墟」の喚起する憂鬱ではなく、「喜び」（'delight'）をもたらしている。しかも、一八世紀の感性においては、回想に伴う郷愁や憂鬱であろうと、古代遺跡や廃墟が呼び起こす歴史への感情であろうと、それらが、過ぎ去った時への極めて普遍的な感覚によって引き起こされる傾向が強い中で、ワーズワスの「雀の巣」は、とことん個人的な経験と個人的な感情と結びついている。換言すれば、前者が、距離を置いた視点から眺められ、例えば、廃墟は「原初の崇高さに付随する出来事や状況」（'any events or circumstances appertaining to their pristine grandeur'）を思い起こさせる、とシェンストーンに言わしめるのに対して、後者の場合、喚起された感情は、極めて親密なものであり、見る者がその対象の世界の住人となってさえいるのである。[*34] この違いは、クリストファー・R・ミラーが指摘したような、崇高さの与える驚き（'The astonishment of the Sublime'）と驚き（'Surprise'）との違いでもあるだろう。前者は、本質的に単独、非社会的で、広大なものへの個人的対峙から生じるのに対して、後者は概して社会的感情であり、個人間関係や他者の行動に関する予想しなかった結果から生じる感情である。そして後者は、前者がむしろ超越しようとしている、意識の時間性をしっかりと帯びている。[*35]「雀の巣」がワーズワスに与えた驚きも、彼の家族関係、彼の家族の歴史に強く結びついている。そして結局のところ、ワーズワスの回想は、その家族関係の中で、ハズリットがそう悟ったように、自己の存在を確認する手立てだと言ってよい。過去こそが真正で実質的な自分自身の一部なのであって、「私が感じるあらゆる感覚、もしくは後になって生き生きと記憶の中に思い出される感覚は、自己の意識を強くする」（'Every sensation that I feel, or that afterwards recurs vividly to my memory strengthens the sense of self）のである。[*36] また、詩人の思い出は、『序曲』の中で繰り返されているように、一種の超自然的「啓示」（'vision'）でもある。

Those recollected hours that have the charm
Of visionary things, and lovely forms
And sweet sensations, that throw back our life
And almost make our Infancy itself
A visible scene, on which the sun is shining …

（『序曲』、一巻、六五九―六六三行）

幻の事物の魔法を有す、
あの想起された時間、そして我々の人生を
もとの状態に戻し、ほとんど我々の幼年時代そのものを、
そこに陽が照っている、目に見える場面に変える
愛らしい形と甘美な感覚……

子どもというものは、失われた過去、かつて自分が住んでいた楽園を思い出させるという意味で、廃墟と同じ役割を担っていると考えることもできるだろう。しかし、ワーズワスの幼少期は、日に照らされて輝いている。「幼年時代を追想して不死を知るオード」で詩人が得ている慰めは、詩的回想の働きによっての

み「幻のような輝き」（'the visionary gleam,' 五六行）、すなわち神秘的な前世の暗示が回復されるということである。そして前世の暗示は永遠という、時間の流れを超越した領域へ詩人を連れて行く。雀の「輝く青い卵」は、それで子どもたちが遊ぶ、色づけされたイースター・エッグのように、復活を表す。[*37] ピクチャレスクの庭に配置された廃墟が、衰退のモチーフならば、ワーズワスの庭で発見された雀の卵は、再生の、永遠の表象である。詩人にとって、「我々の過ぎ去った年月の想いは、私の中で永続する祝福を生み出す」（'The thought of our past years in me doth breed / Perpetual benediction,'「オード」、一三四―一三五行）のである。この段階に到ってワーズワスの庭は、それは確かに「私の中」でのことではあるけれども、具体的な要素である「場」から、仮想しうる別の世界を見せ、感じさせ、想像させる抽象的で総称的な範疇である「空間」への身振りを見せていると言えるかもしれない。[*38]

庭の役割

「いとまごい」で描かれる庭も時間を越えて家族を集合させる場所として機能している。詩人の妻となるメアリ・ハッチンソンを連れて帰るために、旅の出発前に庭に対して語りかけられたこの詩は、帰宅した後の庭の様子とも接続している。ドロシーと自分とメアリが一体となって絡み合い、庭の地面に匍匐する植物として再集合しているように思えるのだ。

Two burning months let summer overleap,
And, coming back with Her who will be ours,
Into thy bosom we again shall creep.

焼けるような二ヵ月を夏に飛び越えさせよ。
そして、私たちの家族となる彼女と一緒に戻って来て、
おまえの胸の中に私たちはもう一度腹ばうだろう。

（「いとまごい」、六二―六四行）

メアリについてワーズワスが、彼女は自分の妻になるというよりは庭と結ばれることになる（'to you herself will wed', 三一行）と言う時、穿った読みが許されるならば、自分の兄に対して強い、時に異常とも思える愛情を感じていたドロシーの、兄の結婚相手に対する嫉妬心、少なくとも極めて複雑な気持ちを回避、もしくは緩和させ、彼らを穏やかに結びつける役割を、ほかならぬ庭が担っていたとも考えられないだろうか。[*39]

またこの庭は、詩が再度「雀の巣」に言及することで、ワーズワスを過去のドロシーと結びつけるのみならず、その前の詩行で、かつてこの場所にいた、もう一人の家族を呼び寄せているようにも思われる。

Here, thronged with primroses, the steep rock's breast
Glittered at evening like a starry sky;
And in this bush our sparrow built her nest,
Of which I sang one song that will not die.

（同、五三―五六行）

ここでは、マツヨイグサでいっぱいになって、切り立った岩の胸部が
夕暮れ時に星空のようにキラキラと輝いていた。
そしてこの茂みに私たちの雀は巣を作ったのだ。
そのことについての、息絶えることのない一つの歌を私は歌った。

ダヴ・コテッジの庭の一隅に露出した岩を縁取るマツヨイグサの群生は、ワーズワスの、船乗りの弟、ジョンと結びついていると考えられるかもしれない。ピクチャレスク趣味が、庭の花として栽培品種よりも自生種を好ませたこともあって、ワーズワス兄妹はしばしば野山の植物を庭へ移植していた。*40 そしてこの、「勤勉な時間にとって友好的な……幸せな庭」（'happy Garden ... / ... friendly to industrious hours,' 五七―五八行）は、おそらくは、兄と共に耕したり石を運んだりというジョンの共同作業と、*41 彼の兄妹と共通する野生の花への興味によって造られたものと考えられる。先の春にドロシーに宛てた手紙の中で、ワイト島の岸辺で見たマツヨイグサについてジョンは次のように書いている。

I have been on shore this afternoon to stre[t]ch my legs upon the Isle of White [sic] — the evening Primroses are beautiful — & the daisy's 〈in the〉 after sunset are like little white stars upon the dark green fields — how very far inferior is this island to the Lakes in the North of England — Yet in many respects this place is most exceedingly interesting.*42

ワイト島で今日の午後、私はちょっと歩いて足をほぐすために浜辺に行ってきた。マツヨイグサはき

れいだ。そしてヒナギクの花は日没後には濃緑色の広がりの上の小さな白い星々のようだ。イングランドの北部の湖水地方と比べると、何とこの島はとてもはるかに劣っていることか。それでも多くの点で、この場所ははなはだ極めて興味深い。

ジョンがここで星に喩えているのは、厳密には、白いヒナギクの花のほうであるが、日暮れに黄色い花を開き、夜の間咲いているマツヨイグサもまたその比喩で喩えられるのにふさわしい。ワーズワスもこの手紙を読んでいて、「ヒナギクによせて」と題された詩を同封した手紙の中で、きらめく花の群生を「多くの星々」（'A starry multitude', 二八行）に重ねたのは、ジョンの手紙の言葉に触発されたイメージであることを明かしている。[43] ヘンリー・ヴォーンが「回想」で「花は星だった」（'flowers were stars'）と言ったように、これは伝統的な比喩表現ではあるかもしれないが、[44] 場所としてのワーズワスの庭は、またしても人と人を結びつける力を発揮し、今は姿の見えない弟を、マツヨイグサを媒介にして呼び寄せ、個人的な回想を組み込んでいるようにも思われる。

ワーズワスが、'statesman' と呼ばれる小自作農の保護を訴えた手紙の中で彼らの所有する土地の性質を説明しているが、それは、自らの庭の持つ力と重なっている。

> Their little tract of land serves as a kind of permanent rallying point for their domestic feelings, as a tablet upon which they are written which makes them objects of memory in a thousand instances when they would otherwise be forgotten. It is a fountain fitted to the nature of social man from which supplies of affection, as pure as his heart was intended for, are daily drawn.[45]

彼らの土地の小さな区画は、彼らの家庭的な感情のための一種の常置の活力回復地点として、また、彼らが記録されなければ忘れられてしまうだろう時に、たくさんの実例でその上に書かれて彼らを記憶の対象に変える銘板として、役に立っている。それは社会生活を営む人間に適した泉で、そこから、彼の心がそのために予定されていたのと同じだけ純粋な、愛情の供給が日々引き出されるのである。

ワーズワスの庭をことさら、場所としてみた場合、それは人と人、特に家族関係を結びつける「再集結地」、「活力回復地点」となっていることを確認することができる。そしてその関係性から生じる愛情と感情とが彼の詩を形作っているのである。

第五章

ワーズワスの庭と所有の不安

アレクサンダー・ポープの詩行（スタウアヘッドの庭にて）

庭の囲いの両面価値《アンビヴァレンス》

芸術家たちのパトロンであり風景画家でもあったジョージ・ボーモント卿は、ロマン派詩人ウィリアム・ワーズワスと長く親交を結んでいた。ボーモントの妻、マーガレット（一七五六－一八二九年）もワーズワスの妹、ドロシーと親友であった。ワーズワスは、後にグラスミアのアラン・バンク（Allan Bank）の庭の設計依頼を喜んで引き受けたり、ライダル・マウント（Rydal Mount）の庭園を設計したりしている。[*1] とりわけ植樹の種類と配置に強い関心を持っていたワーズワスの、庭師としての資質を考えると、ボーモント卿の所領コロートン・ホール（Coleorton Hall）で、ワーズワスが、そのウィンターガーデンの設計を任されたことも、そして夫から「彼女自身から根が生えるのではないか」と心配されるほど熱心な庭師となるマーガレットが設計したフラワーガーデンに寄せて詩（「レスター州コロートン・ホールのフラワーガーデン」）を書いたことにも、何ら驚く理由はない。しかし意外なのは、庭園設計に関して、ボーモント卿の考え方とワーズワスのそれとは、友好的ではあっても、かなり違ったものであったのかもしれないということだ。[*2] 例えば、庭に対する両家の趣味の違いは、一方で「そのフラワーガーデンの設計図が、通路で仕切られて散在する、チェッカー盤式の、規則的に配置された花壇を持つ幾何学式庭園のそれであった」のに対し、その庭を讃えたワーズワスの詩にはそれが整形式庭園であることを感じさせる表現はどこにもないように思われるといった点に如実に表れている。[*3] さらに奇妙なことに、詩人の執拗な関心は、その庭の整形庭園らしからぬ塀の部分に注がれているように思われる。

Yet, where the guardian fence is wound,
So subtly are our eyes beguiled,
We see not nor suspect a bound,
No more than in some forest wild;
The sight is free as air — or crost
Only by art in nature lost.

（「レスター州コロートン・ホールのフラワーガーデン」、二五—三〇行）

しかし、その守護する柵が巻き付かれている所では、
とても巧妙に私たちの目は欺かれ、
どこか手付かずの森の中と同じように、
境界があるとは見えも疑いもしない。
視界は空気のように自由。——もしくは遮られているのだ、
ただ自然の中で見失われた人の技によってのみ。

庭園史の流れからすると、同時代の代表的な造園家は、ハンフリー・レプトン（一七五二—一八一八年）であ

り、彼の師匠で、「可能性のブラウン」（'Capability Brown'）と呼ばれたランスロット・ブラウン（一七一五—一七八三年）の確立した英国式風景庭園の技法は、再び前時代の、人工的要素を重んじる方向へと変化する段階にあった。ワーズワスの「視界は空気のように自由」という表現は、隠し堀（ha-ha）を想起させるかもしれない。[*4] しかし続けて詩人が、視線は「自然の中で見失われた人の技によってのみ／遮られる」と言う時、それは、人工の柵が自然の植物で「巻き付かれて」（'wound'）いるため、我々の目が「巧妙に欺かれて」（'subtly ... beguiled'）いることを意味している。ストウ風景式庭園（Stowe Landscape Garden）を称えたアレクサンダー・ポープの「巧みさの半分は、上品に隠すこと」という方針と通ずるものであろう。[*5] ワーズワスは別のスタンザで、この 'viewless fence'（四七行）を使った「巧妙な囲い込み」（'delicate Enclosure', 四四行）が、「（高慢を叱責するために）慎ましい優しさの適切なエンブレム」（'Apt emblem (for reproof of pride) / ... / Of modest kindness', 四三、四五行）となっており、この庭の主であるボーモント卿夫人、マーガレットの授ける「堅固な庇護」（'The firm protection', 四六行）を「隠している」（'hide', 四五行）のだと書いている。貴族ではあっても高い垣根を作って人を遠ざけることのない、親しみやすいパトロンとしてのボーモント夫妻へのお世辞であるとともに、囲われた庭に対するワーズワスの両価感情の窺われる表現ではないだろうか。自然のまま、存在しないかの如き塀は、庭の内部と外部の自然を接続させると同時に囲われた内部を守る働きをする。そして内部を守るとは、所有者とそれに帰属する物や人を守るということである。

この詩に描かれた庭の囲いはむしろワーズワス自身が設計したウィンターガーデンの囲いのようにも思われる。ドロシーは既に、ボーモント卿夫人に宛てた手紙の中で、北側にある壁は例外として、庭となる敷地全体を壁で囲わないように願っていたが、ウィリアムもまた、夫人への詩の中で「保護する壁」（'sheltering wall', 「ボーモント卿夫人に」、五行）に言及する一方で、依頼された庭の構想を述べた手紙の中では、まず最初に「背の高い常緑樹と灌木の二重の柵の内側に閉じられた」庭を思い描いている（'We will … suppose the garden to be shut up within this double and tall fence of evergreen shrubs and trees.'）。つまり、「シダレイトスギと交じり合わされた常緑の灌木の列」（'a line of evergreen shrubs intermingled with cypress'）の背後に「非常に威厳のある高さにまで生長するだろうようなモミの木の列」（'a row of firs, such as were likely to grow to the most majestic height'）を配するようにと勧めているのである。さらに、壁に関してもそれが「ツタやピラカンサ、もしくは赤いベリーをつけているか、葉と生長の仕方が豊かに青々としている、別の冬の植物であちこちが覆われて」いるべきだと考えている（'It should be covered here and there with ivy and pyracanthus …, or any other winter plants that bear scarlet berries, or are rich and luxuriant in their leaves and manner of growing.'）[*6]。ワーズワスは、自然の中で見えなくされた人工の囲いを良しとしたのである。この囲いが、内部の安らぎをもたらそうとする囲いであることに疑いはない[*7]。

　自然との一体化を望む一方で庭の仕切りを排除しないワーズワスの態度は、ダヴ・コテッジの庭でも同じであった。ドロシーは、自分たちの新たな家の庭で、一方で塀を壊し、他方で塀を作ったことを次のように手紙で伝えている。

> We have … a small orchard and a smaller *garden* which as it is the work of our own hands we regard with pride and partiality. This garden we enclosed from the road and pulled down a fence which formerly divided it from the orchard. The orchard is very small, but then it is a delightful one from its retirement, and the excessive beauty of the prospect from it.[*8]

私たちには……小さな果樹園とさらに小さな庭があります。それは、私たち自身の手仕事で作ったものなので、誇りと特別な好意で見つめています。この庭を私たちは公道から囲い込み、それを以前は果樹園から分けていた柵を取り壊しました。果樹園はとても小さいですが、それでもその引籠もった場所、そこからの眺望の群を抜いた美しさゆえに快適なものです。

果樹園と庭の垣根を取り壊すことで、ダヴ・コテッジの庭は、'garden-orchard'（「いとまごい」、五行）となる。さらに、コールリッジ宛のウィリアムの手紙によれば、果樹園を取り込むことで、その一番高い所から「屋根越しに、湖、教会、ヘルム・クラッグ、そして谷の三分の二を見渡すことができる」（'The spot commands a view over the roof of our house, of the lake, the church, helm cragg, and two thirds of the vale.'）。つまり、湖水地方グラスミアの美しい眺望を借景として、ダヴ・コテッジの庭は、周りの自然とひとつながりになっていたのである。その一方で、庭を隔離された場所（'retirement'）とするために高台に「東屋」（'a summer shed'）が作られ、家の表側は塀で囲われて「この我々の家庭の、山の細長い一片の土地」（'this our little domestic slip of mountain'）と呼ばれるのである。ワーズワスは、道路と家との隙間にバラやスイカズラを植えて塀で囲う計画を次のように書いている。

> We mean also to enclose the two or three yards of ground between us and the road, this for the sake of a few flowers, and because it will make it more our own.*9

私たちは、家と公道の間の二、三ヤードの土地を囲い込むつもりでもいる。これは、少しの花を植えるためと、そして、そうすればそれがもっと自分たち自身の物になるだろうからだ。

ワーズワスの所有意識

「より自分たち自身の物にする」ためという意識は、実は庭を囲むということだけではなく、パラドクシカルではあるが、眺望という形で周りの自然を取り込もうとする願望にも表れているだろう。[*10] 高い所から景色を見渡す人間のおそらく本源的な感覚には、見渡せる範囲の自然を自分の物と感じるところがある。ヘルベリンの頂上で見渡す女性に、詩人の誇張法は、目に見えない遥か彼方の物まで占有することを促している。

Maiden! now take flight; — inherit
Alps or Andes — they are thine!

（「某女性へ、ヘルベリン山への初登頂によせて」、一七―一八行）

乙女よ！　さあ、飛びなさい。受け継ぐのです、
アルプス山脈もしくはアンデス山脈を。それらはあなたの物！

だから一八一三年五月以降ワーズワス家が移り住んだライダル・マウントの庭はずれで、ひな段になった小道を作りながら、ワーズワスがそこから見渡せるライダル湖とウィンダミア湖を「私たちの二つの湖、

ライダルとウィンダミア」(‘*our* two lakes, Rydal and Windermere,’ 斜体筆者)と呼ぶとき、それは「我々の土地の」という意味合い以上の所有意識が紛れ込んでいると言えるのではないだろうか。[*11]

ライダル・マウントの家と庭を囲む石壁も、マリア・ジェイン・ジューズベリー(一八〇〇—一八三三年)によれば、「その壁は低く、白く、それでいて覆う緑ゆえにほとんど見えない」(‘Low and white, yet scarcely seen, / Are its walls for mantling green.’)ものだった。[*12] 確かにワーズワスは、自分たちの庭が外部の自然と一体化することを望んでいたようであるが、それは自らの場所を消してしまうためではなく、むしろ自らの場所を拡張し、自己を外部に投影するためではなかったか。[*13] 人が少なくともそこに住んでいる間、そして生きている間、ワーズワスは、人工が自然を統御することを許容してほしいと願っていたように思われる。だからこそ「古い壁」が美しい自然に圧倒されてなくなってしまう状態は、あくまで自分たちがいなくなってしまった後のこと、なのだ。

I often ask myself what will become of Rydal Mount after our day — will the old walls & steps remain in front of the house & about the grounds, or will they be swept away with all the beautiful mosses & Ferns & Wild Geraniums & other flowers which their rude construction suffered & encouraged to grow among them?[*14]

私たちが死んだ後、ライダル・マウントはどうなるのだろう、と私はしばしば自問する。古い壁や階段は家の前や土地の周りに残るのだろうか、それとも、あらゆる美しいコケ、シダ、野生のゼラニウムや他の花たちで一掃されてしまうのだろうか。その無礼な構築物は、その周りで植物たちが生えるのを許し、奨励していたのだが。

また、庭に対するワーズワスの所有意識は、所有者の特権でもある名付け行為にも表れている。例えば、『逍遥』第三巻で「孤独者」が自らの隠棲の地の片隅にある「天然の直立した石の柱」('this upright shaft of unhewn stone', 一二八行)を「私のテーベのオベリスク」('My Theban obelisk', 一三二行)と名付けたり、ワーズワス自身が、自然の一角に見つけた「静かな秘境」('this calm recess',「M・Hに」、一三行)を妻の名前に因んでメアリと名付けたりするような、土地や自然物に対する名付け行為は、多少なりとも名付ける者の名付けられる物に対する所有願望を表しているだろう。[*15] 確かにジョナサン・ベイトが指摘しているように「ワーズワスが名付けで表現しようとしたのは［自然との］同化である」('Wordsworth's namings speak of assimilation')と言って正しい。しかし同時に、ワーズワスは一連の「土地の名付けの詩群」において「所有していないものの主」('lord of that he does not possess')になっていることも否定できないのである。[*16] だから、実際には方角的にそこから見るのは難しかったはずの山ストーン・アーサー(Stone-Arthur)の頂を「私たちの果樹園の椅子から見ることができる」('We can behold it from our orchard seat',「この私たちの丘の中には――高い所がある」、三行)と詩人が主張する時、彼の意識の中では、妹によって「自分の名前が付けられたこの孤独な頂」('this lonely Summit given my Name', 同、一七行)が借景と同じように自分たちの庭の一部として所有されているということだ。[*17] ホレス・ウォルポール(一七一七―一七九七年)は、風景式庭園の創始者とされるウィリアム・ケント(一六八五―一七四八年)を評して「彼は柵を飛び越えて、そして自然すべてが庭であると考えた」('He leaped the fence, and saw that all nature was a garden.')と書いたが、比喩的に言えばワーズワスは、柵を拡大して、自然をすべて自分の庭と見立てた、とも言えるかもしれない。[*18]

さらに、周りの自然も自分の物だという意識は、ワーズワスと彼の妹の実際の庭作りにも反映していたと考えられる。彼らはしばしば道端や野原に咲くありふれた草花を家に持ち帰り、庭に植えて育てた。「いとまごい」と題された詩の中では、ダヴ・コテッジの庭が、「自然の子」（'Nature's child,' 三八行）であり、散策の折に拾い集められた植物や外部の自然の草木で構成されていることが強調されている。

Dear Spot! which we have watched with tender heed,
Bringing thee chosen plants and blossoms blown
Among the distant mountains, flower and weed,
Which thou hast taken to thee as thy own[.]

（「いとまごい」、三三―三六行）

愛しい場所よ！　それを私たちは優しく心に留めて世話してきた。
私たちは、遠く離れた山々の中で、選ばれた木々と
咲いた果樹の花々を、花と草をあなたに持ち帰った。
それをあなたは、自分自身の物として自らに受け入れた。

修辞的な頓呼法によってすりかえられてはいるものの、外部の自然を自分自身の所有物にしているのは他ならぬこの庭の所有者である。サクラソウの群生に出会ったとき、それを採ろうか採るまいかについて兄との長い議論があったとドロシーの日記は伝えている。この挿話は、自生した場所から花を切り離して持

ち帰ろうとしたワーズワスのより強い所有欲を表す、とまでは言えないとしても、所有欲の犠牲となった花に対する感情移入を妹ほど持ち得なかったことを示しているだろう。[*19]

また逆に、ワーズワスとドロシーは、外部の自然の中に見出した場所を彼ら自身に安らぎを与える居住の場所へと変えてしまうこともあった。例えば、ドロシーは、一八〇二年四月二三日に兄とコールリッジとともにナブ・スカーのふもとの峻厳な岩場を登った際に見つけた甘美な休憩所を半ば人工的な空間のように描くのみならず、自分たちの所有場所である庭のようにさえ描いている。

... Above at the top of the Rock there is another spot — it is scarce a Bower, a little parlour on[ly] not *enclosed* by walls but shaped out for a resting place by the rocks and the ground rising about it. It had a sweet moss carpet. We resolved to go and plant flowers in both these places tomorrow.[*20]

……上の方、その岩のてっぺんに、もう一つの場所がある。それはかろうじてあずまや、壁で囲まれていないだけで、その周りに聳え立つ岩々と土によって休憩所として形作られた小さな居間だ。そこには香りの良いコケのカーペットがあった。私たちは明日、この両方の場所に行って花を植えようと決めた。

ここでは、外部の自然から自分たちの庭へ花が移植されるのではなく、外部の自然自体が庭となり、そこへ花が移植されようとしている。

『逍遥』第六巻の「山の中の教会墓地」で語られる「幸せな寡夫」の物語の中でも、栽培された植物と野生の植物との境界が曖昧にされた庭が描かれている。愛する妻に先立たれ、六人の娘たちと暮らす「柔和な男」（'Mild Man', 一一八六行）のコテッジの庭と、そしてその塀も、周りの自然を取り込み、自然と一体になっている。[*21]

'Brought from the woods the honeysuckle twines
Around the porch, and seems, in that trim place,
A plant no longer wild; the cultured rose
There blossoms, strong in health, and will be soon
Roof-high; the wild pink crowns the garden-wall,
And with the flowers are intermingled stones
Sparry and bright, rough scatterings of the hills.

（『逍遙』、一一四九―一一五五行）

森から持って来られて、スイカズラが、張り出し玄関の
周りに巻き付いている。そして、その小奇麗な場所で、
もはや野生の植物のようには見えない。栽培されたバラが、
健康で丈夫に、そこで咲いている。それはすぐに
屋根の高さになるだろう。野生のナデシコが庭壁の上を覆い飾り、
スパー状の輝いた石、丘々から削られた粗い石が

花々と混ぜ合わせられている。

これに続く行で書かれるように、この庭を作っているのは、六人の娘のうちの「丈夫な女の子」（'A hardy Girl', 一一五七行）で、この庭が、外部の自然とひとつながりではあっても、囲われた土地（'enclosure', 一一七〇行）であって、その中にはしっかりと所有者を主張する区画が設けてあった。

... yet hath she,
Within the garden, ... a bed
For her own flowers and favourite herbs, a space,
By sacred charter, holden for her use.

（同、一一六一―一一六四行）

……しかし彼女は、庭の中に……
自分自身の花々とお気に入りの香草のための
花壇、神聖な特許状によって、彼女が使用するために保たれた
区域を持っている。

この幸せな寡夫の棲家は、「自然のみによって飾られているため、大地から自分で生えてきたか生きている岩から生長したのかと思う」（'Ye might think / That it had sprung self-raised from earth, or grown / Out of the living rock, to be adorned / By nature only,'（一一四三—一一四六行）ような住居であった。ワーズワスは、『湖水地方案内』の中でその地方のコテッジの美しさを「自然の産物」('a production of nature,') かと思われるほどだと言い、「これらの慎ましい棲み処は（大袈裟に表現すれば）人間が建てたというよりおのずと生長してきた——本性に従いこの地の岩から生え出た——と言えるまでに型にはまったところがなく、自然で美しい」('these humble dwellings ... may (using a strong expression) rather be said to have grown than to have been erected; — to have risen, by an instinct of their own, out of the native rock — so little is there in them of formality, such is their wildness and beauty') と評している。*22 人間の、そして人工物の持つ高慢さを主張しないこと、換言すれば自然の景観を壊さないことが求められているわけだが、この景観に関する問題は、分かちがたく所有の問題と結びついている。例えば、ワーズワスは一八〇五年二月の手紙の中で、リヴァプールの商人で弁護士のジョン・クランプなる人物がグラスミア湖を見下ろす高台を所有したことを嘆いている。

> ... this same Wretch has at last begun to put his long impending threats in execution; and when you next enter the sweet paradise of Grasmere you will see staring you in the face, upon that beautiful ridge that elbows out into the vale, (behind the church and towering far above its steeple), a temple of abomination, in which are to be enshrined Mr. and Mrs. Crump. Seriously, this is a great vexation to us, as this House will stare you in the face from every part of the Vale, and entirely destroy its character of simplicity and seclusion.*23

この同じ恥知らずはついに彼が長い間ちらつかせていた脅威を実行に移し始めた。だから君が今度グラスミアという甘美な楽園に入った時には、君は、谷にひじを曲げたように突き出ているあの美しい尾根の上で（教会の背後に、そしてその尖塔の遥か上の方にそびえて）君を面と向かって見つめている忌まわしき神殿を見るだろう。その中にはクランプ夫妻が祭られることになっている。冗談ではなく、この館は谷のどの部分にいても君を面と向かって見つめるだろうし、その素朴さと隠遁の性質を完全に壊してしまうのだから、これは私たちにとって大きな悩みの種だ。

ドロシーもその九ヵ月後に、ボーモント卿夫人宛の手紙の中で次のように書いている。

… alas, poor Grasmere! The first object which now presents itself after you have clomb the hill from Rydale is Mr Crump's newly-erected large mansion, staring over the Church Steeple, its foundation under the crags being much above the top of the Steeple.*24

……ああ、哀れなグラスミア！ ライダルから丘を登った後、今や姿を見せる最初の物は、険しい岩山のふもとにある建物の基礎が教会の尖塔のてっぺんのだいぶ上にあるので、その尖塔の上方で際立って見えるクランプ氏の新たに建てられた大きな館なのです。

ところが、一八〇七年、ワーズワスは当のクランプからこの「忌まわしき神殿」アラン・バンクの庭の設計を任された。植樹によって景観の忌まわしさを軽減しようとする目的もあってその任を引き受けた後、一八〇八年から一一年まで最初の借家人としてその見晴らしのいい場所をちゃっかりと占拠するのである。

『湖水地方案内』の「変化とその悪影響を防ぐための趣味の規則」（'Changes, and Rules of Taste for Preventing Their Bad Effects'）の中でワーズワス自身は、次のように述べている。

The craving for prospect, ... which is immoderate, particularly in new settlers, has rendered it impossible that buildings, whatever might have been their architecture, should in most instances be ornamental to the landscape; rising as they do from the summits of naked hills in staring contrast to the snugness and privacy of the ancient houses.*25

眺望への渇望は、……それは特に新参の移住者に過度のものであるが、彼らの建築物がどんなものであれ、建物がほとんどの場合に景観に対して装飾的であることを不可能にしてしまった。草木の生えていない丘の頂上から、いにしえの家々の心地よさと隠遁とまったくの対照をなして聳え立っているからである。

景観を守るためには自分がアラン・バンクを所有することが必要ということなのだろう。しかし、それは多かれ少なかれワーズワス自身の「眺望への渇望」（'the thirst for prospect'）の充足でもあった。美しい場所を自分の物にしたいと願うのは、人間の本性である。もちろんワーズワスも例外ではない。アルズウォーター湖畔での逍遥中に「雑木林が谷の中央の小さい丘を覆って、芝地と森が入り組んで交錯する気持ちの良い場所」（'some of those copses or groves ... cover the little hillocks in the middle of the vale, making an intricate and pleasing intermixture of lawn and wood'）を見つけたとき、彼と妹の空想は、「ここを自分たちのコテッジの場所と定めて、早速それを建て始め、空中楼閣さながらにすばやく完成させてしまった」（'we fixed upon a spot for a cottage, which we began to build: and finished as easily as castles are raised in the air.'）[*26]し、ドロシーの日記にも例えば一八〇〇年五月に次のような記載がある。

Wednesday [28th]. In the morning walked up to the rocks above Jenny Dockeray's, sate a long time upon the grass the prospect divinely beautiful. If I had three hundred pounds and could afford to have a bad interest for my money I would buy that estate, and we would build a cottage there to end our days in.[*27]

［二八日］水曜日。朝、ジェニー・ドッカレイ家の上の岩まで歩き、長い間、草の上に座っていた。眺望は神懸かって美しかった。もし私に三〇〇ポンドあって投資のわりに利益がなくてもいい余裕があるならば、私はその地所を買うでしょう。そして私たちの終の棲家とするためにそこにコテッジを建てるでしょう。

ワーズワスの庭は、彼の所有意識と強く結びついている。例えば詩人は、一八一三年から一八五〇年までの三七年間を過ごしたライダル・マウントの庭で、詩作や友人たちとの会話を楽しんだことを「庭の花壇や植え込みから選り抜きの花が摘み集められるようにたくさんの即座の至福」（'stores of ready bliss, / As from the beds and borders of a garden / Choice flowers are gathered!'，「この高みを通って敷かれた大規模な道」、一五—一七行）を集めたという比喩表現で表した後、特に彼が行きつ戻りつしながら詩作をした、ひな段になった小道を「自らの愛しい所有物」（'This Walk, his loved possession'，同、二一行）と呼んでいる。これらの詩行は、ワーズワスがライダル・マウントを手放さなければならない状況を恐れていた時に書いたらしく、彼の所有意識を特に顕在化させた例であろう。また、ダヴ・コテッジの庭については、同様に、否、より強く、所有意識を顕在化させているように思われる。早い時期に両親を亡くしたワーズワスとドロシーにとって、その庭は、以来不安定だった家族の絆を確認するための場所でもあった。例えば、およそ二ヵ月の留守ではあっても、ダヴ・コテッジの庭を離れる際に、ワーズワスの思いは執拗に彼の所有物に拘っている。

Fields, goods, and far-off chattels we have none:
These narrow bounds contain our private store
Of things earth makes, and sun doth shine upon;
Here are they in our sight — we have no more.

（「いとまごい」、一三―一六行）

牧草地も家財も、遠方の財産も、私たちには何もない。
この狭い境界の中に、土が作り、その上に太陽が照る物の
私たちの私的な蓄えは含まれている。それらはここ我らの視界にあって、
それ以上のものを私たちは持っていないのだ。

デイヴィッド・E・クーパーが『庭の哲学』の中で指摘しているように、庭空間の根源的な一つの特性として、人は庭仕事という経験を通じて庭と親密に交わるがゆえにそこを「私たちの世界」（'our world'）と認

識するようになる。[*28] 生涯、家を購入して所有することのなかったワーズワスたちにとってさえ、庭は、「土が作り、その上に太陽が照る物の／私たちの私的な蓄え」になりえたのである。

さらに、ワーズワスは自分の地所に向かって、この留守は花嫁メアリ・ハッチンソンを迎えに行くための不在であることを告げた後、「彼女は君と結婚するのだ」（'to you herself will wed,' 三一行）と言う。この、奇妙な表現については既に第四章で考察したが、再考したいのは、「私たちの家族となる彼女と一緒に戻って来て、／おまえの胸の中に私たちはもう一度腹ばうだろう」（'… coming back with Her who will be ours, / Into thy bosom we again shall creep,' 六三―六四行）と言って詩を終わる部分である。まるで庭に対して、君の所有者のしばらくの不在は、君の所有物を増やすためなのだとでも主張しているかのようではないだろうか。その意味で、メアリをグラスミアの庭に移植される野の花と見なすジョン・ワーゼンの指摘は正しい。[*29] ここでの、庭自体に転移した、詩人の庭に対する所有意識は、別の詩では、庭に訪れた蝶に語りかける時により はっきりと顕在化している。

This plot of orchard-ground is *ours*;
My trees they are, *my Sister's* flowers;
Here rest your wings when they are weary;
Here lodge as in a sanctuary!

（「蝶に［「僕は君を見つめてもう……」］」、一〇―一三行、斜体筆者）

果樹園の土地のこの場所は私たちのもの。

私の木だ、それらは、私の妹の花だ。
ここで、疲れた時には、君の羽を休めよ。
ここに、聖域の中でのように、宿れ。

ドロシーとともに所有する聖域としての庭。その所有意識は、さらに別の詩では、その庭を訪れる鳥にも転移しているように思われる。「他のどの鳥よりも陽気に歌う」（'far above the rest / In joy of voice'、「アオカワラヒワ」、一一―一二行）ヒワに詩的霊感を与えられて、「私の果樹園の椅子」（'my orchard-seat'、同、六行）に座ってその声を聞き、姿を追う詩人は次のように詠う。

Thou, Linnet! in thy green array,
Presiding Spirit here today,
Dost lead the revels of the May;
　And this is thy dominion.

（同、一三―一六行）

おまえは、ヒワよ！　おまえの緑の衣装を着て、
今日、ここで、統轄する霊、
五月の宴を導く。
　そしてここはおまえの領土なのだ。

詩人の占有意識は、ヒワがそのように感じているかもしれないのと似て、グラスミアをも自分の領土であるという意識へと拡大することがあった。湖水地方はワーズワスにとって「万の木々の生えたあのパラダイスやゲホールの名高い庭園に優ってこの上なく美しい土地」（'tract more exquisitely fair / Than is that Paradise of ten thousand Trees, / Or Gehol's famous Gardens,'『序曲』、八巻、一二一―一二三行）、拡大した庭であった。[*30] そしてこの土地は、風の侵入を阻み古い価値ある美徳を守るために山々の垣根によって囲い地となっている（'In this enclosure many of the old / Substantial virtues have a firmer tone / Than in the bare and ordinary world'）。[*31] その庭をグラスミア湖南岸のラフリッグ・フェル（Loughrigg Fell）の山腹から見渡しながら詠う詩人の幸福感は、他ならぬ所有意識から成り立っている。

The Lord of this enjoyment is on Earth
And in my breast. What wonder if I speak
With fervour, am exalted with the thought
Of my possessions, of my genuine wealth
Inward and outward ….
For proof behold this Valley, and behold
Yon Cottage, where with me my Emma dwells.[*32]

この喜びの主は地上に
そして私の胸の中にいる。たとえ私が熱く語ったとしても、

たとえ、内なる、そして外なる
私の所有物の、私の純粋な富のことを
思って狂喜したとしても何の不思議があろう。……
証拠にこの谷を見よ、かなたのコテッジを
見よ。そこには私とともに私のエマが住んでいるのだ。

「私のエマ」とはもちろん、妹ドロシーのことであり、ジュディス・ペイジとエリーズ・スミスが指摘するような「家庭的自然風景」（'the domesticated landscape'）を作り出す要因と思われる、ドロシーの家庭への愛着心や保護された隠れ家を求める強い気持ちが少なからずワーズワスの所有意識に影響を与えていることは疑いない。*33

所有と自由

そしてさらに、ワーズワスにとっての所有意識、特に庭を所有するということは、どうも彼の自由意識、自由であるということとも密接に関わっているらしい。「私が育まれた楽園」（'the paradise / Where I was reared'、『序曲』、八巻、九八―九九行）の重要な特徴は、そこでは「人は自由で、趣くままに時と所と仕事を選んで、自らのために働く」（'Man free, man working for himself, with choice / Of time, and place, and object'、同、一〇四―一〇五行）ことであり、ワーズワスの羊飼いは、自らが「自由民であると感じている」（'himself he feels, … / A freeman'、同、二五一―二五三行）ことが強調されている。

また、「叙景的スケッチ」の一七九三年版、一八五〇年版では共に、詩人は自由を称揚するくだりで庭に

言及している。前者では、

While Freedom's farthest hamlets blessings share,
Found still beneath her smile, and only there.
The casement shade more luscious woodbine binds,
And to the door a neater pathway winds,
At early morn the careful housewife, led
To cull her dinner from its garden bed,
Of weedless herbs a healthier prospect sees,
While hum with busier joy her happy bees.

（「叙景的スケッチ」、七二四―七三一行[*34]）

一方、自由の最も遠くにある村々でさえ祝福を分かち持っている、
いつも彼女の微笑みの下で、そしてそこだけに見出される祝福だ。
開き窓の日よけをもっと香りの良いスイカズラが縁取りをし、
ドアに向かってもっと小奇麗な小道が曲がりくねっている。
朝早く、気遣う主婦が、その庭の畑から食事を摘み集めるために
導かれ、雑草のない香草の、もっと健全な眺望を眺める。
彼女の幸せな蜂たちはもっと忙しい喜びでブンブンと羽音をたてている。

この庭は、『湖水地方案内』の中でワーズワスが読者に思い描くように促す、彼の生活圏のコテッジの庭でもある。

Add the little garden with its shed for bee-hives, its small bed of pot-herbs, and its borders and patches of flowers for Sunday posies, with sometimes a choice few too much prized to be plucked; an orchard of proportioned size; . . . the little rill or household spout murmuring in all seasons[.][*35]

蜂の巣のための小屋、香味野菜の小さな畑、そして日曜日の花束用の花を摘むための、歩道を縁取る花壇や区画のある、時には摘むにはあまりにすばらしすぎる数少ない選りすぐりの花、釣り合いの取れたサイズの果樹園、……あらゆる季節を通じてサラサラと流れる小川、もしくは家庭用の樋《とい》のある小さな庭を加えよ。

庭の中で働く蜂たちは、庭を所有する者たちの勤勉さを表すとともに彼らの享受している自由を表象する。庭の所有と自由意識の結びつきは、ワーズワスの生活圏の中にその理由を見出すことができるように思われる。ダヴ・コテッジの隣人でワーズワス家と一番親しい付き合いをしていたアッシュバーナー（Ashburner）家の主人トマス（Thomas）は、湖水地方特有の「小地主」（‘statesman’）と呼ばれる小自作農で、ワーズワスの物語詩「マイケル」のモデルとなった。ペギー・アッシュバーナーから直接聞いた話を基に、ワーズワスは「後悔」という詩で、土地の所有権を失ってしまった彼らの失意を描いている。その中では、庭の所有と自由意識の結びついた表現は既に過去のものとして書かれている。

There dwelt we, as happy as birds in their bowers;
Unfettered as bees that in gardens abide;
We could do what we liked with the land, it was ours;
And for us the brook murmured that ran by its side.

（「後悔」、九―一二行[*36]）

そこにわしらは住んでいた、自らの木陰の中の鳥たちと同じように幸せに、
庭に住む蜂たちのように制限されず。わしらは、その土地で
好きなことをすることができた。わしらの物じゃったからだ。
そしてわしらのためにその側で流れる小川はサラサラと音をたてていた。

同様に失われた、かつて所有されていた庭は、またしても『湖水地方案内』に描かれた庭を彷彿とさせながら、当初「放浪する女」と題された詩の中でも回想されている。それは、彼女の父が先祖から受け継いだ古い土地を手放さなければならなくなる前の日々であった。

… we owned …
A garden stored with peas, and mint, and thyme,
And flowers for posies, oft on Sunday morn
Plucked while the church bells rang their earliest chime.

（「罪と悲しみ、またはソールズベリ平原での出来事」、二〇八―二一一行）

……私たちは所有していた……

エンドウとミントとタイム、そして、しばしば日曜の朝に

教会の鐘が最初の鐘の音を鳴らしている間に摘み取られた、

花束用の花を備えた庭を。

中世や初期近代の教会内では、その当時の埋葬様式ゆえに漂わざるをえなかった腐臭を覆い隠すために香水、ローズマリーの小枝、そして花の香りが不可欠だった。が、一六世紀半ばの宗教改革の際に、熱狂的なプロテスタントたちの中には、教会で使われる蝋燭や鐘とともに、死者に手向けられる花に対しても異議を唱える者たちがいた。[*37] ベヴァリー・シートンは、一九世紀半ばのイギリスにおいても、ほとんどの中道派の教会では受け入れられていたものの、プロテスタント信者の中には、当時のアメリカでの宗教的状態と連動して、ローマカトリック教への傾斜を嫌い、教会を花で飾ることを良しとしない者たちがいたことを報告している。[*38] 聖域での花に関する論争がおそらく顕在化してくる前に書いていた詩人にとって、どの程度、それが彼に知られていたかは定かではないが、ワーズワスの描く教会は、そこに飾られた花が、少なくとも未だ、教義的に不穏な争いを誘発する気配さえ感じさせない場所であったことは確かである。

所有の不安

しかしながら、ワーズワスの描く庭は、所有の喜びを表すことができる一方で、所有の不安をも内包し

ているとと言えるだろう。[39] 例えば、ワーズワスは、楽園であるはずのダヴ・コテッジの庭で、コマドリが蝶を追いかけるのを見たとき、ミルトンの『失楽園』でアダムとエバが堕落後に見た光景を想起している（「蝶を追いかけるコマドリ」、一二―一四行）。[40] また、広義の庭であるグラスミアで昔から生活している人々を指して、詩人が「彼は、ああ、幸せな人間！、畑の主人だ」（'He, happy Man! is Master of the field'）と賛嘆するとき、そして「この隠れ場所の、邪魔されない所有者たち」（'possessors undisturbed / Of this Recess'）と呼びかけるときにも暗示されてしまう。[41] 幸福な隠遁者（*beatus ille*）の生活は畢竟、理想世界のことであり、現実には、その現実の侵入を阻むことが不可能であるという意識があってこその憧れであるし、否定の接頭辞（'*undis*-turbed'）は、もっと如実に、既に「邪魔された」、堕落以降の楽園を想起させずにはおかないからである。[42]

庭を自分の場所として所有しようとするとき、それを無効にしようとする、反対方向から働く力が存在したに違いない。ワーズワスがグラスミアをエデンの園として描く際、彼には詩人トマス・グレイ（一七一六―一七七一年）の旅行記中の「そこには、この思いがけなく発見した小さな楽園の平穏を侵す赤いタイル瓦はもちろん、紳士階級のあの派手な家や庭園の塀が一つとして見られない」（'Not a single red tile, no flaring gentleman's house or garden-wall, breaks in upon the repose of this little unsuspected paradise'）という記述が意識されていたと思われる。[43] しかし、『湖水地方案内』では、このグレイの言葉を引用した後で、ワーズワスは、「ダーウェント湖やウィナンダミアの島々は人々を最も惹きつける魅力を持っていたので、真っ先に外来者に占拠され、汚されることになった」（'the Islands of Derwentwater and Winandermere, as they offered the strongest temptation, were the first places seized upon, and were instantly defaced by the intrusion'）と書いている。[44] ワーズワスの時代の湖水地方は、あちこちで既に異質の庭の塀で囲われるということが起こっていたのである。ワーズワスは、貴族の庭に見られるトピアリーを「この地の祖先たちがイチイやヒイラギ、ツゲなどの木で、空想の赴くままに好んで作り上げた奇妙な形象物」（'those fantastic and quaint figures which our ancestors were fond of shaping out in yew-tree, holly, or box-wood'）と評してからかい、「明確な区分線によって分割されている事物」（'objects that are divided from each other by strong lines of demarcation'）や「はっきりした形やどぎつい対照性」（'formality and harsh contrast'）が喜びを与えるのは、「未熟な精神」（'unpractised minds'）だけであると断じている。[*45] ボーモント卿夫人の設計したフラワーガーデンが実際に整形庭園であったとするならば、ワーズワスが自分の詩でその庭を描いたとき、その様子が少しも「はっきりとした形」を表していなかったのは意味深長であろう。ともかく湖水地方での異質な庭の侵入は、急速に進行する住民や土地所有者の変化に伴って起こったのだということは言うまでもない。つまり、外来者がこの地方に魅惑され、定住したいという願望を抱き、そしてほぼ同時期に、機械の発明と普及により、羊の毛を紡ぐ家内制手工業が成り立たなくなることによって、父祖伝来の土地を耕作し、昔ながらの独立した、高潔な人生を送ってきた自由人である小自立農民（statesman）の維持してきた土地保有制度が変わりつつあったのである。[*46] ワーズワスは、湖水地方の土地が「移住してきた紳士、あるいはこの地方生まれの紳士の方々の所有」（'the possession of gentry, either strangers or natives'）に帰してしまう恐れについて、次のように説明している。

The consequence, then, is — that proprietors and farmers being no longer able to maintain themselves upon small farms, several are united in one, and the buildings go to decay, or are destroyed; and that the lands of the *estatesmen* being mortgaged, and the owners constrained to part with them, they fall into the hands of wealthy purchasers, who in like manner unite and consolidate; and, if they wish to become residents, erect new mansions out of the ruins of the ancient cottages, whose little enclosures, with all the wild graces that grew out of them, disappear.*47

それで、その結果は、所有者と農場主がもはや自分たちを小さな農場で維持することができないので、幾つかが一つに合併され、建物は老朽化するかもしくは壊されるということである。そして小自立農民の土地は抵当に入れられ、所有者はそれを手放すことを余儀なくされるので、土地は、裕福な購買者の手に落ちて、彼らが同様に結合し合併するということになる。そしてもしも彼らが住民になることを願い、古いコテッジの廃屋から新しい館を建てるならば、その小さな囲い地は、それらから生じたあらゆる自然な美しさと共に、姿を消すのである。

もちろん、「あらゆる自然な美しさを持った小さな囲い地」とは、庭のことである。ワーズワスの庭が所有に拘るのは、当時その所有者の享受している自由が、「カークストン峠」の「雪のように白い子羊」（'snow-white lambs', 二二行）と同じように、「定まらない所有権を／形だけ支えるものの中に閉じ込められて」（'Imprisoned 'mid the formal props / Of restless ownership', 二三―二四行）いるからのように思える。*48

所有には不安が付き纏う。その喪失の原因には、二つの種類があるだろう。一つは、我々が今、考察してきたような新たな所有者の出現である。換言すればそれは、土地が資本主義経済の下で「恐ろしい略奪の市場での譲渡」（'a transfer in the mart / Of dire rapacity', 『逍遙』、三巻、九一七―九一八行）にさらされるためである。マンチェスターやバーミンガムのような都市が工場制生産業の中心となっていくにつれて、湖水地方は、隠棲や娯楽の地としてますます人気のある場所になった。*49 湖水地方の場合、その略奪の市場はワーズワスが強い危機感と嫌悪感を抱いていた観光客や旅行者の増大とも密接に関わっていた。*50 エデンの園としてのグラスミアに友人を招く際、「急ぐ旅人たちがちっとも知らないような、我々の楽園の隠された驚異や小さな閨房」（'the hidden wonders, and little boudoirs of our Paradise, such as flying travellers know nothing about'）を案内したいと書き送ったワーズワスの表現は、はからずもこのパラダイスが侵入を阻む、自己完結した世界ではないことを示唆している。[*51] ワーズワスは、一八〇〇年初頭に完成させた「兄弟」の冒頭では、「この旅行者たち」（'These Tourists,' 一行）と始めた直後、エナーデイルの牧師に「天が我々を守ってくれますように！」（'heaven preserve us!,' 一行）と付け加えさせ、ピクチャレスクを追い求める旅行者を「あのぼんやりと彷徨う怠惰の息子」（'that moping Son of Idleness,' 一一行）と呼ばせて、けなしている。ジェイムズ・バザードが指摘したように、伝統的で統合されていた村落コミュニティを侵食する外的諸力、特に経済システムの変化による圧力の提喩としてツーリストが描かれていると考えることができる。[*52] 同じ年の六月九日、妹のドロシーは日記に「私たちが芝土の壁に座っているとき、貴族階級の幌付四輪馬車が通り過ぎた。ご婦人たち（明らかに旅行者）が私たちの小さな庭とコテッジに好奇の目を向けた」（'A coronetted Landau went by when we were sitting upon the sodded wall. The ladies (evidently Tourists) turned an eye of interest upon our little garden and cottage.'）と記録している。[*53] 公道と自分たちの私的所有物を隔てるために彼女と兄ウィリアムが作った壁に座ったドロシーの、いわゆる余所者への視線は、彼女の日記の客観的な記述が示唆するように、他意はないのかもしれない。しかし、ドロシーの気持ちの中に何かあるとすれば、それは、ある批評家が指摘するような、自分たちの庭とコテッジが旅行者をひきつけるもの（'a tourist attraction'）になっていることを面白く思う気持ちよりもむしろ、ひょっとすると自分たちの所有物を羨望し、買い取ってしまうだけの財力を持つ侵入者に脅威を感じる気持ちが含まれているのではないだろうか。[*54]

　さて、いま一つの所有物喪失の原因は、前の所有者が再びその権利を主張し始めることである。ワーズワスの庭における前の所有者とは、庭を庭たらしめる人の手が消えたとき再びその所有権を主張し始める自然の力であると言えるだろう。[*55] 自然は絶えず時と死の力によって人と庭を水平化しようとする。だからこそワーズワスとドロシーがダヴ・コテッジの庭を二ヵ月間離れる時、彼らの心配事の一つは、庭があまり荒れないでいてほしいということだった。庭は、「とても変わりやすい場所」('most fickle Place',「いとまごい」、四一行)と呼びかけられ、彼らは「草と花の、おまえの野放しの進み具合に関して、/私たちが帰ってくるまで、ゆっくりであるように、/そして穏やかなペースで年とともに進んでくれるように」('... with thy wild race / Of weeds and flowers, till we return be slow, / And travel with the year at a soft pace', 同、四六―四八行)と願っている。また、ワーズワスは、コロートンで設計したウィンターガーデンも屋敷と共にやがては消え去っていく時を予見している。

... when yon mansion and the flowery trim
Of this fair garden, and its alleys dim,
And all its stately trees, are passed away[.]

(「同じ庭の中の碑文」、五五―五七行)

むこうの館とこの美しい庭の
花の刈り込み、両側に木の植わったほの暗い小道、
そしてすべての堂々とした木々が、過ぎ去ってしまった時、……

そして実際その庭は、ボーモント卿夫人マーガレットが後に「残酷な手術」を施さざるをえなかったほど、絶えずジャングル状態に堕してしまう恐れがあったようである。[*56]

ワーズワスは、ウィンターガーデンで、のちに「スコットの席」('Scott's seat')と呼ばれるようになる、砂岩を削って作った窪み('This little Niche', 同、八行)が残存してくれることを願いながら、それが妻メアリと妹ドロシーの「愛で働いた勤勉さによって」('by an industry that wrought in love', 同、一三行)作られたものであることを重要視している。[*57] また、ドロシーは、ダヴ・コテッジの庭のことを伝えながら、それが「自分たちの手の仕事」('the work of our own hands')であるがゆえに特別な思いと誇らしさを感ずるのだと書いていたし、ひどい雨の後で「庭のバラはなぶりたたかれてだめになった。スイカズラは花盛りなのに、悲しいほど痛めつけられている。エンドウはうちたおされた。アカバナインゲンは添木が必要。庭には雑草が伸び放題」('The Roses in the garden are fretted and battered and quite spoiled the honey suckle though in its glory is sadly teased. The peas are beaten down. The Scarlet Beans want sticking. The garden is overrun with weeds.')と日記に記す彼女の庭に対する強い思い入れは、この日に限ったことではない。[*58] ワーズワスの描く庭には常にその庭を庭たらしめる人、そして人生が関わっている。『逍遥』第一巻のマーガレットの庭もそのような例の一つである。マーガレットは、夫が軍隊に入って彼女と子どもたちを残して行ってしまった後も気丈に明るくふるまい、園芸用具を使って忙しく('busy with her garden tools', 六九一行)、垣根('fence', 六九二行)に囲われた彼女の庭の世話を怠ることはなかった。しかし、語り手が再び彼女の庭へ戻ったときには、庭は彼女の心の孤独と荒廃を如実に反映していた。[*59]

… I turned aside,

And strolled into her garden. It appeared
To lag behind the season, and had lost
Its pride of neatness. Daisy-flowers and thrift
Had broken their trim border-lines, and straggled
O'er paths they used to deck: carnations, once
Prized for surpassing beauty, and no less
For the peculiar pains they had required,
Declined their languid heads, wanting support.
The cumbrous bind-weed, with its wreaths and bells,
Had twined about her two small rows of peas,
And dragged them to the earth.

（『逍遙』、第一巻、七一九―七三〇行）

……私はわきを向いて
彼女の庭へぶらりと入って行った。それは、
季節に遅れをとっているように見え、その整然さの
誇りを失ってしまっていた。ヒナギクの花とアルメリアは
その整った境界線を破り、かつてそれらが飾っていた
小道の上に散在していた。カーネーションは、かつては

卓越した美しさゆえに、そして同様に
それらが必要とした特別な苦労ゆえに愛でられたのだが、
今では支えを欠いて、その物憂い頭を下に傾けていた。
手に負えない蔓植物が、その渦巻きと花冠で
小さな二列のエンドウの周りに絡みつき、
地面へと引き倒していた。

さらに数ヵ月経って戻ってきたとき、語り手は庭を見て貧困と悲しみが今は彼女に迫っていることを知る。

… weeds defaced
The hardened soil, and knots of withered grass:
No ridges there appeared of clear black mould,
No winter greenness; of her herbs and flowers,
It seemed the better part were gnawed away
Or trampled into earth; a chain of straw,
Which had been twined about the slender stem
Of a young apple-tree, lay at its root;
The bark was nibbled round by truant sheep.

（同、八三四―八四二行）

……雑草、そして枯れた草の群れが、
固くなった土壌を醜くしていた。
はっきりした黒い沃土の畝も、冬の緑も
そこには見えなかった。彼女の香草と花の
より良い部分が、かじり取られているように、もしくは
地面の中に踏み潰されているように見えた。藁縄が、
それは若い林檎の木のかぼそい幹に巻きつけられて
いたのだけれど、その根元に横たわっていた。
樹皮は、うろつく羊によってぐるりと少しずつかじり取られていた。

藁縄を失った林檎の木の描写は、比喩表現としては、支えを欠いたカーネーションの描写を反復している。前者では無防備さを、後者では物憂さを伝えるために媒体（vehicle）を変えてはいるものの、両者の主旨（tenor）は同じ。つまり、夫を失ったマーガレットを表すのである。当時のカーネーションの花言葉は、それが絶えざる保護と関心を必要とする花であることを伝えている。[*60] カーネーションという植物自体、咲いた花はその細い茎ゆえにしばしばうなだれ、なかなか真っ直ぐには立っていないものであるが、同時にそれは、ミルトンの『失楽園』の中でエデンの園を失う前、サタンからの誘惑を受ける直前のエバが、夫アダムという「彼女の最善の支えから遠く離れた／最も美しい支えのない花」（'fairest unsupported flower, / From her best prop so far'）に喩えられていたように、マーガレットの不幸な行く末を表す予兆でもあったのだ。[*61] 夏にはその境界を失って繁茂しすぎた植物は、冬に枯れ、耕されない土は固く、雑草のみが蔓延る。マーガ

レットが死んだ後、その庭は「ぼうぼうと茂る庭の一角」（'a plot / Of garden ground run wild', 四五三―四五四行）としてまだ痕跡を残していたが、語り手は、やがては一切が自然へと回帰することを「めいめいが地上の／特有の場所で愛し、大切にしたものはなくなり、／あるいは変化する」（'that which each man loved / And prized in his peculiar nook of earth / Dies with him, or is changed', 四七一―四七三行）と述べるのである。

庭と詩

しかし、ワーズワスはこの語り手に、続けて詩人の役割について説明させることによって、庭が、すべては空なるかなという単なる死の警告（memento mori）で終わらないことを読者に伝えている。

— The Poets, in their elegies and songs
Lamenting the departed, call the groves,
They call upon the hills and streams to mourn,
And senseless rocks; nor idly; for they speak,
In these their invocations, with a voice
Obedient to the strong creative power
Of human passion. Sympathies there are
More tranquil, yet perhaps of kindred birth,
That steal upon the meditative mind,
And grow with thought.

——詩人たちは、亡き人々を嘆く
彼らの挽歌や唄の中で、木立に呼びかける。
彼らは、丘や川の流れ、そして感覚のない岩に
嘆くように求める。それも無益にではなく。なぜなら、
この詩人たちの霊感を求める祈りで、自然は語るからである、
人間の情念の強い創造的な力に従順な
声で。瞑想にふける精神にそっとやって来て
思考とともに生長する、
より穏やかな、それでいて同種の生まれの
感応性というものがあるのだ。
（四七五—四八四行）

時の流れの中で、人為を越えた自然の営みの中で、かつての庭の所有者は、そして庭そのものも、消えていくだろう。しかし、詩人の力によって共感することを教えられた自然は、かつての庭を、かつての所有者を、詩人の言葉に耳傾ける人々に伝えるようになるということである。だからこそ聞き手は、マーガレットの物語を聞いた後、「その庭の塀にもたれながら、／あの婦人の苦しみを回想し」（'I … leaning o'er the garden wall / Reviewed that Woman's sufferings'，九二一—九二二行）、「木々や雑草や花や、／無言の中に一面に生い茂ったものの中で、なおも生きている／人間のひそかな霊を、愛情込めて確かめた」（'I … traced / Fondly,

… / That secret spirit of humanity / Which, … 'mid her plants, and weeds, and flowers, / And silent overgrowings, still survived', 九二五―九三〇行）のである。

ワーズワスは、ライダル・マウントの庭で、自分の作った小道が時の力に抗える可能性を「では、この慎ましい歩道を／時が容赦してくれるなどと希望するとは、どんなに大胆なことだろう？」（'How venture then to hope that Time will spare / This humble Walk?'「この高みを通って敷かれた大規模な道」、四―五行）と言って否定する。しかしこの修辞疑問文の直後、同じ行の中で、逆接の接続詞 'Yet' を使い、庭が時の力に抗える理由があるとすればそれはあたかもこのためであるとでも言わんばかりに、「しかし、山の斜面に／詩人の手が最初にそれを形作ったのだ」（'Yet on the mountain's side / A POET'S hand first shaped it[.]' 同、五―六行）と続けて、庭の作り手が大文字で表記された「詩人」であることを主張するのである。先に見たように、もしもワーズワスが旅行者を一時期でも嫌っていたならば、皮肉なことに、彼が亡き後も雑草が繁茂するのを妨げるのは、吉川朗子が論じているように、将来もワーズワスの庭を訪れ続けるであろう観光客や旅行者たちの足なのかもしれない。[*62] しかしそれもまた詩の力による帰結である。ワーズワスが詩の中で庭を描くとき、それは、以前の所有者と新しい所有者の要求の狭間で、現在の庭の危うく不確かな所有者と所有権を詩という形で所有しようとする試みであったと言えるであろう。詩もまた庭なのである。

あとがき

『旧約聖書』の「創世記」第三章第一七―一八節に「地はあなたのためにのろわれ、あなたは一生、苦しんで地から食物を取る。地はあなたのために、いばらとあざみを生じ」る、とあるように、人類の堕落後、自然はもはや人の望むようにはならなくなりました。堕落後の庭仕事のほとんどは、否が応でも雑草との戦いです。自然の営みは人間の都合など気にも留めません。ミルトンの『失楽園』の中では、エバがサタンに騙され、アダムに許しを請うた後で、暁が人間たちの不安や疲労などにはまったく無関心で、微笑むように薔薇色に明けていく様子が描かれています。それからエバは次のように続けました。「さあ、出かけましょう。日が暮れるまで、今は一生懸命に働くようにと命じられていますが、私たちの日中の仕事が何処であろうと、私は、これからは決してあなたの側から離れません」（'let us forth, / I never from thy side henceforth to stray, / Where'er our day's work lies, though now enjoined / Laborious, till day droop', 一一巻、一七五―一七八行）。エバは、アダムにとって人生の「助け手」であり続けることを約束しました。それは目前の彼らの仕事、庭の耕作に関しても同じでした。しかし、当然と言えば当然なのかもしれませんが、始祖の時代よりもさらに堕落の度合いが進んだ現代に生きる私の庭仕事は、ほんのわずかな例外を除いて、いつもひとりです。もう一度ミルトンの言葉を借りるならば、彼が『離婚の教理と規律』の中で論じた「ふさわしい助け手を彼にいつも強烈に求めさせている孤独」（'the loneliness which leads him still powerfully to seek a fit help', *Complete*

Prose Works, ii, 一二五三頁）を常に感じていました。だから娘が、あまりにしんどそうな私に同情して手伝ってくれたわずかな記憶が、彼女に対する感謝の気持ちと一緒に強く残っています。朝、水遣りの時に美しく咲いた花にふと気付くこと、霧雨の中で香る木の匂いや、刈ったばかりの芝の匂いを感じることといった庭の楽しみだけでなく、暑い日、庭に出て一緒に雑草を抜いたり、ささやかな野菜畑を耕す苦労も一緒に負ってくれるような伴侶をどんなに望んだことか。でも、ひとりだからこそ私は庭の木々や花たちに話しかけることを学びました。そして彼らが私の過ぎ去った人生の折々の出来事と記憶とを再び思い出させてくれる機会を与えてくれます。この野イチゴはあの人が植えたもの、このライラックの木の苗は北海道から持って帰ったもの、このグミの木は、入院した父と一緒に食べた実の種が発芽したもの、このイチジクの木は、死んでしまった父が植えたものを移植したもの、このアジサイのキララは、私をどん底から救ってくれた人と一緒に買ったもの。

イギリスの庭を主題にして、これまでたくさんの研究がなされてきました。英文学と庭との関係についても優れた先行研究があることは言うまでもありません。確かにそうした先人たちの研究成果の上に私の考察が成り立っています。しかし、ちっぽけで反抗的な自分としては、例えば、川崎寿彦の名著『庭のイングランド――風景の記号学と英国近代史』の帯文で、「庭とは政治的なものである」と言われてしまうと、かつて英文学者が偉かった（偉い人として扱ってもらえた）時代の、その断定調はせめて和らげてもらえないだろうか、とか思ってしまい、あの時代の研究動向を否定するわけではないけれど、そのもう一つ前の時代へと逆行するような思いが浮かんで来て、「庭とはもっと人間的なものかもしれない」と言い返してみたくなります。結果としてこの本が、政治や思想史、そして庭園史などのような大文字で語れるようなものよりは、一人の個人としての詩人の中で交錯するセクシュアリティーや記憶、そして人間関係という小文字で語られるような極めて人間的な部分を重視しているのはそのせいだと思います。「近世イギリスの庭のイメージは文学にどのように表現されたか?」よりも「マーヴェルはなぜ庭でメロンにつまずくのか?」とか「ワーズワスはなぜ庭で蝶を追いかけるのか?」といった小さな問題に拘ってしまっているのもそのせいです。

この庭の本は、私の庭と同じように、長い時間をかけて、多くの人々との出会いと思い出によって出来上がっています。それぞれの章が最初にそれらしき形になったのは、まったく別々の時期で、第一章は、『広島大学大学院文学研究科論集』第七二巻(二〇一二年)から第七四巻(二〇一四年)にかけて発表した「マーヴェルの『庭』と17世紀の庭」、第三章は、その約一〇年前、同じ論集の第六〇巻(二〇〇〇年)から第六二巻(二〇〇二年)にかけて発表した「アダムの肋骨とマーヴェルの庭」が基になっています。第二章の「庭のセクシュアリティ――マーヴェルはなぜ耕さないのか?」は、二〇一四年五月、北海道での日本英文学会全国大会で口頭発表した原稿が基になっており、インタールード「花を見つめる詩人たち――ヴォーンとワーズワス」は、二〇一五年一〇月のイギリス・ロマン派学会全国大会で口頭発表したのち、広島大学英文学会の『英語英文學研究』第六〇巻(二〇一六年)に掲載された論文です。第四章「場所としてのワーズワスの庭」の一部分は、二〇一七年の関西コールリッジ研究会で「驚きの詩学とワーズワスの庭」として口頭発表させてもらいました。そして第五章は、「ワーズワスの庭と所有の不安」として二〇一三年六月に中国四国イギリス・ロマン派学会で口頭発表したものの拡大版になっています。個々の謝辞は注に譲りますが、私にとって、特にまだまだ勉強中のロマン派文学の分野では、参加させていただいた学会や研究会での意見交換が大きな助けになりました。

出版に際して感謝を捧げるべき人はたくさんいます。ここでは特に、文学部などなくていいというこの御時世にその誇り高き会社名に恥じず実用的とはいえない学術書を出版してくださった研究社さま、それからいつもの誠実さと熱意で校正を助けてくださった津田正さんとの出会いに感謝いたします。一次資料が韻文であり、しかも少し古い英語だということもあって、引用はくどいまでに日本語訳と原文を併記させていただきました。これは、英文学研究における原文テクストの重要性を確認するためだけではなく、近年の英語教育における英語長文の全訳や下線部訳の禁止、そして速読偏重という間違った方法へのささやかな抵抗の気持ちのためでもあります。ゆっくり読めないものは、早く読めるわけがない。その信念から、原文併置は、少なくともこの本を読む速度を遅くさせるための工夫であり、さらには英語教育分野で精読の価値を高めよという訴えのつもりなのです。

最後に、そして最大の感謝の枯れない花束を、私の庭で実った柚子を喜んでくれる母と庭のローズマリーを料理に使ってくれる愛しい人へ。

原爆投下後、七二年が経ったヒロシマにて

吉中孝志

＊本書は、独立行政法人日本学術振興会平成二九年度科学研究費助成事業（科学研究費補助金）（研究成果公開促進費）学術図書（採択課題番号 17HP5057）の交付を受けました。

索引

注

図版出典一覧

索　引

・マーヴェルを扱う 1–3 章、ヴォーンを扱うインタールード、ワーズワスを扱うインタールードと 4–5 章においては、これら 3 詩人の人名については項目を記していない。作品名で検索されたい。
・マーヴェルの「庭」、ワーズワスの「オード」については、ブロック引用がなされている場合に限って、詩作品の行数を表示した。
・注については、本文で扱った内容に加えて新事項が扱われている場合に限って、項目を記した。

〔あ行〕

ウィンスタンリー、ジェラード　Gerrard Winstanley　145, 146, 165, 335
ウィンターガーデン　22, 236, 266, 297
ウェイクフィールド、プリシラ　Priscilla Wakefield　218
『植物学入門』 *An Introduction to Botany*　218
ウェイトリー、ウィリアム　William Whately　155
ウェイトリー、トマス　Thomas Whately　226
『現代造園論』 *Observations on Modern Gardening*　226
ウェスト、トマス　Thomas West　283
ウェスト、ベンジャミン　Benjamin West　113
「水責め椅子」 'The Ducking-Stool'　113–115
ウェブスター、ジョン　John Webster　297
ウェルギリウス　94–95, 102, 103, 148, 336
『アエネーイス』 *The Aeneid*　27
『農耕詩』 *The Georgics*　94–95, 322
『牧歌』 *The Eclogues*　95, 316, 322
ヴェルネ、クロード・ジョゼフ　Claude Joseph Vernet　304
ウェントワース、アン　Anne Wentworth　136
ウォー、ドロシー　Dorothy Waugh　108, 110
ウォットン卿　Lord Wotton　55
ウォートン卿　Lord Wharton　55
ウォラー、エドマンド　Edmund Waller　4–5, 72
「行け、美しい薔薇よ！」 'Go Lovely Rose'　4–5
「我が護国卿への頌歌」 'A Panegyric to My Lord Protector'　72–73
ウォーリッジ、ジョン　John Worlidge　50
ウォルポール、ホレス　Horace Walpole　243, 351
ヴォーン、トマス　Thomas Vaughan　80, 198, 199
ヴォーン、ヘンリー　Henry Vaughan　v, 2–4
「回想」 'Looking Back'　232
「規則と訓戒」 'Rules and Lessons'　195
「苦悩」 'Anguish'　192
「鶏鳴」 'Cock-Crowing'　197
「現世」 'The World (I)　182–183, 197
「後退」 'The Retreat'　174, 176–177, 179, 180–181, 199
「故国王陛下の次女エリザベス嬢への墓碑銘」 'An Epitaph Upon the Lady Elizabeth, Second Daughter to His Late Majesty'　3
「心のうぬぼれ」 'Vanity of Spirit'　197
「宗教」 'Religion'　195–197
「摂理」 'Providence'　190–191
「虹」 'The Rain-bow'　192
「瀑布」 'The Water-fall'　184, 185, 189, 191, 192
「幼年時代」 'Child-hood'　201, 202
「抑制」 'The Check'　195
「夜」 'The Night'　195
ヴォン・マルツァーン　Nicholas von Maltzahn　49, 53, 56

『英国の詩人たち完全版』 *A Complete Edition of the Poets of Great Britain*　176
エイブラムズ、M・H　M. H. Abrams　14
『鏡とランプ』 *The Mirror and the*

Lamp　14
エヴェラード、ジョン　John Everard　204
エコー　100
エサリッジ、ジョージ　Sir George Etherege　46
『当世風の男』 *The Man of Mode*　46
エドワーズ、ジョン　John Edwards　83
エドワーズ、トマス　Thomas Edwards　136, 143, 148, 149–150, 151, 310
『ガングリーナ』 *Gangraena*　136–137, 143–144, 310
『エドワード三世の御世』 *The Reign of King Edward III*　91
エバ　59, 76, 77, 78, 85
〜の創造　107, 120, 121, 171
エピキュロス派の庭　337
エピクロス（主義）　90, 96
「エペソ人への手紙」　151–152
エームス、リチャード　Richard Ames　85–87, 88, 89, 104
『愛の愚かさ、または女性に対する諷刺』 *The Folly of Love; or, An Essay upon Satyr against Woman*　85–87
エラスムス　Desiderius Erasmus　312
エリザベス女王　Elizabeth I　306
エンプソン、ウィリアム　William Empson　49

オウィディウス　27, 30, 31, 32, 36
『変身譚』 *Metamorphoses*　27, 30, 31, 32, 33, 36
王党派　3, 4, 71, 94, 102
王立協会　16, 81
『大いなる日蝕』 *The Great Eclipse of the Sun*　157–158
オースティン夫人、ウィリアム　Mrs William Austin of Potton　144
男女《おとこおんな》　Masculine wife　118, 306
オルフェウス教　188
温室　53
女嫌い　85, 101, 120, 129–135, 144, 321

〔か行〕

快楽の花園　213
カウリー、エイブラハム　Abraham Cowley　19–20, 45–46, 81–82, 292, 323, 336
「移り気」 ‘The Inconstant’　323
「キャサリン・フィリップス女史の死によせて」 ‘On the Death of Mrs Katherine Philips’　46
「庭」 ‘The Garden’　19–20, 84, 292
隠し堀　ha-ha　238
飾り結び式花壇　knot garden　71
果樹園　42
ガーディナー、ラルフ　Ralph Gardiner　109
金津和美　210
カーネーション　269
「可能性のブラウン」 Capability Brown → ブラウン、ランスロット
家父長制　110, 118, 120, 121, 135, 138, 151, 153, 157, 160, 165, 166, 167, 169
がみがみ女　109, 110, 112
カメラリウス、ルドルフ・ヤーコブ　Rudolf Jakob Camerarius　81
『植物の性についての書簡』 *Epistola de Sexu Plantarum*　81
カルー、トマス　Thomas Carew　47, 176
川崎寿彦　66, 89, 133
感覚的魂　88
カント　210

議会派　2, 3, 157
稀少植物　16, 18

キッチン・ガーデン　52, 337, 341
『旧約聖書』　2, 190

クェイカー　Quakers　108, 110, 139
クォールズ、フランシス　Francis Quarles　192
　『エンブレム集』　*Emblemes*　192
クサンティッペ　154
クーパー、デイヴィッド・E　David E. Cooper　211–212, 213–214, 252
　『庭の哲学』　*A Philosophy of Gardens*　252
グラスミア　Grasmere　220, 236, 240, 248, 249, 253, 255, 261, 264, 296
クラマー　Heinrich Kramer　126
　『魔女の鉄槌』　*Malleus Maleficarum*　126
クリーヴァー、ロバート　Robert Cleaver　119
　『神の御心に叶う理想の家庭』　*A Godly Form of Household Government*　119
グリニッジ・パレス　Greenwich Palace　37
クリュソストモス　Saint John Chrysostom　76
グルー、ニーヘマイア　Nehemiah Grew　81
　『植物解剖学』　*Anatomy of Plants*　81
グレイ、トマス　Thomas Gray　224, 261
　「イートンコレッジの遠くからの眺望によせるオード」　'Ode on a Distant Prospect of Eton College'　224
グロサート　Alexander B. Grosart　175
クロムウェル、オリヴァー　Oliver Cromwell　48, 72, 102, 103, 145, 162

ケアリー、メアリ　Mary Cary　144
結婚　154, 155, 165
『結婚に関する説教』　*A Bride-Bush, or, A Direction for Married Persons*　155
ゲッズ、ジェニー　Jenny Geddes　141
ケームズ卿　Lord Henry Home Kames　226
　『批評の諸要素』　*Elements of Criticism*　226
喧騒派　Ranters　139, 144
ケント、ウィリアム　William Kent　243

好奇心／珍奇の文化　culture of curiosity　16
ゴーズィンヒル、エドワード　Edward Gosynhill　127, 128
　『女性の学舎』　*The Schoolhouse of Women*　127
コープ、ウェンディ　Wendy Cope　vi
『御婦人方の国会』　*A Parliament of Ladies*　137–138
「コリント人への第一の手紙」　118–119
コールリッジ、サミュエル・テイラー　Samuel Taylor Coleridge　188, 204, 205, 206, 240, 245
コールリッジ、ハートリー　Hartley Coleridge　204
コロートン・ホール　Coleorton Hall　236, 291–292, 297

〔さ行〕

再洗礼派　Anabaptists　136, 139
サーヴセン、クリストファー　Christopher Salvesen　224
『サセックスの絵』　*The Sussex Picture*　157–158
サテュロス　30
サマセット・ハウス　Somerset House　37

サリヴァン、ギャレット　Garrett A. Sullivan, Jr.　97
ザルツマン、C・G　C. G. Salzmann 217–218
『道徳の要素』 *Elements of Morality* 218
サワナム、エスター　Ester Sowernam 128–129, 135
『エスターはハマンを絞首刑にした』 *Esther hath hanged Haman*　128–129
サンズ、ジョージ　George Sandys　30
サン゠タマン　Saint-Amant　87, 88
ザンピエーリ、ドメニコ　Domenico Zampieri　25, 34
『ダフネを追いかけるアポロ』　25

シェイクスピア　William Shakespeare 7–8, 130, 134, 176, 178, 305, 316, 350
『尺には尺を』 *Measure for Measure* 315
『シンベリン』 *Cymbeline*　130
『ソネット集』 *Sonnets*　7, 315, 350
『夏の夜の夢』 *A Midsummer Night's Dream*　305
『ハムレット』 *Hamlet*　7–8
『ヘンリー五世』 *Henry V*　316
『ヘンリー六世』 *Henry VI*　316
『リチャード二世』 *Richard II*　316
ジェラード、ジョン　John Gerarde 50, 55, 65, 66, 93
『本草誌』 *The Herball or Generall Historie of Plantes*　50, 65, 66, 93
ジェンキンズ、ヒュー　Hugh Jenkins 165
シェンストーン、ウィリアム　William Shenstone　207, 225, 227
「士師記」　149
自然の法　Nature's law　118
シートン、ベヴァリー　Beverly Seaton 260
自発的豊饒性　→　スポンテ・スア
ジマー、ロバート　Robert Zimmer　186
ジャクソン、マリア・E　Maria E. Jackson　218
『ホーテンシアと彼女の四人の子どもたちとの植物学的会話』 *Botanical Dialogues Between Hortensia and Her Four Children*　218
シャーリー、ジェイムズ　James Shirley 96, 341
「キューピッドの呼び声」 'Cupids Call'　96
シャリバリ　116
ジューイット、ルエリン　Llewellyn Jewitt　109
ジューズベリー、マリア・ジェイン Maria Jane Jewsbury　242
「出エジプト記」　148
シュプレンガー　Jacob Sprenger　126
『魔女の鉄槌』 *Malleus Maleficarum* 126
樹木性愛　32, 34, 66, 93, 97, 104, 134
シュリンクス　33, 34, 102
情的象徴　190
小洞窟　grotto　28, 32, 34, 37
『少年庭師』 *The Juvenile Gardener*　218
情欲排除　94
植物的愛　5, 88, 89, 97
植物的セクシュアリティー　85
植物的魂　88, 91, 332
ショークロス、ジョン　John T. Shawcross　194
『女性の権利に関する法の決議』 *The Law's Resolutions of Women's Rights*　121
女性蔑視　85
ジョーダン、トマス　Thomas Jordan 139
「無政府状態、または一六四〇年来の

祝福された改革」 'The Anarchy, Or the Blessed Reformation Since 1640' 139–141
ジョーンズ、イニゴー　Inigo Jones　31
ジョンソン、トマス　Thomas Johnson　50
ジョンソン、ベン　Ben Jonson　47, 169
「ペンズハーストへ」 'To Penshurst' 169
真正水平派　True Levellers　145–146, 335
『新約聖書』　200

水平派　Levellers　102, 128, 144, 145, 146, 147, 148, 165, 310, 335
スウェトナム、ジョゼフ　Joseph Swetnam　126, 128, 135, 154, 160
『淫らで怠情、生意気で不貞な女たちに対する糾弾』 *The Arraignment of Lewd, Idle, Froward, and Unconstant Women*　126, 128, 160
崇高（な）　sublime　192
スキミングトン　skimmington　110, 116
スコット、ウォルター　Walter Scott　281
スターロック　J. Sturrock　176
スタンリー、トマス　Thomas Stanley　87–88, 321, 326, 327
「庭」 'The Garden'　321
「友情」 'Friendship'　321
ストア派の庭　337
ストウ風景式庭園　238
ストロング、ロイ　Roy Strong　28, 215
ストーン、ローレンス　Lawrence Stone　160
スピード、アドルファス　Adolphus Speed　59–60, 69
『エデンを出たアダム』 *Adam out of Eden*　59, 69
スペイト、レイチェル　Rachel Speght　128, 135
『メラストマスのための口輪』 *A Mouzell for Melastomus*　128
スペンサー、エドマンド　Edmund Spenser　92, 306, 331
スポンテ・スア（自発的豊饒性）　sponte sua　65, 87, 93
スミス、アダム　Adam Smith　223
スミス、エリーズ　Elise L. Smith　256
スミス、チャールズ・ケイ　Charles Kay Smith　90
スミス、ナイジェル　Nigel Smith　28, 30, 36, 67, 89, 95

清教徒　3, 4, 69, 102, 165
清教徒革命　142, 144, 317　→「内乱」も参照。
整形（式）庭園　v, 19, 27, 28, 30, 71, 236, 237, 262, 283
性的不能・性的無能力　7, 101
西方政策　Western Design　72
セクシュアリティー　5, 7, 78, 95–105
セリンコート　Ernest de Selincourt　175
セントジェイムズ宮殿　St. James's Palace　31, 45, 53
セント・ジャイルズ大聖堂　St Giles Cathedral　142

装飾刈り込み　→　トピアリー
「創世記」　69, 76, 120, 121, 123, 129, 135, 331
ソクラテス　154
ソールズベリーのジョン　John of Salisbury　154
ソールズベリー伯爵　Robert Cecil, Earl of Salisbury　45

存在の偉大な鎖　great chain of being　16

〔た行〕
第五王国派　Fifth Monarchy Men　136, 139, 144
ダヴ・コテッジ　Dove Cottage　218, 220, 221, 231, 239, 240, 244, 252, 258, 261, 265, 266
「巧みな庭師」　66, 67, 95
タッソー　Torquato Tasso　97, 320
ターナー、ウィリアム　William Turner　342
ダニエル、サミュエル　Samuel Daniel　176
ダフネ　33, 34, 101
『ダフネを追いかけるアポロ』　→　ザンピエーリ、ドメニコ
ダン、ジョン　John Donne　80, 123, 125, 130, 305, 340
　「魂の遍歴」 ‘The Progress of the Soule’　340
　「ハンティンドン伯爵夫人へ」 ‘To the Countess of Huntingdon’　123
ダンケルツ、ヘンドリック　Hendrik Danckerts　346
男色　101
男女平等思想　128
男性中心主義　137

知的象徴　190
チドリー、キャサリン　Katherine Chidley　148, 149, 150, 152, 170
　『キリストの独立教会の弁明』 *The Justification of the Independant Churches*　148, 152–153
チャールズ一世　2, 31, 48, 157, 158, 159, 160, 162, 330
チャールズ二世　139
チューリップ熱・チューリップ狂　tulipomania　18, 33
蝶　219, 220, 221
彫像　28, 30, 31, 33, 36
長老派　162, 164
チョーサー、ジェフリー　Geoffrey Chaucer　130

露　189, 190

庭園国家、楽園国家　garden-state　103, 141
ディガーズ　→　真正水平派
ティーク、ルートヴィヒ　Ludwig Tieck　14
テイラー、ジョン　John Taylor　139, 161
テオクリトス　Theokritos　148
テオフラストス　Theophrastus　154, 160
テステュリス　Thestylis　147, 148, 149
「テモテへの第一の手紙」　119–120
デュ・ベレー　Joachim Du Bellay　297
デラ・ポルタ　Gimbattista della Porta　321
　『自然魔術』 *Magia naturalis*　321

トゥイッカナム・パーク　Twickenham Park　28
ドゥ・コー　37
　アイザック〜　Isaac de Caus　37, 39
　　『泉よりも高く水を上げる最も簡単な方法』 *New and Rare Inventions of Water-Works*　39
　サロマン〜　Salomon de Caus　37
同性愛　101, 102, 104, 134, 319　→　「ホモ・エロティシズム」も参照。
ド・クインシー　Thomas De Quincey　206

『独身者の御馳走』 *The Bachelors' Banquet* 155
独身主義 165, 318, 330 → 「反結婚」も参照。
独立派 162
トピアリー（装飾刈り込み） topiary 28, 34, 35, 36, 261
ドーマン、メアリ Mary Dorman 144
トラップネル、アンナ Anna Trapnel 144
トラデスカント、ジョン（親子） John Tradescant the Elder & the Younger 48, 55, 57, 60
トラハーン、トマス Thomas Traherne 198–199, 302
「驚異」 'Wonder' 198–199, 302
「無垢」 'Innocence' 302
鳥 37, 39, 40, 41, 42
トレド公爵 Duke of Toledo 30
トレンチ大主教 Richard Chenevix Trench 174, 175–176
『家庭用詩歌集』 *A Household Book of English Poetry* 174–175
トロット、ジョン Sir John Trott 98

〔な行〕

ナイト、トマス・アンドリュー Thomas Andrew Knight 64, 344
内乱 2, 102, 137, 139, 146, 147, 182 → 「清教徒革命」も参照。
名付け行為 243

匂い 8
ニオベ Niobe 31
ニッサの聖グレゴリウス Saint Gregory of Nyssa 76
ニンフ 28, 30, 31, 33, 36, 100

ネヴィル、ヘンリー Henry Neville 124
『国会に、再び、招集されたご婦人方』 *The Ladies, A Second Time, Assembled in Parliament* 124–125
ネクタリン 46, 47, 93
寝取られ男 cuckoldry 130

農耕詩 95, 97, 100, 102, 104, 317, 336

〔は行〕

廃墟 224–229
パイナップル 48
パーカー、サミュエル Samuel Parker 319
パーキンソン、ジョン John Parkinson 16, 49, 50, 51
『日のあたる楽園、地上の楽園』 *Paradisi in sole, paradisus terrestris* 49, 51
バーク、エドマンド Edmund Burke 303
『崇高と美の起源』 *A Philosophical Enquiry into the Origins of the Ideas of the Sublime and the Beautiful* 303
バザード、ジェイムズ James Buzard 264
パストラル 95, 97, 102, 103, 104
ハズリット、ウィリアム William Hazlitt 216, 227
蜂 94, 95
パーチャス、サミュエル Samuel Purchas 79
パックウッド・ハウス Packwood House 28
ハッチンソン、メアリ Mary Hutchinson 229, 230, 253, 266
ハッチンソン、ルーシー Lucy Hutchinson 164
ハットフィールド・ハウス Hatfield House 45

ハドレー、キャサリン　Katherine Hadley　144
『花言葉』　*The Language of Flowers*　14–15
ハーバート、ジョージ　George Herbert　2, 8, 302
「悔い改め」　'Repentance'　2
「聖なる洗礼（II）」　'H. Baptisme (II)'　301
「花」　'The Flower'　2
バプティスト派　136
ハモンド、ポール　Paul Hammond　98, 101, 102
ハリソン、ウィリアム　William Harrison　52, 348
『イングランドの描写』　*Description of England*　348
ハリソン、トマス　Thomas Harrison　136
パルグレイヴ　Francis Turner Palgrave　175
『黄金詞歌集』　*The Golden Treasury*　175
ハワード、トマス（＝アランデル伯爵）　Thomas Howard　31
パン　33, 34, 36, 66, 93, 102
反結婚　154　→　「独身主義」も参照。
汎神論　193, 194, 195
バーンズ、ロバート　Robert Burns　5
「私の恋人は赤い、赤い薔薇のよう」　'My Luve is like a red, red rose'　5
ハント、ジョン・ディクソン　John Dixon Hunt　27, 32
ハンプトン・コート　Hampton Court　35
パンフレット戦争　128
万有内在神論　195

ピクチャレスク　224, 226, 229, 231, 264
ピタゴラス　188
ピーチャム、ヘンリー　Henry Peacham　138
「世の中は意見によって支配、統治されている」　'The World is Ruled and Governed by Opinion'　138
日時計　28, 42, 49, 67, 95
ビドルストーン、アン　Anne Biddlestone　109
ピープス、サミュエル　Samuel Pepys　110
ビュエル、ローレンス　Lawrence Buell　210
ヒューズ、ウィリアム　William Hughes　45
『完全なる葡萄園』　*The Compleat Vineyard: or A Most Excellent Way for the Planting of Vines*　45
ヒューム、アレクサンダー　Alexander Hume　337
ピューリタニズム　155
ピューリタン　→　清教徒
ヒル、トマス　Thomas Hill　52, 60, 65–66, 75, 342
『庭師の迷路、もしくはガーデニングの新しい技術』　*The gardeners labyrinth, or A new art of gardening*　52, 60, 66, 75, 93, 342
ヒル、リチャード　Richard Hill　297
品種改良　16, 17, 18

フィチーノ　Marsilio Ficino　91, 325
『生についての三書』　*De Vita Libri Tres*　91
フィリップス、キャサリン　Katherine Philips　45
フィルマー、ロバート　Sir Robert Filmer　157

風景（式）庭園、自然景観庭園　v, 19, 27, 71, 225, 238, 243
フェアファックス（夫人）、アン　Anne Fairfax　161, 162, 163, 164, 169, 171, 172
フェアファックス、ウィリアム　William Fairfax　165
フェアファックス、エドワード　Edward Fairfax　320
フェアファックス、トマス（＝フェアファックス卿）　Thomas Fairfax　48, 55, 66, 133, 145, 146, 148, 160, 162, 163, 164, 165, 171
フェアファックス、メアリ　Mary Fairfax　164, 167, 169, 319, 324
フック、ロバート　Robert Hooke　40
『ミクログラフィア』 *Micrographia*　40
ブッシュネル、レベッカ　Rebecca Bushnell　16
葡萄園　45
フラー、エドワード　Edward Fuller　52, 53
ブライズ、ウォルター　Walter Blith　335
ブラウン、トマス　Sir Thomas Browne　81, 82–83, 85, 97, 128
ブラウン、ランスロット（「可能性のブラウン」）　Lancelot Brown　238, 285
ブラウン、ロバート　Robert Browne　136
プラター、トマス　Thomas Platter the Younger　35
プラット、サー・ヒュー　Sir Hugh Plat　60
『エデンの園』 *The Garden of Eden*　60–61
『フローラの楽園』 *Floraes Paradise*　60
ブラッドショー、ジョン　John Bradshaw　161, 162
プラトリーノ　Pratolino　28, 37, 38
プラトン　187, 325
『パイドン、魂の不死について』　187
ブリッジマン、チャールズ　Charles Bridgeman　351
プリニウス（小）　Pliny the Younger　34
プール、マシュー　Matthew Poole　78, 318
プロテスタンティズム　154, 155, 165
フローリス、フランス　Frans Floris the Elder　338, 339
『アダムとエバ』 *Adam and Eve*　338, 339
噴水　28, 30, 36, 37, 67
分離派　139, 148

ベイコン、ナサニエル　Sir Nathaniel Bacon　53, 54, 339
『野菜と果物の静物と料理女中』 *Cookmaid with Still Life of Vegetables and Fruit*　53, 54
ベイコン、ニコラス　Nicholas Bacon　337
ベイコン、フランシス　Francis Bacon　18, 81
ペイジ、ジュディス　Judith W. Page　256
ベイト、ジョナサン　Jonathan Bate　243
ヘシオドス　129
『神統記』　129
ベッドフォード伯爵　Earl of Bedford　66
ベーメ、ヤコブ　Jacob Boehme　199–206, 301, 332
『オーロラ』 *Aurola*　204–205, 206
ヘリック、ロバート　Robert Herrick　5, 11–13, 154, 330

「時を最大限に利用するよう、乙女たちに」'To the Virgins, to make much of Time' 5
「ラッパ水仙に」'To Daffodills' 11–13, 190
ベルガモット 48, 103
ベル・グラス 63
ベルニーニ Giovanni Lorenzo Bernini 34
「アポロとダフネ」'Apollo and Daphne' 34
「ペルーの驚異」*Marvel of Peru* 18, 48
ヘルメス思想（主義・哲学） 133, 134, 197, 199, 203–206, 332
ヘルメス・トリスメギストス Hermes Trismegistus 199–200, 204
ヘンダーソン、キャサリン Katherine Usher Henderson 154
ヘンリエッタ・マリア Henrietta Maria 157–158, 306, 308, 317

ホーキンズ、ヘンリー Henry Hawkins 323
ホッブズ、トマス Thomas Hobbes 71
ポープ、アレクサンダー Alexander Pope 176, 235, 238, 351
「ウィンザーフォーレスト」'Windsor Forest' 224
ボーボリ庭園 Giardino di Boboli 32
ホームズ、エリザベス Elizabeth Holmes 197
ホモ・エロティシズム（ホモ・エロティック） 134, 171 → 「同性愛」も参照。
ホモ・ソーシアル 171
ボーモント、ギョーム Guillaume Beaumont 283, 341, 342
ボーモント、ジョージ Sir George Howland Beaumont 22, 236, 297
ボーモント、マーガレット（＝ボーモント卿夫人） Lady Margaret Beaumont 236, 238, 249, 262, 266
ホラチウス 95, 336

〔ま行〕
マイテンス、ダニエル Daniel Mytens 31
マーヴェル、アンドリュー Andrew Marvell v, 5–7, 8, 16–19, 176, 212
「愛の定義」'The Definition of Love' 37
「アップルトン屋敷によせて」'Upon Appleton House, to my Lord Fairfax' 48, 89–90, 102, 146, 147–148, 164, 166–167, 167–168, 169, 170–171, 319, 324, 326
「『一般的誤謬』の翻訳によせて尊敬すべき友人ウィッティ博士へ」'To His Worthy Friend Doctor Witty upon His Translation of the Popular Errors' 169–170
「オランダの性質」'The Character of Holland' 139
「画家への最後の指示」'The Last Instructions to a Painter' 116–118
「草刈人デイモン」'Damon the Mower' 66
「草刈人の歌」'The Mower's Song' 90–91
「クロムウェルのアイルランドからの帰還によせるホラチウス風オード」'Horatian Ode upon Cromwell's Return from Ireland' 48, 103
「高貴なる友人リチャード・ラヴレイス氏へ、彼の詩によせて」'To his Noble Friend Mr Richard Lovelace, upon his Poems' 145
「子鹿の死を悲しむニンフの歌」

'The Nymph Complaining for the Death of her Fawn' 28–30, 31, 36
「護民官閣下の治世一周年を記念して」 'The First Anniversary of the Government under His Highness the Lord Protector' 103–104, 139, 350
「詩人、去勢された男によせて」 'Upon an Eunuch; a Poet' 98–99
「忠誠なるスコットランド人」 'The Loyal Scot' 316, 322
「露のひとしずくによせて」 'On a Drop of Dew' 190
「庭」 'The Garden' 16, 17, 21, 28, 32–33（25–32 行）, 34, 36, 38（53–56 行）, 43–44（33–40 行）, 67, 72（46–48 行）, 83（9–10, 13–14 行）, 84, 87, 90, 91–92（34–40 行）, 101–102（29–32 行）, 125, 132–133（57–64 行）, 138, 163, 170–171（60–62 行）, 212, 320, 350
「庭を攻撃する草刈人」 'The Mower against Gardens' 8, 17–18, 30, 31, 48, 67, 101, 102, 320, 335
「花の冠」 'The Coronet' 334
「花の景色の中の小さなＴ・Ｃの絵」 'The Picture of Little T.C. in a prospect of Flowers' 334
「はにかむ恋人へ」 'To His Coy Mistress' 5–7, 88, 100
「バミューダ諸島」 'Bermudas' 48
「ビルバラの丘と森によせて」 'Upon the Hill and Grove at Bilbrough' 162–163
「不幸せな恋人」 'The Unfortunate Lover' 318
『リハーサル散文版』 *The Rehearsal Transpros'd* 101, 319
マーカム、ジャーヴェス Gervase Markham 52
『田舎の農園』 *Maison Rustique or, the Countrie Farme* 52
マーコンの宗教会議 122
マーストン、ジョン John Marston 122
『飽くことなき伯爵未亡人』 *Insatiate Countess* 122–123
「マタイによる福音書」 201
マックマスター、ヘレン Helen N. McMaster 176
マックメイナス、バーバラ Barbara F. McManus 154
マツヨイグサ 231, 232
マニエリスム 28, 36, 37
「マルコによる福音書」 200
マルコムソン、クリスティーナ Cristina Malcolmson 148
マーロー、クリストファー Christopher Marlowe 154
『フォースタス博士』 *The Tragical History of Doctor Faustus* 154

ミーガー、レオナード Leonard Meager 61, 63–64
『イギリスの庭師』 *The English Gardener* 61, 63–64
水責めの刑 110
「水責めの刑にあったがみがみ女の話」 'The Cucking of a Scold' 110–112
ミラー、クリストファー・R Christopher R. Miller 227
ミラー、サンダーソン Sanderson Miller 224
ミラン、ジョン John Millen 347
ミルトン、ジョン John Milton 9, 69–71, 78, 97, 131–132, 155–157, 159–160, 162, 209, 261, 269, 284, 316, 330, 335
「クロムウェル将軍閣下へ」 'To the

Lord General Cromwell'　316
『失楽園』 *Paradise Lost*　9, 69–71, 78, 97, 131–132, 155–157, 209, 261, 269, 284, 316, 330, 331, 335
『離婚の教理と規律』 *The Doctrine and Discipline of Divorce*　135, 171

虫　6, 7
無性生殖　81, 83, 85, 104, 320

メイ、トマス　Thomas May　322
メイフッド、M・M　M. M. Mahood　221
メロン　48–60, 62–65, 73
～の薬効　65, 66, 93
メロン・グラス　62

モア、ヘンリー　Henry More　79–80
桃　46, 47

〔や行〕
柳田理科雄　26–27, 49

憂鬱　225, 226, 227
ユヴェナリス　Juvenal　160

吉川朗子　22, 272, 299
「ヨブ記」 2, 93

〔ら行〕
ライケルト、マーティン　Martin Ryckaert　304
ライダル・マウント　Rydal Mount　23, 204, 236, 241, 242, 251, 252, 272
ライデン、マッツ　Mats Ryden　8
ラウザー令嬢　Lady Mary Lowther　176
ラウス、フランシス　Francis Rouse　78
『神秘の結婚』 *The Mysticall Marriage*　78
ラウドン、ジョン　John Claudius Loudon　47, 56, 283
『ガーデニング百科事典』 *Encyclopaedia of Gardening*　47
ラヴレイス、リチャード　Richard Lovelace　145, 317
「きりぎりす」 'The Grasse-hopper'　317
楽園国家　→　庭園国家
ラッセルズ、リチャード　Richard Lassels　32, 37, 38
『イタリアの旅』 *The Voyage of Italy*　37
ラニアー、エミリア　Æmilia Lanyer　157
ランガム、ウィリアム　William Langham　65

リーア、ジョン　John Rea　50
リケッツ、ジョージ　George Ricketts of Hoxton　347
『離婚の教理と規律と題された本に対する答え』 *An Answer to a Book, Intituled, The Doctrine and Discipline of Divorce*　171
理性的魂　123
リッチモンド・パレス　Richmond Palace　37
リード、ジョン　John Reid　60, 62–63
『スコットランド人の庭師』 *The Scots Gard'ner*　60
リプシウス　Justus Lipsius　346
『不動心』 *On Constancy*　346
両性具有　133, 134, 332
リルバーン、エリザベス　Elizabeth Lilburne　144, 308
リルバーン、ジョン　John Lilburne　145
林檎　48, 49

リンネ　Carl von Linné　81
輪廻転生　185, 187

ルター　78, 79, 121

霊魂再来説　185, 186, 187
霊魂先在説　184–190
レイモンド、ジョン　John Raymond 31
レーストヴィック　Maren-Sofie Røstvig 133
レゾッズ屋敷　The Leasowes　207, 225
レプトン、ハンフリー　Humphrey Repton　237, 290
レベンズ・ホール　Levens Hall　283, 341, 342

ローザ、サルバトール　Salvator Rosa 224, 304
ロジャーズ、ダニエル　Daniel Rogers 152
　『結婚の誉れ』 *Matrimoniall Honour* 152
ローズ、ジョン　John Rose　45, 53, 346
　『イギリス葡萄園擁護論』 *The English Vineyard Vindicated*　45
ローソン、ウィリアム　William Lawson 35–36, 44, 45, 48, 60, 67–68
　『新しい果樹園と庭園』 *A new orchard, and garden*　35–36, 44, 60, 67–68
　『田舎の主婦の庭』 *The Country Hovse-Wives Garden*　52
肋骨　126, 127, 128
ローデンハースト、トマス　Thomas Rodenhurst　297
ロード、ウィリアム　Willam Laud　158
ロラン、クロード　Claude Lorrain　224
ロンギノス　303

〔わ行〕
ワイゲル、ヴァレンティン　Valentine Weigel　197–198
ワーズワス、ウィリアム　William Wordsworth　v, 10–11, 13–15, 18, 22–23
　「アオカワラヒワ」 'The Green Linnet'　215–216, 254–255
　「アーテガルとエリドゥア」 'Artegal and Elidure'　22
　「イタリアの旅商人」 'The Italian Itinerant'　286
　「いとまごい」 'A Farewell'　229–231, 240, 244, 252–253, 265
　「オード」 → 「幼年時代を追想して不死を知るオード」
　「同じ庭の中の碑文」 'Inscription in a Garden of the Same［Coleorton］' 265
　「カークストン峠」 'The Pass of Kirkstone'　263
　「果樹園の小道」 'The Orchard Pathway'　23
　「カッコウによせて」 'To the Cuckoo'　216
　「北ウェールズの城の廃墟の中で作詩した」ソネット　'Composed among the Ruins of a Castle in North Wales' 298
　「兄弟」 'The Brothers'　264, 282, 283
　「後悔」 'Repentance, A Pastoral Ballad' 258
　『湖水地方案内』 *A Guide through the District of the Lakes*　248, 250, 258, 259, 261, 282, 283
　「仔猫と落ちる葉っぱ」 'The Kitten and Falling Leaves'　208
　「この芝生、まったく生き生きしたカーペット」 'This Lawn, a carpet all alive'　209

「この高みを通って敷かれた大規模な道」 'The massy Ways, carried across these heights' 251, 272
「この私たちの丘の中には——高い所がある」 'There is an Eminence, — of these our hills' 243
「コロートンの木立の中の屋敷に代えて」 'For a Seat in the Groves of Coleorton' 224
「さらば、ライダルの月桂樹よ！」 'Adieu, Rydalian Laurels!' 22
「鹿跳びの泉」 'Hart-Leap Well' 224
「ジョアンナへ」 'To Joanna' 293
『逍遥』 *The Excursion* 221, 223, 243, 245–248, 263, 266–272, 296, 300
『序曲』 *The Prelude* 228, 255, 256, 293, 294
「叙景的スケッチ」 'Descriptive Sketches' 256–257, 286
「雀の巣」 'The Sparrow's Nest' 221–224, 225, 227, 230
「早春に書かれた詩行」 'Lines Written in Early Spring' 11
「誰が想像したでしょう、なんてきれいな光景に」 'Who fancied what a pretty sight' 209
「蝶へ［「僕は君を見つめてもう…」］」 'To a Butterfly' ［'I've watched you now'］ 218–219, 253–254
「蝶へ［私のそばにいて］」 'To a Butterfly' ［'Stay near me'］ 219–220
「蝶を追いかけるコマドリ」 'The Redbreast Chasing the Butterfly' 261
「罪と悲しみ、またはソールズベリ平原での出来事」 'Guilt and Sorrow; or Incidents upon Salisbury Plain' 259–260
「ティンタン僧院上流数マイルの地で創作した詩」 'Lines Composed a Few Miles above Tintern Abbey, on Revisiting the Banks of the Wye during a Tour. July 13, 1798' 193–194, 210–211, 227, 301
「土地の名付けの詩群」 'Poems on the Naming of Places' 243
「虹」 'My heart leaps up when I behold' 182, 192, 201, 294
「廃屋」 'The Ruined Cottage' 225, 266–272
「ヒナギクによせて」 'To the Daisy' 232
「二つの四月の朝」 'The Two April Mornings' 188–189
「某女性へ、ヘルベリン山への初登頂によせて」 'To —, on Her First Ascent to the Summit of Helvellyn' 241
「放浪する女」 'The Female Vagrant' 259 → 「罪と悲しみ、またはソールズベリ平原での出来事」も参照。
「墓碑銘に関する小論」 'Essay upon Epitaphs' 186–187
「ボーモント卿夫人に」 'To Lady Beaumont' 238
「マイケル」 'Michael' 224, 258, 283
「幼年時代を追想して不死を知るオード」 'Ode: Intimations of Immortality from Recollections of Early Childhood' 10（203–204 行）, 174, 176, 177–178（1–4 行）, 179–180（72–77 行）, 181（203–204 行）, 182, 183, 184–185（163–165 行）, 186（58–61 行）, 192, 193（130–131 行）, 202（164–168 行）, 204, 228, 229, 280
「ラッパ水仙」 'The Daffodils' ［'I

wandered lonely as a cloud’］ 13–14, 294
「リルストーンの白い雌鹿」 ‘The White Doe of Rylstone’ 216–217
「レスター州コロートン・ホールのフラワーガーデン」 ‘A Flower Garden at Coleorton Hall, Leicestershire’ 236, 237
「M.H に」 ‘To M.H.’ 243
spots of time（「時の点」） 215
ワーズワス、ジョン John Wordsworth 231, 232
ワーズワス、ドロシー Dorothy Wordsworth 176, 213, 218, 219, 221, 229, 230, 231, 236, 238, 244, 245, 249, 251, 252, 254, 256, 264, 265, 266
ワーゼン、ジョン John Worthen 253

注

序　　章

＊1　ジョージ・ハーバートからの引用はすべて以下の版に拠った。*The English Poems of George Herbert*, ed. Helen Wilcox (2007; Cambridge: Cambridge University Press, 2011).

＊2　*Henry Vaughan: The Complete Poems*, ed. Alan Rudrum (1976; Harmondsworth: Penguin, 1983), p. 97, lines 15–18. 以下、ヘンリー・ヴォーンの詩はこの版からの引用であり、本文中に題名と行数のみを記す。

＊3　'headless' の日本語は、*Oxford English Dictionary*, 'Headless': 3.b. 'Of things, actions, etc.: Senseless, stupid' の意味で訳出した。「故国王陛下の次女エリザベス嬢への墓碑銘」の政治的ニュアンスについては、Robert Wilcher, '"Then keep the ancient way!": Henry Vaughan and the Interregnum', in *Henry Vaughan and the Usk Valley*, ed. Elizabeth Siberry and Robert Wilcher (Little Logaston Woonton Almeley: Logaston Press, 2016), pp. 34–35 を見よ。内乱の結果を暗示する「下劣な雑草が聖なる薔薇を打ち倒してしまった」という表現はヴォーンのラテン語詩に見出せる。前掲ヴォーン詩集編者アラン・ラドラムの英訳 ('a vile weed cast down the sacred rose', p. 64) を参照。

＊4　*The Poems of Edmund Waller*, ed. G. Thorn Drury (New York: Greenwood Press, 1968), p. 128.

＊5　*The Poetical Works of Robert Herrick*, ed. F. W. Moorman (Oxford: Clarendon Press, 1915), p. 84.

＊6　Robert Burns, 'A red red Rose', lines 1–2: 'O My Luve's like a red, red rose, / That's newly sprung in June', in *Burns: Poems and Songs*, ed. James Kinsley (London: Oxford University Press, 1969), p. 582.

＊7　*The Poems of Andrew Marvell*, ed. Nigel Smith, revised edition (Harlow: Pearson Education Ltd., 2007), p. 81.　マーヴェルの詩の引用はすべてこの版に拠る。以下、本文中に詩作品の場合は行数を、ナイジェル・スミスの注釈の場合はその頁数を記す。

＊8　Gordon Williams, *A Dictionary of Sexual Language and Imagery in Shakespearean and*

Stuart Literature, 3 vols.（London: The Athlone Press, 1994）, iii, 1546–1550. 特に Aretino からの引用例を見よ。

＊9　William Shakespeare, *Shakespeare's Sonnets*, ed. Katherine Duncan-Jones, The Arden Edition（London: Thomas Nelson and Sons Ltd., 1997）, p. 20.

＊10　William Shakespeare, *Hamlet*, ed. Harold Jenkins, The Arden Edition（London: Methuen, 1982）, p. 198. 以下、『ハムレット』からの引用はこの版から。

＊11　Mats Ryden, *Shakespearean Plant Names: Identifications and Interpretations*（Stockholm: Almqvist & Wiksell International, 1978）, p. 24.

＊12　John Milton, *Paradise Lost*, ed. Alastair Fowler（1968; Harlow: Longman, 1986）, p. 287. 以下、ミルトンのこの作品からの引用はこの版に拠る。

＊13　*William Wordsworth: The Poems Volume One*, ed. John O. Hayden（1977; Harmondsworth: Penguin, 1982）, p. 529. 以下、ワーズワスの詩作品からの引用は、別の注を付けた箇所以外は、この版と *The Poems Volume Two* に拠り、本文中に題名と行数を記す。

＊14　M. H. Abrams, *The Mirror and the Lamp: Romantic Theory and the Critical Tradition*（1953; London: Oxford University Press, 1971）, p. 50.

＊15　Frederic Shoberl, trans. Louise Cortambert, *The Language of Flowers with Illustrative Poetry*（1834; 3rd edn., London, 1835）, p. 15. 引用は 'Matthisson, the German poet'（p. 14）からとある。

＊16　Cf. Stanley Finch, *Wordsworth's Flower*（Carnforth, Lancs.: Lunesdale Publishing Group Ltd., 1982）.

＊17　Rebecca Bushnell, *Green Desire: Imagining Early Modern English Gardens*（Ithaca: Cornell University Press, 2003）, pp. 146, 147.

＊18　Takashi Yoshinaka, *Marvell's Ambivalence: Religion and the Politics of Imagination in Mid-Seventeenth-Century England*（Cambridge: D. S. Brewer, 2011）, pp. 177–178 を参照せよ。

＊19　Francis Bacon, *Sylva Sylvarum: A Naturall History in Ten Centuries*（London, 1627）, pp. 133, 134:「花は、その土地の精製された液分からできている」（'*Flowers* are made of a Refined Iuyce, of the Earth'）;「花を八重咲きにするのも熟達の技である。それは花をしばしば新しい土地に植え替えることによってもたらされる」（'It is a *Curiosity* also to make *Flowers Double*; Which effected by *Often remouing* them into *New Earth*'.）Cf. p. 134:「果実を核や種なしで作るのも同様に手間の要る技術である。. . . その親木に植え付けられるのに適した接ぎ穂や若枝は、その髄がきれいに取り出されるならば、ほとんど、もしくはまったく核や種のない果実を産するだろう」（'The *Making* of *Fruits*, without *Core* or *Stone*, is likewise a Curiosity; … If a *Cions* or *Shoot*, fit

to be set in the Ground, have the *Pith* finely taken forth, … it will beare a *Fruit* with little, or no *Core*, or *Stone*.')

＊20　吉中孝志、『名前で読み解く英文学――シェイクスピアとその前後の詩人たち』（広島大学出版会、2012 年）、118–128 頁参照。

＊21　*The Complete Works in Verse and Prose of Abraham Cowley*, 2 vols. ed. Alexander B. Grosart（New York: AMS Press, 1967）, ii, 327.　以下、カウリーの作品からの引用はこの版に拠る。

＊22　*The Spectator*, No. 477（Saturday, Sept. 6, 1712）, 4 vols., ed. Gregory Smith（London: J. M. Dent & Sons Ltd., 1979）, iv, p. 14.

＊23　Ibid., p. 13.

＊24　Saeko Yoshikawa, 'The Garden as a Home: Wordsworth's Winter Garden at Coleorton',『関西英文学研究』、第 3 号（2009 年）、pp. 39, 43.

＊25　'W. W. to Sir George Beaumont, Grasmere, October 17th, 1805', in *The Early Letters of William and Dorothy Wordsworth*（1787–1805）, ed. Ernest de Selincourt（Oxford: Clarendon Press, 1935）, p. 527.

＊26　また、Susan Eilenberg, *Strange Power of Speech: Wordsworth, Coleridge, and Literary Possession*（Oxford: Oxford University Press, 1992）, p. 92 は、ワーズワスが、小自作農（statesmen）の所有地を一種のテクスト性を持つものとして捉えていることを指摘している。ワーズワスにおける庭仕事と詩作、詩作の場としての庭の回遊に関しては、Carol Buchanan, *Wordsworth's Gardens*（Lubbock: Texas Tech University Press, 2001）, pp. 25, 35 を参照。

第一章　マーヴェルの「庭」と一七世紀の庭

＊1　柳田理科雄、『空想科学「日本昔話」読本』（扶桑社、2006 年）、200–202 頁。

＊2　John Dixon Hunt, *Garden and Grove: The Italian Renaissance Garden in the English Imagination 1600–1750*（1986; rpt. Philadelphia: University of Pennsylvania Press, 1996）, p. 43.　*The Diary of John Evelyne*, 6 vols., ed. E. S. de Beer（Oxford: Clarendon Press, 1955）, ii, 396.

＊3　Roy Strong, *The Renaissance Garden in England*（London: Thames and Hudson Ltd., 1979）, pp. 19–22, 214. Curtis Whitaker, 'Andrew Marvell's Garden-Variety Debates', in *Huntington Library Quarterly*, 62, 3 & 4（2001）, p. 299 も参照せよ。

＊4　Nigel Smith, *Andrew Marvell: The Chameleon*（New Haven: Yale University Press, 2010）, p. 54.

＊5　George Sandys, *A Relation of A Journey begun An. Dom. 1610,* [*1615*], 3rd edn. (1632), p. 272. Hunt, *Garden and Grove*, p. 50 に引用されている。サンズとマーヴェルとの関係に関しては、Takashi Yoshinaka, *Marvell's Ambivalence: Religion and the Politics of Imagination in Mid-Seventeenth-Century England* (Cambridge: D. S. Brewer, 2011), index, s.v. Sandys, George の該当頁を参照。

＊6　John Raymond, *Il Mercurio Italico. An Itinerary contayning a Voyage made through Italy in the yeare 1646, and 1647* (1648), p. 117. Hunt, *Garden and Grove*, p. 50 に引用されている。実際、ヴィッラ・アルドブランディーニの庭には、ヘラクレス、アトラス、タンタロス、河神、ニンフ、ケンタウロス、ポリョペーモスの彫像が現存している。

＊7　Charles Quest-Ritson, *The English Garden: A Social History* (Jaffrey, NH: David R. Godine, 2003), pp. 43–44 は、「残念なことに、美術品を陳列した廊下も庭も、知られているアランデル・ハウスの平面図の中にうまくはめ込むことができない。それゆえに『その構図において部分的に虚構であると見なされ』ねばならない」('Unfortunately, neither the galleries nor the gardens can be fitted into the known ground-plan of Arundel House, and must therefore "be regarded as partly fictional in their composition".') と付け加えている。

＊8　中山理、『イギリス庭園の文化史――夢の楽園と癒しの庭園』(大修館書店、2003年)、152 頁。

＊9　Hunt, *Garden and Grove*, p. 50.

＊10　Richard Lassels, *The Voyage of Italy or a Compleat Journey through Italy in Two Parts* (printed at Paris, sold in London, 1670), Pt. II, p. 172.

＊11　Amy L. Tigner, *Literature and the Renaissance Garden from Elizabeth I to Charles II: England's Paradise* (Farnham, Surrey: Ashgate, 2012), p. 3.

＊12　*The Diary of John Evelyne*, ii, 251, 253.

＊13　Isabella Barisi, *Guide to Villa d'Este*, trans. Bill Rubenstein (Rome: De Luca Editori d'Arte, 2004), p. 93, fig. 114 on p. 91. Hunt, *Garden and Grove*, p. 45.

＊14　絡み合う二本の木の主題は、Pietro da Cortona (1596/97–1669) によるフィレンツェのピッティ宮殿 (Palazzo Pitti) のフレスコ画のひとつ *The Silver Age* (1637) や、メディチ家のヴィッラ・ペトライア (Villa della Petraia) の二階テラスの壁画にも見ることができる。

＊15　Strong, *The Renaissance Garden in England*, pp. 14–15.

＊16　原文は独文。邦訳は以下の英語訳による。Clare Williams, *Thomas Platter's Travels in England, 1599* (London, 1937), p. 200: 'There were all manner of shapes, men and women, half men and half horse [i.e. centaurs], sirens, serving-maids with baskets, French

lilies and delicate crenellations all round made from dry twigs bound together and the aforesaid ever green quick-set shrubs, or entirely of rosemary, all true to life, and so cleverly and amusingly interwoven, mingled and grown together, trimmed and arranged picture-wise that their equal would be difficult to find'. Strong, *The Renaissance Garden in England*, p. 33 に引用されている。

＊17　のちに、アレクサンダー・ポープ（1688–1744 年）がトピアリーを嫌ったのはよく知られているが、ホレス・ウォルポール（1717–1797 年）は、ポープの影響を受けた風景式庭園設計士チャールズ・ブリッジマン（1690–1738 年）が「緑の彫刻（'verdant sculpture'）［すなわちトピアリー］を追放した」と述べている。Carol Buchanan, *Wordsworth's Gardens* (Lubbock: Texas Tech University Press, 2001), p. 7 を参照せよ。ワーズワスもまたトピアリーを「この地の祖先たちがイチイやヒイラギ、ツゲなどの木で、空想の赴くままに好んで作り上げた奇妙な形象物の見本」（'specimens of those fantastic and quaint figures which our ancestors were fond of shaping out in yew-tree, holly, or box-wood'）だと言い、「二流芸術の精巧な展示物」（'elaborate display of petty art'）だと評してからかった。William Wordsworth, *A Guide through the District of the Lakes in the North of England, with a Description of the Scenery, &c. for the use of Tourists and Residents*, in *The Prose Works of William Wordsworth*, 3 vols., ed. W. J. B. Owen and Jane Worthington Smyser (Oxford: Clarendon, 1974), ii, 206 を見よ。

＊18　William Lawson, *A new orchard, and garden: or The best way for planting, grafting, and to make any ground good for a rich orchard: particularly in the north, and generally for the whole kingdom of England* (1618; London, 1648), p. 71.

＊19　Lassels, *The Voyage of Italy*, Pt. II, p. 310, Pt. I, pp. 207, 208.

＊20　中山理、『イギリス庭園の文化史』、148–149 頁。アイザックは、ウォバーン（Woburn）やウィルトン（Wilton）の庭を造った。

＊21　もちろん、「銀の翼」という表現は、「詩篇」第 68 章第 13 節「はとの翼はしろがねをもっておおわれ」（'*shall ye be* as the wings of a dove covered with silver'）に由来するものであるという可能性も充分にある。それは伝統的には教会の説教者に言及しているとされている。また、*OED* は 'Silver', 14. a でエドマンド・スペンサー（1552 頃 –1599 年）の用例を挙げて 'Soft, gentle' の意があることを示している。

＊22　Lassels, *The Voyage of Italy*, Pt. I, pp. 67［p. 76 とあるのは誤記］, 68, Pt. I, p. 208, Pt. II, pp. 315–316. イーヴリンは、教皇の庭で「銅製のクジャク」（'a Peacock of Coper', *The Diary of John Evelyne*, ii, 305）を、ヴィッラ・デステの庭では「人工の、そしてフクロウが現れるまで囀って、その時に突然その調べを、見ている者たちが感嘆するほどに、変える鳥たち」（'the birds artificial, & singing, til the presence of

an Owle appears, on which they suddenly chang their notes, to the admiration of the Spectators', ii, 396）を見ている。

＊23　Isaac de Caus, trans. John Leak, *New and Rare Inventions of Water-Works Shewing the Easiest waies to Raise Water higher then the Spring. By which Invention The Perpetual Motion is proposed Many hard Labours performd And Varieties of Motions and Sounds Produced*（London, 1659）, pp. 20, 21, 26.

＊24　Robert Hooke, *Micrographia or Some Physiological Descriptions of Minute Bodies Made by Magnifying Glasses with Observations and Inquiries thereupon*（1665; Mineola: Dover Publications, 2003）, Observation IX. フックは「光の運動の特性」（'the proprieties of the motion of Light'）に関して、「それは振動性の運動に違いない」（'it must be a *Vibrative motion*', p. 55）であると言い、次のように続けている。「等質の導体においては、この運動は均等な速度であらゆる方向に伝達される。それゆえ必然的に発光体のあらゆる波動や振動は、絶えず拡大し、より大きくなるだろう球面を生じさせる。それは、波や水面の波紋が、石が沈むことによってその運動が始まった点の周りに（それよりも不明確に早いのだけれども）だんだん大きな円になって広がるのと同じようである。ゆえに必然的に、均質の導体を通って波立たされたこの球面のすべての部分が直角に光線と交差することになるのである」（'in an *Homogeneous medium*, this motion is propagated every way with *equal velocity*, whence necessarily every *pulse* or *vitration* of the luminous body will generate a Sphere, which will continually increase, and grow bigger, just after the same manner（though indefinitely swifter）as the waves or rings on the surface of the water do swell into bigger and bigger circles about a point of it, where, by the sinking of a Stone the motion was begun, whence it necessarily follows, that all the parts of these Spheres undulated through an *Homogeneous medium* cut the Rays at right angles', p. 57）.　マーヴェルは、「画家に対する最後の指示」（1667 年、16–18 行）で 'Hooke' に言及し、『ミクログラフィア』を読んだ形跡を示している。「庭」が 1668 年に書かれた、もしくは書き直されたとすれば、マーヴェルは、光の波動説を知っていてそうした可能性が高い。しかし、もしも光自体が波であることを認識していたのならば、その光をことさら「波立たせる」必要もない、という理屈も成り立つかもしれない。また、光と波との連想関係は、伝統的な詩的イメージの中に既にあったという議論も成り立つだろう。例えば、シェイクスピアは、『ソネット集』60 番で、人間の生きる時間を「波」（'waves', 1 行）と重ねた後、人生を「光の大海原」（'the main of light', 5 行）に喩えている。*Shakespeare's Sonnets*, ed. Katherine Duncan-Jones, The Arden Edition（London: Thomas Nelson and Sons Ltd., 1997）, p. 60.　また、マーヴェル自身も「護民官閣下の治世一周年を記念して」の中で、自らのクロムウェルへの賛美の歌を織物に擬え、栄

光の部分を「高価な金の糸」（'the costly thread / Of purling ore', 183–184 行）に、悲しい記録の部分を、涙と重ねつつ、機織が織り込む「輝く波」（'a shining wave', 184 行）に喩えている。

＊25　Anon., 'A True Description and Direction of what is most Worthy to be seen in all Italy', *The Harleian Miscellany*, 12（1811）, pp. 115–116.　イーヴリンの日記には、1645 年 5 月 5 日の記載としてフラスカーティのヴィッラ・アルドブランディーニでの「流れというよりむしろ大きな川のように見える恐ろしい滝が、落ちている。大きな滝壺の中へまっさかさまに、そして太陽が出て輝くとまさに完璧な虹を描きながら、落ちているのだ。この下には、人工の小洞窟が作られており、そこでは様々なその他のからくりや驚かせる作り物と共に、珍しい岩の中で水力学的な楽器やあらゆる種類の囀る鳥たちが水の力によって動き、チュンチュンと鳴いていた」（'… falls a horrid Cascade seeming rather a greate River than a streame, precipitating into a large Theater of Water representing an exact & perfect Raine-bow when the sun shines out: Under this is made an artificiall Grott, where in are curious rocks, hydraulic Organs & all sorts of singing birds moving, & chirping by force of the water, with severall other pageants and surprising inventions', *The Diary of John Evelyne*, ii, 392）という描写がある。

＊26　Yoshinaka, *Marvell's Ambivalence*, pp. 176–193.

＊27　Blanche Henrey, *British Botanical and Horticultural Literature before 1800*, vol. 1（London: Oxford University Press, 1975）によれば、植物学、園芸学に関する新たな出版物は、16 世紀には少なくとも 19 件、17 世紀には約 100 件（そのうち 80 件以上は 1650 年以降）、18 世紀には 600 件以上である。

＊28　John Prest, *The Garden of Eden: The Botanic Garden and the Re-Creation of Paradise*（1981; New Haven: Yale University Press, 1988）, p. 70.

＊29　Lawson, *A new orchard, and garden*, p. 71.

＊30　Ibid., p. 3.

＊31　例えば、Fynes Moryson, *An Itinerary*（London, 1617）, p. 147:「住民たちは、ブドウを産するのに最も適した丘陵地が、羊や牛を飼うことによってより多くの商品を生み出すからだけではなく、フランス産のワインが豊富に、そして手頃な価格で供給されているために、ブドウの木を植えるのを差し控える」（'the inhabitants forbeare to plant Vines, aswell because they are serued plentifully, and at a good rate with French wines, as for that the hilles most fit to beare Grapes, yield more commoditie by feeding of Sheepe and Cattell.'）

＊32　'Outdoor Vine Culture in England', replies from H. A. and H. C. Andrews, in *Notes and Queries*, 191, 1（1946）, p. 19.　イーヴリンの言葉は、'the most considerable rarity

next to the house' である。

＊33　例えば、William Hughes, *The Compleat Vineyard: or A Most Excellent Way for the Planting of Vines: Not Onely According to the German and French Way, But Also Long Experimented in England* (London, 1665), sig. A2v:「まったく不当にも間違って土壌を非難している我が国の人々の極端な怠惰と愚鈍な無知を責める正当な理由を私は持っている」('I have just cause to accuse the extream negligence and blockish ignorance of our people, who do most unjustly lay their wrongful accusations upon the Soil'). さらに、John Rose, *The English Vineyard Vindicated* (London, 1666) のイーヴリンによる 'The Preface' 中の以下の言葉も参照:「我が国のブドウ栽培のこの近年の奇妙な衰えは、愚かにも、ほかでもない我々自身の怠慢から生じているに違いない」('the strange decay of them amongst us for these latter Ages, must needs proceed from no other cause then that of our own neglect'). 既にウィリアム・ハリソンが『イングランドの描写』(*Description of England*, 1587 年) の第 19 章「庭と果樹園について」('Of gardens and orchards') の中で同様の指摘をしている。本来国産ワインはローマ人の時代のみならずノルマン人の征服以来、この島にとても豊富だったにもかかわらず、と書いた後ハリソンは次のように続けている。「しかし今現在、この島で栽培しているとは、我々はまったく、もしくはほとんど言えない。それを私は、土壌のせいではなく、私の同胞の怠惰のせいだと考える」('Yet at this present, have we none at all or else verie little to speake of growing in this Iland: which I impute not unto the soile, but the negligence of my countrimen', Raphael Holinshed, William Harrison, and others, *The First and Second Volumes of Chronicles* [London, 1587], p. 208).

＊34　Abraham Cowley, 'On the Death of Mrs. Katherine Philips', lines 69–73, in *The Complete Works in Verse and Prose of Abraham Cowley*, 2 vols., ed. Alexander B. Grosart (New York: AMS Press, 1967), i, 165.

＊35　George Etherege, *The Man of Mode; or, Sir Fopling Flutter*, in *Four Restoration Libertine Plays*, ed. Deborah Payne Fisk (2005; Oxford: Oxford University Press, 2009), pp. 90, 91, 154:「オレンジ売りの女: 知らせだよお!　今年一番の果物が町に入ったよお。ほーれ、わたしゃ、今朝4時前に起きて、市場でえり抜きのやつをみんな買って来たんだよお」('ORANGE-WOMAN: News! Here's the best fruit has come to town t'year. Gad, I was up before four a clock this morning and bought all the choice i'the market', 1 幕 1 場 28–30 行);「オレンジ売りの女: . . . ほーら、この桃をお食べ、種から栽培したやつだよ、味わったことのあるどんなニューイントン産のやつよりおいしいよ」('ORANGE-WOMAN: ... Here, eat this peach; it comes from the stone. 'Tis better than any Newington y'have tasted', 1 幕 1 場 47–48 行);「ベリンダ: . . . 今朝、市場へ私を喜んで行かせたのは、新鮮なネクタリンをいくつか食べたいとい

う奇妙な欲望だったの」（'BELLINDA: … That which made me willing to go [to the markets this morning], was a strange desire I had to eat some fresh nectarines', 5 幕 1 場 41–42 行）.

＊36 Malcolm Thick, 'Market Gardening in England and Wales', in *The Agrarian History of England and Wales*, Volume V 1640–1750, II, Agrarian Change, ed. Joan Thirsk (Cambridge: Cambridge University Press, 1985), pp. 503–507. 17 世紀中葉、ロンドンには多くの野菜市場があったが、例えば、1657 年にセント・ポールに場所を移すまで、チープサイドには賑やかな青果市場があった（p. 522）。John Harvey, *Early Nurserymen: With Reprints of Documents and Lists* (London: Phillimore, 1974), p. 5 も見よ。また、Vivian Thomas, 'Introduction', in Vivian Thomas and Nicki Faircloth, *Shakespeare's Plants and Gardens: A Dictionary* (London: Bloomsbury Academic, 2014), p. 11 は、1650 年までにロンドンは市場向けの青果栽培園や果樹園に取り囲まれていた、と述べている。

＊37 Ben Jonson, 'To Sir Robert Wroth', line 14, in *Ben Jonson and the Cavalier Poets*, ed. Hugh Maclean (New York: Norton, 1974), p. 24. Thomas Carew, 'To Saxham', line 7, in *Ben Jonson and the Cavalier Poets*, p. 164.

＊38 Thick, 'Market Gardening in England and Wales', pp. 509, 515–516, 532 によれば、外国原産の珍しい野菜や果物に対する富裕層による需要が、その栽培技術を向上させ、種苗商や商業園芸家を活発化させた一方で、彼らの市場向け農園はしばしば新たな作物の実験場になった。18 世紀初頭の農園の中には、特定の珍しい野菜や果物のみを栽培する専門商も出現し始める。

＊39 John Claudius Loudon, *Encyclopaedia of Gardening* (London, 1824), p. 712. ラウドンは、「あらゆる種類のものが熱壁やガラスの助けでよく熟す」（'all the sorts ripen well by the aid of a hot-wall or glass'）と続けている。Susan Campbell, 'Glasshouses and Frames, 1600–1900', in *The Country House Kitchen Garden 1600–1950*, ed. C. Anne Wilson (1998; Brimscombe Port Stroud: The History Press, 2010), p. 97 によれば、17 世紀初頭において、少なくとも葡萄はイギリス南部の戸外で越冬したが、日のあたる壁や台所の煙突によって温められた家の壁にその蔦を這わせたりしていた。

＊40 Ibid. ロンドンの種苗商ジョン・ミラン（John Millen）は、1633 年に 13 種類の桃を売っており、同じくロンドンの種苗商ジョージ・リケッツ（George Ricketts of Hoxton）は、1667 年に 21 種類の桃を売ったことが記録に残っている。Malcolm Thick, 'The Supply of Seeds, Plants and Trees to the Kitchen Garden and Orchard, 1600–1800', in *The Country House Kitchen Garden 1600–1950*, pp. 48–49 を参照。

＊41 「ペルーの驚異」（'*Mirabilia Peruviana*'）に関しては、1665 年出版の書物でもその希少価値が確認されている。John Rea, *Flora: seu, De Florum Cultura, or a Complete*

Florilege (London, 1665), p. 195:「これまでこの花は、とても珍重され、しかも多くの人々によってとても欲せられてきた」('heretofore this flower [The Marvail of Peru] hath been much esteemed, and yet is by many much desired.') を参照。また、ベルガモットは洋ナシの一種で、柑橘類のベルガモットではないが、それでもおそらくは原産地であるイタリアのベルガモに由来するその名前がエキゾチシズムを喚起したのは否めないだろう。William R. Orwen, 'Marvell's "Bergamot"', *Notes and Queries*, 200 (1955), pp. 340–341 を参照せよ。柑橘類のベルガモットはまだ知られていなかったようであるし、当時のオレンジやレモンなどの柑橘類はイギリス南西部であっても冬場は屋内に移動させることのできる平鉢に植えるのが普通であった。*OED* によると香草の名前としてもまだ使われていなかったようである。東デヴォンシアの サー・コートニー・ポール (Sir Courtenay Pole of Shute Barton) が 1650 年代、1660 年代に盛んに栽培していた果樹の中にベルガモット・ペアーもあったことが Todd Gray, 'Walled Gardens and the Cultivation of Orchard Fruit in the South-West of England', in *The Country House Kitchen Garden 1600–1950*, pp. 108–109 の記述の中に見出せる。

＊42　Mea Allan, *The Tradescants: their plants, gardens and museum 1570–1662* (London: M. Joseph, 1964), p. 144. Prudence Leith-Ross, *The John Tradescants: Gardeners to the Rose and Lily Queen* (1984; London: Peter Owen, 1998), p. 194. *ODNB* の John Rose の項で、サンドラ・ラファエル (Sandra Raphael) は、おそらくローズだと思われる庭師がチャールズ二世にパイナップルを差し出している、オランダの画家ヘンドリック・ダンケルツ (1630?–80? 年) の絵 (本書カバー参照) にふれながら、これが 1670 年頃の作品であり、パイナップルが西インド諸島のバルバドスから初めてイギリスに持ち込まれたのが 1657 年で、ハンプトンコートで栽培されるようになった 1690 年頃までは、イギリス産パイナップルの可能性は低いと述べている。もちろん、当時、パイナップルは「歓迎」を意味したから、絵画の中に描かれたパイナップルが必ずしもローズによって実際に栽培されたものと考える必要はない。Susan Campbell, 'Glasshouses and Frames, 1600–1900', in *The Country House Kitchen Garden 1600–1950*, p. 93 は、ヨーロッパで最初にパイナップルの栽培に成功したのは、1670 年代のオランダ人で、イギリスにその技術が入ってきたのは 1720 年代だと言っている。

＊43　ベルギーの新ストア主義者リプシウスは、『不動心』(1584 年) の中で、既に 16 世紀末には「近年出没するようになった、好奇心にあふれた怠け者の一団」('... one of that sect, which is risen up in our days, of curious and idle persons') が「虚栄心と怠惰」('vanity and slothfulness') のために「庭園を持ち」('they have their gardens')、「外来の草花をこれ見よがしに追い求め」('they do vaingloriously hunt after strange

herbs and flowers') ていると書いている。Justus Lipsius, *On Constancy: De Constantia translated by Sir John Stradling (1595)*, ed. John Sellars (Exeter: Bristol Phoenix Press, 2006), p. 78 を見よ。

＊44　William Empson, *Some Versions of Pastoral* (1935; London: Penguin, 1966), p. 133.

＊45　例えば、Abraham van Beyeren, *A Pronk Still Life with Bowls of Fruit and Other Objects on a Table* (1654); *Still Life with Lobster and Fruit* (1650s), Abraham Mignon, *A Swag of Flowers and Fruit representing the Four Elements* を見よ。

＊46　Nicholas von Maltzahn, 'Marvell's Restoration Garden', http://myweb.stedwards.edu/georgek/scrc/marvell/newsletter/newssum09.html#Nicholas, 30 March 2011.

＊47　John Parkinson, *Paradisi in sole Paradisus terrestris, or A Garden of all sorts of pleasant flowers which our English ayre will permitt to be noursed vp; with A Kitchen garden of all manner of herbes, rootes, & fruites, for meate or sause vsed with vs, and An Orchard of all sorte of fruitbearing Trees and Shrubbes fit for our Land together with the right orderinge planting & preseruing of them and their vses & vertues Collected by Iohn Parkinson Apothecary of London* (London, 1629), p. 525.　それでいてなおかつ、パーキンソンが次の段落でメロンの食べ方を説明していることからすると、依然としてこれが普通の食べ物ではなかったことが窺える。フランシス・ベイコンの庭に描かれた植物がすべてそこに生育していたとは考えにくいが、*The Essayes or Counsels, Civill and Morall* (1625), 'Of Gardens' には、8 月に収穫する果実の一つに 'Muske-Melons' (p. 269) が挙がっている。

＊48　Rea, *Flora*, 'To the Reader', sig. b; John Worlidge, *Systema Horti-culturae, or The Art of Gardening in Three Books* (London, 1677), 'Preface to the Reader', sig. [A3v].

＊49　John Gerarde, *The Herball or Generall Historie of Plantes. Gathered by John Gerarde of London Master in Chirvrgerie Very much Enlarged and Amended by Thomas Johnson Citizen and Apothecarye of London* (London, 1633), pp. 916, 918. Parkinson, *Paradisi in sole Paradisus terrestris,* p. 526.

＊50　Susan Campbell, 'Digging, Sowing and Cropping in the Open Ground, 1600–1900', in *The Country House Kitchen Garden 1600–1950*, pp. 11, 12.

＊51　Gervase Markham, *Maison Rustique or, the Countrie Farme* (London, 1616), sig. B:「垣根の周りに、メロン、シトロン、キュウリ、アーティチョークやそのようなものと同じように、その材料で野菜スープを作るために、エンドウ、インゲンマメ、そのほかの豆類を植えよう」('About the hedge we shall set, for to make pottage withal, Pease, Beans, and other sorts of Pulse, as also Melons, Citrons, Cucumbers, Artichokes, and such like.'); William Lawson, *The Country House-Wives Garden, Containing Rules for herbs, and Seeds, of common use, with their times and seasons when to set and sow them* (1618;

London, 1653), p. 70:「木々の花は、カボチャやメロンを除いて、他の葉物植物と同じくらい早く寒さで枯れてしまう」('the flowers of trees are as soon perished with cold: as any herbe except Pumpions, and Melons.'); Thomas Hill, *The gardeners labyrinth, or A new art of gardning* (1577; London, 1651), p. 57.

＊52 Harrison, *Description of England* (1587), in Raphael Holinshed, William Harrison, and others, *The First and Second Volumes of Chronicles*, p. 208.

＊53 *A Catalogue of Seeds, Plants, &c. Sold by Edward Fuller, at the Three Crowns and Naked Boy at Strand-Bridge near the May-pole, London*. Cf. Harvey, *Early Nurserymen*, p. 5:「1688年にジョン・ウルリッジ(もしくはウォーリッジ)は、1677年初版の彼の『園芸術』第3版にストランド通りでエドワード・フラーによって売られている種と植物の完全標準カタログを加えた」('In 1688 John Woolridge (or Worlidge) added to the third edition of his *Systema Horti-Culturae, or The Art of Gardening*, first published in 1677, the complete standard catalogue of seeds and plants as sold by Edward Fuller in the Strand'.) また、Thick, 'The Supply of Seeds, Plants and Trees to the Kitchen Garden and Orchard, 1600–1800', in *The Country House Kitchen Garden 1600–1950*, p. 47は、1685年にフラーが'three types of melon'を売っていたことを指摘している。17世紀後半にメロン栽培が一般化されていくことは、必ずしも品質の良いメロンがいつも生産されていたということではないだろう。トマス・アンドリュー・ナイト(1759–1838年)は、1811年の論考で、イギリスではメロンほど最大限の完成度で実らせるのが難しい果物はない、費用にも労力にも見合わないので自分の庭師には二度とメロンを植えるなと命じたと言っている。Thomas Andrew Knight, 'A concise View of the Theory respecting Vegetation, lately advanced in the Philosophical Transactions, illustrated in the Culture of the Melon.' (Read January 2, 1811), in the *Transactions of the Horticultural Society of London*, 7 vols. (London: 1812–1830), Volume 1 (1820), p. 221:「現在、この国の庭で栽培されているいかなる種類の果実であれ、メロンほど、我が国の気候において得ることができる最大限の完成度をそんなにも稀にしか得ることのできないものはない、と私は考える。一般的に味の濃厚さにおいても香りにおいても大きな欠陥が見出されるので、栽培する費用や苦労に見合わない。私自身の庭師も、技術や心遣いに欠陥があるわけではないが、一般的にほとんど成功しないので、もう二度とメロンを植えるなと彼に命令したこともあった」('There is not, I believe, any species of fruit at present cultivated in the gardens of this country, which so rarely acquires the greatest degree of perfection, which it is capable of acquiring in our climate, as the Melon. It is generally found so defective both in richness and flavour, that it ill repays the expense and trouble of its culture; and my own gardener, though not defective in skill or attention, had generally so little success, that I

had given him orders not to plant Melons again.')この文献を教示してくれた兵庫県立大学の石倉和佳教授に感謝申し上げる。

＊54　Sir Nathaniel Bacon, *Cookmaid with Still Life of Vegetables and Fruits*, c. 1620–1625, Tate Britain.

＊55　Harvey, *Early Nurserymen*, pp. 46–47, および、p. 2 も参照せよ。*OED* によれば、'To put (plants) in a hothouse' という意味での 'stove' の初例は Francis Bacon, *The Essayes* (1625), p. 167 に見られる。しかし、文脈からして温室がイギリスで使われていたということを明確に示すものでもないし、次の *OED* の引用例は、1691 年である。また、名詞 stove (3. A hothouse for plants) の初例も 1695 年である。Campbell, 'Glasshouses and Frames, 1600–1900', in *The Country House Kitchen Garden 1600–1950*, pp. 89–90 によれば、南側に面した壁に沿った差掛け小屋の中、もしくは床下に、送管をめぐらし、熱気、水蒸気、後に温水を通して暖めたのは、1700 年代から 1820 年代の間である。例えば、1817 年のシャグバラの庭では、蒸気で温められた温室でメロンやキュウリが 1 年中生産されていた ('One of the hot-houses is heated with steam, in which melons and cucumbers are produced in perfection at all seasons', William Pitt, Topographical History of Staffordshire [Newcastle-under-Lyme, 1817], quoted in Simone Sekers, 'The Walled Gardens at Shugborough in Staffordshire', in *The Country House Kitchen Garden 1600–1950*, p. 56) ことが報告されている。また、屋内をストーブで暖めたため 'stove-houses' とも呼ばれた建物は、オレンジ温室 (orangeries) のことで、その目的は、平鉢に植えられたオレンジの木を冬の間、この建物の中に移動し、寒さと湿気から保護することであった。断熱が主で、採光と通気のことは考えられておらず、全体がガラス張りの温室 (glasshouses) ではなかった。

＊56　*A Catalogue of Seeds, Plants, &c. Sold by Edward Fuller.*

＊57　Nicholas von Maltzahn, 'Marvell's Restoration Garden'; 'Andrew Marvell and the Lord Wharton', in *The Seventeenth Century*, 18, 2 (2003), p. 260.

＊58　Gerarde, *The Herball*, p. 918.

＊59　Leith-Ross, *The John Tradescants*, pp. 46, 40.

＊60　Loudon, *Encyclopaedia of Gardening*, p. 763.

＊61　*Hortus medicus Edinburgensis, or, A catalogue of the plants in the physical Garden at Edinburgh containing their most proper Latin and English names by James Sutherland, Intendant of the said Garden Botanist, and Overseer of the Physical garden at Edinburgh* (Edinburgh, 1683), p. 226.

＊62　Leith-Ross, *The John Tradescants*, p. 46: 'Once in fruit the melons had to be warely kept from catts who love them greatly'.

＊63　Nicolas de Bonnefons, trans. John Evelyn, *The French Gardiner: Instructing How to Cultivate all sorts of Fruit-Trees, and Herbs for the Garden*（London, 1658）, p. 137. 挿絵は p. 134 にある。また、17 世紀の終わり頃から 18 世紀初めにかけての様子ではあるが、Chris Crowder, *The Garden at Levens*（London: Frances Lincoln, 2005）, pp. 36–37 によれば、囲われたメロン畑の実践例が記録されている。そのレベンズ・ホール（Levens Hall）の庭師ギョーム・ボーモント（Guillaume Beaumont）がフランス人であったことは興味深い。

＊64　Nicolas de Bonnefons, *Le Jardinier François*（Amsterdam, 1661）, p. 120 では、本文の引用最後の部分は、'particulierrement pour en interdire l'entrée aux Fille: & Femmes, en certains temps que le respe[c]t m'empesche de declarer' となっており、「（女性に対する）敬意が私にはっきりと言うことをはばからせる、ある特定のとき」とは、生理期間のことであると推測できる。Jennifer Bennett, *Lilies of the Hearth: The Historical Relationship between Women and Plants*（Camden East, Ontario: Camden House, 1991）, p. 26 は、女性の生理周期と植物の生育との関係についてデモクリトス、プリニウス、そしてウィリアム・ターナー（William Turner）の『新本草誌』（*A New Herball*, 1551 年）からの引用を紹介している。特にターナーの例、「女性には若いウリに触らせてもいけないし、それを見させてもいけない。なぜなら女性が触れるだけで、見るだけで、若いウリは死ぬからである」（'Let weomen nether touche the younge gourdes nor loke upon them, for the only touchinge and sighte of weomen kille the younge gourdes.'）は、メロンもウリ科であるだけに興味深い。トマス・ヒル『庭師の迷路』でも、'Cucumbers' と 'Gourdes' の箇所で栽培時の最重要注意事項として同様の説明がなされている。「しかし、（ギリシア人のフローレンティヌスに従って）コルメラが勧告するように、生理、すなわち月経中の女性は、その時には、その果実に近寄らせないように、特に手を触れさせないように特別の注意が払われなければならない。なぜなら触らせると同時に果実は弱り枯れるからである。. . . もしもその場所にいる女性が同様に生理中であったならば、それらに視線を据えるだけで、若い果実をのちに殺してしまう、もしくは味を損なってしまうか、そうでなければ腐らせてしまうだろう」（'But there must be a speciall care, as *Columella*（after the Greek *Florentinus*）admonisheth, that no woman, at that instant, having the reds or monethly course, approcheth nighe to the fruits, especially handle them, for through the handling at the same time they feeble and wither. … If she in the place be like affected she shall after kill the young fruits, with her onely look fixed on them, or cause them to grow after unsaverie, or else corrupted'（The Second Part, p. 131）. The Second Part, p. 138 も参照。

　さらに、Thomas Tusser, *Five Hundredth Pointes of Good Husbandry*（1557; London,

1638）の中では、'For feare of drabs, go gather thy crabs'（p. 26）; 'Out fruit goe and gather, but not in the deaw, / with crab and with walnut, for feare of a shrew'（p. 33）と忠告されており、身持ちの悪い女性（drabs）や口やかましい女（shrews）が、果樹園運営に対する脅威の一つとして示唆されている。栽培だけでなく、果実収穫に際しても女性は排除されるべき対象となっている、この例に私の注意を引いてくれた竹山友子氏に感謝する。また、Jennifer Munroe, *Gender and the Garden in Early Modern English Literature*（Aldershot: Ashgate, 2008）は、17 世紀中頃までに女性の（キッチン・ガーデンではない）美的庭園での活動が確立したこと、それと同時にそこでの女性の園芸活動が従来の考え方との緊張状態を醸成したことを指摘している（p. 6）。庭空間での Art vs. Nature の関係は従来、男性性対女性性の関係であって、男性の庭師が女性的な自然を統御する空間であった。女性の庭師はそのバランスを崩すゆえに排除されるとも考えられる。またマンローは、職業的利益優先型の庭への変化が、女性を庭での権威と権力の座から周辺化させた要因であること（p. 27）、その変化を促進した男性による園芸学出版物には、特権化を切望する男性の不安が表されていること（p. 42）をも示唆している。一方、キッチン・ガーデンは、C. Anne Wilson, 'Growing Aromatic Herbs and Flowers for Food and Physic', in *The Country House Kitchen Garden 1600–1950*, pp. 82–83 も述べているように、17 世紀においては女性の領域であった。特に医薬用の芳香植物の播種と収穫は、女主人が、娘や女中の助けを借りながらも、自身でなすべき仕事であった。マーヴェルの庭と女性嫌悪に関しては、第三章で詳述する。ジェイムズ・シャーリー（1596–1666 年）の 'The Garden', 特にその 29 行目 'No woman here shall find me out' との間テクスト性については、*Ben Jonson and the Cavalier Poets*, ed. Hugh Maclean, pp. 194–195; Nicholas McDowell, *Poetry and Allegiance in the English Civil Wars: Marvell and the Cause of Wit*（Oxford: Oxford University Press, 2008）, p. 190 を参照。

*65　Adolphus Speed, *Adam out of Eden, or An abstract of divers excellent Experiments touching the advancement of Husbandry*（London, 1658）, pp. 96–97.　*ODNB* は、この出版をサミュエル・ハートリブ（1600 頃–1662 年）が助けたこと、少なくとも 1652 年には、原稿が存在していたに違いないことを指摘している。

*66　John Reid, *The Scots Gard'ner … Published for the Climate of Scotland*（Edinburgh, 1683）, sig. A2, pp. 91, 95.

*67　北ヨークシャーとほぼ同じ緯度に位置する南カンブリアにあるレベンズ・ホールの庭で、温床とガラスを使って 1697 年にメロンが栽培されていた確かな記録がある。Crowder, *The Garden at Levens*, p. 32 によれば、所有者 Colonel James Grahme に宛てて代理人は、庭師ギョーム・ボーモントの作業を「彼は、温床を作り、あなたさまが早馬で送られたメロンの種とキュウリの種を蒔き、枠組みとガラスを

作らせました。それらはうまく育っています。他の場所と同じようにここでうまくいくと彼は確信しています」（'… he has made a hot bed and has sowne the Mellon seeds you sent by post & Cowcumbers and has gotten Frames made and glasses. They are come up finely, he does not doubt but they will doe as well here as any where.'）と報告している。また、Campbell, 'Digging, Sowing and Cropping in the Open Ground, 1600–1900', in *The Country House Kitchen Garden 1600–1950*, p. 15 は、温床を使った庭の一角が 'the melonry' と呼ばれていたこと、有機肥料の山の見栄えの悪さや臭さゆえに 17 世紀の第 1・四半期の終わりまでにはこの区画が、囲われた独自の空間になっていたことを指摘している。

＊68　Hill, *The gardeners labyrinth*, p. 151. Leith-Ross, *The John Tradescants*, p. 46.

＊69　Lawson, *A new orchard, and garden*, p. 7.

＊70　Sir Hugh Plat, *The Garden of Eden or, An accurate Description of all Flowers and Fruits now growing in England, with particular Rules how to advance their Nature and Growth, as well in Seeds and Herbs, as the secret ordering of Trees and Plants*（1608; London, 2nd edn., 1652）, p. 57.

＊71　Leonard Meager, *The English Gardener: or, A Sure guide to young Planters and Gardeners In Three Parts*（London, 1670）, p. 192.　大変人気のあった本で、1710 年までに 11 版を重ねている。

＊72　John Evelyn, *Directions for the Gardiner and Other Horticultural Advice*, ed. Maggie Campbell-Culver（Oxford: Oxford University Press, 2009）, p. 227.

＊73　de Bonnefons, trans. Evelyn, *The French Gardiner*, p. 143.

＊74　Reid, *The Scots Gard'ner*, p. 95.

＊75　Evelyn, *Directions*, p. 230 を参照。

＊76　Meager, *The English Gardener*, p. 197.

＊77　de Bonnefons, trans. Evelyn, *The French Gardiner*, p. 146. Plat, *The Garden of Eden*, p. 64: 'Lay your young mellons upon ridge-tiles, to keep them from the ground, and for reflection.' も見よ。

＊78　Knight, 'A concise View', pp. 221–222.

＊79　スポンテ・スアと「庭」の果実のイメージ、さらに自由意志との関係については、Yoshinaka, *Marvell's Ambivalence*, pp. 110–111 を参照。

＊80　ジョン・ダンの諷刺詩「魂の遍歴」冒頭の「書簡」（1601 年）には、エバの食べた林檎に宿っていた魂がその遍歴の過程でメロンに宿り、それが「淫らな宴会」で供されたという記述がある。John Donne, 'The Progress of the Soule', 'Epistle', 26–28: '… though this soule could not move when it was a Melon, yet it may remember, and now tell mee, at what lascivious banquet it was serv'd', in *The Satires, Epigrams and*

Verse Letters of John Donne, ed. W. Milgate (Oxford: Clarendon Press, 1967), p. 26 を見よ。フランドルの画家フランス・フローリス (1517–1570 年) の、現在はフィレンツェのパラティーナ美術館が所蔵している *Adam and Eve* (1560 年) には、禁断の木の実を口元に差し出されたアダムの右手の先にメロンらしき果実が描かれている (図版 6 参照)。また、Terry Riggs (October 1997) は、オランダで発展し 17 世紀に人気のあったジャンルの絵画の一つであるサー・ナサニエル・ベイコンによる *Cookmaid with Still Life of Vegetables and Fruit* (1620–1625 年頃) を評して、熟れたメロンが料理女中の豊満な胸の谷間の曲線を反復するように描かれていることから、その主題はエロティックな暗示的意味を持っていただろう ('The subject would most likely have had erotic connotations. The abundance of ripe melons surrounding the cookmaid echo her voluptuous cleavage') としている (図版 4 参照)。http://www.tate.org.uk/art/artworks/bacon-cookmaid-with-still-life-of-vegetables-and-fruit-t06995/text-summary, 9 August 2014.

＊81　Hill, *The gardeners labyrinth*, The Second Part, p. 131:「しかし、ギリシアの農業説明書の中に記されている本件は、もっと驚くべきで、多くの人によって証明されてきたことである。すなわち、高熱で病んでいる、まだ乳離れしていない幼児が、眠るために、キュウリで作った、子どもと同じ長さに合わせて形をとった寝床に横たえられるならば、そして彼がその寝床で少しの間眠るか昼寝をするならば、彼は即座に高熱から解放されるだろう。眠っている間に、熱病の熱がすべてキュウリの中に吸収されるのである」('But the same is more marvelous which in the Greek instructions of husbandry is noted, and of many hath been proved, that if an Infant being sick of the Ague, and suckying still of the breast be laied on the bed made of the Cucumbers to sleepe, being framed of like length to the Child, and that he sleepeth on the bed but a little time or a nap, he shall immediately be delivered of the same, for which he sleepeth, all the feverous heat passeth in the Cucumbers.')

＊82　William Langham, *The Garden of Health Containing the Sundry Rare and Hidden Vertues and Properties of All Kinds of Simples and Plants* (1597; London, 1633), p. 294.

＊83　Gerarde, *The Herball*, p. 918. Robert Lovell, *Pambotanologia* (Oxford, 1659), p. 297 にも同様の記述 ('The Spaniards and Italians eate them to refresh the rage of lust.') がある。

＊84　Hill, *The gardeners labyrinth*, The Second Part, p. 147.

＊85　Gladyse Scott Thomson, *Life in a Noble Household 1641–1700* (1937; London: Jonathan Cape, 1965) によれば、ジョン・ソーントン師 (The Reverend John Thornton) は、(マーヴェルが卒業した 7 年後の) 1646 年に、(同じ) ケンブリッジ大学トリニティ学寮を卒業した後、ベッドフォード伯爵の子どもたちの教育係となっ

図版6　フランス・フローリス、『アダムとエバ』(1560年)、パラティーナ美術館蔵(フィレンツェ)

たが、その他多くの役割を担い、伯爵家の 'medical adviser'(p. 73)としても働いたようで、例えば1653年4月の会計簿には、「子どものエールに入れるためのヤクヨウトモシリソウ、すなわちギティングの代金、ジョン・モリスに支払い、4ペンス」('Paid to John Morrice for scurvygrass, or gittings, to put in the children's ale *4d.*', p. 77)のような記録が残されている。

＊86　*The Poems of Andrew Marvell*, ed. Nigel Smith, p. 139.

＊87　川崎寿彦、『マーヴェルの庭』(研究社、1974年)、114頁。

＊88　こういうマーヴェルの庭は、結局のところ、それがサー・ニコラス・ベイコンのゴーハンベリー(Gorhambury)の庭のように、「エピキュロス派の庭」ではなく、「ストア派の庭」の系譜に属するということでもあるだろう。Cf.「. . . 彼の庭には、愉快な水力学の仕掛けも巧妙な奇想も紋章の意匠も飾り結び花壇も銅像も象徴的なトピアリーもなかった。断固として、それは楽しませるために設計されていなかった」('... his gardens were devoid of amusing hydraulics, cunning conceits, heraldic devices, knots, statuary and symbolic topiary. Emphatically they were not designed to entertain', Hassell Smith, 'The Gardens of Sir Nicholas and Sir Francis Bacon: An Enigma Resolved and a Mind Explored', in *Religion, Culture and Society in Early Modern England: Essays in Honour of Patrick Collinson*, ed. Anthony Fletcher and Peter Roberts [Cambridge: Cambridge University Press, 1994], p. 151). しかし、一方でマーヴェルの庭には、「ストア派の庭」が称揚する、*Laborare est orare*(働くことは祈ることである)をモットーとするような、庭仕事がもたらす精神的喜びや美徳についての要素は読み取れない。この点に関してのマーヴェルの「庭」の話者とマーヴェル自身のセクシュアリティーとの関係については、第二章を参照。

＊89　Lawson, *A new orchard, and garden*, pp. 69, 2.　1599年にエディンバラで出版された詩集の中でスコットランドの自然を描きながら、アレクサンダー・ヒューム(1556頃–1609年)は、夏の朝早く小鳥たちの次に起きだして小麦と葡萄を見に行く勤勉な農夫に言及している('Up braids the carefull [i.e. painstaking, watchful] husbandman, / His cornes, and vines to see[.]')。*The Penguin Book of Renaissance Verse 1509–1659*, selected by David Norbrook, edited by H. R. Woudhuysen (Harmondsworth: Penguin, 1993), p. 403, lines 41–42を参照せよ。Munroe, *Gender and the Garden in Early Modern English Literature*, p. 25は、庭の所有者、職業庭師、庭整備のための雇われ人夫の三者をはっきりと区別した最初の例がローソンの『新しい果樹園』の中に見出されることを指摘している。庭は、働かなくてよい所有者が自分の雇っている庭師たちや労働者たちが働く様子を眺めて楽しむ場所、換言すれば一種の階級維持装置としても機能する。例えば、ルイ14世の家庭菜園をベルサイユ宮殿の庭に作った庭師 Jean de La Quintinye は、館から見えるキッチン・ガーデンの心

地よさの一つの要因に「庭師たちの絶え間ない活動」(‘the perpetual Action of the Gard'ners', *The Compleat Gard'ner*, trans. John Evelyn [London, 1693], vol. 1, p. 36) をあげている。同様に、17 世紀半ばに作られた日本の修学院離宮の回遊式庭園にも田畑が組み込まれているが、働く農夫たちを眺めることが皇族にとって一種の楽しみを提供していたに違いない。

*90 Speed, *Adam out of Eden,* ‘To the Reader'.

*91 庭に対するこの「清教徒的な労働意識」は、清教徒に限られたものではない。例えば、王党派詩人エイブラハム・カウリーは、農夫の喜びは「自らの勤勉さが生み出した美しいもので覆い尽くされた自分のすべての畑や庭を見ること」(‘to see all his Fields and Gardens cover'd with the beauteous Creatures of his own Industry', *Several Discourses by Way of Essays, in Verse and Prose* [1668], in *The Complete Works in Verse and Prose of Abraham Cowley*, ii, 321) であると言い、ウェルギリウスの農耕詩や「恵み深い神々が、父親譲りの土地を自らの手で / 耕すことを許した人は、何と幸せなのだろう」(‘Happy the Man whom bounteous Gods allow / With his own Hands Paternal Grounds to plow!', ibid., p. 324) で始まるホラチウスの詩を翻訳して労働を称えている。しかしもう一方で、束の間の此の世的な栄達や富を求めての勤勉さは、「自分には賢明で勤勉に思え、/ 有能な農夫のように見えるだろう」(‘Thou dost thy self Wise and Industrious deem; / A mighty Husband thou wouldst seem', ibid., p. 337) けれども、実は「愚かな庭師」(‘foolish gard'ner', ibid.) のそれにすぎない、とも言っている。同様に、王党派ジョン・イーヴリンは、*Kalendarium Hortense* (1664) の ‘Introduction' で「私たちは敢えて大胆にそれを宣言する。人々の中で、良き庭師の人生より勤勉な人生はない」(‘we dare boldly pronounce it, there is not amongst Men a more laborious life than is that *of a good* Gard'ners', Evelyn, *Directions*, p. 3) と述べている。しかしながら、エデンの園での労働は、やはり清教徒的と言えるのかもしれない。イーヴリン自身が、同書の冒頭で「楽園は、それを刈り込み、維持するために人がその中に置かれて以来、もはや楽園ではなくなった」(‘Paradise … was *no longer* Paradise, than the Man was put into it, to dress it and to keep it', ibid.) と述べるとき、パラダイスには人の手が必要ではなかったことを示唆している。しかし、では庭仕事は安息日に行っても良いかと言うとそうではなく、クロムウェル政権下においても、それは罰を受けるべき異端信者の行いであった。例えば、以下のブロードサイドの記事を参照せよ。‘A List of Some of the Grand Blasphemers and Blasphemies, which was given in to The Committee for Religion' (London: Printed by Robert Ibbitson, 1653):「27. ナイツブリッジのゲイ夫人は、自分はどの集会所でのどの儀式においても神に仕えているのと同様に、主の日においてベッドの中でも庭仕事中でも神に仕えることができる、と言った。1651 年ごろ彼女は、手足

を使えなくなり、約1年の間ベッドから起き上がれず、惨めな絶望と恐ろしい悪魔の拷問の下でひどく苦しめられて、死んだ」（'XXVII Mrs. *Gay* at *Knightsbridge* said, *That she could serve God as well in her bed, or at work in her Garden on the Lords dayes, as at any Ordinances at any meeting place*. About 1651 [,] she was grievously afflicted without the use of her limbs, bed-ridden about a year, under a sad dispaire, and horrible torment of Devils, and so dyed.'）

＊92　Milton, *Paradise Lost*, ed. Alastair Fowler, p. 235.

＊93　しかし、パラダイスという言葉が元来ペルシア語で囲われた場所を意味したように、ミルトンの「美しい楽園」（'delicious Paradise',『失楽園』、4巻、132行）も「緑の囲い」（'enclosure green', 同、133行）で囲われ、後の自然風庭園が外部の自然との境界を曖昧にしようとする傾向があるのに対して、はっきりと外部との境界線は存在していた。

＊94　Tigner, *Literature and the Renaissance Garden from Elizabeth I to Charles II*, p. 19は、「農業に先立つ聖書の時代を想像しつつ、ミルトンの叙事詩は、エデンを明白に農業的な、人間の管理を必要とする庭として描いている」（'Imagining the biblical time that predates agriculture, Milton's epic depicts Eden as distinctly agricultural, a garden that needs human stewardship.'）と述べた後で、ミルトンの庭をウォルター・ブライズ（1649年活躍）のような同時代の土地改良論者や真正水平派（The Diggers, 原義は「掘る人々」）と呼ばれたジェラード・ウィンスタンリーのような清教徒、共和主義者の根本方針と実践に重ねている。庭における自然状態に対する人為という観点から考えると17世紀の多くの庭師たちが望んだ植物の品種改良もそうである。しかし、17世紀の多くの園芸作家や植物学者の中には、Bushnell, *Green Desire*, pp. 145–148, 156–157が指摘しているように、庭の植物を改良したり珍しい新種を作り出すことは、社会秩序を混乱させることの隠喩であり、逆に神が意図した自然状態を不遜な人為によって変えないことこそが社会秩序を維持することであると意識される傾向があった。意外なことに、マーヴェルの「庭を攻撃する草刈人」において、品種改良に反対することで王党派の庭を攻撃している急進的水平派として見られてきた話者も、神の意思を尊重せよ、自然は人為によって支配されない、という立場に立つという点で、社会変革を嫌う保守派との共通点を持っていたと言えるであろう。

＊95　Garrett A. Sullivan, Jr., *Sleep, Romance and Human Embodiment: Vitality from Spenser to Milton* (Cambridge: Cambridge University Press, 2012), pp. 107–108は、エバが禁断の木の実を食べることを選んだことで、堕落以前に与えられていた彼女の農作業を放棄してしまったこと（'Eve has abandoned "her rural labors" in favor of the forbidden fruit'）、堕落後には木を崇拝するような偶像崇拝に陥る形で人間と植物の

関係を逆転させてしまっていること（'After the Fall, Eve worships, rather than prunes or rends, a plant'）を指摘している。しかし、堕落以前においては、アダムとエバによる自然の統御が、放縦な支配や搾取を意味するのではないことは確認しておくべきである。William Shullenberger, 'Imagining Eden', in *The Cambridge Companion to* Paradise Lost, ed. Louis Schwartz（New York: Cambridge University Press, 2014）, pp. 131, 134 が指摘しているように、彼らが神と繋がっている限り、彼らの庭仕事は、その耕作を通して、秩序と美と肥沃さを志向する創造主の業の一部を担っていると考えられるからである。

＊96　マーヴェルの庭での自然に対する能動的な人為は、時に注意を要する行為と見なされている。例えば、「花の冠」（'The Coronet'）の話者のように「あらゆる庭、あらゆる牧場を通って／花を集める」（'Through every garden, every mead, / I gather flow'rs', 5–6 行）ようなことをすれば、「古の蛇を見つける」（'I find the serpent old', 13 行）ことになり、「花の景色の中の小さなT・Cの絵」（'The Picture of Little T. C. in a prospect of Flowers'）では、「蕾を摘み取らない」（'spare the buds', 35 行）ようにしなければ、花の神フローラを怒らせることになってしまう。マーヴェルのメロンの持つ政治的含意については、Takashi Yoshinaka, 'Marvell's Melons', in *Hiroshima Studies in English Language and Literature*, 58（2014）, p. 9 を見よ。

＊97　Edmund Waller, 'A Panegyric to My Lord Protector, or the Present Greatness, and Joint Interest, of His Highness, and This Nation', lines 52, 55–56, in *The Poems of Edmund Waller*, ed. G. Thorn Drury（New York: Greenwood Press, 1968）, p. 140.　Tigner, *Literature and the Renaissance Garden from Elizabeth I to Charles II* は、当時の植物園が萌芽期植民地主義志向の実演であったことを指摘している（'Collecting and exhibiting the marvels of various horticultural species in the university and privately owned botanical gardens became a demonstration of burgeoning colonial aspirations; to cultivate and to naturalize the plants of the world was a way of dominating and owning the world itself', p. 18）。 また、Thomas, *Shakespeare's Plants and Gardens* は、シェイクスピア時代のイギリスにおいて、商人、薬種屋、本草学者、医者、庭を誇示する貴族たちなどが植物を中心にした共通の資本に密接に関わっていたことを指摘している（'Plant hunters, researchers, apothecaries, herb-women, physicians and the grandees were caught up in a cooperative enterprise', p. 11）。

第二章　庭のセクシュアリティー——マーヴェルは、なぜ耕さないのか？

＊1　『聖書』、日本聖書協会、1978年、4頁。以下、邦訳聖書からの引用はこの版に拠る。

＊2　Saint John Chrysostom, *Homilies on Genesis 1–17*, trans. Robert C. Hill (Washington, D. C.: The Catholic University of America Press, 1986), pp. 202–203:「つまり、その性交渉の完成は、堕落後に起こったのである。その時までは、彼らは楽園で天使のように暮らしていて、情欲で燃えるようなことも、その他の熱情に襲われることもなかったし、生まれながらの欲求に従うのではなく、むしろ逆に腐敗せず不滅の状態に創造されていたのである」('I mean, the consummation of that intercourse occurred after the Fall; up till that time they were living like angels in paradise and so they were not burning with desire, not assaulted by other passions, not subject to the needs of nature, but on the contrary were created incorruptible and immortal'.) また、以下の箇所も参照せよ。*On Virginity; Against Remarriage*, trans. S. Riger Shore, introd. E. A. Clark (New York: Edwin Mellen Press, 1983), pp. 23, 26:「なぜ結婚は、神への背信行為以前に現れなかったのか？　なぜ楽園には性交渉がなかったのか？　なぜ堕落後の呪い以前に出産の苦痛はなかったのか？　なぜなら、その時には、これらのものは不必要だったからである」、「もしもアダムが従順なままでいたならば、彼は結婚を必要としなかっただろう。すべての人類はこのように［結婚なしで］創造されるべきではなかったのか、とあなたがたは問うだろう。しかり、このように、もしくは私には言えない別の方法でだ。要は、地の上にたくさんの人を創造するために、神は結婚を必要とされなかった、ということである」('Why did marriage not appear before the treachery? Why was there no intercourse in paradise? Why not the pains of childbirth before the curse? Because at that time these things were superfluous'; 'Adam would not have needed it [marriage] if he had remained obedient. You will ask if all men were to be created in this manner. Yes, either in this way or in another that I cannot say. The point is that God did not need marriage for the creation of a multitude of men upon the earth'.) さらに、以下の箇所も参照せよ。Helen Hills, *Invisible City: The Architecture of Devotion in Seventeenth-Century Neapolitan Convents* (Oxford: Oxford University Press, 2004), p. 46:「. . . 人類堕落前の存在は、セックスを伴わないものであり、死から免れていた。これに続く推論は、死から免れている生き物は性行動を必要としなかった、ということである。性行為がないということは、不滅のしるしであり、不滅の先行条件である。グノーシス主義の考えによれば、性行動は死と繋がっており、性行動がないということが生命と繋がっているのである。ジョン・クリュソストモスは、死のない生命は性的な活動を放棄することによってのみ達成され

る、と論じた」（'… the prelapsarian existence was asexual and free from death. The corollary to this is that creatures free of death had no need of sexuality. Sexlessness, immortality's sign, became its prerequisite. According to the gnostic notion, sexuality is linked with death, so asexuality is connected to life. John Chrysostom argued that life without death can only be achieved by renouncing sexual activity.'）

＊3　*Saint Gregory of Nyssa, Ascetical Works*, trans. Virginia Woods Callahan（Washington, D.C.: The Catholic University of America Press, 1967）, pp. 42, 46, 48, 11 を見よ。ニッサの聖グレゴリウスによれば、最初、アダムには、情欲と死はなく（'man … did not have the elements of passion and mortality'）、楽園を追い出されるまでは、エバとの性行為はなかった（'he did not know her earlier, before he was driven out of paradise'）。死すべきこの世での出産は、結局は死自体をも生み出していることになり、誕生において腐敗が始まる（'… the bodily procreation of children … is more an embarking upon death than upon life for man. Corruption has its beginning in birth[.]'）ということだ。永遠の命の源であるイエス・キリストの誕生が、肉の結婚によらなかった（'… our Lord Jesus Christ, the source of incorruptibility, did not come into the world through marriage.'）所以である。Hans Boersma, *Embodiment and Virtue in Gregory of Nyssa: An Anagogical Approach*（Oxford: Oxford University Press, 2013）, pp. 105–108 を見よ。さらに付け加えるならば、Boersma, p. 107 が、聖グレゴリウスからの引用で明らかにしているように、情欲は、堕落後の動物的な生殖行為ゆえに人の性質の中に入ってくるのだ、と考えられている。ちなみにマーヴェルが知り得たヘルメス哲学の考え方も興味深い。そこではアダムは元来両性具有で、自ら自分の分身を増殖させることができた。しかし、アダムからエバが分けられた時点で、例えばドイツの神秘主義者ベーメによれば、「此の世の獣のような性器を繁殖のために持つ」（'wee have Earthly bestiall members for propagation.'）ようになり、「両者はお互いに各々の欲情で燃え立てられた」（'both were mutually kindled with the Desire of each other.'）、そして「彼らは獣がするように繁殖しなければならない」（'they must propagate as Beasts doe[.]'）というのである。ベーメは、両性具有の段階での増殖を植物的魂の力によるものであるかのようにも描いている。Jacob Behmen, *XL. Questions concerning the Soule*（London, 1620）, pp. 131, 140, 67 を見よ。また、以下も参照せよ。p. 66:「魂は、肉体を別の形に変える力を持っていた。だから、その特性に従って、もしもアダムが試練に屈しなかったならば、それ自身から小枝を生やす力も持っていただろう」（'the soule had power to change the body into another forme; and so also it had power to bring forth a Twig out of it selfe, according to its property, if *Adam* had stood out in the Triall.'）

＊4　例えば、Saint John Chrysostom, *On Virginity; Against Remarriage*, p. 24: 'at the be-

ginning, in fact, when the human race was more childlike, …' のような表現にも表れている。

＊5　Gary Anderson, 'Celibacy or Consummation in the Garden? Reflections on Early Jewish and Christian Interpretations of the Garden of Eden', *Harvard Theological Review*, 82 (1989), pp. 121–148 は、キリスト教的な展開の以前に、伝統的なユダヤ教ラビ経典の注解書が既にアダムとエバのエデンの園での性交渉に言及していることを指摘し、その理由を説明している。結婚とその完成である性的結合は本来、祝祭の儀式的性格を持ち、豊穣と子孫繁栄という神の祝福を受ける場所であるエデンの園で行われるのに相応しい行為であると考えられた。また、例えば、「創世記」第2章第20節「それで人は、すべての家畜と、空の鳥と、野のすべての獣とに名をつけたが、人にはふさわしい助け手がみつからなかった」にあたる箇所には「アダムはあらゆる獣と動物と性交を試みたが、彼の性欲は彼らによっては鎮められなかった」という注解 (p. 126) や「創世記」第4章第1節「人はその妻エバを知った」の動詞は大過去時制である可能性、この表現が楽園を追われてから63日目になされた可能性を勘案するとエバは既に楽園追放の前に妊娠していたという説明 (p. 121, n. 1, p. 138) などが紹介されている。

＊6　アウグスティヌス、『神の国』、第14巻、第24, 26章、服部英次郎訳（岩波文庫、1991年）、第3巻、350, 351, 358頁。

＊7　ミルトンの『失楽園』に描かれたエデンの園では、性行為こそが楽園の喜びを最たるものにしていることを、アダムとエバが「さらに幸せなエデンの園ともいえる、互いの抱擁の中で楽園化されて」('Imparadised in one another's arms / The happier Eden', 4巻、506–507行) いる、と言って嫉妬するサタンの言葉が示唆している。また、「結婚愛」('wedded love', 同、750行) においては、それは「忠実で正しく清らかな理性に基づいて」('Founded in reason, loyal, just, and pure', 同、755行) おり、「姦通を犯す情欲は、人々の間から追放され、獣の群れの中で彷徨う」('adulterous lust was driv'n from men / Among the bestial herds to range', 同、753–754行) 状態であった、と語り手は主張している。Garrett A. Sullivan, Jr., *Sleep, Romance and Human Embodiment: Vitality from Spenser to Milton* (Cambridge: Cambridge University Press, 2012), pp. 122–123 は、ミルトンの「至福の園」('blissful bower',『失楽園』、4巻、690行) が、堕落後のアダムとエバの性関係の変化によってスペンサーの「至福の園」('Bower of Bliss') になってしまったことを指摘している。伝統からの逸脱という観点から注目すべきは、アダムがエバを見たとき、「熱情というもの . . . 何とも言えぬ異様な激情」('passion … / Commotion strange',『失楽園』、8巻、530–531行) を感じていることである。また、アダムに対する天使ラファエルの忠告は、動物的な情欲 ('carnal pleasure', 同、593行) を排した性行為を促して

いる（同、579–594 行）が、このこと自体が、堕落前のこの段階で既に堕落後の性的欲求が存在していたことを示唆していると言うこともできるだろう。エデンの園に既にサタンが潜入しているように、人の内部にも理性によって制御できない感情が既に芽生えており、まさにミルトンの意図は、この邪悪な部分を克服することこそが美徳の意義であることを示すことにあったとも言えるのかもしれない。しかし、アダムの感じた「熱情というもの . . . 何とも言えぬ異様な激情」の正体は曖昧で、彼自身の弁明では、その感情を生じさせているのは、ラファエルの言う「人類が繁殖するためには必要な肌の触れ合い」（'the sense of touch whereby mankind / Is propagated', 同、579–580 行）が与える喜びよりも優勢な、「二人の心の純粋な一致、もしくは一つになった魂」（'unfeigned / Union of mind, or in us both one soul', 同、603–604 行）が与える精神的な愛の喜びであることが示唆されてもいる。熱情こそがミルトンの楽園を楽園化し、かつ楽園を壊してしまう主題であったことについては、Michael Schoenfeldt, '"Commotion Strange": Passion in *Paradise Lost*' in *Reading the Early Modern Passions: Essays in the Cultural History of Emotion*, ed. Gail Kern Paster, Katherine Rowe, and Mary Floyd-Wilson (Philadelphia: University of Pennsylvania Press, 2004), pp. 43–67 を参照せよ。Melissa E. Sanchez, *Erotic Subjects: The Sexuality of Politics in Early Modern English Literature* (2011; Oxford: Oxford University Press, 2013), pp. 226–227 は、天使とは異なり人間の夫婦の結合には性的欲求が必要であることを『失楽園』のアダムは認識しており、彼が望んでいたのは欲望の成就ではなく、欲望の欠如であったと論じている。

＊8 Joshua Scodel, *The English Poetic Epitaph: Commemoration and Conflict from Jonson to Wordsworth* (Ithaca: Cornell University Press, 1991), pp. 174–175 は、チャールズ一世に支援されたロード主義の高教会派聖職者たちが独身主義を奨励したこと、婚姻関係が産み出す不和を回避する賢明な方法としての独身生活を賞賛する表現が 17 世紀の墓碑銘やロバート・ヘリックの詩に見出されることを指摘している。

＊9 Henry Cole (trans.), *Luther Still Speaking: The Creation: A Commentary on the First Five Chapters of the Book of Genesis by Martin Luther* (Edinburgh, 1858), p. 225: 'By reason of sin, therefore, the most excellent and effectual members of our body, have become the most vile and base'; 'whenever they wished to devote themselves to the procreation of children, they would have come together, not maddened with that lust which now reigns in our leprous flesh; but with an admiration of the ordinance of God'. さらに pp. 90, 100, 143 も参照せよ。

＊10 William Whiston, *A New Theory of the Earth* (London, 1696), p. 169: 'Nakedness was no shame, and so no sense of any need to cover it does appear. Those Inclinations which provide for the Propagation of Mankind were, it seems, so regular, and so intirely

under the command of Reason, that not so much as an Apron was esteem'd necessary to hide those Parts, which all the World have since thought proper to do.' 以下の頁も参照せよ。p. 270:「. . . 無垢の状態では、そこではなんら罪深い種類や程度の適用はない。そこではすべてそのような劣った欲望は、より優位のもの、人間の理性や良心に完全に従っていた」('... in a state of Innocence; where there was no inclination to any sinful kind or degree of Application and where all such inferior Appetites were in complete subjection to the Superior, the Reason and Conscience of Man.')

＊11　Matthew Poole, *Annotations upon the Holy Bible* (London, 1683), sig. [C2r]: 'now they knew it with grief and shame from a sense both of their guilt for the sin newly past, and of that sinful Conscience, which they now found working in them.'

＊12　Francis Rouse, *The Mysticall Marriage. Betweene Christ and His Church* (London, 1635), pp. 25, 38: 'chiefe Lord both of body and soule'; 'To bee without lust is a true Paradise; for man had not this lust when hee was first placed in Paradise, neither could Paradise endure man, when this lust was placed in him. Therefore the true way to returne to Paradise, (or the state of happines, wherof it was a type) is to put off this lust, wherewith began our misery.'

＊13　William Hazlitt (trans.), *The Table Talk or Familiar Discourse of Martin Luther* (London, 1848), p. 307: 'Had God consulted me in the matter, I should have advised him to continue the generation of the species by fashioning them of clay, in the way Adam was fashioned'.

＊14　Samuel Purchas, *Microcosmvs or the Historie of Man* (London, 1619), p. 159: 'How *abominable* is that vicinitie of his *owne*, and enclosure betwixt the *Mothers* excrements; ... his Bed made betweene the sinkes and passages of the Parents *Ordure* on the one side, and Urine on the other?' 以下の頁も参照せよ。pp. 156–158:「結果を引き起こす原因となる作用(これは最初の人においては神自身の御手であったが)は、この世では、みだらな性欲によってそれへと駆り立てられた、死すべき惨めな人間である。それを人は、もう一人のより弱き性の助けなしにはしないし、できもしない。しかもミネルヴァ神のように、自然のより高貴な道具によってではなく、まさに恥ずべきものであり、外陰部と呼ばれるものによってなのである。最も誠実な子作りの行為でさえ、多くの人がまさに闇の仕事を避けるよりも、もっと人目をはばかり明るさを避ける。材料は精子と月経の血である。前者は、泡(そこからヴィーナスは、泡から生まれたというギリシア語のアプロディーテーと呼ばれた)であり、後者は、通俗の名称では、女性病と呼ぶ作者も中にはいる、毒液である」、「この受胎の形と方法は、卑しく、忌むべきで、毒へびのようであるのと同じく最初に罪深いものではないか?」('The cause efficient (which in the first Man was Gods

owne hand) is here a mortall miserable Man, incited thereunto by sensuall Lust; which hee doth not, cannot, without helpe of another, of a weaker Sex, and that not as *Minerua*, by the nobler Instruments of Nature, but euen those which are, and are called *Pudenda*; the act of honestest humane procreation flying the light & sight of humane eyes, more then many the very works of darkenesse. The matter is Seed and menstruous Bloud; the one, Froth (whence *Venus* was called *Aphrodite*) the other, say some Authors, *Venome*, in vulgar appellation, a feminine *sicknesse*'; 'Is not the forme and manner of this conception as sinfull first … so base, abominable, viperous?') Cf. John-Francis Senault, *Man become Guilty, or The Corruption of Natvre by Sinne, According to St. Augustines Sense*, trans. Henry Earle of Monmouth (London, 1650), p. 299:「人は、自分を再生産するために隠れる」('Man hides himselfe to re-produce himselfe'.)

＊15 Henry More, *An Antidote against Atheism, or An Appeal to the Natural Faculties of the Minde of Man, Whether there be not a God* (London, 1653), p. 68.

＊16 John Donne, 'Farewell to Love', lines 24–25:「そのような行為は、するたびに、／寿命を1日短くする、と人は言う」('each such act, they say, / Diminisheth the length of life a day', *The Poems of John Donne*, 2 vols., ed. Robin Robbins (Harlow: Longman, 2008), i, 185. 以下の箇所も見よ。*The First Anniversary*, line 110:「僕たちは、増殖するために、自らを殺す」('We kill our selves, to propagate'.)。W. Milgate は、*John Donne, The Epithalamions, Anniversaries and Epicedes* (Oxford: Clarendon, 1978) の p. 135 において、「性行為が、『根源的水分』を消費することによって生命を奪うという考えは、アリストテレスの『長命と短命について』466b に由来する」('The idea that the act of coition devitalizes by expending "radical moisture" derives from Aristotle, *De Longitudine et Brevitate Vitae* 466b'.) と述べている。

＊17 Thomas Vaughan, *Euphrates: Or the Waters of the East* (1655), in *The Works of Thomas Vaughan: Eugenius Philalethes*, ed. Arthur Edward Waite (London: The Theosophical Publishing House, 1919), p. 435. 当時の擬似科学者であった錬金術師トマスは、もちろん、詩人ヘンリー・ヴォーンの双子の兄弟である。

＊18 Hugh Rose, *The Elements of Botany … Being a Translation of the Philosophia Botanica and Other Treatises of the Celebrated Linnaeus* (London, 1775), p. 221.

＊19 Sir Thomas Browne, *The Works of Sir Thomas Browne*, 6 vols., ed. Geoffrey Keynes (London: Faber & Faber, 1931), v, 361.

＊20 Francis Bacon, *Sylva, Sylvarum: or A Naturall Historie* (London, 1627), pp. 154, 155.

＊21 Abraham Cowley, *The Third Part of the Works of Mr Abraham Cowley, Being his Six Books of Plants, Never before Printed in English* (London, 1689), p. 121. しかしながら、カウリーはプリニウスを引用して、ナツメヤシには人間と同じように性差がある

と信じていた。Robert B. Hinman, *Abraham Cowley's World of Order* (Cambridge, MA: Harvard University Press, 1960), pp. 289, 363, n. 36 を見よ。

＊22　Sir Thomas Browne, *Pseudodoxia Epidemica*, 2 vols., ed. Robin Robbins (Oxford: Oxford University Press, 1981), i, 206: 'the propriety of plants, that is to multiply within themselves, … Let the earth bring forth grasse, the herbe yielding seed, and the tree yielding fruit, whose seed is in it selfe. Which is indeed the naturall way of plants, who having no distinction of sex, and the power of the species contained in every *individuum*, beget and propagate themselves without commixtion[.]'

＊23　Sir Thomas Browne, *Religio Medici, Hydriotaphia, and The Garden of Cyrus*, ed. Robin Robbins (Oxford: Clarendon Press, 1989), p. 76.

＊24　John Edwards, *A Demonstration of the Existence and Providence of God* (London, 1696), I. p. 121: 'a Man is as 'twere transplanted into *Paradise* again, and is inviron'd with Innocence and Harmless Delights'.

＊25　John Evelyn, *Elysium Britannicum or The Royal Gardens* (London, c. 1700), p. 31: 'A place of all terrestriall enjoyments the most resembling *Heaven*, and the best representation of our lost felicitie'.

＊26　*The Poems of Andrew Marvell*, ed. Nigel Smith, Revised Edition (Harlow: Longman, 2007). 以下、マーヴェルの詩からの引用は、この版から。ここでの日本語訳は、内包されたユーモアを伝えるようなものとした。

＊27　アウグスティヌス、『神の国』、第 3 巻、357 頁。

＊28　Abraham Cowley, 'The Garden', line 11, in *The Complete Works in Verse and Prose of Abraham Cowley*, 2 vols., ed. Alexander B. Grosart (New York: AMS Press, 1967), ii, 327.

＊29　Gabriel de Foigny, *A New Discovery of Terra Incognita Australis, or The Southern World, by James Sadeur a French-man* (London, 1693), sig. A3v, p. 85: 'the Fruits there were so excellent and nourishing, that the inhabitants sought no other food; … they knew not the use of Cloaths': 'Children grew within them like Fruits upon the Trees'.

＊30　Richard Ames, *The Folly of Love; or, An Essay upon Satyr against Woman* (London, 1691), p. 26.

＊31　St. Amant, 'The Enjoyment', lines 21–24, trans. Thomas Stanley, *Poems* ([London], 1651), pp. 28–29.　サン＝タマンの原詩 'La Jouyssance' (1629) は、より原文に忠実な 17 世紀の訳者不詳の英文テクストがあり、Anne Louise Cameron, 'The English Translation of Seventeenth-Century French Lyric Poetry and Epigrams During the Caroline Period', Ph.D. Thesis (Durham University, 2008), Appendix B, pp. 232–236 に収録されている。マーヴェルがスタンリーを中心とする詩人たちと関わっていた可能性 (Nicholas McDowell, *Poetry and Allegiance in the English Civil Wars: Marvell and the*

Cause of Wit [Oxford: Oxford University Press, 2008] を見よ)、1651 年の夏、マーヴェルは、フェアファックス卿の下で「アップルトン屋敷によせて」を書いていたこと、彼のパトロンはサン゠タマンの詩に興味を持ち、数編を翻訳していること等々を考えると、マーヴェルがスタンリーの翻訳、もしくはフランス語の原詩に影響されていた確率は非常に高いと思われる。'The Enjoyment' の冒頭も隠棲のテーマである。

Far from the Courts ambitious noise
Retir'd, to those more harmlesse joys
Which the sweet Country, pleasant fields;
And my own Court, a Cottage, yields;
I liv'd from all disturbance free,
Though Prisoner (Sylvia) unto Thee; (lines 1–6)
(宮廷の野望に燃えた喧騒から遠く離れ
甘美な田舎、心地よい野原、
そして僕自身の宮廷である田舎家が生み出す
もっと無害の喜びへと隠棲し、
僕は、あらゆる邪魔から解放されて暮らす、
シルヴィア、君の虜ではあるけれど)

また、スタンリーの翻訳では、マーヴェルの場合に似て、人間が植物化して描かれているように思われる。例えば、以下の詩行を見よ。

Now with delight transported, I
My wreathed Arms about her tie;
The flatt'ring Ivie never holds
Her Husband Elme in stricter Folds,
To cool my fervent Thirst, I sip
Delicious Nectar from her lip. (lines 71–76)
(さあ、喜びでうっとりして、僕は
からんだ腕を彼女の周りで結びつける。
おもねるツタも彼女の夫のニレの木を
これ以上に固く抱擁したことなどないさ。
僕の燃える愛の渇きを冷ますため、僕は啜るのさ、
彼女のくちびるから美味し神の酒を)

スタンリー自身は、'Loves Innocence' (p. 32) の中で、植物が「みだらな」('wanton')、そして「なまめかしい」('amorous') 動きをしたとしても彼らは「何の罪も知らないような炎」('such a flame … / As … no crime has known') を持っているにすぎず、

自分たちの無邪気な愛の「害のない導き手」（'harmlesse guides'）にすぎない、と言い、植物は人間と同じ性的感覚や欲望を持たないことを前提として女性を口説こうとしているように思われる。

＊32　*The Poems of Andrew Marvell*, ed. Nigel Smith, p. 81.

＊33　川崎寿彦、『マーヴェルの庭』（研究社、1974年）、257頁。

＊34　Charles Kay Smith, 'French Philosophy and English Politics in Interregnum Poetry', in *The Stuart Court and Europe: Essays in Politics and Political Culture*, ed. R. Malcolm Smuts（Cambridge: Cambridge University Press, 1996）, p. 205: 'Homologies between human love and the willing souls of other natural creatures was often extended by epicureans even to the plant kingdom.'

＊35　Ian C. Parker, 'Marvell, Nathaniel Whiting, and Cowley', *Notes and Queries*, 57, 1（2010）, pp. 59–66は、マーヴェルのこの場面の出所が、Nathaniel Whiting, *Le hore di recreatione: or, The Pleasant Historie of Albino and Bellama*（1637）の一場面、ベラーマの不在を嘆いて、擬人化された森の木々、サンザシやイバラがアルビーノを襲う場面にあるとし、「マーヴェルは懲罰を祝福に変えている」（'Marvell converts the scourging to a blessing', p. 61）と述べている。Giulio Pertile, 'Marvell as *libertin*: *Upon Appleton House* and the Legacy of Théophile de Viau', *The Seventeenth Century*, 28, 4（2013）, pp. 395–417は、自然への没入のエトスに関して16世紀末から17世紀初頭のフランス自由思想家の影響を論じ、性的交渉の性質を帯びたマーヴェルの植物との没入的合一についてもその「穏やかなパロディ」（'the soft parody'）であることを示唆している（pp. 410, 409）。マーヴェルの森の場面に関して、Derek Hirst and Steven N. Zwicker, *Andrew Marvell, Orphan of the Hurricane*（Oxford: Oxford University Press, 2012）, pp. 24–26は、霊的探求と性的恍惚との結合が喧騒派の信者たち（Ranters）に顕著だったことを指摘し、マーヴェルは、話者の性的逸脱状態を描くことで、その危険性に警鐘を鳴らしているのだと論じている。

＊36　A. B. Chambers, '"I was But an Inverted Tree": Notes Toward the History of an Idea', *Studies in the Renaissance*, 8（1961）, pp. 291–299によれば、マーヴェルのイメージは、霊的な意味でプラトン、身体的な意味でアリストテレスの伝統に遡る人間を定義する比喩で「さかさま状態のさなかでの人間本来の形を思い出させるもの」（'a reminder of man's proper form in the midst of topsy-turviness', p. 298）になっている。堕落後の人間は、フィチーノの言葉「理性が感覚に取って代わられる時、それはあたかも頭を地に着けて足を空中に上げているかのようである」（'When reason gives way to the senses, it is as if one fixed his head in the ground and raised his feet aloft', quoted on p. 297）にあるように、さかさまにすべき状態にあるということだ。

＊37　*The Poems of Andrew Marvell*, ed. Nigel Smith, p. 158, footnote 48を見よ。

＊38　John Carey, ‘Reversals Transposed: An Aspect of Marvell’s Imagination’, in *Approaches to Marvell: The York Tercentenary Lectures*, ed. C. A. Patrides (London: Routledge & Kegan Paul, 1978), p. 151 を見よ。William Kerrigan, ‘Marvell and Nymphets’, *Greyfriar*, 27 (1986), pp. 3–21 が、「小児愛的」(‘pedophilic’, p. 8) と評した、マーヴェルが少女たちを扱った抒情詩も、ケアリーの論では「彼が少女を植物の一種と見なしている」(‘he regards her as a species of vegetable’, p. 152) ことこそがその表現の淵源だということになる。「アップルトン屋敷によせて」の中で、フェアファックス家を継続させていくための唯一の跡取りである娘メアリが「ヤドリギの若枝」として描かれる詩行 (‘Hence she with graces more divine / Supplies beyond her sex the line; / And, like a sprig of mistletoe, / On the Fairfacian oak does grow’, lines 737–740) も、マーヴェルが人間的性行為を超えた形での子孫繁栄を表現しようとした結果であろう。

＊39　Marsilio Ficino, *Three Books on Life*, trans. Carol V. Kaske and John R. Clark (Binghampton, NY: Medieval and Renaissance Texts and Studies, 1989), pp. 201–203 を見よ。Bruce Smith, ‘Hearing Green’, in *Reading the Early Modern Passions: Essays in the Cultural History of Emotion*, ed. Gail Kern Paster, Katherine Rowe, and Mary Floyd-Wilson (Philadelphia: University of Pennsylvania Press, 2004), pp. 149–150 も参照せよ。

＊40　James Edward Siemon, ‘Generic Limits in Marvell’s “Garden”’, *Papers on Language and Literature: A Journal for Scholars and Critics of Language and Literature*, 8, 3 (1972), p. 266:「第 5 連は、官能的なものを扱っているが、性的なものを扱っているのではない。ウォラーシュタイン女史は、『それは自然の中での感覚の喜びを肯定している。それはこの喜びが性的な高揚へと変えられることを拒んでいる。それは情欲から生き物たちの中での純粋な喜びへと戻っている』と言う」(‘Stanza 5 deals with the sensual, not with the sexual. “It affirms” as Miss Wallerstein says, “the delight of the senses in nature; it rejects the conversion of this delight to erotic enhancement. It returns back from passion to pure joy in the creatures”’.)

＊41　Edmund Spenser, *The Faerie Queene*, 2.12.54, *Edmund Spenser’s Poetry*, ed. Hugh Maclean and Anne Lake Prescott (New York: Norton, 1993), pp. 221–222:「ふさを垂れ下げ、抱擁するブドウのつるは、／通り過ぎる人々みなを誘惑するように思えた、／その官能的なブドウの汁を味わえ、と。／そして自らを彼らの手の中へと傾けた、／自由に収穫してもらいたい、と申し出るかのように」(“an embracing vine, / Whose bounches hanging downe, seemed to entice / All passers by, to tast their lushious wine, / And did themselves into their hands incline, / As freely offering to be gathered’.)

＊42　第一章、注 64 を参照。

＊43　第一章、65–66 頁参照。

＊44　例えば、Thomas Carew, ‘A Rapture’, lines 57–61:

[As the bee] Flies ’bout the painted field with nimble wing,
Deflow’ring the fresh virgins of the spring,
So will I rifle all the sweets that dwell
In my delicious paradise, and swell
My bag with honey …
（春の新鮮な処女の花を散らしながら、
蜂が、軽快な羽根で彩り豊かな野を飛び回るように、
僕は、僕の美味な楽園に宿る
甘美なものをぜんぶ強奪するぞ、そして蜜で
僕の袋をふくらませるんだ）

Ben Jonson and the Cavalier Poets: Authoritative Texts Criticism, ed. Hugh Maclean (New York: Norton, 1974), p. 167.

＊45　Thomas May, *Virgil's Georgicks Englished* (London, 1628), pp. 120, 121.　蜂の性的な生態に関しては、ヘンリー・ホーキンズ（1577–1646年）も蜂を処女マリアのエンブレムとして取り上げて同様のことを伝えている。特に以下の箇所参照。*Partheneia Sacra* (1633), introd. Karl Josef Höltgen (Aldershot: Scolar Press, 1993), pp. 71–72, 74:「彼らは、外では傑出した夫であり、家では良き主婦である。というのも、彼らの間では性差がないので、彼らは両方であるか、もしくはどちらでもないからである。もしも彼らに性があるとしても、彼らはみな独身女性であるか、もしくは独身男性である。彼らは、同じ数の天使たちのようにとても貞節に一緒に暮らしており、彼らには結婚というものがないからである。...その他の（腐敗物が発生源ではない）あらゆる生き物は各々の種類で肉欲的な熱情に従う一方で、蜂はそれから免れており、もっと貞節な方法で増える」(‘They are notable husbands abroard, and good huswiues at home; for so they are both, or neither, as hanieg [sic] no sex amongst them; which if they haue, they are Mayds, or Bachelours euerie one, because they haue no marriages with them, as liuing very chastly together like so manie Angels: … whereas al other creatures (not bred of putrefaction) are subject to libidinous heat in their kinds, the *Bee* is free therof, and multiplies by a way more chast’.)

＊46　実際の庭仕事の中で養蜂は、果樹の受粉に重要な役割を担っている。その比喩的な広がりの中で、「蜂」は恋愛詩の中でも「勤勉」である。例えばカウリーの「移り気」(‘The Inconstant’, in *The Mistresse or Seuerall Copies of Love-Verses* [London, 1647]) では、詩の話者が「あらゆる愛の園と愛の野原」(‘all Love’s Gardens and his Fields’, 32行) を飛び回りつつ蜜を集める「賢明で勤勉な蜂」(‘the wise industrious Bee’, 33行) に喩えられている。*The Complete Works in Verse and Prose of Abraham*

Cowley, ed. Alexander B. Grosart, i, 126. ウェルギリウスの『農耕詩』に関して、15, 16世紀の注釈者が、「労働と鋤」の主題を他のジャンルとの区別を示す際立った特徴とは見なしていなかったことについては、David Scott Wilson-Okamura, *Virgil in the Renaissance* (Cambridge: Cambridge University Press, 2010), pp. 77, 83を参照。また、マーヴェルの「庭」は、パストラルの世界がギリシア・ローマ神話の「黄金時代」(the Golden Age) に呼応するものだとすれば、ついには「黒鉄時代」(the Iron Age) へと衰微していく前段階の「白銀時代」(the Silver Age) に位置していること、少なくともその暗示を、日時計が示唆する時間の経過や銀色の鳥の羽 ('its silver wings', line 54) が帯びていると言えるかもしれない。John Dixon Hunt, 'Verbal versus Visual Meanings in Garden History: The Case of Rousham', in *Garden History: Issues, Approaches and Methods* (Washington: Dumbarton Oaks Research Library and Collection, 1989), pp. 151–181は、18世紀の実際の庭が、白銀、黒鉄時代への衰微を表象として取り込んでいる例を指摘している。特に173–174頁を見よ。

＊47　Thomas G. Rosenmeyer, *The Green Cabinet: Theocritus and the European Pastoral Lyric* (1969; rpt. Berkeley: University of California Press, 1973), p. 92は、典型的なパストラルの技法としての 'pastoral stasis' を、マーヴェルの 'Annihilating all that's made / To a green thought in a green shade' に見出している ('it too steers the movement to a conclusion in which all motion, even the most marginal, is suspended.')。また、Lynn Enterline, *The Tears of Narcissus: Melancholia and Masculinity in Early Modern Writing* (Stanford, CA: Stanford University Press, 1995), pp. 160, 369, n. 39が指摘しているように、マーヴェルの「緑の木陰」は、ウェルギリウスの恋する羊飼い、ティテュロス (Tityrus) が、そこで「森に美しいアマリリスの名前を木霊させることを教え」た「木陰」(『牧歌』、1巻、1–2行) に始まる、牧歌詩を作り出す伝統的な場所でもある。

＊48　*The Poems of Andrew Marvell*, ed. Nigel Smith, p. 159. もっと適切な典拠は、マーヴェルが後に「忠誠なるスコットランド人」('The Loyal Scot') の282–289行目を書いたときに下敷きにした「蜂」の出所であろう。すなわち、それは、ウェルギリウスの『農耕詩』第4巻からで、そこでもホラチウスの「蜂」と同じように、しばしば「蜂」は、勤勉にその好物である「タイム」を集めている。例えば、トマス・メイ (1594/95–1650年) の英訳では、

> … their [the bees'] fragrant honeyes hold
> A sent of Thyme; late returne the younger weary home
> Their thighs laden with Thime[.]
> (. . . 蜂たちの芳しい蜜はタイムの匂いを
> 留めている。日も暮れて若いやつらが疲れて家に帰って来る、

腿にタイムの荷を積んで）

となっている。

＊49　植物の生殖が科学的に明らかにされていなかった時代でもデラ・ポルタ（Giambattista della Porta, 1535?–1615 年）は『自然魔術』（*Magia naturalis*, 1558 年）の中で大地と種子との関係、そして挿し木の概念を 'copulation' という単語で表していたが、これも植物が祖型的に持つ性的なイメージに由来するものではないかと考えられる。*Natural Magick by John Baptista Porta, A Neapolitane in Twenty Books*（London, 1658）, 'The Proeme', p. 58:「交接は、ただ一種類のものであったが、ここではほとんど無限にある。あらゆる木はあらゆる木に接ぐことができるだけでなく、一つの木がすべての木と姦通を許されるのである」（'Copulation was but of one kind, here it is almost infinite; and not onely every Tree can be ingrafted into every Tree, but one Tree may be adulterated with them all.'）参照。

＊50　James Shirley, *Poems & C.*（London, 1646）, p. 1.　シャーリーもスタンリー・サークルの一員で、マーヴェルの詩との間テクスト性が随所に認められる。女嫌いの庭という観点から特筆に価するのは、スタンリーの「庭」（'The Garden'）と題された詩の中でも次のように女性が排除されていることだ。

No women here shall find me out,
Or, if a chance do bring one hither,
Ile be secure, for round about
Ile moat it with my eyes foul weather.（p. 70, lines 29–32）
（ここで私を見つけ出す女性は一人もいない。
もしくは、たとえ偶然が一人をここに連れて来たとしても
私は安全。なぜって、ぐるりと周りには
私の眼の悪天候で濠をめぐらしているから）

さらに興味深いのは、この詩の直前に置かれた詩「友情」（'Friendship, or Verses sent to a Lover, in Answer of a Copie which he had writ in praise of his Mistris'）の中で話者が、女性を愛することから回心して男性を愛することを宣言していることである。

And yet I have a Mistris all this while,
But am a convert from that Sex, and can
Reduc'd to my discretion, love a man,
With Honour, and Religion; …（p. 68, lines 16–19）
（それでいてこの間じゅう、僕には恋人がいる。
でも、あの性からは回心してて、
思慮分別は取り戻し、名誉と信仰心を持って

男を愛することができるのだ)

＊51　「庭を攻撃する草刈人」の中で、サクランボを作る際に、「性なしで産むために」('To procreate without a sex', 30行)、庭師が自然の摂理を悩ましている、という一節があるが、これはおそらく接ぎ木の結果生まれた、核(stone)のない、つまり比喩的には睾丸のない、サクランボのことを意味していて、植物学的に17世紀に信じられていた無性生殖を表す表現ではない、というのが注釈者たちの見解である。植物学的知識のある読者には、教養のない草刈人の批判は、的外れに聞こえるだろう。人工的であれ、自然状態であれ、植物は「性なしで」増えるはずだからである。

＊52　John Milton, *Paradise Lost*, Book 8, lines 419–420, ed. Alastair Fowler, p. 418.

＊53　Sullivan, Jr., *Sleep, Romance and Human Embodiment*, pp. 14–15. Cf.「ロマンスとは、叙事詩の究極の目的に対する遅延、. . . 叙事詩の生産的、家系的な絶対原理に対する非生殖の性衝動、. . . 叙事詩の、未来への方向性に対する〈今を楽しめ〉、叙事詩の義務に対する快楽、. . . オデュッセイア的な戦士の英雄に対するキルケー的魔女、叙事詩のまっすぐさに対する平伏性である」('romance is delay to epic's *telos*; … non-reproductive sexuality to epic's procreative and genealogical imperatives; … *carpe diem* to epic's future-orientation; pleasure to epic's duty; … Circean enchantress to Odyssean warrior hero; proneness to epic's rectitude …', p. 14). ロマンスが価値を置く「平伏性」('proneness')は、マーヴェルの「庭」の話者が「草の上に倒れる」('I fall on grass', 40行)ことと繋がっていると考えられる。結局のところ清教徒的な叙事詩性と王党派的なロマンス性の対比と重なるのかもしれない。タッソーの『解放されたエルサレム』(*Gerusalemme Liberata*, 1581年)は、フェアファックス卿の祖父の弟であったエドワード・フェアファックス(Edward Fairfax, 1568?–1635?年)によって『ゴドフロア・ド・ブイヨン、または、奪還されたエルサレム』(*Godfrey of Bulloigne, or, The Recovery of Jerusalem*, 1600年)として英訳されており、フェアファックス家の蔵書中に存在していた可能性は極めて高い。サリヴァンの論の中にはマーヴェルへの言及はないが、我々の関心事からするとマーヴェルの作品とタッソーの作品との関係は非常に興味深い。

＊54　*The Poems and Letters of Andrew Marvell*, ed. H. M. Margoliouth, 3rd edn. (Oxford: Clarendon Press, 1971), Volume II, Letters, pp. 311–313.

＊55　Paul Hammond, *Figuring Sex between Men from Shakespeare to Rochester* (Oxford: Clarendon Press, 2002), pp. 203–204.

＊56　Trans. Elizabeth Story Donno, in *Andrew Marvell, The Complete Poems*, ed. Elizabeth Story Donno (Harmondsworth: Penguin, 1972), p. 137.

＊57　これが自己肯定の努力にすぎないことは、子孫を増やすことができないとい

う意味では同じである同性愛が、「アップルトン屋敷によせて」の女子修道院では「美」を偶像の形で増幅させることにすりかえられていることを、マーヴェルが暗に非難していることに示されている。そこでは、プロテスタント的異性愛と結婚とを否定するカトリック的同性愛の誘惑の言葉が、農耕のイメージを重ねられて次のように子孫の代替物を提案している。「あなたの顔立ちの幾分かが、私たちが縫います（種を蒔きます）まま、／あらゆる聖堂中に授けられるはずですし、／そして一人の美しさの中に私たちは、／千もの聖人たちを作るのに充分なものを得るでしょう」（'Some of your features, as we *sewed*, / Through every shrine should be bestowed. / And in one beauty we would take / Enough a thousand saints to make', 133–136 行、斜体筆者）．また、話者が釣りをする場面では、フェアファックス卿の娘、メアリが登場する前に「私の釣り針、浮き、そして竿、怠惰な道具をおさめよ」（'now away my hooks, my quills / And angles, idle utensils', lines 649–650）と言い、それを「つまらない喜び」（'Pleasures slight', 652 行）とも「てすさび」（'toys', 654 行）とも呼んでいる。'quills' は、「釣り糸につける浮き」（*OED*, sb1, 3. d.）の意が第一義であるが、「羽ペン」（*OED*, sb1, 3. b.）をも暗示することを考えると、お抱え詩人としての自らの文筆活動を卑下するかのようにも解釈できる。ここでさらに重要なのは、'hooks' 'quills' 'angles' のすべての単語が 'penis' を暗示し（Gordon Williams, *A Dictionary of Sexual Language and Imagery in Shakespearean and Stuart Literature*, 3 vols. [London: The Athlone Press, 1994], i, 22, 494: fishing という語、オウィディウスからの初例を見よ； iii, 1129)、話者は自らの性的能力不足をも恥じているかのように表現されていることだ。Hirst and Zwicker, *Andrew Marvell, Orphan of the Hurricane*, pp. 37–38 は、マーヴェルの意図が、パトロンを慰め励ますことにあり、フェアファックス卿は既に社会的成功を得て、娘ではあっても子孫を持つ幸運な境遇にあることを強調するために、マーヴェル自らがいかに不毛な人生を生きているかを示そうとしたのだと論じている。また、この部分の言葉が性的なニュアンスを持つことも指摘している（'The language, inescapably sexual, or rather auto-erotic, suggests wastefulness, a trifling of a different kind', p. 38)。詩人が、つまりは、無駄で何も産み出さない自慰行為のことを含意しているのであれば、その「つまらない快楽」は確かに隠さざるをえない（'Hide trifling youth thy pleasures slight', 652 行)。また、後にマーヴェルは、『リハーサル散文版』（*The Rehearsal Transpros'd*, 1672 年）の中で、サミュエル・パーカーの好色をからかうために「繁殖の業が、いかなる仕事にも優先すべきことが相応しかった」（''Twas fit that all business should have given place to the work of Propagation.'）と言うが、「作家と父親の仕事を同時に引き受けることが無理ではないと期待することなど誰ができるだろうか」（'Who could in reason expect that a man should in the same moments undertake the labour of

an Author and a Father?'）とマーヴェルが修辞的に問う時、この言葉は、子孫と作品との両方を制作できなかった詩人が、文脈上の単なる皮肉以上の、むしろ自らの確信を表明したものだと考えてよいだろう。結局のところ子どもの代わりに作品を残すという選択肢しかなかったマーヴェル自身にとっては、実は「繁殖の業」こそが芸術作品の創造に勝るものであるのかもしれないという思いはあったはずである。*The Prose Works of Andrew Marvell*, 2 vols., ed. Annabel Patterson, Martin Dzelzainis, N. H. Keeble and Nicholas von Maltzahn（New Haven: Yale University Press, 2003）, i, p. 47 を参照せよ。性的繁殖と芸術的創造とどちらが価値の上で勝るかについてのアンビヴァレンスが見事に表されているのが「不幸せな恋人」（'The Unfortunate Lover'）である。第1スタンザでは、通常の幸せな異性間の愛ははかなく、「時に印を与える」（'make impression upon Time', 8行）ことができないと言い、最終スタンザでは、嵐と戦いの中で生きる不幸で孤独な恋人こそが、「死んでもここに芳しい匂いを、／あらゆる耳に音楽を残す。／そして彼のみが物語の中で支配するのだ、／黒色の地に赤色の恋人の紋章となって」（'... dying leaves a perfume here, / And music within every ear: / And he in story only rules, / In a field sable a lover gules', 61–64行）と結んで、芸術こそが不朽で、それを創造するほうに価値があると主張しているように思える。しかし、この話者の調子をあまりにも大げさだ、さらには滑稽だと感じる読者は、不幸な恋人の単なる自己肯定の努力にすぎないと読むであろうし、第63行目 'he in story only rules' の 'only' が持つもう一つの修飾の可能性、すなわち「彼は物語の中でのみ支配する」と読める可能性が喚起する喪失感と悲哀感、結局のところ不幸な恋人は架空の世界でしか慰めを得られないという譲歩表現は、芸術的創造が優位であるという勝利宣言を大きく弱めてしまうだろう。

＊58　Hirst and Zwicker, *Andrew Marvell, Orphan of the Hurricane*, p. 144 は、「はにかむ恋人へ」の中で、恋人たちが最終的には肉体的な結合へ達していないこと、詩自体は、愛の成就を遅らせることで成り立っている、いわば「延期の詩的実践」（'the poetics of deferral'）であることを指摘している。

＊59　Williams, *A Dictionary of Sexual Language and Imagery in Shakespearean and Stuart Literature*, iii, p. 1248, 'sickle'. 例えば、Shirley, 'Cupid's Call'（pre-1646; VI.405）: 'Come, bring your sickles then, And reap their maidenheads'. さらに ii, pp. 1058–1059, 'plough' も見よ。

＊60　プロテスタントにとっても、神学的に独身主義が全否定されるわけではない。例えば、マシュー・プールの意見を参照せよ。Poole, *Annotations upon the Holy Bible*, sig.［B2v］:「結婚しない状態で生きて死んだ主イエスの例と神の王国のために自らを宦官とした人たちへの彼の賞賛との両方が表しているように、それはあらゆる

特定の個人に結婚する義務を負わせるものではない。マタイ 19 章 12 節、そして聖パウロの処女性の是認、第 1 コリント 7 章 1, 8, 25, 27, 32 節など」(‘It doth not oblige every particular person to Marry, as appears both from the example of the Lord Jesus, who lived and died in an unmarried state, and from his commendation of those who made themselves Eunuchs for the Kingdome of God, *Matth.* 19.12. And from St *Pauls* approbation of Virginity, *I Cor.* 7.1, 8, 25, 27, 32, &c.’)

*61 Hammond, *Figuring Sex between Men from Shakespeare to Rochester*, p. 217.

*62 Anthony Low, *The Georgic Revolution* (Princeton: Princeton University Press, 1985), pp. 236, 250, 294 は、清教徒革命時、田舎が、王党派にとっては牧歌詩的安楽の場所であり、清教徒にとっては農耕詩的労働の場所であったこと、内戦が人々の態度を両極化し、清教徒は農耕詩を好み、王党派はそれに反対したことを論じている。例えば、リチャード・ラヴレイスは、「きりぎりす」(‘The Grasse-hopper’, 1649 年) で、王党派的、保守的牧歌の世界が、清教徒的、農耕詩的進歩主義的な刈入れによって終わってしまったことを嘆いている (‘But ah the Sickle! Golden Eares are Cropt; / *Ceres* and *Bacchus* bid good night’, 13–14 行)。王妃ヘンリエッタ・マリアのパストラルびいきといわゆる Caroline Arcadianism に関しては、Annabel Patterson, ‘Pastoral versus Georgic: The Politics of Virgilian Quotation’, in *Renaissance Genres: Essays on Theory, History, and Interpretation*, ed. Barbara Kiefer Lewalski (Cambridge, MA: Harvard University Press, 1986), pp. 254, 266 を参照。

*63 John Murdoch, ‘The Landscape of Labor: Transformations of the Georgic’, in *Romantic Revolutions: Criticism and Theory*, ed. Kenneth R. Johnston, et. al. (Bloomington: Indiana University Press, 1990), p. 182.

*64 Ibid., p. 188. マードックは、マーヴェルの言葉 ‘the great work of time’ (「ホラチウス風オード」、34 行) がギリシア神話の黄金時代を統治したクロノスへの暗示になっており、農耕の時代を招来することになる王位簒奪者ジュピターがクロムウェルに相等しいとして示されている、と論じている。また、マードックは「個人的な人間の発展の観点から言えば、『牧歌』から『農耕詩』、『アエネイス』へというウェルギリウス自身の発展は、牧歌詩の〈低い表現法〉から農耕詩の〈中位の表現方法〉へ、そして最終的に叙事詩の〈高い表現方法〉への発展として表せる」(‘In terms of individual human development, Virgil’s own progress from *Eclogues* to the *Georgics* to the *Aeneid* could be represented as a progress from the “low style” of Pastoral to the “middle style” of Georgic and finally to the “high style” of Epic’, p. 181) と書いているが、マーヴェルが「ホラチウス風オード」で描いたクロムウェルもまたこの変容、つまりパストラル世界の庭師から農耕詩の農夫へ、さらに叙事詩の英雄への変容を遂げていると論じることができよう。

＊65　労働の清教徒的な価値認識は、ミルトンの『失楽園』においても、堕落以前のエデンの園でアダムとエバが庭仕事をしていることや堕落以前も堕落後も人と神が農夫として捉えられていることに表れている。例えば、イエス・キリストが父なる神に、人のとりなしをする時、次のように言っている。「父よ、あなたさまが人の中に植えられた恵みから／この世にどんな初穂が芽吹いたかご覧下さい。それは、／この黄金の香炉の中で香と混ぜられて、／私があなたさまの祭司として御前に供えるこの溜息、そして祈りです。／それは、無垢の状態から堕落してしまう以前に／人自らの手が、楽園のすべての木々を育て、／生み出すことの出来た、あの果実よりも、／人の心の中に痛悔とともに蒔かれた／あなたさまの種に由来するもっと心地よい風味を持った果実です」（'See Father, what first fruits on earth are sprung / From thy implanted grace in man, these sighs / And prayers, which in this golden censer, mixed / With incense, I thy priest before thee bring, / Fruits of more pleasing savour from thy seed / Sown with contrition in his heart, than those / Which his own hand manuring all the trees / Of Paradise could have produced, ere fallen / From innocence'（11 巻、22–30 行）. また、ミルトンもクロムウェルを「耕した」英雄として称えている（'Cromwell … / To peace and truth thy glorious way hast ploughed', 「クロムウェル将軍閣下へ」、1, 4 行、*Complete Shorter Poems*, ed. John Carey ［Harlow: Longman, 1971］, p. 324）。

しかしながら、マーヴェルが農耕詩的イメージを常に清教徒と結びつけて使ったとは言えない。王政復古後は、国民を蜂に、チャールズ二世を「公共の蜜蜂の巣箱」（'the common hive', 「忠誠なるスコットランド人」、289 行）を統治する「賢明な農夫」（'the prudent husbandman'）に喩えているし、Annabel Patterson, 'Pastoral versus Georgic', p. 247 は、イングランド共和国のためにマーヴェルが、『牧歌詩』を使っていると言っている。しかし、少なくとも農耕のイメージ自体が国家的レベルでの統治の概念と結びつく傾向にあったと考えるのは正しいであろう。例えば、シェイクスピアの『リチャード二世』や『ヘンリー五世』のような歴史劇では国を庭に、それを治める国王を庭師に喩える政治談議が見られるし、『ヘンリー六世・第二部』ではマーガレット王妃が、国王に従わない者たちを雑草に喩えて、「今、連中の好きにさせておけば、彼らは庭に蔓延り、／そして管理不足で香草を枯らしてしまうでしょう」（'Suffer them now and they'll o'ergrow the garden, / And choke the herbs for want of husbandry', 3 幕 1 場 32–33 行、*Shakespeare: Complete Works*, ed. W. J. Craig ［Oxford: Oxford University Press, 1978］, p. 544）と言っている。また、Benjamin Bertram, '*Measure for Measure* and the Discourse of Husbandry', *Modern Philology*, 110, 4（2013）は、16 世紀末から 17 世紀初頭の農業手引書（husbandry manuals）が、不毛の地を実り豊かな土地に変える農夫を、共和国を支え維持する「大

地の主人」として賞賛し、しばしば個人的な家政を超えた国家的な統治の視点を示すことを指摘している（p. 459）。そして、国家的視点での管理方法（'state husbandry'）の場合、農業手引書では排除されなかった性に関する牧歌的快楽の要素（'the bucolic pleasures of husbandry', p. 488）が管理、抑圧の対象とされる例をシェイクスピアの『尺には尺を』に見出している。

＊66　マーヴェルが耕せない理由は、シェイクスピアの『ソネット集』の美青年の場合のそれと類似しているのかもしれない。Benjamin Bertram, '*Measure for Measure* and the Discourse of Husbandry', p. 467 は、シェイクスピアのいわゆる「生殖ソネット」（procreation sonnets）の中で話者が美青年に結婚を勧めている 3 番の詩行「種を蒔かれていない子宮があなたの農業の耕作を軽蔑するような、とても美しい女性がどこにいるでしょうか？」（'where is she so fair whose uneared womb / Disdains the tillage of thy husbandry?' 5–6 行）を引用した後、「異性愛の耕作が持つまったくの有用性」（'the sheer instrumentality of heterosexual husbandry'）を妨げているのは「男性どうしの社会的関係の愛」（'homosocial love'）であると論じている。

第三章　アダムの肋骨とマーヴェルの庭

＊1　'A relation concerning Dorothy Waugh's cruel usage by the Mayor of Carlisle'（1655）in *The Lambs Defence Against Lyes. And a True Testimony given concerning the sufferings and Death of James Parnell*（London, 1656）, pp. 29–30: 'Upon the 7th day about the time called *Michaelmas* in the yeare of the worlds account 1655. I was moved of the Lord to goe into the market of *Carlile*, to speake against all deceit & ungodly practices, and the Mayors Officer came and violently haled me off the Crosse, and put me in prison, not having any thing to lay to my Charge, and presently the Mayor came up where I was, and asked me from whence I came; and I said out of *Egypt* where thou lodgest; But after these words, he was so violent & full of passion he scarce asked me any more Questions, but called to one of his followers to bring the bridle, as he called it to put upon me, and was to be on three houres, and that which they called so was like a steele cap and my hatt being violently pluckt off, which was pinned to my head, whereby they tare my Clothes to put on their bridle as they called it, which was a stone weight of Iron by the relation of their own Generation, & three barrs of Iron to come over my face, and a peece of it was put in my mouth, which was so unreasonable big a thing for that place as cannot be well related, which was locked to my head, and so I stood their time with my hands bound behind me with the stone weight of Iron upon my head, and the bitt in my mouth to keep

me from speaking.' Hilary Hinds, *God's Englishwomen: Seventeenth-Century Radical Sectarian Writing and Feminist Criticism* (Manchester: Manchester University Press, 1996), p. 227も参照せよ。本文中の引用は、一部間接話法を直接話法にした箇所がある。

＊2 Ralph Gardiner, *Englands Grievance Discovered in Relation to the Coal Trade* (London, 1655), pp. 110–111: '... there [in Newcastle] he [*John Willis*] saw one *Ann Bidlestone* drove through the streets, by an Officer of the same Corporation, holding a rope in his hand, the other end fastned to an Engine, called the Branks, which is like a Crown, it being of Iron, which was mufled, over the head and face, with a great gap, or tongue of Iron forced into her mouth, which forced the blood out, and that is the punishment which the Magistrate do inflict upon chiding, and scolding women'.『拷問と刑罰の中世史』、アリス・モース・アール、エドワード・ペイソン・エヴァンズ著、神鳥奈穂子、佐伯雄一訳（青弓社、1995年）、90–92頁をも参照。

＊3 『拷問と刑罰の中世史』、94頁。がみがみ女の轡に関する図版、写真については、例えば、川端博監修、『拷問の歴史——ヨーロッパ中世犯罪博物館』（河出書房新社、1997年）、128–134頁を参照せよ。

＊4 *The Lambs Defence Against Lyes*, p. 30: 'And the man that kept the prison-doore demanded two-pence of every one that came to see me while their bridle remained upon me'.

＊5 1645年にロンドンで出されたパンフレットの題名、*The Dippers dipt. Or, The Anabaptists Dvck'd and Plvng'd Over Head and Eares, at a Disputation in Southwark*は、急進派セクトとお喋りな女性にあてがわれることの多かった刑具との重なりを集約している。

＊6 *A Pepysian Garland: Black-Letter Broadside Ballads of the Years 1595–1639, Chiefly from the Collection of Samuel Pepys*, ed. Hyder E. Rollins (Cambridge: Cambridge University Press, 1922), pp. 72–77. 楠明子、『英国ルネサンスの女たち——シェイクスピア時代における逸脱と挑戦』（みすず書房、1999年）、87–90頁をも参照。

＊7 Benjamin West, *Miscellaneous Poems, Translations, and Imitations* (Northampton, 1780), pp. 85–86.

＊8 ナタリー・Z・デーヴィス著、成瀬駒男他訳『愚者の王国 愚者の都市——近代初期フランスの民衆文化』（平凡社、1987年）、134–199頁。E. P. Thompson, '"Rough Music": Le Charivari Anglais', *Annales ESC*, 27 (1972), pp. 285–312; Martin Ingram, 'Ridings, Rough Music and Mocking Rhymes in Early Modern England', in *Popular Culture in Seventeenth-Century England*, ed. Barry Reay (London: Routledge, 1988), pp. 166–197.

＊9 Robert Cleaver, *A Godly Form of Household Government* (London, 1598), p. 214: 'And if hee shall chance to blame her without a cause, and for that which shee could not helpe

or remedy (which thing sometimes happeneth euen of the best man), yet shee must beare it patiently and giue him no vncomely or vnkinde woords for it: but euermore looke vppon him, with a louing and chearefull countenance, and so rather let her take the fault vppon her, then seeme to bee displeased'; p. 101: 'Now silence is the best ornament of a woman, and therefore the law was giuen to the man, rather then to the woman, to shew that hee should bee the teacher, and she the hearer, and therefore shee is commaunded to learne of her husband: 1.Cor.14. 34, 35'.

＊10 *The Law's Resolutions of Women's Rights* (London, 1632), rpt. in *Daughters, Wives, and Widows: Writings by Men about Women and Marriage in England, 1500–1640*, ed. Joan Larsen Klein (Urbana: University of Illinois Press, 1992), p. 32.

＊11 St. Thomas Aquinas, *The Basic Writings*, 2 vols., ed. Anton C. Pegis (New York: Random House, 1945), i, 879–881. Aristole, *The Generation of Animals*, trans. A. L. Peck (London: Heinemann, 1943), pp. 103, 113, 131–133, 391, 401, 403, 461. カレン・アームストロング著、高尾利数訳、『キリスト教とセックス戦争――西洋における女性観念の構造』(柏書房、1997年)、97, 99頁。

＊12 John Marston, *The Works*, 3 vols., ed. A. H. Bullen (London: John C. Nimmo, 1887), iii, 199.

＊13 John Donne, 'To the Countesse of Huntingdon', II, 2–5. *The Poems of John Donne*, 2 vols., ed. Robin Robbins (Harlow: Pearson, 2008), ii, 237–238. ダンの公的な見解については、ロビンズの脚注を参照。

＊14 Henry Nevile, *The Ladies, A Second Time, Assembled in Parliament. A Continuation of the Parliament of Ladies. Their Votes, Orders, and Declarations* (London, 1647), pp. 9–10.

＊15 John Donne, *Problems, 2.* 'Why hath the Common Opinion Afforded Women Soules', *Selected Prose*, ed. Neil Rhodes (Harmondsworth: Penguin, 1987), p. 53.

＊16 カレン・アームストロング著、高尾利数訳、『キリスト教とセックス戦争』、139頁。

＊17 Joseph Swetnam, *The Arraignment of Lewd, Idle, Froward, and Unconstant Women* (London, 1615), rpt. in Katherine Usher Henderson and Barbara F. McManus, *Half Humankind: Contexts and Texts of the Controversy about Women in England, 1540–1640* (Urbana: University of Illinois Press, 1985), p. 193.

＊18 Edward Gosynhill, *The Schoolhouse of Women* (London, 1541?), rpt. in Henderson and McManus, *Half Humankind,* pp. 148–149. 女性は実は男性の尻尾から造られたという説もある。Katharine M. Rogers, *The Troublesome Helpmate: A History of Misogyny in Literature* (Seattle: University of Washington Press, 1966), p. 106, note 4 を見よ。

＊19 Sir Thomas Browne, *Religio Medici, Hydriotaphia*, and *The Garden of Cyrus*, ed. Robin

Robbins (Oxford: Clarendon Press, 1972), p. 76.

＊20　Rachel Speght, *A Mouzell for Melastomus* (London, 1617), p. 66. エバがアダムの肋骨から造られたことに関しての好意的な解釈は本来、ルネサンス期のヒューマニズム的なものであるように思われる。例えば、エラスムスは、次のように言っている。「. . . 最初に神が人を大地の泥からお造りになった時、人は、もしも伴侶エバが彼に合わせられなければ、自分の人生はまったく惨めで不快なものになるはずだと思っていた。ゆえに、神は妻を人の場合のように土からではなくアダムのあばら骨から生じさせられた。それによって、妻ほど我々にとって大切なもの、より結合されたもの、より固く我々に糊付けされたものは何もない、と理解されるべきである」('... at the beginning when He had made man of the slime of the earth, he thought that his life should be utterly miserable and unpleasant, if he joined not Eve, a companion, unto him. Wherefore He brought forth the wife not of the earth, as he did man, but out of the ribs of Adam, whereby it is to be understood that nothing ought to be more dear to us than the wife, nothing more conjoined, nothing more fast glued unto us.') Erasmus, *A Right Fruitful Epistle ... in Laud and Praise of Matrimony* (1518), trans. Richard Taverner [London, 1536?], rpt. *Daughters, Wives, and Widows,* ed. Joan Larsen Klein, p. 73 を見よ。

＊21　Stevie Davies, *Unbridled Spirits: Women of the English Revolution: 1640–1660* (London: The Women's Press Ltd., 1998), p. 84.

＊22　Ester Sowernam, *Esther hath hanged Haman* (London, 1617), rpt. in Henderson and McManus, *Half Humankind*, pp. 39, 223–224. 創造の順番は重要性の順番であるという議論は男尊女卑の言説に利用されてきた。例えば、「. . . 私は女性に対して教師になる許しも、男性の権威を持つ許しも与えない。黙っておく許しだけだ。なぜなら最初にアダムが造られ、そしてその後にエバが造られたからである」('... I give no license to a woman to be a teacher, nor to have authority of the man, but to be in silence. For Adam was the first made, and after, Eve', Juan Luis Vives, *A Very Fruitful and Pleasant Book Called the Instruction of a Christian Woman* [1523], trans. Richard Hyrde [London, 1529?], rpt. *Daughters, Wives, and Widows*, ed. Joan Larsen Klein, p. 102);「優位を得るためにあなたの頭と争ってはならない。あなたは彼から出て来たのであって、彼があなたから出て来たのではない」('Contest not with your head for preeminence; you came from him, not he from you', Richard Brathwaite, *The English Gentlewoman* [London, 1631], rpt. ibid., p. 245)

＊23　Hesiod, *The Homeric Hymns and Homerica*, trans. Hugh Evelyn-White (London: Heinemann, 1943), p. 123.

＊24　カレン・アームストロング著、高尾利数訳、『キリスト教とセックス戦争』、

96 頁。

＊25　St. Thomas Aquinas, *The Basic Writings*, ed. Anton C. Pegis, i, 879–881.

＊26　John Donne, *The Sermons of John Donne*, 10 vols., ed. George R. Potter and Evelyn M. Simpson（Berkeley: University of California Press, 1953–62）, ii, 338, 343–346: 'She was not taken out of the *foot*, to be troden upon, nor out of the *head*, to be an overseer of him; but out of *his side*, where she weakens him enough, and therefore should do all she can, to be a Helper'.

＊27　William Shakespeare, *Cymbeline*, 2.5.19–20. *The Riverside Shakespeare*, ed. G. Blakemore Evans（Boston: Houghton Mifflin Company, 1974）, p. 1535.

＊28　Geoffrey Chaucer, *The Nun's Priest's Tale*, in *The Riverside Chaucer*, ed. F. N. Robinson（Boston: Houghton Mifflin Company, 1987）, p. 259.

＊29　John Milton, *Paradise Lost*, ed. Alastair Fowler（New York: Longman, 1986）, Book 10, lines 884–886, 887–888, 888–895, pp. 553–554, 554.　ミルトン自身の抱えていた結婚問題が、ここでのアダムの女嫌いの言説に反映していると考えられる一方で、この、いわば女性への悪態はアダムの堕落の結果であるとも考えられる。堕落以前、アダムはエバに「自分の心臓に最も近い脇腹から本質的な生命を与えた」（'I lent / Out of my side to thee, nearest my heart / Substantial life', 4 巻、483–485 行）と言って、二人の平等と親密さを伝えようとしていた。

＊30　川崎寿彦、『マーヴェルの庭』（研究社、1974 年）、130–131, 110 頁。アレクサンドリアのフィロンによる二重創造説とアダムの両性具有との繋がりに関しては、岡田温司、『アダムとイヴ――語り継がれる「中心の神話」』（中央公論新社、2012 年）、6–10 頁の説明を参照。

＊31　Swetnam, *The Arraignment of Lewd, Idle, Froward, and Unconstant Women*, rpt. in Henderson and McManus, *Half Humankind*, p. 193.

＊32　Speght, *A Mouzell for Melastomus*, p. 12.

＊33　John Milton, *Complete Prose Works of John Milton*, 8 vols., ed. Don M. Wolfe（New Haven: Yale University Press, 1953–82）, ii, ed. Ernest Sirluck, p. 309.

＊34　楠明子、『英国ルネサンスの女たち』、246, 247, 284, 287 頁。

＊35　Thomas Edwards, *Gangraena: or A Catalogue and Discovery of many of the Errours, Heresies, Blasphemies and pernicious Practices of the Sectaries of the time, vented and acted in England in these four last years*（London, 1646）, The Second Part, pp. 10–11, The Third Part of the Book, An Appendix, p. 120.

＊36　楠明子、『英国ルネサンスの女たち』、81 頁。

＊37　*A Parliament of Ladies: with Their Lawes Newly Enacted*（London, 1647）, sig. A3v.

＊38　Sharon Achinstein, 'The Politics of Babel in the English Revolution', in *Pamphlet*

Wars: Prose in the English Revolution, ed. James Holstun (London: Frank Cass, 1992), pp. 16–21を参照せよ。Wenceslaus Hollar (1607–1677年) によって描かれたこの絵については、M. Dorothy George, *English Political Caricature: A Study of Opinion and Propaganda*, 2 vols. (Oxford: Clarendon, 1959), i, 25–26を見よ。

*39 Antonia Fraser, *King Charles II* (London: Weidenfeld & Nicolson, 1979), p. 198.

*40 John Taylor, *Mad Fashions, Od Fashions, All out of Fashions, or The Emblems of these Distracted times* (London: John Hammond, 1642), p. 6. トマス・エドワーズも『ガングリーナ』(1646年) の中で「この国も既に多くの場所で混沌、バベル、もう一つのアムステルダム、然り、もっと悪いものになってしまった。我々はそれを超えてしまっていて、(もし神がそれを防いで下さらなければ) ミュンスターへの道をまっしぐらに進んでいる」('This Land is become already in many places a *Chaos, a Babel, another Amsterdam*, yea, worse; we are beyond that, and in the highway to *Munster* (if God Prevent it not)', p. 120) と述べている。

*41 急進的セクトと1640年代の出版物の氾濫との関係は、Christopher Hill, *The English Bible and the Seventeenth-Century Revolution* (London: Allen Lane, 1993), p. 198を見よ。

*42 楠明子、『英国ルネサンスの女たち』、284頁。及び、Davies, *Unbridled Spirits*, p. 28, and passim.

*43 [Thomas Jordan], 'The Anarchie, or the Blessed Reformation Since 1640', lines 23–30, 59–62, in *Political Ballads of the Seventeenth and Eighteenth Centuries*, 2 vols., ed. W. Walker Wilkins (London: Longman, 1860), i, 33, 35.

*44 Davies, *Unbridled Spirits*, p. 15.

*45 Ibid., pp. 104, 32, 7, 31, 71, 72. 1640年代の女性の説教の遍在傾向については、楠明子、『英国ルネサンスの女たち』、285頁を見よ。トマス・エドワーズは『ガングリーナ』の中で124番目の異端教義について、「女性が説教をすることは合法である。男性と同じように賜物を授かっていて、なぜそうすべきではないか？ それに女性たちの中には、彼女たちの所へ多くの人々が集まるので、実際に説教をしている者たちもいる」('That 'tis lawfull for women to preach, and why should they not, having gifts as well as men? and some of them do actually preach, having great resort to them', p. 30) と主張する宗派に言及している。

*46 楠明子、『英国ルネサンスの女たち』、295頁、Davies, *Unbridled Spirits,* pp. 68–69, 78. Ann Marie McEnteeによると、政府に対する女性の請願者は、効果的な修辞を見出す試みの中で、1649年から1653年の間に、自信に満ちた自己表現を捨てて故意に自己卑下を装った言説にシフトしているという。聞いてもらうために女性らしい謙遜さを利用するようになったというのである ('"The [Un]Civill-Sis-

terhood of Oranges and Lemons": Female Petitioners and Demonstrators, 1642–53', in *Pamphlet Wars*, ed. James Holstun, p. 107)。

＊47　フェアファックス卿への手紙に関しては、例えば、Gerrard Winstanley, 'To My Lord Generall and His Councell of Warr', in *The Works of Gerrard Winstanley*, ed. George Sabine (Ithaca: Cornell University Press, 1941), p. 347 を見よ。土地専有に関しては、菅原秀二、「クロムウェルとウィンスタンリー――コモンウェルスの形成に向けて」、田村秀夫編著『クロムウェルとイギリス革命』(聖学院大学出版会、1999 年)、104 頁。同論文は、ディガー運動で掲げられた要求が、内乱での戦友である議会のジェントリ、すなわち領主の囲い込み地には敢えて挑戦するものではなく、「共有地、荒蕪地、没収地 [すなわち、「国王派の土地」] に限定されていた」ことを指摘している (103, 105 頁)。

＊48　'A Mite Cast into the Common Treasury', in *The Works of Gerrard Winstanley*, ed. George Sabine, p. 659.

＊49　Don Cameron Allen, *Image and Meaning: Metaphoric Traditions in Renaissance Poetry* (Baltimore: Johns Hopkins University Press, 1960), pp. 135–137.

＊50　Cristina Malcolmson, 'The Garden Enclosed / The Woman Enclosed: Marvell and the Cavalier Poets', in *Enclosure Acts: Sexuality, Property, and Culture in Early Modern England*, ed. Richard Burt and John Michael Archer (Ithaca: Cornell University Press, 1994), p. 262.

＊51　Katherine Chidley, *The Justification of the Independent Churches of Christ* (London, 1641), p. 50:「聖書はお持ちだ、しかしあなたはその言葉を自分自身の意志に合うようにひん曲げ、こじつけて解釈する。聖書の言葉で蝋の鼻、鉛の定規を作ってあなたの心が導くままどちらの方向にでも曲げるのだ。. . . あなたは聖書の言葉を切り刻んで、台無しにして、ささやかな日課へと作り変える」('You have the Scripture but you wring it and wrest it, according to your owne devices, and make of it a nose of waxe, and a leaden rule to leane which way your minde leadeth you; … you have hacked it and mangled it into little lessons'); p. 61, title page.

＊52　John Vicars, *The Schismatic Sifted. Or, The Picture of the Independents, Freshly and Fairly Washt over again* (London, 1646), p. 34.

＊53　Daniel Rogers, *Matrimoniall Honour* (London, 1642), p. 284: 'I would not be taken to patronage the pride and licentious impudency of women, who having shaken off the bridle of all subjection to their husbands, take upon them to expound the Scriptures …. Not blushing one whit … to interpret word'; p. 285: 'Such immodesties and insolencies of women, not able to containe themselves within the boundes of silence and subjection, I am so far from warranting, that I here openly defie them as ungrounded, and ungodly'.

＊54　キャサリン・チドリー、もしくは、ときにエリザベス・リルバーンが書いたとされる 1649 年 5 月の水平派による陳情文の一部である。Davies, *Unbridled Spirits*, pp. 84–85 に引用されている。

＊55　Rogers, *The Troublesome Helpmate*, pp. 56, 24, 73 を見よ。

＊56　Swetnam, *The Arraignment*, rpt. in Henderson and McManus, *Half Humankind*, pp. 195–196.

＊57　Robert Herrick, 'To his Tomb-maker', *The Poetical Works of Robert Herrick*, ed. L. C. Martin (Oxford: Clarendon Press, 1956), p. 199. Jonathan F. S. Post, *English Lyric Poetry: The Early Seventeenth Century* (London: Routledge, 1999), pp. 118–119 も参照せよ。

＊58　Christopher Marlowe, *Doctor Faustus*, ed. David Bevington and Eric Rasmussen (Manchester: Manchester University Press, 1993), B-text (1616), p. 222.

＊59　Henderson and McManus, *Half Humankind*, pp. 24–25.

＊60　William Whately, *A Bride-Bush, or, A Direction for Married Persons* (London, 1623), p. 189: 'Whosoeuer therefore doth desire or purpose to bee a good wife, or to live comfortably, let her set downe this conclusion within her soule: Mine husband is my superior, my better: he hath authoritie and rule ouer me'; p. 213: 'If God have made thine house thy dungeon, thine husband thy Iaylor, yet thou must not seeke to escape, till he deliuer thee out that put thee in'. さらに、ibid., pp. 15, 78. Rogers, *The Troublesome Helpmate*, pp. 144–145 を見よ。

＊61　Æmilia Lanyer, [from *Salve Deus Rex Judaeorum*], rpt. in *The Penguin Book of Renaissance Verse 1509–1659*, ed. David Norbrook and H. R. Woudhuysen (Harmondsworth: Penguin, 1992), p. 556.

＊62　従順さを強要せず、エバの自由意志を尊重させたアダムは、がみがみ女エバに屈した恐妻家ではない、という議論は、Harold Skulsky, *Milton and the Death of Man: Humanism on Trial in Paradise Lost* (Newark: University of Delaware Press, 2000), p. 72 を見よ。

＊63　*The Great Eclipse of the Sun, Charles his Wane Over-clouded by the Evil Influences of the Moon* (London: G. B., 1644), Wing (2nd ed.) G 1688, Thomason E. 7 [30]; *The Sussex Picture, or An Answer to the SEA-GULL* (London: F. N., 1644), Wing (2nd ed.) S 6205, Thomason E. 3 [21], sigs. A2r, A3r. 木版画は、Dagmar Freist, *Governed by Opinion: Politics, Religion and the Dynamics of Communication in Stuart London 1637–1645* (London: I. B. Tauris Publishers, 1997) に複写されている。

＊64　John Milton, *Eikonoklastes, Complete Prose Works*, 8 vols., ed. Don M. Wolfe (New Haven: Yale University Press, 1953–1982), iii, 421–422, 538.　ヘンリエッタ・マリアとその召使らのために開かれたプロテスタントの礼拝行事のさなか、カトリック

教徒であった彼女らは、会衆の前を「ペチャクチャと喋りながら、大きな音をたてて」通り過ぎ、二度にわたって説教を中断させたことにもミルトンは言及している。同書、422 頁、注 14 を見よ。以下の文献も参照せよ。C. V. Wedgwood, *The King's Peace, 1637–1641: The Great Rebellion* (London: Collins, 1955), pp. 69–70, 238; S. R. Gardiner, *The Fall of the Monarchy of Charles I* (London, 1882), p. 391. Cf. *The Kings Cabinet Opened: or, Certain Packets or Secret Letters & Papers, Written with the Kings Own Hand, and Taken in his Cabinet at Nasby-Field, June 14. 1645. By Victorious Sr. Thomas Fairfax* (London, 1645), pp. 43–44:「国王の行動計画が完全に王妃によって支配されていることは、ここでまず明白である。彼女はより弱き性で、異国人として生まれ、間違った宗教の中で育てられたのではあるが、それでも大きな事であれ小さな事であれ彼女の関与と同意なしには何も行われない。. . . 王妃は、我々の宗教、国民、政府に無情であるのと同様に、. . . 国王に対しても無情で専制的であったように思われる」('It is plaine, here, first, that the Kings Counsels are wholly governed by the Queen; though she be of the weaker sexe, borne an Alien, bred upon in a contrary Religion, yet nothing great or small is transacted without her privity & consent .... The Queen appeares to have been as harsh, and imperious towards the King, ... as she is implacable to our Religion, Nation, and Government.')

＊65　Rogers, *The Troublesome Helpmate*, pp. 25, 39.

＊66　Lawrence Stone, *The Family, Sex, and Marriage in England 1500–1800* (New York: Harper & Row, 1977), p. 199.

＊67　Swetnam, *The Arraignment*; John Taylor, *A Juniper Lecture, With the description of all sorts of women, good and bad* (London, 1639), rpt. in Henderson and McManus, *Half Humankind*, pp. 199, 295.

＊68　C. V. Wedgwood, *The Trial of Charles I* (London: Collins, 1964), p. 175.

＊69　Pierre Legouis, *Andrew Marvell, Poet, Puritan, Patriot* (Oxford: Clarendon, 1965), pp. 93–94.

＊70　以下の箇所を見よ。Christopher Hill, *Some Intellectual Consequences of the English Revolution* (London: Phoenix, 1997), p. 75:「社会学的な観点から言えば、長老派の戒律が新しい道徳的姿勢を負わせる手段、プロテスタント的倫理観、より厳格な一夫一婦制の道徳、労働規律、伝統的な田舎の祭りに抗する安息日の遵守を強いる手段を提供していたのである」('In sociological terms the Presbyterian discipline had offered a means of imposing new mores, of enforcing the protestant ethic, a stricter monogamous morality, labour discipline, sabbath observance against the traditional rural festivals.')

＊71　Takashi Yoshinaka, *Marvell's Ambivalence: Religion and the Politics of Imagination in*

Mid-Seventeenth-Century England (Cambridge: D. S. Brewer, 2011), pp. 177–178, n. 2 を見よ。以下の箇所も参照せよ。Legouis, *Andrew Marvell, Poet, Puritan, Patriot*, p. 19:「彼［フェアファックス卿］が指揮官を辞した時、共和主義者たちはこの決断を彼女の影響力に帰した。そして将軍は尻に敷かれているとほのめかした」('when he [Fairfax] resigned his command the Republicans ascribed this decision to her influence and suggested that the General was henpecked'.)

*72 Hugh Jenkins, 'Two Letters to Lord Fairfax: Winstanley and Marvell' in *The English Civil Wars in the Literary Imagination*, ed. Claude J. Summers and Ted-Larry Pebworth (Columbia: University of Missouri Press, 1999), pp. 148–149.

*73 アマゾン族として描かれた女性活動家については、ダラム大学 17 世紀研究センター主催の第 9 回国際大会 (Durham Castle, 16–19 July 2001) において発表された Jane Baston, 'Foreign Bodies: Figuring the Amazon in the Seventeenth Century' による。さらに、彼女はヘンリエッタ・マリアもアマゾン族の女として言及されていることを指摘したが、同セッションでの Laura Knoppers の発言によれば、ヘンリエッタ・マリアは、'she-Tamburlaine' としても言及されている箇所があるということである。1640 年の 2 月に 3 度上演された宮廷仮面劇 *Salmacida Spolia* の中では、この「女版タンバレン大王」はアマゾン族の衣装を纏った女兵士たちを付き従えた主役のヒロインとして登場している (Alison Plowden, *Henrietta Maria: Charles I's Indomitable Queen* [Phoenix Mill Thrupp, Gloucestershire: Sutton Publishing, 2001], p. 138)。夫婦間の勢力関係においてヘンリエッタ・マリアが優勢を占めれば、その当然の帰結として、例えば王党派に対する議会派による諷刺作品である *The Character of an Oxford-incendiary* (London, 1645) の中でなされているように、彼女は、男《おとこ》女《おんな》 ('Henrieta Maria! Sure our Incendiary is an Hermaphrodite, and admits of both Sexes', E279 6) として描かれることになる。一方、エリザベス朝にあってはアマゾン族のイメージは確かにより肯定的で、エリザベス自身が 1588 年にティルベリで軍を前に演説をした際、彼女はアマゾン族の女兵士の衣装を纏ったとされている (Winfried Schleiner, '*Divina Virago*: Queen Elizabeth as an Amazon', *Studies in Philology*, 75, 2 [1978], pp. 163–180 参照)。James Aske は、*Elizabetha Triumphans* の中で、戦闘的勇士としての君主エリザベスを 'In nought unlike the Amazonian Queene' (John Nichols's reprint, in *The Progresses and Public Processions of Queen Elizabeth*, 3 vols. [London: John Nichols and Son, 1823], ii, 570) と描いている。しかしながら、エリザベス朝においてさえ、アマゾン族のイメージは否定的ニュアンスを免れず、何らかの危険性を暗示したり、本来は家父長制に包摂されるべきものとしての側面を持っていたことは指摘されねばならない。前者に関しては、スペンサーの描く女戦士を例に Ruth Gilbert, *Early Modern Hermaphrodites: Sex and Other Stories* (New

York: Palgrave, 2002), p. 55 が説明しているし、後者に関しては、たとえば Paul Stebbings 演出の The International Theatre Company London 18th Japan Production（広島女学院大学ヒノハラホール、2002 年 5 月 30 日）が強調したように、シェイクスピアの『夏の夜の夢』の冒頭でヒポリタがアマゾンの女王であること、さらに重要なこととして、彼女がアテネの大公シーシュウスに屈伏して結婚という家父長制を維持する装置の中に取り込まれたことをエリザベス朝の観客はことさら意識した（もしくは、ことさら当然のこととして意識すらしなかった）であろうということを思い出す必要がある。

*74　勇敢な男が、女性を救う物語は、エジプト王トレミーの伝説の娘、Princess Sabra を竜から救出し、彼女と結婚する Saint George の神話にも遡ることができる。この主題が、家父長制度下のヴィクトリア朝において Edward Burne-Jones などの画家によってしばしば繰り返し描かれていることは興味深い。Adrienne Auslander Munich, *Andromeda's Chains: Gender and Interpretation in Victorian Literature and Art*（New York: Columbia University Press, 1989), pp. 120, 121 に複写されている例を見よ。

*75　「ペンズハーストへ」の中のシドニー夫人の役割については、Don E. Wayne, *Penshurst: The Semiotics of Place and the Poetics of History*（Madison: University of Wisconsin Press, 1984), pp. 68–72 を見よ。

*76　Anonymous, *An Answer to a Book, Intituled, The Doctrine and Discipline of Divorce*（London, 1644), pp. 11–12.　既にジョン・ダンは、聖アウグスティヌスを引用して「男と女よりも二人の友人のほうがなんと好都合に一緒に暮らせることだろうか」と言っていた（'Quanto congruentius, says S. Augustine; how much more conveniently might two friends live together, then a man and a woman?' *The Sermons*, ed. George R. Potter and Evelyn M. Simpson, ii, 339）。

インタールード　花を見つめる詩人たち—ヴォーンとワーズワス

*1　*A Household Book of English Poetry*, 2nd edn., ed. Richard Chenevix Trench（London, 1870), p. 411.

*2　John T. Shawcross, 'Kidnapping the Poets: the Romantics and Henry Vaughan', in *Milton, the Metaphysicals, and Romanticism*, ed. Lisa Low and Anthony John Harding（Cambridge: Cambridge University Press, 2009), p. 188 によれば、最初にワーズワスとヴォーンを並べたのは 'Dr. John Brown of Edinburgh, in *Horae Subsecivae*, II（1861)' だという。詩歌集の伝統としては、2008 年出版の *Penguin's Poems for Life*, selected

by Laura Barberの中でさえ、ヴォーンの「後退」の直後にワーズワスの「オード」が置かれている（pp. 29–35）。

＊3　*The Poetical Works of William Wordsworth*, 5 vols., ed. Ernest de Selincourt（1947; Oxford: Clarendon Press, 2nd edn., 1970）, iv, 466. 1913年に出版され、1970年に再版されたCaroline F. E. Spurgeon, *Mysticism in English Literature*（Port Washington, NY: Kennikat Press, 1970）も「後退」と「オード」の直接的な影響関係を信じ続けているように思える（'*The Retreate*, … must have furnished some suggestion for the *Immortality Ode*', p. 58）。Gene Ruoff, *Wordsworth and Coleridge: The Making of the Major Lyrics, 1802–04*（New Brunswick, NJ: Rutgers University Press, 1989）, p. 256も依然としてワーズワスがヴォーンを「ほぼ確実に知っていた」（'almost certainly acquainted'）と述べている。

＊4　Helen N. McMaster, 'Vaughan and Wordsworth', *Review of English Studies*, 11（1935）, pp. 313–325.

＊5　Ibid., pp. 319–320.

＊6　J. Sturrock, 'Wordsworth and Vaughan', *Notes and Queries*, 24（1977）, pp. 322–323.

＊7　*William Wordsworth: The Poems Volume One*, ed. John O. Hayden, p. 979を参照せよ。

＊8　Robert Zimmer, *Clairvoyant Wordsworth: A Case Study in Heresy and Critical Prejudice*（San Jose: Writers Club Press, 2002）, pp. 9–10.

＊9　*The Prose Works of William Wordsworth*, 5 vols., ed. W. J. B. Owen and Jane Worthington Smyser（Oxford: Clarendon Press, 1974）, iv, 53.

＊10　*William Wordsworth: The Poems Volume One*, ed. John O. Hayden, p. 979.

＊11　プラトン、『パイドン──魂の不死について』、70C − 72E、岩田靖夫訳（岩波文庫、1998年）、47頁。

＊12　*William Wordsworth: The Poems Volume One*, ed. John O. Hayden, p. 979.

＊13　Cf. 'To Daffodills', lines 19–20: 'Or as the pearles of Mornings dew / Ne'r to be found again', in *The Poetical Works of Robert Herrick*, ed. F. W. Moorman（Oxford: Clarendon Press, 1915）, p. 125; 'On a Drop of dew', line 19: 'So the soul, that drop', in *The Poems of Andrew Marvell*, ed. Nigel Smith, p. 41.

＊14　絵画における「滝」の主題は、例えば、現在は共にフィレンツェのウフィツィ美術館で見ることのできるクロード・ジョゼフ・ヴェルネ（Claude Joseph Vernet, 1714–1789年）の*Waterfall with Fishermen*（1768）とマーティン・ライケルト（Martin Ryckaert, 1587–1631年）の*Landscape with Waterfalls*（1616）を比べてみると興味深い。前者がサルバトール・ローザ（Salvator Rosa, 1615–1673年）による絵画のような激しさを持つのに対して、後者は、ピクチャレスク的な廃墟と共に描かれて

いるにもかかわらず、絵の片隅では赤ん坊のモーセが川に流されている聖書的な挿話を髣髴とさせるなどの瞑想的側面を持っている。巨大で畏怖の念を感じさせる対象がもたらす感動という意味での崇高概念は、もちろんエドマンド・バーク（Edmund Burke, 1729–1797 年）の『崇高と美の起源』（*A Philosophical Enquiry into the Origins of the Ideas of the Sublime and the Beautiful*, 1757 年）に表されている。その言葉の起源は、紀元 1 世紀のギリシアの修辞学者ロンギノスが書いたとされる『崇高について』にあるが、そこでは、弁論によって聞き手を熱狂させるための一つの修辞技法として扱われている。ロンギノスの論は、17 世紀英国においてもラテン語版や英訳版で流布していた。ジョン・ホール（1627–1656 年）による最初の英訳本のタイトル（*Peri hypsous, or Dionysius Longinus of the Height of Eloquence* [London, 1652]）には sublime ではなく、height という単語が使われている。興味深いのは、既に崇高論が感情と密接に関わった概念であったということである。ロンギノスは「文の気高さと傑出が崇高である」（'the *bravest* and most *shining* parts of Speech are *Height*', p. ii）と定義し、それは「読者を説得するのではなく陶酔させる」（'these sublimities do not only *win*, but *astonish* their Hearers', ibid.）、「抗しがたい力で迫ってきて、読者を支配してしまう」（'[those sublimities] that have within them *force* and an *irresistible violence* orepell [*sic*] the hearer and overcome him', p. iii）、「私たちの精神は、ほんものの崇高に出会うときには、まったく自然のことのようにして誇りたかく高みにあがり、聞いたものをあたかも自分が作り出したような喜びと興奮でいっぱいにする」（'indeed naturally our souls are so enflamed by true *heights* that they generally *elevate* themselves, and in a *transport* of *joy* and *wonder* own and father those great things that are presented to them, as if themselves had *produced* them', p. xi）と言う。そして「崇高［な雄弁］の要因」（'*fountains* of *sublime* Eloquence', p. xii）として「強烈な、神のいぶきが入ったような激情」（'*fierce and transporting passion*', ibid.）を一貫して強調する。しかしながら奇妙にも崇高の要因の筆頭に挙げられているのは「偉大な思想をかたちづくる力」（'*regular vastnesse of thought*', ibid.）である。もしもヴォーンがロンギノスの崇高論を読んでいたとすれば、彼の考え方と一致したのはこの箇所であったに違いない。ここでの邦訳は、小田実、『崇高について「ロンギノス」』（河合出版、1999 年）、78–79, 91, 92–93 頁に拠る。

＊15　Shawcross, 'Kidnapping the Poets: the Romantics and Henry Vaughan', p. 193.

＊16　Elizabeth Holmes, *Henry Vaughan and the Hermetic Philosophy* (Oxford: Basil Blackwell, 1932), 特に p. 26ff. を見よ。

＊17　Valentine Weigel, *Astrologie Theologized* (London, 1649), p. 8.

＊18　Thomas Vaughan, *Lumen de Lumine or A New Magical Light* [1651], in *The Works of Thomas Vaughan: Eugenius Philalethes*, ed. Arthur Edward Waite (London: The Theo-

sophical Publishing House, 1919), p. 297.

＊19 *The Works of Thomas Traherne*, 6 vols., ed. Jan Ross (Cambridge: D. S. Brewer, 2014), vi, 4.

＊20 Jacob Behmen, *Signatura Rerum: Or the Signature of All Things* (London, 1651), p. 49.

＊21 Thomas Vaughan, *Anthroposophia Theomagica, or A Discourse of the Nature of Man and his State after Death* [1650], in *The Works of Thomas Vaughan*, p. 10.

＊22 *The Divine Pymander of Hermes Mercurius Trismegistus, in XVII Books*, trans. John Everard (London, 1649), pp. 51–52.

＊23 Jacob Behmen, *XL. Questions concerning the Soule* (London, 1647), p. 130. 同書の別の箇所では「多くの場合、悪魔を客とする年寄りよりも子どものほうが祝福されている」（'many times a Childe is more blessed then one that is old, who hath the Devill for his Guest', p. 68）と書かれている。しかしながら最終的には、霊魂伝遺説の立場を採るベーメにとって、両親から受け継がれた原罪を背負って生まれて来ない子どもはいない（'no soule is borne into this world without sinne, how honest soever the Parents be; for it is conceived in the Earthly seed, and bringeth the *Turba* of the body with it, which also hath begirt the soule', p. 79）。罪のない魂が新たに生まれて来る（'the New Birth'）という考え方は彼にとっては「単なる作り話」（'a mere fable'）、「反キリスト」（'the Anti-Christ'）のそれである（p. 80）。

＊24 Ibid., p. 115.

＊25 Ibid., p. 129.

＊26 Jacob Behmen, *Aurora*, trans. John Sparrow, in *The Works of Jacob Behmen*, 4 vols., ed. G. Ward and T. Langcake (1656; London, 1764–1781), i, 107–108. ベーメが 17 世紀の詩人たちに与えた影響は、もちろんここで論じたヴォーンだけではなく、トマス・トラハーンにも色濃く現れていると考えられる。例えば、自らの幼年時代を黄金時代として振り返りながら詩人は「少年少女たちは私の家族、／ああ、何と彼らの愛らしい顔はみな輝いていたことか！／人々の息子たちは、神聖なる者たちだった」（'The Boys and Girles were mine, / Oh how did all their Lovly faces Shine! / The Sons of Men were Holy Ones',「驚異」、39–41 行）と言い、幼年時代は「天国の予兆」（'An Antepast of Heaven',「無垢」、62 行）であり、「私は再び子どもにならねばならぬ」（'I must becom a Child again', 同、65 行）と考えている。*The Works of Thomas Traherne*, vi, 5, 10 を見よ。もちろん、幼少期が無垢の時代であり霊的な健康状態の時であるという思想は、聖書的、新プラトン主義的であるが、ヴォーンに深く影響を与えたジョージ・ハーバートが、「肉体の成長は水ぶくれにすぎない。／幼年時代が健康」（'The growth of flesh is but a blister; / Childhood is health',

「聖なる洗礼（II）」、14–15行）と書いた時にもベーメの原文が効力を及ぼしていたのかもしれない。

＊27　*Transactions of the Wordsworth Society, Nos. I–VI*, rpt.（Brussels: Jos. Adam, 1966）, VI, p. 217 は、*De Signatura Rerum*（1651）と *Theosophick Philosophy unfolded*（1691）を記載している。Spurgeon, *Mysticism in English Literature*, p. 62 は、「ティンタン僧院」の一節が「プロティノスやベーメによる同様の経験の記述と酷似している」（'it closely resembles the accounts given by Plotinus and Boehme of similar experiences'）ことに言及しているが、ワーズワスとベーメとの関係についての詳細な先行研究は、ほぼ皆無と言ってよいであろう。

＊28　「オード」の1–6行、86–90行に付けられたセリンコート（*The Poetical Works of William Wordsworth*, iv, 466）の注を参照せよ。

＊29　*Collected Letters of Samuel Taylor Coleridge, Volume I 1785–1800*, ed. Earl Leslie Griggs（Oxford: Clarendon Press, 1956）, p. 156.

＊30　*The Collected Works of Samuel Taylor Coleridge: Marginalia I*, ed. George Whalley（London: Routledge & Kegan Paul, 1980）, p. 554. Kiran Toor, 'Coleridge's Chrysopoetics: Alchemy, Authorship, and Imagination（Ph.D. thesis, the University of London, April 2007）, p. 145 も参照。

＊31　Lewis William Brüggemann, *A View of the English Editions, Translations and Illustrations of the Ancient Greek and Latin Authors, with Remarks*（Stettin, 1797）, p. 7; *The Works of Jacob Behmen*, 4 vols., ed. G. Ward and T. Langcake（London, 1764–1781）.

＊32　*The Works of Jacob Behmen*, ed. G. Ward and T. Langcake, i, 75.　ベーメは別の箇所（*XL. Questions concerning the Soule*, pp. 52–53）で、「我々の魂は、神の種《たね》によってもうけられた子どもであり、［本来］天与の魂が着ている我々の天与の身体は、神の身体に由来するものである」（'our soules are Children begotten of Gods seede, our heavenly body, which the heavenly soule weareth, commeth out of the Divine Body'.）と述べている。

＊33　*The Collected Works of Samuel Taylor Coleridge: Marginalia I*, ed. George Whalley, p. 593.

＊34　Ibid., pp. 553, 555, 577.

第四章　場所としてのワーズワスの庭

＊1　Cf. John Milton, *Paradise Lost*, Book 4, lines 506–507:「さらに幸せなエデンの園ともいえる／互いの抱擁の中で楽園化されて」（'Imparadised in one another's arms /

The happier Eden'); Book 12, lines 617–618:「私にとって . . . あなたはすべての場所なのです」('... to me / Art ... all places thou'.)

＊2　遠城明雄、「「場所」をめぐる意味と力」、『空間から場所へ──地理学的想像力の探求』、大城直樹、荒山正彦編（古今書院、1998 年）、227–228 頁。

＊3　Lawrence Buell, *The Future of Environmental Criticism: Environmental Crisis and Literary Imagination* (Malden, MA: Wiley-Blackwell, 2005), pp. 63, 64: 'Place is associatively thick, space thin'; 'Story and song are often vital to the retention of place-sense'.

＊4　金津和美、「非 - 場所の詩学──現代環境思想とジョン・クレア」、『ロマン主義エコロジーの詩学』、小口一郎編（音羽書房鶴見書店、2015 年）、97 頁。

＊5　だから、ワーズワスは、『逍遥』の中で、身体を「それがあたかも霊であるかのように自然の力にゆだねる」('to the elements surrender it [i.e., a body] / As if it were a spirit') こと、「多くの物の中の一つ、存在もしくは動きとしてそこにある」('Be as a presence or a motion — one / Among the many there') ことが大きな喜びであると書いている。*The Excursion*, Book 4, lines 508–513, 520–521, in William Wordsworth, *The Poems Volume Two*, ed. John O. Hayden (Harmondsworth: Penguin, 1977), pp. 134–135 参照。

＊6　*Phys*, IV, 208 b 8, アンリ・ベルグソン「アリストテレスの場所論」、『ベルグソン全集』第一巻、平井啓之他訳（白水社、1965 年）、225 頁。

＊7　'Reminiscences of Wordsworth among the Peasantry of Westmoreland', *Transactions of the Wordsworth Society*, 6 (1882), p. 178. Christopher Salvesen, *The Landscape of Memory: A Study of Wordsworth's Poetry* (Lincoln: University of Nebraska Press, 1965), p. 57 に引用されている。'One of Rawnsley's informants, "one of the most well-informed of the Westmoreland builders", told him: "... Mr. Wordsworth was a great critic at trees. I've seen him many a time lig o' his back for long enough to see whether a branch or a tree sud ga or not".'

＊8　David E. Cooper, *A Philosophy of Gardens* (2006; Oxford: Oxford University Press, 2008), pp. 79, 58.

＊9　Ibid., pp. 4, 63.

＊10　*Journals of Dorothy Wordsworth*, ed. Mary Moorman (Oxford: Oxford University Press, 1971), pp. 20, 21. もちろん、庭が、一緒に散策するという機会を提供するだけでも人間どうしの結び付きを強める場所となることは、ドロシーが兄と「毎晩、4 時か 4 時半に庭へ行って、6 時までゆっくり行ったり来たりしたものだった」('every evening we went into the garden at four or half past four and used to pace backwards and forwards till six') ことをことさら心地よい思い出として回想していることからも明らかである。*The Early Letters of William and Dorothy Wordsworth (1787–1805)*, ed.

Ernest de Selincourt (Oxford: Clarendon Press, 1935), p. 46 を参照せよ。

＊11　Cooper, *A Philosophy of Gardens*, p. 121.

＊12　Roy Strong, *Gardens through the Ages 1420–1940* (London: Octopus, 2000), p. 6.

＊13　*The Complete Works of William Hazlitt*, 21 vols., ed. P. P. Howe (London: J. M. Dent and Sons, 1930–1934), iv, p. 20.

＊14　Judith W. Page and Elise L. Smith, *Women, Literature, and the Domesticated Landscape: England's Disciples of Flora, 1780–1870* (Cambridge: Cambridge University Press, 2011), pp. 15–38 参照。

＊15　M. M. Mahood, *The Poet as Botanist* (Cambridge: Cambridge University Press, 2008), p. 22 を見よ。Jennifer Bennett, *Lilies of the Hearth: The Historical Relationship between Women and Plants* (Willowdale, Ontario: Firefly Books, 1991), pp. 103–110 も見よ。18 世紀末から 19 世紀初頭にかけての植物学と女性との結びつきの強さは、ロンドン大学植物学教授ジョン・リンドリーをして、昨今の植物学は「男性の真摯な思考のための仕事としてよりもむしろ女性の娯楽」('an amusement for ladies rather than an occupation for the serious thoughts of man') として考えられている、と苦言を呈させている。John Lindley, *An Introductory Lecture Delivered in the University of London* (London, 1829), p. 17.

＊16　吉川朗子は、'The Garden that Connects: A Community of Wordsworth and his Readers', *Studies in English Literature: Regional Branches Combined Issue* (The English Literary Society of Japan), 8 (2016), pp. 143–150 で、ライダル・マウントの庭が知的会話を交わす戸外のサロン的役割を持っていたこと、詩人が有名になるにしたがって観光旅行者を含めて外部に開かれた公園的様相を呈するようになっていったと論じている。

＊17　William Wordsworth, *The Poems Volume One*, ed. John O. Hayden (1977; rpt. Harmondsworth: Penguin, 1982), p. 976.

＊18　*Journals of Dorothy Wordsworth*, ed. Mary Moorman, 14th March 1802, p. 101. Cf. 13th March 1802, p. 100:「この冬の間中とても固い霜が降りる寒さだったのと同じように寒かった」('It was as cold as ever it has been all winter very hard frost'.)

＊19　Hans Biedermann, *Dictionary of Symbolism: Cultural Icons and the Meanings Behind Them*, trans. James Hulbert (New York: Facts On File, 1992), pp. 52–53. ジェイムズ・ホール、『西洋美術解読事典――絵画・彫刻における主題と象徴』、高橋達史他訳（河出書房新社、1989 年）、223 頁。

＊20　*William Wordsworth*, The Oxford Authors, ed. Stephen Gill (1984; Oxford: Oxford University Press, 1986), p. 440. 以下、ワーズワスの『序曲』からの引用はこの版から。

*21　Robert Zimmer, *Clairvoyant Wordsworth: A Case Study in Heresy and Critical Prejudice* (San Jose: Writers Club Press, 2002), pp. 9–11 は、ワーズワスが 'Essay Upon Epitaphs' (1810) の中で、霊魂は先在するのみならず来世の後に再びこの世に化身する可能性さえも示唆していること ('... the contemplative Soul, travelling in the direction of mortality, advances to the country of everlasting life; and in like manner, may she continue to explore those cheerful tracts, till she is brought back, for her advantage and benefit, to the land of transitory things — of sorrow and of tears.') を指摘している。ワーズワスはしばしば人生を、地球上を廻る東から西への旅に喩えている。本書インタールード、185–188 頁を見よ。何度でも回転を繰り返すことのできる旅は輪廻思想を暗示するのである。ともかく、「蝶」によってこのような読者の連想を喚起するためには、ドロシーがメモした断片草稿に付け足されている詩の一連の中でワーズワスが 'My own sweet Friend' (line 25) や 'A dear Remembrancer' (line 27) と蝶に呼びかける言葉は、余計に思える。読者の意識を現実の蝶に引き戻してしまうからだ。最終的に削られた 18 行目以下は、*Poems, in Two Volumes, and Other Poems, 1800–1807 by William Wordsworth*, ed. Jared Curtis (Ithaca: Cornell University Press, 1983), p. 204 を見よ。

*22　Mahood, *The Poet as Botanist*, p. 24.

*23　Pamela Woof, *Dorothy Wordsworth: Wonders of the Everyday* (Grasmere: Wordsworth Trust, 2013), pp. 47–48 は、ドロシーのツバメの巣に対する感情移入について指摘している。また、吉川朗子、「グラスミアの庭――共感する自然」、『神戸外大論叢』、第 60 巻 (2009 年) は、'Look, five blue eggs are gleaming there!' で始まっている別の版を引用し、「5 という数字がワーズワスの兄弟の数と一致している」(74 頁) ことを指摘している。

*24　Adam Smith, 'The History of Astronomy', in *Essays on Philosophical Subjects* (London, 1795), p. 3. 皮肉なことに、別の理由で、ワーズワスはスミスのことを「最悪の批評家」と呼んでいる。このことに注意を向けてくれた同志社大学の金津和美教授に感謝する。Thomas H. Ford, 'The Romantic Political Economy of Reading: Or, Why Wordsworth Thought Adam Smith was the Worst Critic Ever', *ELH*, 80, 2 (2013), pp. 575–595 を参照せよ。

*25　Salvesen, *The Landscape of Memory*, pp. 2, 3, 13–14.

*26　また、ワーズワスは「北ウェールズの城の廃墟の中で作詩した」('Composed among the Ruins of a Castle in North Wales') ソネットでは、時の力が持つ一種の癒しを 'A soothing recompence' (line 14) と表現している。「廃墟趣味」は、完全な形よりもむしろ断片や分裂した形により深い意味や予感を見出すロマン派的感性において最も強い度合いまで高まったが、近代人の中で最初にそれを表現したのは、

デュ・ベレー（Joachim Du Bellay, 1522–1560年）の『ローマの古跡』（*Les Antiquités de Rome*, 1558年）であった。また、例えばジョン・ウェブスター（1580?–?1625年）の『モルフィ公爵夫人』（*Duchess of Malfi*, 1614年頃）の次の台詞に見られるように、初期近代に前もって示されていた。「私はこの古い廃墟が好きよ。...すべてのものには終わりがあるの。教会にも街にも、人間と同じように病があって、／私たちと同じ死があるのよ」（'I do love these ancient ruins: … all things have their end; Churches and cities, which have diseases like to men, / Must have like death that we have', 5幕3場9–19行）.

＊27　Joseph Heely, *Letters on the Beauties of Hagley, Envil, and the Leasowes: With Critical Remarks and Observations on the Modern Taste in Gardening*, Vol. II（London, 1777）, pp. 116, 167. R. Dodsley, 'A Description of the Leasowes', in *The Poetical Works of Will. Shenstone*, 2 vols.（1764; Edinburg, 1784）, i, xlvii は、「驚きは、それだけでは美点ではないけれども、美しいものの効果を刺激するのに役立つかもしれない」（'though surprise alone is not excellence, it may serve to quicken the effect of what is beautiful'）と言い、シェンストーン自身も「庭作りにおいて、驚きによって崇高さか美しさのどちらかを強調することは決して小さな事柄ではない」（'In gardening it is no small point to enforce either grandeur or beauty by surprise', 'Unconnected Thoughts on Gardening', in *The Works, in Verse and Prose, of William Shenstone, Esq., in Three Volumes, with Decorations*, 5th edn., ed. R. Dodsley［London, 1777］, ii, 90）と述べている。ドズリーの案内文には、「小修道院門」周辺の 'a kind of ruinated wall'（p.xxii）への言及はあるが、そして Rose Macaulay, *Pleasure of Ruins*（1953; rpt. Frome and London: Thames and Hudson, 1984）, p. 27 は、レゾッズの庭に廃墟が存在したように書いているが、ヒーリーは、その庭に廃墟がありさえすればピクチャレスクが完璧になるのに、と言って複数の箇所でその不在を嘆いている（*Letters*, pp. 165, 193–194）。ワーズワスは、1810年にピクチャレスク派の画家であり友人であるサー・ジョージ・ボーモント（1753–1827年）と共にレゾッズ屋敷の庭を訪れている。Carol Buchanan, *Wordsworth's Gardens*（Lubbock: Texas Tech University Press, 2001）, pp. 14–15 を見よ。コロートン・ホールのウィンターガーデンにあったツタで覆われたコテッジ廃墟などのピクチャレスク的構成要素は、ボーモント卿との関係が大きく影響したものと考えられる。Saeko Yoshikawa, 'The Garden as a Home: Wordsworth's Winter Garden at Coleorton',『関西英文学研究』、第3号（2009年）、46–47頁を見よ。庭の中で突然、廃墟が目に飛び込んでくる典型的な例としては、リチャード・ヒル（1732–1809年）が作った、シュロップシャーのホークストンパーク（Hawkstone Park）がある。トマス・ローデンハーストは、『ホークストンの描写』（*Description of Hawkstone*［Shrewsbury, 2nd edn., 1784］）, p. 21 の中で、コルシカ島の愛国者パオ

リがそこを訪問して以来 Paoli's Point と呼ばれるようになった眺望地点から見える「廃墟の積み重なり」(‘an heap of ruins’, p. 39) について、「この著名な異国人が最も感銘を与えられたと思われるのは、洞窟の丘からの光景であった。そこで、赤い城の岩が見る者を襲うのである」(‘What this distinguished Foreigner appeared to be most struck with, was a view under the Grotto Hill, where the Red Castle Rock breaks in upon you’) と説明している。暗い洞窟の中を抜け出た後、その効果は特に大きい。また、ワーズワスが 1824 年に訪れたランゴレンの Plas Newydd の庭の木陰からも Castell Dinas Bran の廃墟が目に入っただろう。また、ワーズワス一家がダヴ・コテッジを引っ越した後に住んだグラスミアのアラン・バンクの庭にはヴィクトリア朝期の眺望トンネル (a Victorian viewing tunnel) が残っている。裏山の森を抜けて、この暗いトンネルを出ると (残念ながら現在ではトンネルの前の木が眺望を妨げているが)、館の庭とグラスミア湖が眩く目に飛び込んでくるように配置されている。しかし一方で、ワーズワスの生活圏である湖水地方の自然は、巧まずして絶えず偶然に美しい驚きを与えるような環境であったことも忘れてはならない。『逍遥』の中でワーズワスが書いたように「私は隠れた美の数々の場所を偶然に山々の間に見つけて来た」(‘full many a spot / Of hidden beauty have I chanced to espy / Among the mountains’,『逍遙』、2 巻、351–353 行) のである。例えば、同じ作品の中で「孤独者」の住む隔絶した「小さな低い谷、高く隆起した低い谷」は、話者たちが険しい坂を上り詰めた後で、息を切らす彼らの呼吸と連動するように、「その時、突然、私たちの足下に . . . 山々の間に」(‘when, all at once, behold! / Beneath our feet, a little lowly vale, / A lowly vale, and yet uplifted high / Among the mountains’, 同、327–330 行) 現れている。ラングデイルの果てまで来た徒歩旅行者が、サイド・パイク (Side Pike) を上り詰め、その頂上で視界が開けた足下に山上湖ブリー・ターン (Blea Tarn) を湛える美しい谷間を発見した時の驚きのいわば縮小版をアラン・バンクの眺望トンネルとグラスミア湖は再現しようとしているとも言えるだろう。同じようなことは滝についても言えるかもしれない。例えば、湖水地方で落差最大の滝と言われているスケイル・フォース (Scale Force) が、深く木々に覆われた峡谷の断崖の裂け目にあって、クラモック湖 (Crummock Water) 南岸からスケイル・ベック (Scale Beck) の流れを遡りながらレッド・パイク (Red Pike) の北側、ブリー・クラッグ (Blea Crag) へ回りこむ徒歩旅行者には、突然の驚きを伴って発見される、そのいわば縮小版の驚きを人工的に庭は再現できる。ウィルトシャーのスタウアヘッド・ランドスケープ・ガーデン (Stourhead Landscape Garden) は人工的に川をダムで堰き止めて湖を造り、その周りを巡る訪問者がある地点で橋を渡りながら、それまで気付かなかった音に顔をそちらに向けた時初めて、人工的に作られ配置された滝を発見して驚くように仕組まれている。18 世

紀中頃の「隠しておいて驚かせる」造園方法については、Christopher Dingwall, 'Gardens in the Wild', *Garden History*, 22, 2, The Picturesque (Winter, 1994), pp. 141–142 も参照せよ。

*28　アリストテレース、『詩学』、松本仁助、岡道男訳（世界思想社、1985 年）、25 頁。

*29　Salvesen, *The Landscape of Memory*, p. 40.

*30　Lord Henry Home Kames, *Elements of Criticism*, 2 vols. (1762; 5th edn., Dublin, 1772), ii, p. 279.　同様に、シェンストーンも「廃墟は . . . ぼろぼろになった荘厳さへの省察から生じるあの心地よい憂鬱を与えると言ってもよい」('A ruin … may … afford that pleasing melancholy which proceeds from a reflection on decayed magnificence', 'Unconnected Thoughts on Gardening', in *The Works,* p. 77）と述べている。

*31　Thomas Whately, *Observations on Modern Gardening* (London, 2nd edn., 1770), p. 155.

*32　Ibid., p. 134. ウェイトリーは、その適度な荒廃ぶり（'Nothing is perfect; but memorials of every part still subsist; all certain, but all in decay'）ゆえに、人工廃墟はティンタン僧院を模範とすべきだ（'Upon such models, fictitious ruins should be formed'）と述べている。

*33　Salvesen, *The Landscape of Memory*, pp. 61–62.　引用は、ワーズワスの *Descriptive Sketches* (1793), lines 332–347 へ付けた自身の注にある言葉。Macaulay, *Pleasure of Ruins*, p. 30 は、名高いストウ（Stowe）の庭園にある廃墟に対する Bishop Herring of Bangor の反応に言及しているが、ワーズワスの意見は彼のそれに近い。もしもそれがウェールズの山を陶然とした思いで見た後であったなら、「神の創造物のがらくたのような物でもそれに快く驚愕した後では、ちっぽけな人工の優雅さに微笑み、人工の廃墟を軽蔑して眺めただろう」('I should have smiled at the little niceties of art, and beheld with contempt an artificial ruin, after I had been agreeably terrified with something like the rubbish of a creation.') と言うのである。また、ワーズワスの友人であり、「自然は私の庭だ」('Nature's my garden') と書いた詩人であり造園家であったトマス・ウィルキンソン（1751–1836 年）は、ピクチャレスクを旨に川沿いの遊歩道を作ったが、1805 年 10 月に書かれたワーズワスの手紙の中では「小さな伏屋やあずまや」('little Cells and bowers') のことが特筆されているにもかかわらず、ピクチャレスク造園の特徴的要素でもある岩屋（'grot'）に関しての言及がワーズワスのウィルキンソンに宛てた詩（'To the Spade of a Friend', 1806 年）の中には見出せない。ワーズワスがウィルキンソンと共に鋤を振るった時にはまだできていなかったからなのか、もしくは作詩の段階で故意に無視したのか。*The Early Letters of William and Dorothy Wordsworth* (*1787–1805*), ed. Ernest de Selincourt, p. 526.

Joan Percy, 'Thomas Wilkinson (1751–1836): Cumbrian Landscaper', *Garden History*, 21, 2 (Winter, 1993), pp. 217–226, 特に pp. 225, 220, 222–223 を参照せよ。

＊34　Shenstone, 'Unconnected Thoughts on Gardening', p. 81.

＊35　Christopher R. Miller, *Surprise: The Poetics of the Unexpected from Milton to Austen* (Ithaca: Cornell University Press, 2015), pp. 27, 28.　ミラーによれば、「驚き」は美学の言説の中での重要な用語として 18 世紀に出現し、ロマン主義の時代に、特にワーズワスの詩において、顕著な抒情的感情として浮上した。「驚き」は、ワーズワスの「虹」('My Heart Leaps up') に代表されるように、彼の詩作品の中心をなすものであり、ワーズワスの詩論と 18 世紀の哲学的、美的関心との間には密接な関係があることが指摘されている。我々が論じている「雀の巣」との関連で興味深いのは、ワーズワスが「驚異」や「畏怖」といった崇高の念を喚起する強い感情だけではなく、より小さな振幅の「驚き」の感情、例えば 'a gentle shock of mild surprise' (『序曲』、5 巻、407 行) にも関心を持っていたこと、それがゴシック小説の煽情主義への反発でもあったという考察である。pp. 8, 16, 172, 174, 184, 197 を参照せよ。この文脈に置けば、ワーズワスの「僕はひとりで雲のごとく彷徨っていた」('I Wandered Lonely as a Cloud') に関するパメラ・ウーフの指摘は、さらに意義深くなるだろう。彼女は、ドロシーの日記にある記述と比較しながら、詩人が「最初に二、三本の水仙を見て、次第に『もっと、さらにもっと . . . 』と見つけるのではなく、『突然、花の群衆が私の眼を捉えた』」と劇的に書いたのは、「詩中に天啓に似た説得力を持たせたいから」だと主張している。Pamela Woof, 'Wordsworth and Dorothy Wordsworth, Walkers', in *Wordsworth and Basho: Walking Poets at Kakimori Bunko 17*th *September–3*rd *November 2016*, p. 145 を参照せよ。

＊36　Hazlitt, *The Principles of Human Action* (1805), *The Complete Works of William Hazlitt*, ed. P. P. Howe, i , 42.

＊37　ワーズワスとメアリの娘ドラの 1832 年 4 月 27 日付けの手紙の中にイースター・エッグ (pace eggs) への言及がある。それは「赤、黄、ピンク、青、そして緑、あらゆる種類の明るい色に染められた普通の卵で、今では子どもたちの遊び道具として使われて」('common eggs died all sorts of gay colors red, & yellow, & pink, & blue, & green, — now they are made use of as play things for children') いて、興味深いことにドラの両親、そしてドロシーも彼らが幼い頃、ペンリスでお互いのイースター・エッグをぶつけ合ってどちらが先に割れるかを競う遊びをしていたことに触れている ('[in] Penrith — there my Father & Mother & all my Aunts used when little children to roll their eggs.')。'Letter, from Carlisle and Rydal Mount, to Jemima Katharine Quillinan and Rotha Quillinan, dated 27 April 1832 and 5 May 1832', The Wordsworth Trust Collection: WILL/WORDSWORTH, Dora/1/39 を見よ。ワーズワ

ス博物館（The Wordsworth Museum, Grasmere）には、ワーズワスがライダル・マウントに住んでいた頃の召使であるジェイムズ・ディクソン（James Dixon）が持っていたイースター・エッグが展示されている。さらに William Rollinson, *Life and Tradition in the Lake District*（London: J. M. Dent & Sons Ltd., 1974）, p. 52:「そしてもちろん、復活祭の日と言えば、固く茹でて、セコイア、明礬、タマネギの外皮で色付けされたイースター・エッグを思い出す」（'And of course Easter Day was associated with pace eggs, hard-boiled and coloured with redwood, alum or onion skins.'）参照。

＊38　Mary R. Wedd, 'Light on Landscape in Wordsworth's "Spots of Time"', *The Wordsworth Circle*, 14, 4（Fall, 1983）, Periodicals index Online, p. 226 は、ワーズワスの詩作が一人の人間の心を見つめることによって普遍的な意義を持った原理を学ぼうとするものであることを指摘し、そこに、詩に描かれた個別の場所を特定することに対する詩人の両面価値の所以を見出している。しばしば詩の題名や注釈で場所を特定する傾向がある一方で、古典文学に見られるような普遍性を損なうことを恐れて、『序曲』校閲の際、個人的な、あるいは地誌的な詳細を削除したり、「ジョアンナへ」の中で言及されている岩はどの場所かと尋ねられて、どの岩でも構わないと答えたワーズワスにはこのような両面感情が見られると論じている。

＊39　例えば、Frances Wilson, *The Ballad of Dorothy Wordsworth: A Life*（New York: Farrar, Straus and Giroux, 2008）がその冒頭で読者の注意を引いたように、1802 年 10 月 4 日のドロシーの日記には、メアリ・ハッチンソンとの結婚式の朝、ドロシーが前夜からずっとはめていた結婚指輪を兄に渡し、「兄さんはそれを再び私の指にはめ、熱烈に祝福した」こと（'I gave him the wedding ring — with how deep a blessing! I took it from my forefinger where I had worn it the whole of the night before — he slipped it again onto my finger and blessed me fervently', *Journals of Dorothy Wordsworth*, ed. Mary Moorman, p. 154）、そして結婚式の証人が「式は済んだと知らせに帰ってくるのが見えたとき、私はもう耐えられず、ベッドに身を投げ出して、何も聞こえず、何も見えず、じっとしていた」（'when I saw the two men running up the walk, coming to tell us it was over, I could stand it no longer and threw myself on the bed where I lay in stillness, neither hearing or seeing any thing', ibid.）ことが記録されている。前者に関しては、手書き原本では消されている。

＊40　例えば、以下の詩行を見よ。'A Farewell', lines 33–35: 'Dear Spot! which we have watched with tender heed, / Bringing thee chosen plants and blossoms blown / Among the distant mountains, flower and weed'.

＊41　例えば、ドロシーの日記には、'John stuck the peas'（19th May 1800, in *Journals of Dorothy Wordsworth*, p. 19）や 'John's Rose tree'（3rd June 1802, ibid., p. 131）のよ

うな表現が見出せる。

＊42　*The Letters of John Wordsworth*, ed. Carl H. Ketcham (Ithaca: Cornell University Press, 1969), p. 112.

＊43　Ibid. pp. 209–210 を見よ。ワーズワスは *The River Duddon*, Sonnet XXII 'Tradition' の中で 'The lonely Primrose' (line 13) を 'The starry treasure' (line 7) に喩え、恋に悩む乙女の悲しい運命を思い出させるもの ('Untouched memento of her hapless doom', line 14) としての役割を担わせている。サクラソウ／マツヨイグサが星のイメージで捉えられ、さらに過去の記憶を喚起する花として扱われているもう一つの例である。

＊44　Henry Vaughan, 'Looking Back', line 2, *The Complete Poems*, ed. Alan Rudrum (1976; rpt. Harmondsworth: Penguin, 1983), p. 366.　また、カウリーも「庭」の第 9 連 (*The Complete Works in Verse and Prose of Abraham Cowley*, 2 vols., ed. Alexander B. Grosart [New York: AMS Press, 1967], ii, 329) で、星を 'the Flow'rs of Heaven'、花を 'The Stars of Earth' と呼んでいる。

＊45　'W. W. to Charles James Fox, Jan. 14 1801', in *The Early Letters of William and Dorothy Wordsworth* (1787–1805), ed. Ernest de Selincourt, p. 262.

第五章　ワーズワスの庭と所有の不安

＊1　ワーズワスの庭仕事は、生涯続く。Cf. Juliet Barker, *Wordsworth: A Life* (London: Penguin Books, 2000), p. 767:「しかしながら 75 歳で自分自身の土地で働く彼の能力は減少していた。木々を伐採したり剪定するのに頑張り過ぎた後で風邪をひいた。その後、回復したあとで、再び小山からひどく転げ落ちて、打撲傷を負い、くじいてしまった」('At seventy-five years of age, however, his ability to labour in his own grounds was diminishing. He caught cold after overexerting himself chopping down and pruning trees and then, having recovered from that, took a second nasty tumble from the Mount which left him bruised and strained.')

＊2　ボーモントは、後にピクチャレスク運動の指導者となる。コロートン・ホールのウィンターガーデンが、貝殻などで飾った岩屋 (grotto) など多くのピクチャレスク的要素を有していたことは、既に指摘されており、Saeko Yoshikawa, 'The Garden as a Home: Wordsworth's Winter Garden at Coleorton',『関西英文学研究』、第 3 号 (2009 年)、pp. 39–55 は、ワーズワスもある程度それに、特に後期ピクチャレスク趣味に、同調していたことを示唆している (pp. 46–47, 53, note 13).

＊3　Anne Anderson, 'Wordsworth and the Gardens of Coleorton Hall', *Garden History*,

22, 2 (Winter, 1994), p. 212.

＊4　高台にあるコロートン・ホールの東側に位置する庭は、西から東に向かって大きく三つの段をなして下っていくように作られている。例えばヴィッラ・デステの庭のように、イタリア風の露壇式庭園 (terrace gardens) の一種ではなかったか。だとすれば、その庭が整形式庭園であったことと整合性を持つだろう。その最下段がフラワーガーデンで、その西側は、両端に「説教台」と呼ばれた見晴台を備えた二段目を支える石壁、北側と南側は、低木の植え込みで囲われていたと思われる。東側は、2014年7月に筆者が行った現地調査からは、セイヨウイチイの生垣が植えられた部分と庭の中央を西東に走る歩道の幅に合わせて、生垣のない (おそらく当時は隠れ垣の) 部分があったと推測される。少なくともホールのテラスの高さから眺めると、この生垣も三段目の庭そのものも二段目の東端の石壁の下に隠れて見えない。飾り結び式花壇 (knots) や刺繍花壇 (parterre de broderie) などの装飾花壇は、邸館の二階の窓や見晴台 (gazebo) のような高い所から眺められることを想定して作られるので、コロートンのフラワーガーデンは、二段目のテラスからの視線を意識して作られていたと思われる。

＊5　Alexander Pope, 'An Epistle to the Right Honourable Richard Earl of Burlington, Occasion'd by his Publishing Palladio's Designs of the Baths, Arches, Theatres, &c. of Ancient Rome' (1731), in *Pope: Poetical Works*, ed. Herbert Davis (London: Oxford University Press, 1966), p. 316, lines 50–56:

In all, let Nature never be forgot.
But treat the Goddess like a modest fair,
Nor over-dress, nor leave her wholly bare;
Let not each beauty ev'ry where be spy'd,
Where half the skill is decently to hide.
He gains all points, who pleasingly confounds,
Surprizes, varies, and conceals the Bounds.'
(すべてにおいて、けっして自然が忘れ去られてはならぬ。
自然の女神を慎ましい美女のように扱え。
着飾り過ぎさせても、まったくの裸のままにしてもいけない。
ひとつひとつの美しさがあらゆる所で見つけ出されないようにせよ。
そこでは、巧みさの半分は、上品に隠すこと。
心地よく混乱させる、驚かせる、変化させる、
そして境界を隠す者が、満点を得るのだ)

＊6　'D. W. to Lady Beaumont, Coleorton, Friday 14th November, [1806]':「堤を支えている側の壁は、とても美しい、――つまり、生い茂る草に覆われれば、そうなる

でしょう。でも、庭をぐるりと壁で囲むことはしてほしくない」('The wall at the end which supports the bank is very handsome, — that is, it will be so when it is overgrown; but I hope you will not wall the garden all round.') *The Letters of William and Dorothy Wordsworth: The Middle Years*, 2 vols., ed. Ernest de Selincourt (Oxford: Clarendon Press, 1937), i, 80; 'W. W. to Lady Beaumont, [Dec. 23 1806]', ibid., i, 90–91.

＊7　Barker, *Wordsworth*, p. 350 によれば、外部との接続は、内部のもたらす保護を思い出させるためにある。「トムソンの『孤独に捧げるオード』から霊感を得て、この〈柵〉には一つ切れ目があるはずだ。そこから視界は、焦点を結ぶ遠くの対象へ向けて開いていて、庭の訪問者に外の世界の罪悪や心配や苦痛を思い出させ、『私をもう一度、森にかくまっておくれ』という気持ちへと促す」('Taking his inspiration from Thomson's *Ode to Solitude*, there should be a single break in this "fence", opening out on to a view with a distant object as its focal point, to remind the visitor of the crimes, cares and pains of the outside world and encourage him to "shield me in the woods again.') また、Saeko Yoshikawa, 'The Garden as a Home: Wordsworth's Winter Garden at Coleorton' は、ワーズワスにとって、冬の天候と常緑樹と家庭とが相互関係を持っており、持続可能な居住環境の構成要素として「保護する常緑樹」('the protective evergreen', p. 46) が不可欠であったことを指摘している。

＊8　'D. W. to Jane Marshall, Sep. 10 1800', in *The Early Letters of William and Dorothy Wordsworth* (1787–1805), ed. Ernest de Selincourt (Oxford: Clarendon Press, 1935), pp. 247–248.

＊9　'W. W. to S. T. Coleridge, Christmas Eve, Grasmere (1799)', ibid., p. 235.

＊10　今村隆男は「ピクチャレスクとワーズワス──ヴァナキュラーの原点として」において、「外側に見える風景全体をも想像上で所有しようとした」ワーズワスを同時代の造園家ハンフリー・レプトンの「専有 (appropriation)」の概念と関連付けている。レプトンの自宅の庭は自分の土地ではない空間の風景全体を「自分自身のものと思える何か」にしようとしたという。イギリス・ロマン派学会第37回全国大会シンポージアム「庭園史の中のロマン派詩人たち」2011年10月22日、於山梨大学。石倉和佳、「ハンフリー・レプトンの庭空間──ロマン主義期の文化表象として」、『兵庫県立大学環境人間学部研究報告』第16号 (2014年) は、144–146頁で、レプトンの「専有」に関する議論が、土地を独占的に所有するということが産み出す喜び ('that charm which only belongs to ownership, the *exclusive rights* of enjoyment, with the power of refusing that others should share our pleasure') から場所への愛着という心理的な要素 ('some appropriation; something we can call our own; and if not our own property, at least, it may be endeared to us by calling it *our own home*') へ移っていることを指摘している。Humphrey Repton, *Fragments on the Theory*

and Practice of Landscape Gardening（1816; New York: Garland Publishing, 1982）, pp. 233, 235 を参照せよ。

＊11　'W. W. to George Huntly Gordon, Rydal Mount, April 6, 1830', in *The Letters of William and Dorothy Wordsworth: The Later Years*, ed. Ernest de Selincourt（Oxford: Clarendon Press, 1939）, p. 459: 'I am making a green terrace that commands a beautiful view of our two lakes, Lydal and Windermere'.

＊12　Maria Jane Jewsbury, 'The Poet's Home', lines 1–2, Bartleby.com, Great Books on Line, http://www.bartleby.com/270/1/378.html 2014/06/19.

＊13　吉川朗子は、「グラスミアの庭──共感する自然」、『神戸外大論叢』、第 60 巻（2009 年）でライダル・マウントが「人々の集まる庭、社交の庭へと変わっていく」（78 頁）と言い、別の箇所でそのことについて論じているが、これは、庭に対するワーズワスの所有意識が薄れたということを意味しないだろう。無私ゆえに庭を開放するのではなく、むしろ詩人としての自分の名声やそれと結びついた自らの土地所有を確立する努力と歩調を合わせて、いわば自己拡張の手段として庭を開放しているのだと言ってもよいのかもしれない。

＊14　*The Fenwick Notes of William Wordsworth*, ed. Jared R. Curtis（Tirril: Humanities-Ebooks, 2008）, p. 188.

＊15　Cf. 'To M. H.', lines 23–24:「そしてそれゆえに、私の愛しいメアリよ、ブナの木々が生えたこの静かな片隅を私たちは君の名にちなんで名付けたのだ」（'And therefore, my sweet MARY, this still Nook, / With all its beeches, we have named from You!'）　さらに興味深いことは、場所の名付けは、名付ける主体が一方的にその空間を体験して私の場所にするだけではなく、名付けることによって（そしてワーズワスの場合、その命名を詩にすることによって、読者との）社会的な次元、共同的な空間を構築することに寄与していることである。

＊16　Jonathan Bate, *Romantic Ecology: Wordsworth and the Environmental Tradition*（London: Routledge, 1991）, pp. 102, 100.　ベイトは、「所有していないものの主」というエドワード・トマスの言葉を使って「重要な点で場所の名付けの詩の先触れになっているルネサンス時代のカントリーハウス詩では、土地を所有していることが力と支配の前提になっているが、ワーズワスの場合の力と支配は土地所有に依存しない」（'the Wordsworthian power and control are not dependent on landownership, the premise that underlies country-house poetry, the Renaissance form which in important respects foreshadows the place-naming poem', p. 92）ことを指摘している。

＊17　ストーン・アーサーは、ダヴ・コテッジの庭が位置する山裾のほぼ真北にあって、方角的にもその山や間の峰が邪魔して、その向こうにあるストーン・アーサーの頂上を眺めるのは困難であったと思われる。現在（2016 年 7 月の実地調査時点）

では明らかに木々によって視界が遮られて見えないし、ストーン・アーサーの山頂からもダヴ・コテッジは見えない。グラスミアの村からならば、もしくはダヴ・コテッジの前の道、現在のA591まで出れば、確かに突出して峻厳な山に見える。現在のダヴ・コテッジの庭師は、庭から今は見えないグラスミア湖やヘルム・クラッグが当時はそこから見えたと説明してくれたが、ストーン・アーサーについては、詩的許容（poetic license）であることに同調した。また、ドロシーが「ウィリアムの山頂」（'William's Peak'）と呼ぶストーン・アーサーも実は、「フェアフィールド馬蹄」（the Fairfield horseshoe）と呼ばれるU字型をした尾根を形成している一つの山に至る途上の高台に過ぎない。

＊18　Horace Walpole, *The History of the Modern Taste in Gardening* (1771; 1780), in *The Works of Horatio Walpole, Earl of Orford,* 5 vols. (London, 1798), ii, 536.　Henry Gardiner Adams, *Flowers, their Moral Language and Poetry* (London, 1844), p. 259 は、Anne Pratt (1806–1893), 'Wild Flowers' から次の詩行を引用しているが、ワーズワスと同時代の、庭の花と野生の花とに対する所有意識の違いという観点から興味深い。

The garden flowers are reared for few,
　And to those few belong alone;
But flowers that spring by vale or stream,
　Each one may claim them for his own.

The rich parterre is walled around,
　But meadow lands stretch far and wide,
And we may gather lovely flowers,
　For miles along the river side[.]

（庭の花々は、少数の人々のために育てられ、
　その少数の人々だけの物。
でも、谷や小川のそばに芽を出す花たちは、
　ひとりひとりがその花を自分の物だと言ってもかまわない。

豪華な装飾花壇の庭はぐるりと壁で囲われる。
　でも、牧草地は遥か遠くへと広がっている。
川の側に沿って何マイルもの間、
　愛らしい花々を集めることもできるのだ）

＊19　Dorothy Wordsworth, *Journals of Dorothy Wordsworth: The Alfoxden Journal 1798, The Grasmere Journals 1800–1803*, 2nd edn., ed. Mary Moorman (Oxford: Oxford University Press, 1980), pp. 164–165.　M. M. Mahood, *The Poet as Botanist* (2008; Cambridge: Cambridge University Press, 2011) は、次のように言っている。「ドロシー・

ワーズワスは、確かに有機的組織体に対する感受性を持っていた。彼女の詩人の兄は、概してそうではなかった、彼女の側のそのような気持ちに反応はしたけれども」('Dorothy Wordsworth certainly had a feeling for the organism. Her poet brother by and large did not, though he responded to such feelings on her part', p. 39). また、Elizabeth A. Fay, *Becoming Wordsworthian: A Performative Aesthetics* (Amherst: University of Massachusetts Press, 1995), p. 103 は、ドロシーの注意深い観察力に対して、ワーズワスの詩的描写の特徴は「ロマン派の詩の植民地化する力」('the colonizing force of romantic poetry') であることを指摘している。「『グラスミアの我が家』が強制的にその谷を『情熱的な歓迎で . . . 私たちを迎え入れる』『私たちの親愛なる谷』にするのに対して、『グラスミア日記』は、その谷が彼らのために存在しているのではない、という認識で始まっている。『頭上には、その独自の形と色をしてコニストンの山々が聳えていた。人の所有する丘陵地ではなく、空も雲も数少ない野生の生き物たちもまったく自分たちのために存在していた』1802 年 4 月 23 日」('Whereas "Home at Grasmere" forcibly makes the valley "our dear Vale" that "Received us … with a passionate welcoming," the *Grasmere Journals* begin with a recognition of that valley as it exists *not* for them: "Above rose the Coniston Fells in their own shape and colour. Not Man's hills but all for themselves the sky and the clouds and a few wild creatures", 23 April 1802).

＊20　Dorothy Wordsworth, *Journals of Dorothy Wordsworth*, ed. Mary Moorman, p. 115. ドロシーは、兄とのスコットランド旅行の際にもローモンド湖近くの場所を次のように賛美している。「それはただ自然の庭のようでした。. . . いいえ、もしもその場所が、自分の子どもたちが遊ぶ果樹園に対して感じられるような、ある家庭的な愛着の感情とともに、住居と結びつけられないとしても、日々の労働を強いられないで、そこに誰かが暮らしているのが許されたでしょう」('It was but like a natural garden, …; nay, one could have forgiven any one living there, not compelled to daily labour, if he did not connect it with his dwelling by some feeling of domestic attachment, like what he has for the orchard where his children play', Dorothy Wordsworth, *Recollections of a Tour Made in Scotland*, ed. Carol Kyros Walker [New Haven: Yale University Press, 1997], p. 83).

＊21　この挿話の最初の草稿 (MS B) は、「グラスミアの我が家」のために書かれており、そのコテッジ・ガーデンの庭の囲いにはもっと多くの詩行が割かれている。

> … here and there the garden-wall
> Is topped with single stones, a shewy file
> Curious for shape or hue — some round, like balls,
> Worn smooth and round by fretting of the brook

From which they have been gathered, others bright
And sparry, the rough scatterings of the hills.
（. . . あちこちで、その庭壁は
一番上に一列の石が置かれていた。形や色が珍しい、
目立った列だ。──それらが集められた小川で
浸食されて滑らかになって角が取れて
玉のように丸いものもあれば、丘陵から削られて散らばり、
輝いて、スパー状のギザギザになったものもある）

（*Home at Grasmere*［MS B］, in Jonathan Wordsworth, *William Wordsworth: The Borders of Vision*［Oxford: Clarendon Press, 1984］, Appendix, p. 404, lines 567–572）

＊22　William Wordsworth, *A Guide through the District of the Lakes in the North of England, with a Description of the Scenery, &c. for the Use of Tourists and Residents*, 5th edn.（1835）, in *The Prose Works of William Wordsworth*, 3 vols., ed. W. J. B. Owen and Jane Worthington Smyser（Oxford: Clarendon Press, 1974）, ii, 202.

＊23　'W. W. to Richard Sharp,［Feb. 7, 1805］', in *The Early Letters of William and Dorothy Wordsworth*（1787–1805）, ed. Ernest de Selincourt, p. 441.

＊24　'D. W. to Lady Beaumont, Nov. 7, 1805', in ibid., p. 538.

＊25　William Wordsworth, *A Guide through the District of the Lakes*, in *The Prose Works*, p. 211. 次の 'the thirst for prospect' という言葉は、p. 212.

＊26　Ibid., p. 246.

＊27　Dorothy Wordsworth, *Journals of Dorothy Wordsworth,* ed. Mary Moorman, p. 21.

＊28　David E. Cooper, *A Philosophy of Gardens*（2006; Oxford: Clarendon Press, 2008）, pp. 148–149.　もちろんこの章の趣旨は、ワーズワスにそれ以上の所有意識を読み取ろうとするものである。

＊29　John Worthen, *The Gang: Coleridge, the Hutchinsons, and the Wordsworths in 1802*（New Haven: Yale University Press, 2001）, pp. 207–213.

＊30　ワーズワスは、イタリア旅行中に遭遇したコモ湖付近の、周りの自然と庭が渾然一体となった情景を「叙景的スケッチ」で、「. . . 開けてゆく崖の間で、美しい暗褐色の目をした乙女たちが／庭の草地の小さな収穫物を栽培している」('... 'mid opening cliffs, fair dark-eyed maids / Tend the small harvest of their garden glades', 91–92行）と、「イタリアの旅商人」でも「. . . 彼は、高い所にある庭の草地で、／暗褐色の目をした彼の愛しい乙女と一緒に、聳えるトウモロコシを／育て、風味の良いイチジクをうまく支えていない／小枝に支柱を施すだろう」('... he, aloft in garden-glade, / Shall tend, with his own dark-eyed Maid, / The towering maize, and prop

the twig / That ill supports the luscious fig', 43–46 行）と表現している。

＊31　William Wordsworth, 'The Recluse. Part First. Book First. Home at Grasmere', in *The Poetical Works of William Wordsworth*, 5 vols., ed. Ernest de Selincourt and Helen Darbishire (Oxford: Clarendon Press, 1949), v, 326, footnote. *Home at Grasmere* (MS B), Jonathan Wordsworth, *William Wordsworth*, Appendix, pp. 390–415, lines 466–468.

＊32　William Wordsworth, *The Poetical Works,* v, 315–316, footnote. Jonathan Wordsworth, *William Wordsworth,* lines 87–91, 97–98.

＊33　Judith W. Page and Elise L. Smith, *Women, Literature, and the Domesticated Landscape: England's Disciples of Flora, 1780–1870* (Cambridge: Cambridge University Press, 2011), 特に pp. 140–142 参照。Judith W. Page, 'Dorothy Wordsworth's Journals and the Aesthetics of Travel; Or, Nature and Art on Three Island Gardens', *Romanticism: Life, Literature and Landscape*, a digital resource, Adam Matthew Digital (2012) も参照せよ。ペイジは、ドロシーの庭に関する概念が 'domestic comfort' に導かれていることを指摘するとともに、ウィンダミア湖のベラ島にあった庭で、景観設計者トマス・ホワイト（Thomas White）が、「可能性のブラウン」にならって、庭を囲っていた壁を取り壊したことについて、その結果、自然でも人工的でもない中途半端な庭になってしまったことを非難しているドロシーには、以前の人工的な古い壁で囲まれた庭のほうがより好ましかっただろう、と論じている。

＊34　後者では、「自由よ、万歳！ . . . ／最も遠く離れた村々でさえ、知られ愛されたあなたの存在で、／そしてそこでだけ、祝福を分かち合う。／ . . . ／そこでは、玄関に向かって、おそらくジャスミンで／もしくはスイカズラの花輪で巻き付けられて、／もっと滑らかな小道が曲がりくねらされている。／そこで主婦は、彼女の蜂たちが幸せな羽を駆ってもっと／忙しくブンブンいっている、もっと輝いた庭を見ている」（'Hail Freedom! ... / While the remotest hamlets blessings share / In thy loved presence known, and only there; / ... / There, to the porch, belike with jasmine bound / Or woodbine wreaths, a smoother path is wound; / The housewife there a brighter garden sees, / Where hum on busier wing her happy bees', 591 行、599–600 行、604–607 行）

＊35　William Wordsworth, *A Guide through the District of the Lakes*, in *The Prose Works*, p. 203.

＊36　*William Wordsworth: The Poems Volume One*, ed. John O. Hayden (1977; rpt. Harmondsworth: Penguin, 1982), p. 972 を見よ。

＊37　Stephen Greenblatt, *Hamlet in Purgatory* (Princeton: Princeton University Press, 2001), pp. 18, 39 を見よ。

＊38　Beverly Seaton, *The Language of Flowers: A History* (Charlottesville: University Press

of Virginia, 1995), pp. 12–13.

＊39　Susan Eilenberg, 'Wordsworth's "Michael": The Poetry of Property', *Essays in Literature*, 15, 1 (1988) は、「マイケルの土地所有の不安定さ」('the precariousness of Michael's ownership of his land') が「詩人の自らの詩に対する支配権の不安定さ」('the precariousness of the poet's control over his poem') に反映されている (p. 15) ことを示唆するとともに、「詩人はマイケルの相続人に違いない。物語をそのままに伝えることが、先祖伝来の土地を伝えることに失敗したことの代わりになるに違いないのだ。...それは、将来に備えて、既に喪失してしまったものを回復し確保する試みなのである」('The poet must be Michael's heir, and the handing down of the story, such as it is, must substitute for the failure to hand down the patrimonial land. ... it is an attempt to repair and secure against the future something that has already been lost', p. 23) と論じている。

＊40　*William Wordsworth: The Poems Volume One*, ed. John O. Hayden, pp. 983–984 も見よ。

＊41　William Wordsworth, 'The Recluse. Part First. Book First. Home at Grasmere', lines 382, 622–623, in *The Poetical Works*, v, 326, 334.

＊42　Laurence Goldstein, *Ruins and Empire: The Evolution of a Theme in Augustan and Romantic Literature* (Pittsburgh: University of Pittsburgh Press, 1977), pp. 193–194 は、'The Recluse. Part First. Book First. Home at Grasmere' の冒頭で、一人遠くから彷徨って来てグラスミアの谷を発見した少年をミルトンの『失楽園』第 4 巻でエデンの園へ到達したサタンの描写と重ねている。加えて 11–14 行で、詩人が次のように言うときワーズワスの「楽園」は、その住人の死を示唆して、既に真正の永遠の楽園ではないことを露呈していると論じることもできるだろう。「ここで生きるなら、何という幸運な運命だろう！／たとえ死ぬのだという思いが、たとえ死の／別れが、侵入することができたとしても、／眼の前に楽園を見ながら、ここで死ねたら！」('"What happy fortune were it here to live! / And, if a thought of dying, if a thought / Of mortal separation, could intrude / With paradise before him, here to die!"') 詩人の眼前に広がる「楽園」は畢竟、ミルトンの『失楽園』でエデンの園を追われていくアダムとエバの前に広がる堕落後の世界 ('The world was all before them', John Milton, *Paradise Lost*, Book 12, line 646, p. 642) ということになる。エデンの園としてのグラスミアを賛美した少なくとも 8 年後、もしくは 'Home at Grasmere' の製作の大部分が 1806 年だとすれば、ほんの 2 年後、'The Tuft of Primroses' の中で、谷の真ん中にあった木立が伐採されて「雲のように消えてしまった」('Was it a dream? The aerial grove ... / Had vanished like a cloud', 98 行、101 行) ことや「心の、最善の／そして最も愛しい安らぎの場所が／容赦ない運命のもとで消える」

（'the best / And dearest resting-places of the heart / Vanish beneath an unrelenting doom', 261–263 行）ことが嘆かれている。

＊43　William Wordsworth, *A Guide through the District of the Lakes*, in *The Prose Works*, p. 208 に引用がある。

＊44　Ibid.

＊45　Ibid., pp. 206, 210. 現在、近辺に残っているトピアリー・ガーデンの顕著な例としては、ケンダルに近いレベンズ・ホール（Levens Hall）に 1694 年、ギョーム・ボーモントによって設計された庭がある。ここを 1778 年に訪れたトマス・ウェスト（1720–1779 年）が彼の『湖水地方案内』（*A Guide to the Lakes in Cumberland, Westmoreland and Lancashire*, 1778 年）の中で述べているように、概して 18 世紀は、整形式庭園を「旧式の造園術の珍しい見本」（'a curious specimen of the old stile of gardening'）と見る。しかし、19 世紀になるとトピアリーを代表とする整形式庭園への嫌悪は明らかに緩和されていると思われる。1831 年にレベンズ・ホールを訪れたジョン・ラウドン（1783–1843 年）は、その庭を「庭園遺跡の純粋な見本」（'[a] genuine specimen of garden antiquities'）と述べているが、*Lonsdale Magazine and Kendal Repository* の 1822 年の記事では、「あらゆる種類のグロテスクな形に刈り込まれた非常に多くのイチイの木は、すこぶる愉快だ」（'the numerous yews cut into all kinds of grotesque figures, are extremely amusing.'）と評されている。Chris Crowder, *The Garden at Levens* (London: Frances Lincoln, 2005), pp. 46–47, 52–54 に引用されている。

＊46　要領よく纏められたステイツマンの説明には、小田友弥、「『ロマン派のエコロジー』と湖水地方のステイツマン社会」、『ロマンティック・エコロジーをめぐって』（英宝社、2006 年）、127–169 頁を参照せよ。小田は、ジョナサン・ベイトの議論を受けて、「ステイツマン描写にワーズワスの革命意識の継続」（148 頁）があることに言及し、ワーズワスは「ステイツマンを伝統的な共和国市民像にあわせて描きたかった」のだとしている（164 頁）。

＊47　William Wordsworth, *A Guide through the District of the Lakes*, in *The Prose Works*, p. 224. 小土地所有制度の崩壊をもたらす産業革命と資本主義的経営の波は、湖水地方には比較的ゆっくりと押し寄せてきたという事実、そしてジョナサン・ベイトが言及しているような「多くの小地主が本当の自由保有権保有者になることを可能にした、自由保有制への移行」（'the process of enfranchisement which enabled many statesmen to become genuine freeholders', Bate, *Romantic Ecology*, p. 16）があったとしても、ワーズワスの感じていた危機感は、早くも 1801 年 1 月 14 日付けのチャールズ・ジェイムズ・フォックス宛の書簡の中に読み取ることができるだろう。そこでワーズワスは「兄弟」と「マイケル」の両作品に目を留めさせること

で、このホイッグ党政治家のステイツマンへの関心を引き、急速に消えつつあるこの階級の人々の保護を願っている。'W. W. to Charles James Fox, Jan. 14 1801', in *The Early Letters of William and Dorothy Wordsworth* (1787–1805), ed. Ernest de Selincourt, pp. 259–263.

＊48　ワーズワスはこの詩で『湖水地方案内』の最後を締め括らせている。*A Guide through the District of the Lakes*, in *The Prose Works*, pp. 251–253.

＊49　富裕層の建築による湖水地方の景観破壊については、例えば、Goldstein, *Ruins and Empire*, pp. 163–168 を参照せよ。

＊50　小田友弥は、ウィリアム・ワーズワス、『湖水地方案内』（法政大学出版局、2010 年）の訳者解説 212 頁でワーズワスが「案内書を魅力的にして、一層の外来者を招くことに慎重になった」可能性のために『湖水地方案内』が案内をすることをしぶっていると論じている。19 世紀の観光地としての湖水地方については、Magdalena Ożarska, '19th Century Lake District as a Land of Tourists, Homemakers and Writers: A Selection of Writings by Dorothy Wordsworth, William Wordsworth and Harriet Martineau', *Respectus Philologicus*, 17, 22 (2010), pp. 67–78 を参照。

＊51　'W. W. to W. Sotheby, Grasmere March 12 1804', in *The Early Letters of William and Dorothy Wordsworth* (1787–1805), p. 372.

＊52　ケンダル-ウィンダミア間の鉄道敷設に反対するワーズワスの 1844 年の新聞投稿によると、その頃のマス・ツーリズムの脅威はさらに明白なものとなっているが、James Buzard, *The Beaten Track: European Tourism, Literature, and the Ways to 'Culture' 1800–1918* (1993; rpt. Oxford: Clarendon Press, 2001) は、湖水地方の社会的、経済的変化を既にワーズワスの「兄弟」と題された詩の中に見出している。「...『兄弟』の中で［観光旅行者］は、統合された農村共同体を変化させ始めた、もしくは破滅させ始めた、そしてピクチャレスク観光旅行の ... どちらかと言えば無情な流行を推進し始めた社会的な力の代役を務めている」('... in "The Brothers" [the tourist] stands in for the social forces that have begun to change, or ruin, the integral rural communities and to impel the rather heartless fashion ... of picturesque tourism', p. 25);「ワーズワスの扱い方では、観光旅行者は、この異質の経済上の力の、目に見える代理人、その力を使って彼らが伝統的な文化に取って代わる、その力の提喩になっている」('In Wordsworth's treatment, the tourist becomes the visible representative of these alien economic forces, a synecdoche for the power with which they displace traditional cultures', p. 26).

＊53　Dorothy Wordsworth, *Journals of Dorothy Wordsworth*, ed. Mary Moorman, p. 25.

＊54　Page and Smith, *Women, Literature, and the Domesticated Landscape*, p. 149.　しかし、ワーズワスが詩人として有名になるにつれて、皮肉なことに彼が湖水地方へ

の乗り入れに反対していた蒸気機関車によって多くの旅行者たちが彼のもとを訪問するようになる。妻のメアリはライダル・マウントで手紙を書きながら、たくさんの旅行者たちが「是が非でも私たちのところへ来ようとする」（'Tourists ... by hook or by crook make their way to us.'）こと、ワーズワスは、「見知らぬ人々をみな暖かく受け入れている」（'my dear husband receives all strangers cordially'.）ことを記し、そのしばらく後に、「夫が新聞から目を上げると窓の向こう側に若者の旅行者のグループが立っていて、詩人に深々とお辞儀をした」（'a groupe of young Tourists are standing before the window（I am writing in the Hall）and Wm reading a newspaper — and on lifting up his head, a profound bow greeted him from each.'）というエピソードを伝えている。*The Letters of Mary Wordsworth 1800–1855*, ed. Mary E. Burton（Oxford: Clarendon Press, 1958）, pp. 299, 300.

＊55　本来、庭空間は「私のもの」と「私のものでないもの」との「間」に成り立っていると言える。家屋に代表される、人間の作った部分は所有可能であるが、空や荒地のような野生の自然は誰にも所有されていない領域であると考えれば、庭空間はその中間領域に存在していると言えるだろう。Cooper, *A Philosophy of Gardens*, pp. 78–79 参照。

＊56　Anderson, 'Wordsworth and the Gardens of Coleorton Hall', p. 211.

＊57　この窪みは、ワーズワスとボーモント卿の共通の友人である ウォルター・スコット（1771–1832 年）がそこに座って『アイヴァンホー』（*Ivanhoe*, 1819 年）の戦場場面を考えたとされている場所で、2014 年 7 月の時点で残存している。Carol Buchanan, *Wordsworth's Gardens*（Lubbock: Texas Tech University Press, 2001）, p. 112 は、同じ庭にある岩屋をこの窪みと勘違いしている。吉中孝志、「イギリスの庭と洞穴（grotto）」、『広島日英協会会報』第 108 号、2–5 頁を参照。

＊58　'D. W. to Jane Marshall, Sep. 10 1800', in *The Early Letters of William and Dorothy Wordsworth*（1787–1805）, p. 248. 'Monday 4［actually 5］July［1802］' in Dorothy Wordsworth, *Journals of Dorothy Wordsworth*, p. 145.

＊59　大石瑶子、「ワーズワス『廃屋』における荒廃する庭——18 世紀後半の社会改善運動におけるコテージ・ガーデンとマーガレットの庭」、『イギリス・ロマン派研究』第 39/40 合併号（2015 年）、37–50 頁は、マーガレットの荒廃する庭が自然の普遍的な力と無常を伝えるだけではなく、新歴史主義批評では、フランス革命の失敗に対する失望から保守化したワーズワス自身の無力感を表し、環境批評の観点からは、人工を凌駕しつつも人間の精神を存続させる自然を描いていると要約した上で、ワーズワスは、庭の荒廃を怠惰と結びつけ自己責任に帰結させる社会改善運動の考え方を排して、近代化による生活形態の変化こそが人の精神を荒廃させるのであり、その結果として荒れていく庭を住人の困窮と悲しみの象徴

として描いているのだと論じている。

＊60　Catharine H. Waterman, *Flora's Lexicon: An Interpretation of the Language and Sentiment of Flowers, with an Outline of Botany, and a Poetical Introduction* (Philadelphia, 1842), p. 54:「カーネーションは、その種類の中では最も美しくなく最も芳しくなく、それでいて絶えざる世話と注意を必要とする」('it [carnation] is the least beautiful and fragrant of its kind, yet requires continual care and attention'.)

＊61　John Milton, *Paradise Lost*, Book 9, lines 432–433, ed. Alastair Fowler, p. 463. Anne Pratt, *Flowers and their Associations* (London, 1840) は、カーネーションを説明する際に、「花栽培者は、それを育てるのに、そしてそのかよわい茎と重い花に必要な支えを与えるのに、忙しく仕事をさせられる」('the flower cultivator is busily employed in tending them, and giving their slight stems and heavy blossoms the needful supports', p. 373) と言っている。さらに、野に咲くカーネーションは、かつてその花を栽培した人の手があったことを示唆しており、廃墟と同じように過去の歴史を物語るものである ('Surely it should arrest the eye and the thoughts of the traveller, as certainly as would a monument of human skill on such a spot. Like a lone ruin, it is a page of story, telling not alone of the past, but the present, and reminding us of a Being who has reared it there, where it stands a memento of power and goodness, [p. 376].') ことを、この一節の直後に「幼年時代を追想して不死を知るオード」からの引用が続いていることから推測できるように、ワーズワスの影響を受けて、指摘している。

＊62　吉川朗子、「マーガレットの庭――自然と人間の関係をめぐる詩人の考察」、『神戸外大論叢』、第 59 巻第 6 号 (2008 年)、87–107 頁は、ワーズワスが、初期の稿本 B においては「単に廃屋のピクチャレスク的効果を求めるのではなく、庭と建物とが荒れてゆく過程に注目」(91 頁) しており、「すべては自然の繁茂する力によって、忘却の彼方へ沈んでゆくという考えが前面に出され」ている一方で、稿本 D においては「そうした考え方を認めつつも、それに抗いたいとする人間の願いをも示し」(102 頁) ていると論じている。吉川は、本文に引用した箇所が稿本 B に採用されていないことも指摘している (99 頁)。Saeko Yoshikawa, 'The Garden that Connects: A Community of Wordsworth and his Readers', *Studies in English Literature: Regional Branches Combined Issue* (The English Literary Society of Japan), 8 (2016), pp. 146–147 を見よ。

図版出典一覧

表紙カバー　ヘンドリック・ダンケルツ、『チャールズ二世にパイナップルを献上する王室付き庭師ジョン・ローズ』(1670年頃)。トマス・ヒューアートによる模写、ロンドン、ハム・ハウス所蔵。

見返し　オックスフォードシャー、ブロートン城 (14世紀頃築城) のレディーズガーデン (19世紀) への入り口の一つ。筆者撮影 (2014年)。17世紀内乱時の当主ウィリアム・ウイッカムは共和制支持の議会派軍として戦った。濠を挟んだ田園には、「可能性のブラウン」の風景式庭園が広がる。

第一章扉絵　ドメニコ・ザンピエーリ、『ダフネを追いかけるアポロ』(1616–1618年)、ロンドン、ナショナル・ギャラリー所蔵。

図版1　水力機械仕掛けの鳥、アイザック・ドゥ・コー、『泉よりも高く水を上げる最も簡単な方法を示した、新しく稀なる水力機械仕掛けの発明。その発明によって不断の動きが提示され、多くの苦しい労働が果たされ、様々な運動と音が作り出される』(1659年)、図VI.

図版2　水力機械仕掛けの鳥たちとフクロウ、アイザック・ドゥ・コー、同上、図XIIII.

図版3　ウリ科植物の挿絵、ジョン・パーキンソン、『日のあたる楽園、地上の楽園』(1629年)、527頁。

図版4　サー・ナサニエル・ベイコン、『野菜と果物の静物と料理女中』(1620–1625年頃)、ロンドン、テイト・ギャラリー所蔵。

図版5　囲われたメロン栽培区画、ジョン・イーヴリン訳、『フランスの庭師』(1658年)、134頁。

図版6　フランス・フローリス、『アダムとエバ』(1560年)、フィレンツェ、

パラティーナ美術館所蔵。

第二章扉絵　庭で耕す男たち、トマス・ヒル、『庭師の迷路』（1577 年）、25 頁。

第三章扉絵　「エバの創造」、ジョットの鐘楼西壁面レリーフ（14 世紀）、フィレンツェ、ドゥオーモ付属博物館所蔵。

図版 7　ヘンリー・ピーチャム、「世の中は意見によって支配、統治されている」（1641 年）、ブロードサイド挿絵。

図版 8　『大いなる日蝕』（1644 年）、タイトル頁。

図版 9　『サセックスの絵』（1644 年）、タイトル頁。

第四章扉絵　ウィリアム・シェンストーン作庭によるシュロップシャー、レゾッズ屋敷の庭、ダービーのトマス・スミスによる原画（1748 年）をジェイムズ・メイソンがエッチング版画にしたもの（1752 年頃）。

第五章扉絵　アレクサンダー・ポープの詩行が刻まれた立て札、ウィルトシャー、スタウアヘッド・ランドスケープ・ガーデン、筆者撮影（2014 年）。

《著者紹介》

吉中孝志（よしなか・たかし）　1959年広島市生まれ。広島大学文学部卒。広島大学大学院文学研究科英文学専攻博士課程前期修了。オックスフォード大学よりM.Litt.及びD.Phil.の学位を取得。関西大学を経て、2001年より、広島大学大学院文学研究科教授。著書に、*Marvell's Ambivalence: Religion and the Politics of Imagination in Mid-Seventeenth-Century England*（Cambridge: D. S. Brewer, 2011）、『名前で読み解く英文学――シェイクスピアとその前後の詩人たち――』（広島大学出版会、2012年）、訳書に『ヘンリー・ヴォーン詩集――光と平安を求めて――』（広島大学出版会、2006年）、論文に 'The Politics of Traducianism and Robert Herrick'（*The Seventeenth Century,* 19, 2［2004］）, 'Columbus's Egg in Milton's *Paradise Lost*'（*Notes and Queries*, New Series, 54, 1［March 2007］）などがある。

KENKYUSHA

〈検印省略〉

花《はな》を見《み》つめる詩人《しじん》たち
――マーヴェルの庭とワーズワスの庭――

二〇一七年十二月二十八日　初版発行

著　者　吉《よし》中《なか》孝《たか》志《し》
発行者　関　戸　雅　男
発行所　株式会社　研　究　社
〒一〇二―八一五二
東京都千代田区富士見二―十一―三
電話（編集）〇三―三二八八―七七一一
（営業）〇三―三二八八―七七七七
振替　〇〇一五〇―九―二六七一〇
http://www.kenkyusha.co.jp
装　丁　柳　川　貴　代
印刷所　研究社印刷株式会社

定価はカバーに表示してあります。
万一落丁乱丁の場合はおとりかえ致します。

Printed in Japan
ISBN 978-4-327-48166-7　C3098

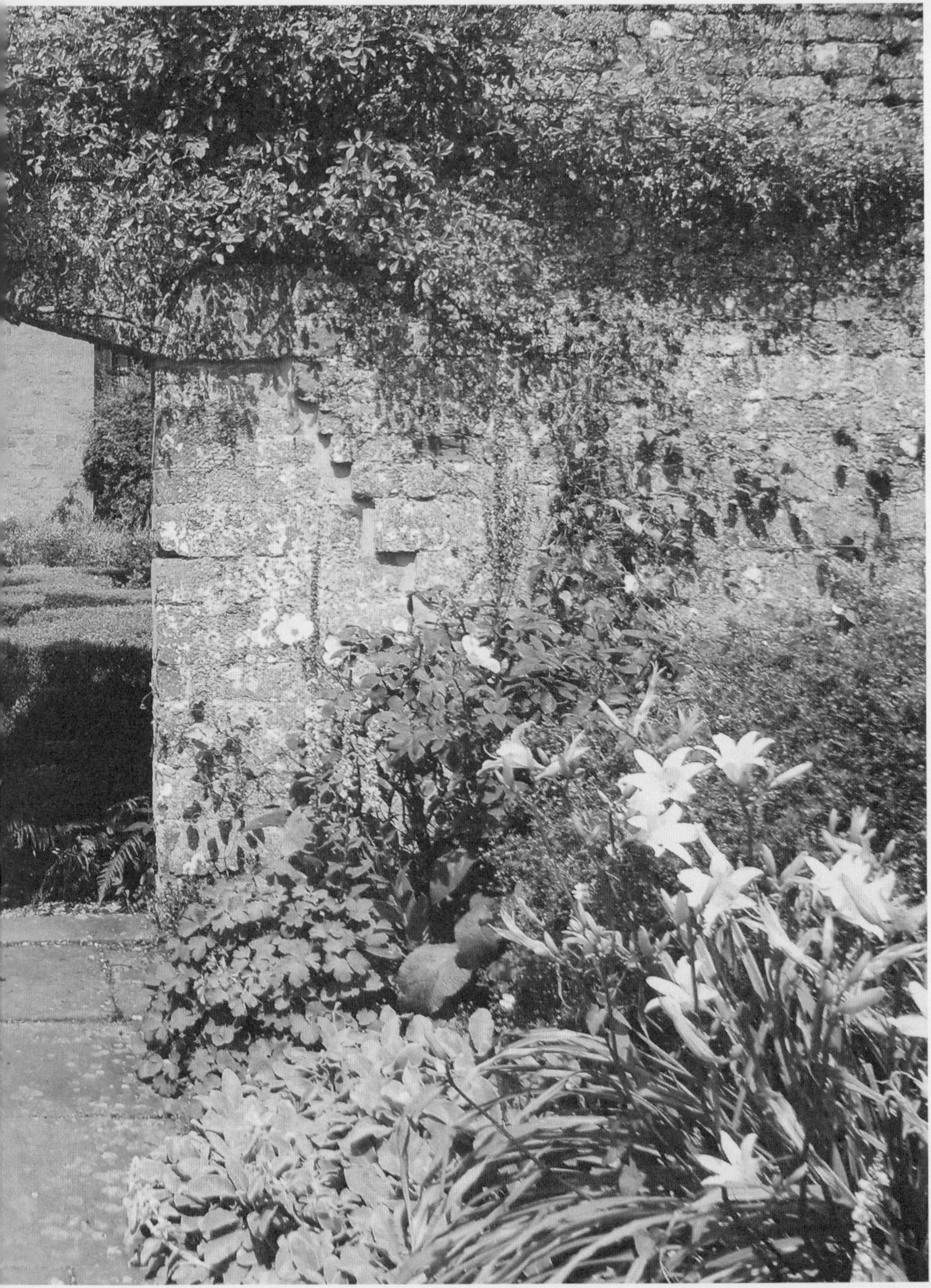